U0640067

《走近镇原》编委会名单

编委会主任：陈 磊 罗 睿

副 主 任：何 华 张笑阳 贾翠艳 李 存
　　　　　兰恩奎 左宗琛

委　　　员：申万仓 马 龙 张浩业

主　　　编：何 华 贾翠艳

副 主 编：兰恩奎 申万仓

初　　　审：申万仓 陈宗斌 秦 铭 畅 恒

终　　　审：何 华

作　　　者：申万仓 陈宗斌 秦 铭 畅 恒
　　　　　杨佩彰 王佐东 鱼 舟 李儒峰
　　　　　冉赟贤 刘万祥 张占英 何等强
　　　　　陈鸿梧 田晓博 惠维玺 包焕新
　　　　　刘志洲 刘 耀 张 盼 李朝霞
　　　　　姚康康 虎仪宏

封 面 题 字：郑墨泉

走近镇原

Zoujin Zhenyuan

主　编　何　华　贾翠艳
副主编　申万仓　张浩业

甘肃人民出版社

图书在版编目（CIP）数据

走近镇原 / 何华，贾翠艳主编；申万仓，张浩业副主编. -- 兰州：甘肃人民出版社，2021.10（2024 .1重印）
ISBN 978 7 226 05744 5

Ⅰ．①走⋯ Ⅱ．①何⋯ ②贾⋯ ③申⋯ ④张⋯ Ⅲ.
①报告文学－作品集－中国－当代 Ⅳ．①I25

中国版本图书馆CIP数据核字(2021)第201684号

责任编辑：张　菁
封面设计：韩国伟
封面题字：郑墨泉

走近镇原

何华　贾翠艳　主编　　申万仓　张浩业　副主编

甘肃人民出版社出版发行

（730030　兰州市读者大道568号）

河北浩润印刷有限公司印制

开本710毫米×1020毫米　1/16　印张 28　插页1　字数 377千
2022年4月第1版　　2024年1月第2次印刷
印数：3051~5050

ISBN 978-7-226-05744-5　　定 价：68.00 元

镇原:诗文建造的一座金色高原

杨建仁

在甘肃之东

有一片叫陇东高原的大地上

静坐着世界上最深厚的黄土大塬

尽管风蚀千年　默默无语

但敞开的胸怀　温润的肌肤

足以让漂泊的儿女们

有一种沉醉母亲怀抱的回归感

就在这片令人敬畏的黄土大塬上

站立着一座金色的高原

那就是用诗文建造的

被称之为镇守高原的镇原

3000 多年前的西周时期

一群汗流浃背的先民们

被一场凄风苦雨侵袭得摇摇摆摆

在最苦最累的劳作中

他们吟诗取暖　踏歌壮行

写下了《诗经》中

历史年代最久　篇幅最长的

我国第一首农业史诗

——《豳风·七月》

首开镇原诗文创作的先河

1900 多年前的东汉时期

著名的政论家　思想家　文学家王符

面对如秋风扫落叶般的衰败之世

隐居在翠柏碧绿的北山之中

用如椽之笔揭露统治者的暴政

写下了治国安民的皇皇巨著《潜夫论》

提出了衰败之道首先是政治腐败的警示名言

成为中国古代政治思想和文学史上

最有影响的经典之作

而北山从此改名为潜夫山

王符与王充　仲长统被后世称为"后汉三贤"

以世代武官家庭出身的

东汉将军皇甫规

一身正气　文韬武略

有赋　铭　碑等 27 篇名著流传于世

《女师箴》被视为

"汉族妇女道德规范的典则"
录入大型类书《初学记》

1800多年前的三国西晋时代
一生钻研史学和医学而闻名遐迩的皇甫谧
被世人称之为书淫
患病后仍手不释卷
撰写下《历代帝王世纪》《年历》
《高士传》《逸士传》等史书
把史前史的开端推到了"三皇"时代
开辟了史前史研究的新天地
并在医学研究上独树一帜
撰写的《针灸甲乙经》
成为中国针灸学的开山巨著

1500多年前的北魏宣武帝时期
有一位生性聪慧　多才多艺的皇后胡充华
集政治家与文学家于一身
挥笔写下的《杨白花》流芳千古
成为北朝乐府杂曲的代表作
在中国文学史上占有一席之地

一生饱读经史的
北魏怪才胡叟
一生清贫　四海为家
一支妙笔　行走天下

"半笔诗间观万里 一杯酒中品千年"
成为人生哲理的传世绝唱

1200 多年前的唐朝
愤世嫉俗的皇甫镛
善文工诗 著有文集 18 卷
更有诗稿录入《全唐诗》
与张仲方 白居易 李绅并称"洛阳四老"

900 多年前的宋金武将张中孚
在挥刀立马的空隙遣词造句
写下著名的诗词《蓦山溪》
以清道之笔 抒慷慨之怀

500 多年前 在流水潺潺的茹河之畔
为民请愿的明代贤臣许理
挥笔写下四首《在任思亲》
念家乡之情 颂报国之志

270 多年前的清朝学者张继孔
在绿树成荫的潜夫山下
筑桥修路 著书立说
留下珍贵史料读本《潜麓纪闻》

100 多年前的近代鸿儒慕寿祺
博古通今 著述等身

一生撰写涉及多种学科的专著多达 75 部
尤以《甘宁青史略》《文字学概论》等
鸿篇巨著名垂千古　影响深远

时至当代　诗文璀璨
传承赓续的火种已成燎原之势
点亮了陇东高原更加悠远的天空
出版高水准的书籍多达 300 部
部分诗文收录辞书　编入教材

在林林总总的书籍中
流淌着汩汩清香的《镇原文化概论》
《镇原地方文献概略》《寻找中国书法之乡镇原》
格外别致典雅　格外扑鼻芬芳

在诗文延绵的基因里
又滋养出各领风骚的文化景观
书法　美术　剪纸　刺绣　陇剧
花儿　民歌　香包　皮影　小戏
像盛开在陇东高原上的金针花
耀眼夺目　风姿绰约

剪纸艺术大家祁秀梅老人
带着一身的乡土气息
踩着小脚女人的细碎莲步
大大方方进入中央美术学院的神圣殿堂

用纯正的镇原方言
传授剪纸艺术的绝招
用轻盈的剪刀剪出一片神奇的天空

被原文化部　中国书法家协会
命名的"中国民间艺术之乡""中国书法之乡"
像两面高高飘扬的旗帜
讲述着千年以来薪火相传的不朽故事

诗文是镇原的根基
书籍是镇原的骨骼
文脉是镇原的躯体
在世界最深厚的黄土大塬上
建造的这座金色的高原
结构独特　品质高贵
气度非凡　流光溢彩
像堡垒般镇守着这片最敦厚的广袤沃土

于是
陇东高原的蓝天更加清澈
陇东高原的大地更加殷实
陇东高原的景色更加通透
陇东高原的人们更加静美

绵延不绝的千年书香啊
已流淌成生生不息的河流

融入镇原人的心脉

植入镇原人的骨髓

嵌入镇原人的灵魂

浸润出镇原人最纯正的底色

荡漾出镇原人最富足的笑脸

绽放出镇原人最豪迈的花朵

那袅袅娜娜的书香

已汇集成氤氲的气息飘荡开来

也让千里之外的游子

品尝到家乡至高无上的味道

和叩击心灵的温暖回响

目　录
Contents

在漆黑的长夜，点一盏灯；
在饥寒的路上，生一堆火。
为人间拭去悲恸的泪水，
替众生披上温暖的外衣。

　　——漫漫长夜中的镇原人民盼来了中央红军

日出东方耀原州

何 华

红色火种撒原州

李朝霞

1935 年 10 月 9 日,秋叶萧瑟,青山寂寥。久旱无雨的镇原,良田起黄埃,麦苗不秀多黄死,凄凉的景象让漫步在田埂上的武沟孟庄村村民孟维邦更觉生活无望。

中午一时左右,孟维邦远远地望见从长城原赵山畔方向走来了好多队伍。这支队伍正是伟大战略转移中的中央红军陕甘支队。

1933 年 9 月 25 日至 1934 年 10 月间,蒋介石调集约 100 万兵力,对中央革命根据地进行第五次"围剿",在"左"倾错误路线指挥下,第五次反"围剿"失败,中央机关和红军主力不得不仓促退出根据地,进行战略转移。

1934 年 10 月 10 日晚,中共中央率领红一方面军和后方机关 8.6 万人从江西瑞金、福建长汀出发,开始了伟大战略转移。长征中,召开了遵义会议,事实上确定了毛泽东在党中央和红军中的领导地位。遵义会议后,在毛泽东正确的军事思想指导下,中央红军四渡赤水、强渡大渡河、飞夺泸定桥、翻越夹金山,于 1935 年 6 月在四川懋功地区与红四方面军会师,9 月 11 日到达甘南迭部达拉乡俄界村。12 日,紧急召开中央政治局扩大会议,通过《中央关于张国焘同志的错误的决定》。

俄界会议后，中共中央率领红一、红三军和军委纵队继续北上，攻克天险腊子口，9月18日来到哈达铺。这天，一名红军战士无意中发现了一张国民党的《大公报》，从上得到陕北红军活动情况和根据地存在情况。这一发现，让毛泽东非常高兴，说："我们要抗日，首先要到陕北去。"即刻按俄界会议决定，将北上部队正式改编为中国工农红军陕甘支队，彭德怀为司令员，毛泽东为政治委员，向陕北方向前进。

27日，部队到了通渭县榜罗镇，毛泽东主持召开中央政治局常委会议，正式决定到陕北去，将陕甘革命根据地作为长征的目的地。有了明确落脚点的陕甘支队一路斩关夺隘，翻越六盘山，粉碎国民党军队在平凉、固原公路之间的封锁，到达固原县的刘原，从刘原、孟家原进入镇原县武沟乡孟庄村，出现在孟维邦面前。

两名红军战士走向孟维邦，问："你看什么呢？"

孟维邦回答："我看队伍呢！"

两名战士又问："你见过红军吗？"孟维邦说："没见过，只是听说过。一个多月前，红二十五军长征经过了镇原新城、平泉、城关、临泾、孟坝、太平的一些地方。红军纪律严明，是穷人的队伍。"

红二十五军长征经过镇原是中国工农红军第一次出现在镇原，出现在镇原贫苦百姓的眼际。从此，这里红色革命的序幕掀开了。

两名红军战士告诉孟维邦："我们是毛主席领导的中国工农红军。"还带孟维邦去看毛主席，但是迟了一步，毛主席已随队伍向前走了。于是，他们给了孟维邦一块四川银元、一根洋伞架和一块盐。

红二十五军在中央红军实行战略转移后，奉命于1934年11月16日以中国工农红军北上抗日第二先遣队的名义，从河南罗山县出发长征，后来转入陕南，创建了鄂豫陕革命根据地，成立了中共鄂豫陕省委，在湖北、河南和陕西三省交界地带开展革命活动。

1935 年 7 月，红二十五军西出秦岭，威逼西安，在行动过程中，徐海东从国民党的报纸上看到红军的两支主力部队在川西会师并继续北上的消息。这让与中央失去联系之后第一次得到中央消息的徐海东狂喜不已，他立即找吴焕先、程子华商议，在沣峪口召开会议，决定西出陕甘苏区，与红二十六军会合，争取陕甘苏区的巩固，并在甘肃破坏敌军后方，配合红军主力在西北的行动。得到中央消息的红二十五军群情激昂，高喊："我们这 3000 多人就是全牺牲了，也要牵制住敌人，让红一、红四方面军顺利北进！"

　　红二十五军在与中央失去联系的情况下，独立作出西出陕甘苏区的决定，符合革命形势发展的需要，为中央红军落脚陕甘革命根据地、立足陕北起到了极其重要的作用，对中国革命形势的发展产生了重要的影响。

　　当中央红军北上甘肃的时候，红二十五军 4000 多人从陕西子午镇出发，几经转战，先后攻克两当、天水，强渡渭河，突破西兰公路封锁线，挺进泾川，在泾川四坡村战斗中，政委吴焕先不幸牺牲。

　　同一时期，国民党镇原县政府转发国民党军事委员会委员长行营参谋团令，悬赏捉拿毛泽东、朱德等 18 名红军高级领导人，并一边抽调警政人员组成"别动队"，到平凉、泾川一带打探消息，一边虚假宣传，丑化、污蔑共产党和红军。

　　四坡村战斗后，红二十五军还是没能联系上中央，只好经平凉草峰张寨村继续向东前进，8 月 30 日，翻过了潘杨涧，进入镇原新城、平泉一带，部队停留一天多。在国民党的反动宣传下，新城部分村民躲起来了，村民张继英胆子大些，没有躲出去。

　　张继英回忆：红军有两三千人，把新城街道和周围村庄道路都站满了。他们有男有女，大部分很年轻，脚穿麻鞋，衣服很烂，说话很难听懂。他们在我家南面的涝池边支起很多锅，用涝池里的水做饭，到群众家里拿碗盆家具。有两个红军战士借走了我家的炊具和一篮子鸡蛋，我担心他们把炊具拿走不还。结果饭后，红军不但还了炊具，还要给我鸡蛋钱，我再三推辞不肯接钱，红军把钱硬放下走了。红军走后，吓跑的村民陆续回到家里，都高兴地说，早知道红军不拿群众一针一线这么好，我们就不该跑，应该亲眼看一看红军是个啥样子。

饭后，红二十五军突袭了国民党新城、平泉镇公所，捉拿了在新城视察碉堡的国民党镇原县警察局长党效贤、警察任复尧、刘万祥以及南三镇特税卡长孟维铎、新城镇公所书记王锡文、乡丁徐永昌6人，当天晚上，在平泉召开群众大会，处决了民愤极大的党效贤、孟维铎、王锡文，其余3人教育后释放。

红二十五军进入镇原地界后，摆脱了国民党军队的跟踪追击，便在平泉休整、筹粮、采买补给。利用休整的空隙，红二十五军在新城、平泉惩处恶霸地主豪绅，张贴标语，宣传团结抗日和救国救民的方针政策。

镇原处于西北内陆，封建统治根深蒂固，辛亥革命虽然推翻了封建帝制，但是社会性质并无改变，加上军阀混战，土匪横行，自然灾害频繁，致使阶级矛盾更加尖锐。1928年至1933年，镇原连续6年遭受旱灾、冰雹、洪水、虫灾等自然灾害侵袭，发生了有史以来最严重的饥荒，死亡人数逾4万，国民党镇原县政府不顾人民死活，强行摊粮派款。辛亥革命后，慕寿祺、张宸枢等民主共和人士利用回乡探亲的机会，在镇原宣传民主思想。1921年8月，甘肃早期共产党员王孝锡到镇原开展农村调查，《民生周刊》《醒社周刊》等宣传马克思主义和革命思想的刊物流入镇原学校和文化机关。1931年8月，共产党员李艮、周志学到陕西军阀杨万青在镇原办的西北民军教导队开展兵运工作，组建起以窦文德为书记的镇原境内最早的党支部，宣传党的纲领，组织群众开展革命活动。民主思想和共产党革命思想的传入，让人民有了民主意识，斗志得到鼓舞，在镇原掀起了"镢头队""口袋队"等抗捐抗税斗争浪潮，平泉进步青年王子厚带领南三镇人民开展了一次有组织的抗税斗争。

红二十五军入境，25岁的王子厚见红军军纪严明、惩处恶吏、打富济贫，佩服不已，便萌生了革命念头。他接近红军，帮助采买补给，请红军到家里吃饭、休息，从红军处得到"共产党和红军是为了我们穷人打天下的"的答案。后来，王子厚冒着杀头的危险，把共产党和红军的革命主张讲给老百姓。

国民党镇原县政府得到红二十五军入境的消息，官员们个个惊慌失措，急忙发电向国民党甘肃省政府请示应对之策，得到"闭城自守，不可轻举妄动"的指示。另一边，吃了败仗的马鸿宾气急败坏，指示马培青向镇原紧急增援。

9月1日上午5时，红二十五军从新城、平泉出发，行至姚川庙角坪。这里沿河地形开阔，两边有山作屏障，就在庙角坪召开军民大会，徐海东、戴季英、程子华等红二十五军将领作了慷慨激昂的讲话，号召军民在中国共产党的领导下，团结起来，一致抗日，打倒帝国主义，打倒蒋介石，建立苏维埃政权。这时，马培青部已经抢先进入镇原县城，国民党空军也派出飞机不停轰炸。徐海东等人商议决定，兵分两路绕过县城，继续行军，一路沿洪河东进，经过南川桃园、屯字双合，北上临泾原，又经过唐家洼村，越过交口河，到达太平镇；另一路翻过申家原，经过城关五里沟，从西面绕过县城，北上临泾原，越过交口河，再经孟坝镇来到太平镇。当晚，两路部队在太平西坡铺村会合、宿营。9月2日，全军3400多人从大岘、杨咀越过蒲河离开镇原，15日到达延川县永坪镇。18日在永坪镇与刘志丹等率领的陕甘红军会师，改编为红十五军团。

红二十五军是第一支长征进入甘肃、进入镇原的队伍，也是第一支长征到达陕甘革命根据地的队伍，有力牵制和打击了围堵中央红军的国民党军队，为迎接党中央和中央红军落脚陕甘革命根据地做出了重大贡献。后来，毛泽东赞扬红二十五军为"中央红军之向导""为中国革命立了大功"。

红二十五军离开镇原后，国民党镇原县平泉镇长朱昌明赶紧给上司写报告汇报情况，他想丑化、污蔑红军，可是又不得不如实汇报："红军在老百姓家饮食住行公买公卖""对贫农颇予衣食，所购置之零星东西，皆出钱买来，如无钱即将抢来之物件、布匹、粮食（指打土豪所得财产）等以之相兑换矣"。

红二十五军严明的纪律、优良的作风、勇猛顽强的精神和一心为民的宗旨在镇原渐渐传开，人们开始对中国共产党和红军心生向往。

当人们还在饭后茶余谈论着红二十五军过境的事情时，中央红军长征到了镇原。

陕甘支队到达镇原前，天上有国民党飞机跟踪轰炸，地上有马匪骑兵追击围堵，一路急行军，两天没吃上一顿饱饭，好不容易在进入镇原后摆脱了跟踪追击，司令部决定在孟庄休息吃顿饱饭。

部队停下来休息时，宣传部队就在村里刷写标语、唱革命歌曲、给老百姓讲革命道理。孟庄村民尚吉祥记得："不一会工夫，墙壁上、树干上、山崖边、屋檐下写满了'唯有苏维埃才能救中国''红军不打人、不骂人、不拉夫'等红军的布告、宣言、政策和歌谣。"

长征中的陕甘支队缺衣少食，虽然决定吃午饭，但是没有粮食做饭。他们打听到村里有一个大地主刘杰，便派人去他家堡子里借粮。借粮的红军战士没有料到，地主的二儿子刘继元是马步青部副官，此时正好在家探亲。刘杰父子横行乡里，欺压百姓，见红军来借粮，霸道成性的刘继元不肯借粮，还依仗堡子易守难攻的优势，开枪打伤了借粮红军。红军还击，攻下庄堡，当场击毙刘继元，活捉刘杰（带到环县玄城沟处决），没收 100 多只羊、197 石粮食及蜂蜜、布匹等其他财物，还拿出一部分分给村里的穷苦百姓。

刚刚吃过午饭，侦察员来报："国民党第三十七军毛炳文部二十四师主力及骑兵团追到白杨城（今宁夏自治区彭阳县城）了。"陕甘支队只好继续前进。老人、小孩、大姑娘、小媳妇闻讯赶来送行，拿着鸡蛋、腌菜、馒头、鞋袜硬往红军战士怀里塞。尚吉祥等群众主动为红军当向导，牵来几十头毛驴帮忙驮送粮食和武器，从孟庄送到马渠、三岔、殷家城，又从环县毛家川、郑家湾、河连湾一直送到洪德城。一路上红军首长、战士们跟尚吉祥和其他乡亲们谈心拉家常，宣传"打土豪、分田地"和北上抗日等革命道理，乡亲们了解了红军崇高的革命理想，感受到红军关心穷人疾苦的温暖。

部队走过了周家台子，天色晚了下来，主力部队就在石佛崾岘、陈家湾、大庄院宿营。农历九月的夜晚冰凉入骨，红军战士依然宿营野外，没有惊动村庄里的老百姓。先遣部队连夜行军，经过马渠、唐家原、塔儿洼、寺庄湾等村庄，在 10 日凌晨时分赶到了三岔镇。当天中午，主力部队相继到达三岔。

10 月 10 日这天是国民党政府的国庆日，张学良在电话里拍着胸脯向蒋介石保证，要在洪德、悦乐以西的镇原马渠、三岔、殷家城一带消灭陕甘支队。他旋即派出重兵，向镇原北部压了过来。毛泽东、彭德怀也作出了相应的战略部署，先打退逼近的马鸿宾三十五师王富德骑兵团。陕甘支队派军事素质好、装备精良、战斗力强的干部团三营政治连迂回到塔儿洼设伏、阻击。

塔儿洼是个狭长崾岘，群山环绕，易于隐蔽。20 岁的杨德明在连长易栋才的指挥下，随队伍迅速隐蔽起来，等王富德的人马冲进包围圈后，红军战士利用山头和庄稼地里的荞麦垛作掩护，向敌人发起攻击。轻重机枪、步枪同时开火，密集的子弹像雨点射向敌人，手榴弹在敌人中炸开一朵朵血花……战斗持续了近 8 个小时，红军毙伤敌军 300 余人，马 200 多匹，缴获了不少战利品。后来，附近群众编了个顺口溜，夸赞道："八月中秋九月半，塔儿洼上遇火线，红军战士真勇敢，国民党部队不沾边，马匪骑兵死伤上千万，红军只伤了八个半。"

杨德明在这次战斗中负伤，流落镇原养伤，易名虎登禧，在镇原从事革命活动，直到 1954 年才离开镇原。

陕甘支队前往三岔镇宿营的路上，有 5 个头缠白羊肚手巾、身穿羊皮袄的人骑马飞奔而来，与红军便衣侦察员相遇，双方互相试探，听出红军便衣是江西口音，便问道："你们是中央红军？"来人说他们是陕甘红军派来接应中共中央和陕甘支队的。成仿吾、陈昌奉、童小鹏等人看见骑马的人从怀里取出一封信交给毛泽东，毛泽东看完信后异常兴奋，嘴里念念有词："这下好了，可到家了！"又登上一个小山坡，挥舞着手中的信，将消息宣布给正在休息的红军指战员，毛泽东大声说："同志们，我们就要到陕甘根据地了！咱们的陕甘红军派人来接我们了！"毛泽东话语刚落，整个山坡上下立刻沸腾起来，红军指战员们欣喜若狂，到处是欢歌笑语，有些战士还流下了喜悦的泪水。

10 日下午，部队在三岔镇休整、筹粮。

三岔街北边的一块台地上建有一所天主教堂，土木结构，面阔 3 间，毛泽东就住在天主教堂里，周恩来、彭德怀住在后面的窑洞里。林彪、聂荣臻率领第一纵队在三岔街宿营；李富春、叶剑英、邓发等首长分别率领第二、三纵队在距离三岔街三五里的山冈土窑里宿营。

10 月的镇原，已显得格外冷冽，而红军战士们却衣着破烂单薄，再加之饥饿和劳累，个中苦疾可以想象，尽管官兵们个个清瘦得很，但这并不影响他们帮助群众挑水劈柴，打扫卫生干农活。部队在为自己筹粮的同时，竭尽所能帮助生活困难的群众解决缺粮、少衣的问题。场景甚是感人。

停止行军休整时，战士们抓紧时机，打土豪劣绅救济穷人。陕甘支队从孟庄到三岔，一路打下了刘杰、虎存州、孟维常、陈学礼、李藩青等5处地主的庄堡和国民党保安队设在三岔镇以南1.5公里的南山湾堡子，消灭了国民党镇原县三岔保安队，处决了保安队长白嘉惠、豪绅杨帮俊、白秀海、李三茂等人，缴获手枪1支、长枪20多支，没收粮食4.9万公斤，麦面370公斤，牛31头、驴22头、马1匹、猪43口、羊99只，大烟2120两，还有布匹衣物等。缴获物品除留部分军需外，粮食、衣物、牲畜等大部分分给了当地的穷苦农民。

　　是夜，星稀河影转，霜重月华孤。毛泽东望着秋月，对周恩来和彭德怀说："没有作战要求，避免和敌人发生战斗，及早进入陕甘苏区。"这支转战半个中国，行军一年的队伍，已经万分疲惫，在接近落脚地时，已经没有力量与装备精良的东北军和马鸿宾骑兵作战。避战无疑是最明智的选择！

红军长征时毛泽东在三岔住过的天主教堂

当陕甘支队进入镇原时，国民党除了派马鸿宾的三十五师追击外，还调动近 10 万人的军队企图阻截。在三岔继续休整一天的计划由于国民党追击部队的迫近而取消。

10 月 11 日 9 时，彭德怀、毛泽东在三岔镇给陕甘支队第三、第二纵队的叶剑英、邓发、彭雪枫、李富春发出敌情通报，称："叶、邓、彭、李：一、敌八师、二十四师分三路星夜进至莫家原，其骑兵部队进至马家原。今上午八时半敌骑兵约一团在三岔以南 20 里处与我五大队警戒接触。又，骑兵第六师由庆阳向环县开进中。二、我军明 12 日，拟分两路经环县西北地区向毛曲镇（毛渠井）、天水甫（甜水堡）转进，二、三纵队应由现地调查经张家大庄、毛家川前进路线，并即派人来三岔接受明日行动命令。"

按照避战决定，陕甘支队除留少数兵力阻击、牵制追兵外，大部队在陕甘红军接应人员的引导下，分两路离开三岔迅速北上。左路军一纵队从肖家园子、大石滩、新堡等地，沿白家川北上，由殷家城进入环县。右路军二、三纵队沿着蒲河从元昊、杨家坪、石咀，走到三岔东北部的吴家大原，利用沟壑梁峁的有利地形作为屏障，阻击了国民党三十七军毛炳文部许克祥的第二十四师，歼灭 100 余人，打退了追兵。12 日，又在走马儉一带阻击了尾追的国民党军队，进入环县。13 日，两路纵队在环县郑家湾会合后向陕北进发。16 日，陕甘支队进入陕甘革命根据地。19 日，党中央和毛泽东率领的陕甘支队到达陕西吴旗镇，与陕甘红军会师，胜利结束了历时一年多的长征。

红二十五军和中央红军长征先后经过镇原，加起来在镇原也只是短短的几天，经过的也只是部分乡村，尽管沿途遭到国民党军队的追击、阻截，面临饥饿、寒冷、疲劳、疾病和死亡的威胁，但在战斗、行军和驻扎休整过程中，他们仍然严守纪律，对群众秋毫无犯；尊重群众，说话和气；凡是借用了群众的东西都能如数归还，吃了群众的米、面、菜，烧了群众的柴等都照价付款，群众不在的，把钱放在群众家中。红军严明的纪律、优良的作风、勇猛顽强的精神和一心为民的宗旨在镇原广为传播。与红军形成鲜明对比的是，10 月 26 日，国民党孟坝镇镇长醴清化给镇原县政府呈上的追击、阻截红军的行动报告："本月 12 日，董军长大军经过太平乡，过完后，复往孟坝催办一切，该乡城工，自大军过境，壮丁惊慌四散，停止数日，现在又赶催各保甲加快筑作，筑城三十余丈。"

红军的宗旨和行动，给古老的镇原大地播下了红色种子，播撒下了一切为民众谋福祉的初心，这让镇原人民看到了光明，看到了希望。镇原无数热血儿女冒着生命危险，全力救护流落在本地的王平水、郭文海、杨德明等红军伤病员。这些红军战士后来都成为共产党和革命的骨干力量，并组织和带动了镇原人民的革命斗争。

"长征是宣言书，长征是宣传队，长征是播种机。"红军长征经过镇原，唤起镇原人民对家国命运的关心和思考，爱国主义和民主主义觉悟被激活，王子厚、刘自鑑、王述武等进步青年从封建传统思想的束缚中解放出来，积极入党参军，投身革命。红军长征撒播下的革命火种，在镇原大地以迅猛之势熊熊燃烧。

唤起农众千百万

张　盼

　　土地革命战争时期，以刘伯承为司令员、张浩为政委的援西军驻扎镇原，这是土地革命战争时期在镇原驻扎时间最长、规模最大的一支红军部队，同时，这也是一次传播革命理想和播种革命火种的过程，对镇原的革命形势产生了巨大而深刻的影响。从此，为改变自己的命运，镇原人民随手抓起身边的锄头、铁锤甚至仅仅一根木棍，跟随着那面红旗一路远去，坚信道路的尽头就是劳苦大众千百年来所追求的梦想。身未动，心已远，作为镇原人，我们应该比任何人都有理由去读援西军在镇原的这段历史，有必要重新认识在茹水河畔、潜山脚下中国工农红军把个体的命运和民族的希望联系在一起的坚定理想和不屈精神。

　　1936 年 10 月，红一、二、四方面军三大主力在会宁、将台堡会师后，中革军委先后命令红四方面军的第三十军于 10 月 24 日渡过黄河，随后九军和红四方面军总部及五军也渡过了黄河，准备执行《宁夏战役计划》。由于胡宗南部队阻断了河东红军主力与河西部队联系，致使红军夺取宁夏的计划未能实现。1936 年 11 月 11 日，中革军委致电红四方面军领导人，将河西部队称西路军，领导机关称西路军军政委员会，管理军事、政治与党务。西路军在西北军阀马步芳、马步青骑兵和国民党胡宗南部优势兵力夹击下，虽经全体指战员浴血奋战，但由于环境恶劣，敌众我寡，给养困难，西路军的生存面临极大挑战。对此，中央军委主席团于 1937 年 2 月 27 日发出《关于组成增援军给彭德怀、任弼时的指示》，决定立即组成增援军，对西路军进行援救。

据杨国宇《红四军和三十一军改编为一二九师的前前后后》中回忆：

援西军"3 月 5 日从陕西淳化、三原出发，走到甘肃东部的镇原时，援西军司令部在这里开了一个师以上干部会。会上宣读了一封西路军的电报，说西路军已经到了祁连山，经过多次残酷血战，迭遭挫折，没有办法上了祁连山的康龙寺，已经到了弹尽粮绝的地步，援西军再渡河去，已远水解不了近渴了……这个电报一念，会场上顿时一片哭声……"

随后，中央指示"西路军情况如所知，援西军全部在镇原、青石咀线停止、待命，加强训练"。援西军遂停止西进，驻扎镇原。

援西军在镇原的主要驻防分布：援西军司令部及随营学校驻镇原县城，刘伯承司令员住在县城西南忠恕街慕氏家庙内（原镇原宾馆所在地）；第四军驻扎在屯字原；第三十一军驻扎在平泉、中原、新城一带；第三十二军分驻新城到平凉、固原一线；军委骑兵一团驻扎在临泾、太平马沟一带；另有陕甘宁独立师驻三岔，红一方面军十五军团的七十五师驻马渠、孟坝一带。

西路军失败后，党中央千方百计营救被俘和失散的西路军将士，驻扎在镇原的援西军更是责无旁贷。镇原位于西兰公路北侧，靠近西兰公路上的重镇平凉和泾川，马步芳、马鸿逵将一部分西路军被俘干部战士送交南京国民党军队，平凉、泾川是必经之地，西路军失散人员东返也可能由此路过。因此，援西军利用有利的地理条件，一方面在镇原县城及各乡镇秘密建立西路军接待站，一方面由政治部派出大批精干得力人员带着药品、粮食、衣服向西搜索接应，并在泾川、平凉、固原一带及西兰公路沿线，书写和张贴通告，写明红军的驻地，以便失散的西路军指战员能尽快回归。化装潜返的徐向前、李聚奎等一大批西路军指战员，历经千难万险，先后被接应到达镇原，由援西军派人员护送回到延安。

曾任西路军总部四局局长的湖北省红安县人秦基伟回忆：

在凉州坐了四十多天牢，又把我们往兰州押送……在路上，党支部又找机会开了个碰头会，大家意见十分一致，还是要跑……被俘人员共有一千多，我们这些中上层指挥员被编成一个"军官队"，有五十多人，当然是重点防范对象……大约是到达桑园子之前，我们还在往前走，不知什么时候路边多了几个戴草帽的人，骑着车子在马路上来回跑，一边跑还一边小声嘀咕："我是三十一军敌工部的。过河朝庆阳方向走，就是三十一军。"有个叫赵瑛的女同志以后回忆说，这个人还给了她一把钱，她分给大家做盘缠了……我是假装解手溜到路边的。裤子假模假式地脱了一半，瞅前无兵后无丁，裤子一提，溜之大吉……我在三十一军接待站住了一段时间，不久，就被送到援西军驻地镇原县。当时，中央正在研究张国焘的错误，凡四方面军的同志都要参加学习，在招待所里住了个把礼拜，刘伯承司令员给我们讲话。

1937年5月下旬，援西军探悉，国民党军队把被俘押在兰州的西路军1300多人分编为军官队（130多人）、士兵队（1200多人），将由西兰公路解送西安。援西军立即在西兰公路沿线派出大批侦察员，准备在中途营救。国民党的九十八师派了一个营约500人解送，于5月下旬从兰州出发，在平凉飞机场由九十八师移交给四十三师解送将至平凉四十里铺时，援西军派出的侦察员、营救人员化装成卖茶、赶脚和卖"锅盔"的百姓，在公路两旁设法和被解送的西路军将士接头。军官队的中共党组织得到"锅盔"里夹有"四十里铺以北便是游击区"、落款是"援西军侦察员"的纸条，即秘密决定当晚向镇原方向逃跑，并立即通知士兵队，要他们在路上故意拖延，到四十里铺宿营后乘黑夜一同逃走。军官队的方强、秦基伟、卜盛光、徐立清、黄良诚、况玉纯、徐太先、辛元林等100多名干部和士兵队的部分战士约400多人，在援西军联络人员的带领下，冒着滂沱大雨，逃出宿营地，连夜渡过泾河，向东北爬上草峰原，翻过潘杨涧，先后回到了镇原接待站，与援西军会合，这是援西军营救西路军失散人员最多的一次。

在营救被俘和失散的西路军将士时，援西军开展了反对张国焘错误路线的斗争，刘伯承、张浩等坚持把广大干部和革命战士英勇献身的奋斗精神与张国焘的错误路线区分开来，坚持正面教育为主，摆事实、讲道理，且不开批斗会，不搞扩大化，更是没处分过什么人，这些做法深得人心。学习批判活动使广大官兵深刻认识到张国焘的错误路线对党和红军造成的严重危害，并统一了思想，振奋了精神，提高了部队素质，为迎接抗日战争作了思想上的准备。

"文化人"不仅是这个时代我们的追求，更是革命时代官兵们的追求。援西军深刻认识到，要想提高一支部队的素质，必须提高每一个官兵的文化水平，所以援西军在镇原县开办了随营学校，对部队干部进行轮训，开设政治、军事、文化三门课程，经过半年的学习，学员们的文化水平得到了显著提高。

当然，援西军做的还不只这些。

他们充分利用相对和平的时期，对各个职位的官兵提出了不同的要求，同时紧密进行军事训练。在训练中，各部队广泛开展各种文艺、体育军事竞赛活动，援西军司令部和红四军还专门修建了运动场，战士们一天"三操两课"，他们的精神生活和身体素质都得到了进一步的提高。

作为一名战士，打仗的基本功当然是必不可少的。在驻扎期间，援西军对战士们进行队列射杀、射击投弹和单兵攻防等训练，从而提高了部队的实战能力。

援西军进驻镇原县后，政治部成立了民运工作部，派出工作队开展地方工作，在迅速建立地方基层党组织、发展党员和建立各界群众抗日团体的同时，还积极组建各地抗日自卫军，壮大抗日武装力量，掀起了轰轰烈烈的民众抗日救国运动。据曾任中共南三镇中心区委书记兼平泾工委书记的曾川回忆："援西军做了许多宣传组织工作，使我们党的（抗日）民族统一战线的方针政策在镇原各界群众中有了新的了解，大大提高了我党我军在镇原人民中的威信。"

我们党的干部深知，要想获得一次战争的胜利，群众是必要条件，群众的力量不容小觑。为了使党的民族统一战线方针政策为群众所知，援西军做了很多宣传工作，从而激发了镇原民众的抗日热情。与此同时，民运工作队迅速壮大了人民抗日力量，在各乡镇建立抗日自卫军，维持社会治安，保护群众利益，基本上把基层群众发动和组织起来了。这时候在镇原人民心中，家与国是一个密不可分的概念，而不再像国民党统治时期，此时的镇原人民拥护中国共产党，拥护人民军队，人们的爱国热情空前高涨。

援西军以严明的纪律、优良的作风和为群众做好事的大公无私精神，赢得了民众的信赖和支持。刚开始人民群众对援西军不太了解，对军队还甚是抵触。但是，红军干部战士不抢东西，不打人骂人，并且经常宣传共产党领导的红军是专门惩治坏人、帮助穷人翻身的，是老百姓的军队，红军的一言一行与残暴的国民党军队形成了鲜明的对照，因此群众很快消除了顾虑，善良的农民群众还为红军做饭、烧水，常常帮助红军。

那时候，红军生活艰苦，常常吃不饱饭，但是真正做到了不拿群众一针一线，借东西一定归还，而且有群众生病时，红军的医生就立刻上门治病送药，群众被红军战士们的所作所为感动了，后来队伍要离开的时候，群众自发相送。

帮助农民劳动是红军的光荣传统。农忙季节，干部战士及军政治部宣传队共百余人组织了远足割麦队，到几十里以外国民党统治的平凉草峰等地区帮助群众割麦。曾任红三十一军政治部宣传科科长、远足割麦队政委的卢仁灿回忆：

5月，冬小麦快熟了的时候，我三十一军机关、部队都在积极准备帮助驻地收割麦子，军直属机关、部队抽出干部、战士和军政治部宣传队共百余人组成远足割麦队，到数十里外去帮助农民割麦，开展工作……为了便于接近群众，我们分散住在农民家里。一部分露宿，也不住地主、富农、乡保长的家和乡保办公室。住下后，就把庭院打扫干净，把水缸挑满水，饭是集体做，吃我们带去的粮食，水是自己烧。晚上，我们就开始分别到农民家去进行家访，说明我们的来意……（农民）不敢让我们去割麦，就是割麦用的镰刀，农民也说："我们自己要用。"不肯借给我们……我们行动起来了，不经主人的完全同意，我们就分组到地里去收割，镰刀不够用，就用手拔……十五天过去了，我们所到的地方的麦子基本上割完了。我们没有吃群众一口饭，没有喝过群众一碗开水，归还了所借用的东西，清理办好一切手续，大家把住地附近打扫得干干净净，背起我们携带的行装，怀着惜别的心情告别了乡亲们，全村的男女老少都站在村口，恋恋不舍地欢送我们，有几个小伙送了一程又一程。

援西军在镇原驻扎期间，国共两党的抗日民族统一战线已基本形成，但镇原县属于统战区，共产党在镇原的地方政权尚未建立起来，在这种情况下，援西军由民运工作部出面，代行中共地方政权的职责，与国民党镇原县上层军政人员及社会各界人士建立了友好的统战关系，成功地执行了党的抗日民族统一战线政策。经过努力，当地的干部群众积极同红军进行合作，支持抗日，为红军筹集粮食做了不少有益的工作。还有很多富足的人家给红军捐钱捐物，为红军提供帮助。1937年4月1日是国民党政府的植树节，刘伯承司令员和国民党镇原县长邹介民给援西军直属队做动员讲话，号召每人至少植一棵树，共促地方建设。《宋任穷回忆录》中说："当时的镇原县长邹介民，经过工作，积极同我们合作，支持抗日，为我军筹集粮食等，做了不少有益的工作。"

镇原县共产党的组织基本上是援西军发展建立起来的。虽然早在1930年，中共陕西省委派李岘在镇原建立了一个党支部，但只在国民党军队中搞兵运工作，没有开展地方工作。援西军进驻镇原后，陇东地区新成立了5个县委，陕甘宁省委派不出那么多的干部来工作，镇原县的工作由援西军民运部来承担，行使县委的职责，发展建立地方党组织，发动群众开展抗日救亡运动。援西军在驻防区内，发展了一大批党员，建立了区委、支部。除北部老区外，镇原各地的党员和党的组织，都是在援西军工作的基础上相继建立和发展起来的，尤其是驻在南三镇的红三十一军民运部，组织了一批民运工作干部，利用参加地方劳动和帮助群众治病等机会，在与群众建立感情的基础上发展他们入党，很多人后来成为当地的骨干力量。在屯字、曙光、上肖等地都有红四军民运部发展的党员。据耿飚同志回忆，当时红四军民运部在屯字原一带发展了100多名党员。当时陇东特委辖区共有1600多名党员，镇原就有1000多名，全县成立了10多个区委和一个中心区委。1937年6月，援西军奉命整编，将要开赴抗日前线，陕甘宁省委派固原工委书记李廷序和马渠区委书记王平水来到镇原，接收援西军民运部开创的地方工作。

1937年7月7日，随着卢沟桥事变的发生，抗日战争全面爆发。8月6日，遵照中央军委命令，援西军所属大部改编为八路军一二九师，奉命由镇原开赴三原，准备改编工作。9月6日，举行改编誓师大会。援西军改编后，在镇原设立了"援西军驻镇原留守处"（对内称中共镇原县委），后改为"八路军一二九师驻镇原办事处"，主要负责指导帮助当地民众救亡运动和后方动员事宜，代表一二九师对外接洽以及收容西路军失去联络的官兵，并开展与国民党镇原驻军的联络工作。后来，一二九师挺进太行山区，在刘伯承、邓小平指挥下，成为中国共产党领导下的三大抗日主力师之一。

援西军开创了镇原革命的新局面，中国工农红军用坚定的信念和密切联系群众的作风传播着中国共产党人改天换地的革命理想，促进了镇原人民的觉醒，从此，镇原人民对革命的追求绵延不绝，形成了一股强大的革命力量；援西军帮助建立了中共镇原县委，发展壮大了地方党组织和武装力量，推动了镇原地区的革命进程和抗日救国运动的蓬勃发展，此后，党领导的镇原人民为西北地区的解放乃至全中国的革命工作都做出了重大贡献。如今，镇原人民发扬老区精神，艰苦奋斗，奔走在致富的道路上。

为纪念这段历史，镇原县委、县政府在屯字镇建立了中国人民抗日红军援西军纪念馆，纪念馆占地3500多平方米，由两个展厅组成，分红军长征途经镇原、援西军驻守镇原县城、抗日战争、解放战争四个部分，全面反映革命军队和老区人民在中国共产党领导下浴血奋战、前仆后继的历程，展示他们无私无畏、百折不挠的革命情怀。

"千磨万击还坚韧，任尔东西南北风"，援西军始终是镇原黄土地里的一颗火种，鼓舞、温暖着镇原人民。

遍数风流举赤幡

——西府陇东战役屯字镇战斗始末

李朝霞

岁月流逝，沧海变桑田，唯有英雄精神历久弥新。

位于镇原县东南部的屯字镇，曾是被炮火烧焦和烈士鲜血浸透的西府陇东战役屯字镇战斗主战场。1948年，英雄的西北野战军将士和镇原地方军民不怕牺牲、浴血奋战，在波澜壮阔的人民解放战争中，用鲜血谱写了一曲可歌可泣的豪迈之歌。大无畏的革命英雄主义精神愈经岁月冲刷，愈发耀眼夺目，像一座永恒的丰碑，在镇原人民心中屹立不倒。

（一）

翻阅屯字镇战斗参战将士的回忆录和当地群众的口述史料，穿越岁月的尘烟，回到1948年，人民解放军各路大军按照中共中央的部署，在内线和外线的配合作战下，经过近一年艰苦卓绝的作战，形成了人民解放军全国规模的战略进攻形势。2月，中国人民解放军西北野战军在彭德怀司令员的指挥下，从陕北内线转入外线，向西南国民党统治区开始了战略进攻。

2月22日，西北野战军进军宜川，由第三纵队的独二旅和第六纵队的教导旅、新四旅各一部围攻宜川城，教导旅二团参与阻击瓦子街援敌。宜川城是蒋介石战略上的重要据点，配置兵力2700余人死守其"关中之屏障"。西北野战军经过殊死搏斗，于3月3日拂晓攻克宜川城，歼灭守敌一个旅，还在瓦子街歼敌4个旅，这一战扭转了西北战场的形势。

宜川战役胜利后，西北野战军乘胜追击，南下黄龙山区，命令第三纵队、第六纵队围攻洛川，诱胡宗南部裴昌会兵团来援，寻机将其歼灭，并调动内线的敌人南下，趁机收复延安。但是，洛川城地形险要，易守难攻，国民党军队挨打后吸取教训，只是援而不进。西北野战军围困洛川半月，未能攻克。这种情况下，不管是攻洛川还是打援，都有困难。

彭德怀几经思索，认为"此时回师延安，不但战斗困难，还会增加老区粮食供给难度"。他就以主力向国民党军力量薄弱的西府地区（西安以西泾河、渭河之间）挺进，发起西府战役，攻克胡宗南的后方物资储备基地宝鸡，既能解决西北野战军的物资补充问题，又能调动国民党胡宗南部裴昌会兵团来援，可待机歼灭。他命令许光达率领第三纵队及黄龙分区独立第二十二团继续围攻洛川，相机歼灭从延安、洛川向南逃窜的国民党军。

4月7日，彭德怀率领第一、二、四、六纵队及胡景铎部共4万多人，从陕北抵达马栏镇。12日，西北野战军在马栏镇集结，召开动员大会，彭德怀再次指出："这是调虎离山的办法，打敌人后方，搞他的补给基地，胡宗南就顾不上延安了，这样，可以逼敌人不战自退。只有调动敌人，才可以在运动中寻机歼敌。"于是，以一、二纵队进攻宝鸡；四纵队担任后卫，对尾追之敌实施阻击；三纵队驻柳林、小丘、官庄、黄堡、耀县等地，保主力部队东南方向的安全；六纵队插向西

（安）兰（州）公路，夺取彬县、长武、灵台地带，牵制三马（马鸿逵、马步芳、马青云）部队，保障西北野战军主力右侧，并作为以后回师的跳板。

部署停当，各纵队分头行动，大战一触即发……

（二）

4月16日，西府战役第一阶段战斗打响。中路第一纵队及右路第六纵队攻占旬邑、职田。

18日，中路第一纵队强渡泾河，占领永寿，切断西兰公路；左路第二纵队攻克永寿县以东的常宁镇，歼灭国民党第二〇三师两个团。

19日，各纵队继续西进……

25日，西北野战军已连克长武、麟游、凤翔、扶风、岐山等12座城镇，切断了西安至宝鸡段铁路，夺下了宝鸡东边的工业城镇蔡家坡和虢镇及两个火车站，这时，宝鸡已成为西北野战军砧板上的鱼肉。

宝鸡是国民党西北地区最重要的军需补给基地，既是胡宗南的总兵站，又是通往川、甘、青三省的军事要地，这里有众多的军火物资仓库和兵工厂。一心要打垮延安的胡宗南意识到西北野战军要攻打宝鸡时，立即惊惶起来，额头的冷汗不知不觉就冒了出来，守卫宝鸡的是整编第七十六师和一些地方保安团，最要命的是清涧战役后重新组建的七十六师的战斗力比较弱，无法抵挡西北野战军的进攻。胡宗南权衡之下，不得不放弃延安和洛川等地，急令整编第十七师等部回卫西安；裴昌会兵团火速驰援宝鸡。同时动起来的还有西北行辕副主任马步芳，他以整编第八十二师向长武、亭口地区进攻，企图牵制西北野战军主力。西北野战军以第四纵队和第二纵队独六旅在武功至凤翔一线抗击援敌，拦阻其西进；第六纵队教导旅等部在长武、彬县一带阻击"青马"部队；第一、二纵队则在 4 月 25 日晚向宝鸡发起攻击，26 日攻克宝鸡，歼灭宝鸡守军。虽然宝鸡已攻克，但杏林镇地区阻击敌人的第四纵队遭到了国民党第五兵团和整编第八十二师的疯狂进攻，27 日，崔木镇、凤翔以东地区失守。

刚取得重大胜利的西北野战军又面临背水侧敌的不利态势，为了摆脱困境，西北野战军将士将缴获的大量装备、弹药、战略物资销毁后，于 28 日拂晓前撤出宝鸡，向陇东地区转移。西野总部命令六纵队率教导旅担任前卫，北上至镇原县城以东 25 公里的屯字镇，以屯字镇为据点，吸引"马家军"火力，掩护野战军主力渡过泾河，向东北方向转移，以便集中兵力歼灭"马家军"，屯字镇的战略地位已不言而喻。

（三）

西北野战军转入陇东地区，标志着西府战役进入第二阶段——西府陇东战役屯字镇战斗的帷幕就这样拉开了。

5 月 4 日上午，天气晴好，但屯字镇内却寂静无声，两军交战，老百姓早已躲藏起来了。六纵队司令员罗元发、政委徐立清、副司令员张贤约、副政委饶正锡随教导旅旅部及一、二团攻进了屯字镇；纵队部、新四旅和教导旅三团被国民党部队阻隔在屯字镇外围。当时的屯字镇东西长约 300 米、南北宽约 200 米，周围有高约三四米的土围墙，南面有一条 300 米长的深沟绝壁，东、西、北三面除了村庄外，地势开阔，这地形便于防守，但也易于被包围。入镇后，罗元发和纵队其他领导及教导旅团以上干部观察屯字镇地形时，一团政委魏志明和纵队侦察科科长王正臣分别来报："敌人逃走时，连电话线都没有顾上撤，我们在电话上听到敌人向镇原城里报告情况说'共军约 300 余人，上午 11 时到达屯字镇'，镇原方面回答'继续侦察，及时报告'。"

教导旅旅长陈海涵反应很快，说："为了应付突然情况，把二团伸到北面去，一团放在东面，三团放西面，立即构筑工事，准备打吧！"罗、徐、张等人立马点头同意。

下午2时，镇内六纵部署刚毕，驻镇原县城的国民党一〇〇旅第三团马登霄部和马继援部高参韩有禄的一营就开始对城内的六纵发起攻击，双方展开了激烈战斗。下午4时左右，国民党整编八十二师副师长马全义率领一〇〇旅和独立骑兵五团到达屯字镇以北地区，向屯字镇东北两面进行包围攻击。守备在镇东的一团二营与国民党部队激战，由于敌众我寡，伤亡很大，营长赵庆恩中弹牺牲，教导员汪培模头部负伤，副营长阎德山主动担当了指挥重任，在一、三营的配合下，坚守阵地。

镇外的新四旅得知教导旅被围的消息后，紧急集结，从30里外跑步赶来支援，与教导旅三团配合作战，激战中，十六团政委常祥考、一营教导员刘宾、二营教导员史晋昌英勇牺牲。

战斗打响后，屯字镇内教导旅的电台被炸毁，部队与野司失去联络，罗元发、徐立清、张贤约等人研究决定，由张贤约带两名同志突围，另派王正臣分别趁敌西面包围圈未合拢时，突围出去，向彭德怀报告情况。

夕阳的余晖渐渐消散，天色渐渐地暗下来了，敌人的攻势也渐渐缓了下来。天完全黑下来后，敌人停止了攻击。在夜幕掩护下，张贤约、王正臣顺利突围出去。突围出去的王正臣见到彭德怀，汇报了六纵司令部和教导旅在屯字镇的具体情况。彭德怀急忙飞身上马，赶往前沿阵地，敌机一架接着一架俯冲扫射，硝烟尘土不断在彭德怀身旁腾起。彭德怀红着眼睛，望着敌机，狠狠地说："娘的，老子不信你能把老子吃了！"任凭敌机如何嚣张，彭德怀眼皮也不眨一下，继续策马赶路，来到距离屯字镇不远的沟边，举起望远镜，观察屯字镇敌情。

他命令教导旅坚守屯字镇吸引马继援部队，等待野战军主力赶到后对其实行反包围，然后内外夹击，全歼国民党军八十二师。

5 日，教导旅组织多次反攻，夺回了屯字镇周围被国民党军攻占的一些阵地和几个村子。国民党军队摸不清镇内有多少兵力，在解放军勇猛出击时，都纷纷退却。等解放军撤回城内坚守阵地后，敌人又回头向前推进，双方进行了七八次拉锯战。虽然国民党部队未能攻进屯字镇，但在马继援部迫击炮的疯狂轰炸下，教导旅伤亡很大，二团副政委赵明月、教导旅卫生部副部长王仲斌等同志在战斗中牺牲，二团副政委王湜、二团一营教导员刘瑞等同志负了重伤。

当天下午 6 时左右，西北野战军第一、四纵队 7000 多人，从屯字镇西南方向迂回过来，对马继援一〇〇旅等部形成反包围之势。黄昏时分，夕阳与炮火相辉映，屯字镇成了一片火海，厮杀声和枪炮声响彻云霄。

被包围的国民党一〇〇旅谭成祥部和独立骑兵五团马成贤部向外线猛烈突围，先后与西野主力发生 10 多次白刃战，都未冲出包围圈。马步芳又急派 4 个骑兵师、3 个步兵师驰援。胡宗南的李振兵团、裴昌会兵团也由南向北逼近，西北野战军主力有被聚歼于泾川、西峰、屯字镇三角地区的危险。彭德怀第二次电令教导旅继续坚守屯字镇，为歼灭青马部队创造条件。

6 日拂晓，教导旅重新整编部队，把三团的几个连队统归二团王季龙团长指挥，把旅部警卫营交给一团团长罗少伟指挥，陈海涵身边只留下一个通讯连，并让通讯连把弹药交给战斗部队。

比敌人枪炮更可怕的是镇内无水，镇外的水井被青马部队火力交叉封锁，派出去取水的战士 3 人牺牲，1 人在部队火力掩护下负伤回到镇内。饥渴折磨着每一个战士，无可奈何之下，只能从老百姓家里找醋润喉、做饭，可是就连烙得难以下咽的酸饼子，每个战士也仅能分到半个。实在饥渴难忍时，战士们就奉命忍痛杀掉战伤的骡马，以马血解渴。

石可破也，而不可夺坚；丹可磨也，而不可夺赤。西野将士没有退缩，又浴血坚守一天。

当天在屯字形成了"金裹银"式战局，镇内是六纵教导旅；镇外是青马八十二师；八十二师外面是西野新四旅；新四旅外边是敌一〇〇旅等部；敌人外边又是西野一纵和四纵一部；东南面胡宗南、裴昌会、李振兵团的十几个师尾随而来。且国民党的总兵力比野战军多出数倍，还有10多架飞机协助作战。

在这种不利情形下，彭德怀又来到新四旅阵地王庄观察战况，并命令六纵和教导旅设法突围。

（四）

暗夜沉沉，偶有流弹划过夜空，西北野战军能否顺利突围？能否转危为安？

敌人只围堵了屯字镇的东、西、北三面，南面深沟处只用火力进行封锁。马家军不善夜战，一直昼打夜停。抓住这一特点，罗元发、陈海涵等人决定二团在南，纵队和旅直在中间，一团由南边下沟，另一部从东面突围，分别于夜间10点在夜幕掩护下从南边下沟突围。

城外的三营是在黄昏时刻敌人不打枪后最先突围出去的。晚上10点，关盛志带领旅部机关人员和部分伤员第一批突围；罗元发等纵队领导和主力部队第二批突围；陈海涵、一团团长王季龙和二团团长罗少伟第三批突围，最后收回警戒部队一齐撤出。

罗元发、徐立清等人带队撤退时，已是子夜1点，战士们个个疲惫不堪，但不论是罗元发、徐立清，还是战士和勤杂人员，都充分发挥出冲锋在前、退却在后的高尚牺牲精神，积极把生存的希望留给同志，把牺牲的危险留给自己。突围中关盛志不慎掉入一个水洞里，但是他两手有伤，从洞里出来有困难，又走在部队后面。见他掉进洞里，他的警卫员王新义等着保卫科科长吕宝基过来，两人用绑腿拉了一会没拉上来。他们就在旁边等着，过了一会儿，组织科科长张家树过来了，3人合力才把关盛志拉了上来。

多年后，陈海涵回忆起突围那晚的情形，在回忆录里写道："有一个场面使我至今难以忘怀，第一、二批人员撤出屯字镇后，我们再把镇子检查一遍时，发现除了一些骡马和一些重武器无法带走外，还有一部分重伤员难于转移出去。因为部队要从深沟里转移，那道沟的下切深度有200米，倾斜面差不多有90度，天黑路险，实在难以行走。这件事使我十分为难，情况已经十分紧迫，胡马匪军向我部队步步逼近，急剧的马蹄声似乎越来越响，仿佛踏在我的心房，响在我的耳边。我矛盾得很，把重伤员带走吧？显然不行；不带走吧，感情上又过不去！就在这时，重伤员们好像看透了我的心思，他们纷纷表示：为了掩护野战军主力安全转移，一定以大局为重，决不让自己拖累部队的整个行动。他们苦苦要求给他们留下几颗手榴弹，准备和敌人同归于尽。他们不但没有顾及个人安危，反而替其他同志分忧，挣扎着催战友们赶快转移。此情此景，作为身在其中的我，真有一种无可奈何的内疚，更有一种无可比拟的自豪！我想，我们的战士，在生离死别的时刻所表现出来的风格和情调，是多么高尚，多么感人啊！我似乎听到了一种铿锵的必胜的呼号，听到了一曲用共产主义精神谱写的悲壮凯歌！"

教导旅撤出屯字镇后，按二团、旅部、一团、三团的序列依次上沟。拂晓前，陈海涵带着部队走上沟沿，一眼看到等在沟边的彭德怀。陈海涵握住彭德怀的手，激动得一句话也说不出来。

彭德怀激动地说："你们回来了。"陈海涵难过地说："彭总，我们回来了，可仗没有打好。"彭德怀安慰道："你们能突出来，就是一个大胜仗。""我们的重武器和骡马，还有……"陈海涵还没说完，彭德怀就宽慰道："胡宗南还会给你们送来的。"

彭德怀望着突围出来的队伍，鼓励道："同志们，你们出来了就是胜利，你们打得好，打得很顽强！重伤员牺牲了，我们今后多消灭敌人，为战友报仇；受了损失，再到敌人那里去夺。同志们，教导旅是毛主席信得过的部队，胜不骄，败不馁，这是你们旅的本色，我代表总部的同志们来迎接你们。"彭德怀讲完，向战士们敬了个礼。干部们、战士们都激动得落下泪来。

天亮后，马家军冲进屯字镇后傻眼了，西北野战军人去楼空，聚歼六纵和教导旅的美梦破灭了。心有不甘的马继援，气急败坏地嗷呜着带队追击。

彭德怀指挥从屯字镇撤退的第一、四、六纵队向肖金以东地区且战且退。5月7日下午4时，大军转移完毕。5月12日，西野主力回到关中马栏镇，16日，转入黄龙山区休整。

（五）

屯字镇东街的屯字烈士陵园里，高高矗立的烈士纪念碑，正面浮雕大书"中国人民解放军第一野战军第六纵队屯字镇战斗烈士纪念碑"，上面刻着105位烈士的姓名及职务，纪念碑后面的茔地里安葬着55位烈士的遗骨。这寄托着镇原人民对英烈的永久缅怀。

虽然西北野战军在西府战役中有比较大的伤亡和损失，但从西北战局来讲，在历时一月的西府战役中，西北野战军转战1500余里，先后收复了延安、洛川、旬邑，一度解放了彬县、永寿、崇信等14座县城，歼敌21900余人，摧毁了敌人的战略后方，开辟了新区，扩大了政治影响，拉开了陇东全境解放的战幕。在屯字镇战斗中，第六纵队和教导旅在战略上有效吸引和牵制了国民党马步芳等部的精锐部队，予敌以重创，并掩护主力转移，为整个西北的解放奠定了基础。战斗中，镇原军民倾力运送弹药、粮食，抢救伤员，配合野战军部队英勇作战。战后，镇原军民极力救助伤员，尤其是屯字镇的群众冒着生命危险救护野战军伤员和掩埋野战军战士的遗体。

结　语

　　屯字镇战斗为镇原革命老区的红色记忆增添了浓墨重彩的一笔，也为镇原人民留下厚重的精神遗产。西北野战军参战部队和镇原军民用鲜血凝聚的鱼水深情，锻造出的信仰坚定、不怕牺牲精神已厚植于镇原大地。站在党的百年历史新起点，这笔精神财富必将成为我们今天继续前行的动力。

浴血奋战支前忙

——镇原人民拥军支前纪实

张　盼

　　题记：一位哲人说过，当你采到一朵花而喜爱的时候，其实这朵花更喜欢你。解放战争时期，镇原人民在"一切为了前线，全力支援前线"的号召下，不但勇敢地站在战斗的前线，手持武器，无所畏惧，用自己的血肉之躯浴血奋战，拼死搏斗，保家卫国；而且不惜一切代价，突破层层封锁，以大量人力、物力、财力，从各个方面全力支援战争、支援前线，保证部队供给。1949 年 7 月 30 日，镇原全境解放，从此，镇原永远为人民之镇原。

　　镇原是陇东老区县之一，是陕甘宁边区革命根据地的重要组成部分。1935 年 8 月，红二十五军长征经过镇原的新城、平泉、湫池、南川、城关、临泾、孟坝、太平等乡镇，10 月，中央红军（一方面军）长征经过镇原的武沟、马渠、三岔、殷家城等乡镇。1936 年夏季，红军西征解放了镇原县北部地区，建立了红色政权。1937 年初，红军援西军驻防镇原半年时间，发展建立了党的组织，开展了轰轰烈烈的抗日救亡运动。1940 年 3 月，陕甘宁边区镇原县政府在马渠成立，初辖原国民党镇原县第四区的马渠全部、孟坝一部分，划分为孟坝、庙渠、马渠、柳州、新集5个区，共有33个乡政府。县政府成立后，废除了国民党的保甲制度，建立各级人民政权。1944年10月成立了交口河自治区，1946年2月成立了王寨自治区，至1946年底，镇原解放区扩大到7个巩固区（孟坝、柳州、石佛、马渠、新集、三岔、王寨），3个游击区（交口河、太平、万安），40个乡。巩固区和游击区有党支部51个，党小组137个，党员730名。

1947年2月，国民党胡宗南部整编七十六师师长廖昂指挥五个旅大举进攻陇东解放区，镇原县委、县政府转移到大小方山一带。胡马联军在镇原镜内，大肆捕杀进步群众和革命干部，破坏中共基层政权组织，抢夺粮食、抓丁派夫，并恢复了保甲制度，对人民群众实行最残酷的统治。同时，当地的"不法地主、地痞流氓乘机组织'还乡团'、'突击队'，向人民实行反攻倒算"，一时间白色恐怖笼罩着镇原。富有革命斗争传统的镇原人民并没有被气势汹汹的敌人所吓倒，他们怀着极大的愤怒，以有我无敌的气概，迅速组成地方武装力量，英勇开展游击战争，不断打击敌人，为人民解放军供应粮草、抬运担架、救治伤员、输送弹药、补充兵员，主动为部队侦察敌情、提供情报、设哨排查、肃反锄奸、发动政治攻势，广泛深入地开展了拥军支前活动。

父母劝、妻儿送、使计谋，积极参军参战

1947年，延安中共中央机关报《解放日报》以《夫妻送子参军都有意，老汉提刀吓人原是计》登载报道了镇原一起参军事迹：

三岔区一乡三村佃户刘义，夫妻俩有3个儿子，老两口都想让儿子参军，但又怕对方思想不通。一天，见村主任和自卫军连长来他家动员儿子参军，刘老汉心生一计，拿起一把菜刀，气呼呼地说："谁要把我儿子领去当兵，我就和他拼命！"老伴忙夺过刀，对着老汉叫道："叫娃当

兵是人民大事，儿是我养的，我愿意叫去！"老汉闻言顿变喜色。

镇原广大人民群众为了肃清国民党军、保卫家乡、保卫减租减息果实，积极参军参战，为地方和主力部队输送了大批兵员，壮大了人民武装力量，父劝子、母送子、妻劝夫、兄弟争相参军的模范事迹层出不穷。据资料记载，1946年仅孟坝、柳州、三岔3个区，父亲领子劝子参加游击队的有八起，母亲送子的有三起，兄弟相争参军的有两起，妻劝夫上队的有一起；当年在全区征兵中，镇原游击区在短期内报名参军250人，是分区同样地域面积中参军人数最多的县。1949年7月镇原解放后，为了支援解放大西北，8月至10月间，镇原全县动员新兵760名，直接为人民军队补充了新鲜血液，壮大了人民军队。同时，镇原游击队在解放区沦陷后迅速组建，并逐渐发展壮大，坚持内线作战的游击战争取得了辉煌战绩：1946至1949年间，镇原游击队与国民党政府中央军、青年部队及其他地方武装作战140余次，打死、打伤敌人80余人，俘敌、捉获便探60余人，夺取方山、马渠、三岔、王寨原据点4处，烧毁碉堡7处，缴获各种枪支、弹药、粮食及其军用物资若干。

交公粮、抬担架、缝军鞋，广泛支援前线

保障部队的粮草物资供应是支前的首要任务。为了保证前方子弟兵吃饱穿暖，多打胜仗，镇原人民踊跃交售公粮，全力支援前线。据统计，1946年，镇原解放区筹集小米17.5万公斤、小麦80万公斤、饲料27.5万公斤；1949年7月至12月，镇原全县筹集军粮8927.6万公斤，麦面114万公斤。在完成交售公粮任务的同时，镇原人民还完成了边区下达的借粮任务。镇原人民素有借粮、捐粮的支前传统，红军援西军驻扎镇原期间，其所属部队积极宣传和动员群众，镇原民众竭

尽全力支持部队，红军政治部为捐粮户贺世贤颁发"替国出力"锦旗；援西军第四军军长陈再道给捐军粮的镇原绅士赠送"民族先锋"锦旗。在生活极端困难的情况下，镇原人民节衣缩食，把省下来的粮食一袋袋、一车车送往前线，至1949年7月，镇原、西峰、新宁、新正向专署借粮18.5万石。陇东全都解放后，解放区出动驮畜1400头，从镇原向瓦亭运送米面10万斤、饲料20万斤；同时，分区在镇原县城、西峰城外、宁县焦村设立3个供应转输站，镇原县城及其附近村镇磨面10万斤，集中到转输站后统一运往前线，保证了前线部队的粮食供应；1949年8月，第一野战军开始向兰州进军，镇原联合环县向固原转运小麦2000万公斤、饲料12万公斤，第一时间保证了第一野战军部队的粮食供应和战马饲料供应。

解放战争一开始，担架及驮畜运输成了解放区人民一项有组织、固定性的支前任务。镇原人民排除万难，发动群众组成担架队，全力以赴支援战争，军队打到哪里，群众送粮、送草、担架就跟到哪里，长年累月随军服勤，为支援部队做出了巨大贡献。据资料记载，1947年，镇原解放区先后组织担架700多副，2000余人参加，运输队33个，543人参加，动用牲畜322头；1948年，镇原组织担架86副，支前群众2000余人；1949年，孟坝、马渠、新集、三岔等四个区，组织担架200副，支前群众1200余人，动用牲畜300头。镇原全境解放以后，组织担架354副，支前群众1800余人，动用牲畜1768头，随中国人民解放军第一野战军，西进宁夏、兰州等地运输物资、抢救伤员两个多月，往宁夏、平凉一带运送军粮978500公斤，面粉47000公斤，饲料80500公斤。

人民解放军行军打仗，全靠两条腿，鞋袜是必不可少的，因此，制作军鞋十分重要。当时，做军鞋的办法是由政府布置任务，每双军鞋发放6尺至8尺布作原料和手工费，但由于政府财政和物资困难，布匹往往发不到群众手中，或者不能按时发放。镇原解放区的广大妇女不计较报酬，农忙时白天干活，夜晚在昏暗的油灯下精心缝制军鞋，除完成政府布置的任务外，她们还将平时一寸一缕积攒下来的零星布料拿出来做成军鞋，无偿慰问人民子弟兵。根据现有资料统计，1946年至1949年，镇原解放区人民共做军鞋41440双。

缝裤子、脱鞋袜、请吃席，设法慰劳部队

镇原广大人民群众不仅积极参军参战，而且主动给新兵家属解决困难，热心慰劳新兵。三岔区一乡镇村民杨维邦杀鸡杀羊，请抗属刘义和游击队员李彦英的儿子一同吃饭，董长华、李荣章各送鸡一只，在何国西家做席请游击队队员吃饭。据统计，该乡区共请吃饭十几席；三乡三村还给游击队员缝裤子、借皮袄和铺盖。1946年8月，由于国民党40万大军包围进攻中原解放区，王震率领三五九旅分两路，千里转战进入陕甘，途经镇原时，县委、县政府组织解放区人民，从人力、物力、畜力等方面全力支援，并积极筹集物资，为部队的食宿做了大量工作，当时《陇东报》对镇原县人民慰问三五九旅部队作了报道，《镇原翻身农民冒雨赶路慰问军队》就是其中一例："从9月3日到5日，镇原群众纷纷慰劳三五九旅，如接援的三旅部队慰劳了鞋441双，猪15口，羊116只，鸡蛋2037个，馍2000斤，……二区五乡任家沟群众任宗德听说咱们部队没鞋穿，连忙把自己的鞋脱下拿去慰劳军队，等着婆娘给自己做好再穿。"

为了使前线战士能够安心作战，镇原广大人民群众大力开展拥军优属工作，各区、乡采取帮工、搭工等灵活多样的生产方式，不误农时，帮助军属耕种、收割、打碾等，通过拥军优属活动，既让军属更加放心地送自己的亲人去前线保卫胜利果实，也让前方的战士们消除

了后顾之忧，更加奋勇杀敌。1946年，孟坝、柳州、三岔三区给游击队队员筹集被子60床、毯子70条、皮袄60件、土地118亩等，及时解决了队员们的实际困难；同时，还送去麦子1250公斤、羊12只、鸡44只、法洋8400元等用以慰问。这些慰问品表达了镇原人民对子弟兵的热切关怀，增进了军民鱼水友谊，激发了部队指战员战胜敌人的斗志，增强了争取革命胜利的信心。镇原全境解放后，当部队进入县城时，街道居民夹道热情迎接，并给部队慰劳羊105只、鸡153只、鸡蛋793斤、蔬菜3655斤；部队进城后，慰劳面粉20.8万斤，黄米12000公斤，饲料1200斤。县人民政府成立后，还专门组成慰问团先后两次前往前线慰问子弟兵，共送去羊209只、鸡120只、慰问信600余封、慰问袋2700多个。

捐棺木、换药膏、打掩护，收容安置伤员

镇原广大人民群众怀着对共产党和革命军队的深厚感情，无偿解决部队和革命干部的食宿问题，并常常冒着生命危险，收容失散掉队的解放军官兵，积极掩护安置伤病员，对待伤病员如同对待自己的亲人一样。为了掩护伤病员，广大群众做出了巨大的牺牲。屯字镇战役后，当地群众冒着生命危险抢救了数百名伤员，许多群众还把自己为老人准备的棺材抬出来盛殓烈士遗体，先后共掩埋400多具烈士遗体。当地农民赵兴彩碰见了一名左腿受伤，鲜血淋漓的伤员，他立即将伤员背到近处草窑内，掩藏了起来，白天让自己的儿子送吃送喝，晚上他亲自护理。在粮食极为短缺的情况下，他用五斗麦子换来药膏，为伤员医治伤口。不久，敌人发现，两次前来搜查，由于群众事先通风报信，伤员得以安全转移，伤好后，赵兴彩又乘夜晚用毛驴将伤员安全送回了部队。送走伤员后，敌人四处抓捕他，他只得到处流浪，直

到解放后才返回家乡。当地群众孙宽太、孙宽善兄弟二人下沟担水，发现路上躺着一名受伤战士（西北野战军某部团长刘琨）昏迷不醒，伤势垂危，他俩立即将伤员背到家里，孙的母亲像对待自己的儿子一样，精细护理，百方医治。刘琨在孙家养伤3个多月，期间，匪兵多次来家中搜查，孙妈妈即使顶着刺刀也没有透露半点消息。刘琨痊愈后，孙妈妈让他装扮成大夫，由孙宽善牵着毛驴护送安全归队。1948年10月，西北文艺工作第一团将这个事情编为剧本《孙大伯的儿子》，在解放区到处演出。

在严酷的战争环境中，人民群众用自己生命掩护解放军战士，当地许多群众家中，就是解放军战士的休养所、供给站。屯字镇战役中，当地群众从火线上救护解放军伤员数百人，人民群众把解放军指战员当成亲人，站岗放哨，求医买药，洗衣做饭，日夜操劳，精心照顾，使他们恢复健康返回了部队。其中西北野战军六纵70多名战士失散后隐藏在当地地下党员段治财门前的沟内，敌人要到沟内搜查，被段治财应付并支走了，晚上，他立即找了一个向导，连夜把战士全部送走。随后，又遇到4名解放军失散战士，他又冒着生命危险将他们隐藏了3天，并亲自带路送回边区。

结　语

1949年7月30日，镇原县人民政府县长贾联瑞、副县长张彦儒联名发布镇原县政府布告：

> 我镇原县一九三六年西安事变后，曾一度解放，后复被国民党反动派强行侵占，迄今十年之久。在此期间，苛政暴行，无所不用其极，人民重陷水火之境。现在镇原全境业已重获解放，我全体人民又重复得见天日，民主政府亦已入城

办公，军民欢欣逾常。从此镇原将永远为人民之镇原。

为迅速恢复革命秩序，除遵照中国人民解放军总部颁发之约法八章，严格执行外，本府特此布告，深望我全县各界人民，一律安居乐业，切勿轻信谣言，自相惊扰，并协助民主政府完成各项接收工作，俾早日恢复与发展生产，将镇原建设成为民主的新镇原，以便支援前线，解放大西北。

镇原全县解放后，县政府在稳定群众情绪同时，对出逃的国民党人员进行争取，接管国民党所属机关、学校和企业，肃清国民党残余武装力量和特务人员，推翻国民党保甲制度，稳妥处理财政金融等问题，1949年年底，接收工作基本结束，人民政权全部建立，社会秩序安定，人民安居乐业，镇原全面进入社会主义建设时期。

"革命战争是群众的战争，只有动员群众才能进行战争，只有依靠群众才能进行战争。"回首过往，我们深知人民群众的力量是无穷的，无疑，中国共产党历史上的不败也皆源于此。

"治国有常，而利民为本。"习近平总书记在中国共产党第十九次全国代表大会上的报告指出："全党必须牢记，为什么人的问题，是检验一个政党、一个政权性质的试金石。带领人民创造美好生活，是我们党始终不渝的奋斗目标。必须始终把人民利益摆在至高无上的地位，让改革发展成果更多更公平惠及全体人民，朝着实现全体人民共同富裕不断迈进。"政之根本，在乎民生，战争年代，我们依靠人民群众的支持，取得了革命战争的胜利。人民群众不仅是战争的坚强主体和可靠后盾，更是改革的主体，在全面建设社会主义现代化建设征程中，应该铭记革命战争时期民众支援前线的光荣传统，坚持以人民为中心，最大限度地凝聚共识、凝聚智慧、凝聚力量，让更多的改革红利惠及人民。

箪食壶浆迎红军

陈宗斌

　　翻开中国革命史的画卷，拂去历史的尘埃，沿着镇原境内红军和解放军留下的足迹细细探索，你会惊奇地发现，它和境内古时的萧关古道、丝绸之路竟然有着完美的天然吻合之处，把镇原这座古老的历史要塞之地一直延续到现在和将来。

　　镇原，如一座红色的丰碑，永久矗立在中国革命的历史长河中，为革命的胜利发挥了特殊又极其重要的作用。在这块红色的沃土上，不但留下了中央红军、援西军等红军部队辉煌的历史辙印，又留下了革命精神的红色基因，成为镇原人民最宝贵的精神财富，永远激励着一代又一代镇原儿女不忘初心，砥砺奋进，勇往直前。

　　我们今天的这篇文章，将以独特的视角，展示镇原军民在解放战争中，为迎接三五九旅回边区浴血奋战、拥军支前的英勇事迹和巨大贡献。

　　三五九旅原为八路军第一师一部。1944 年 12 月，三五九旅根据中共中央的指示由陕甘宁边区南下，与新四军第五师在鄂、豫、皖、湘、赣 5 省交界处，创建了有 60 余县的中原抗日根据地。抗战胜利后，蒋介石调集 20 多个师的兵力，向中原根据地蚕食进攻，到全面内战爆发时，根据地仅存原面积的 1/10，处于国民党层层包围之中。

1946年6月26日，蒋介石在完成对中原解放区的包围之后，彻底撕毁停战协定，电令郑州绥靖公署主任刘峙统一指挥国民党中央军和地方部队共30万人，公然向中原解放区发动进攻，全面内战爆发。在重兵压境、敌我力量悬殊的情况下，遵照中央军委"生存第一，胜利第一"的指示，为保存力量、争取主动，中原解放军主力共6万余人，在中原军区司令员李先念、政治委员郑位三、副司令员兼参谋长王震率领下，分南北两路开始突围。其中，北路为中原局、中原军区机关、第二纵队第十三旅、第十五旅一个团、第三五九旅等部共1.5万余人，由李先念、王震率领，29日晚从河南信阳突破国民党平汉路封锁线，向西转移。蒋介石急调重兵在南阳、襄樊、紫荆关等地截击。中原突围部队采取机动灵活的战略战术，突破国民党数道封锁线，夺取战略要塞紫荆关，于8月初进入陕南商县境内，与中共商洛工委及商洛游击队会合。中原解放军主力到达陕南时，胡宗南调遣19个旅约15.5万人的兵力，向陕甘宁解放区发动进攻。同时，又急调5个旅的兵力，企图围歼王震部。8月12日，王震部兵分两路向汉中地区进军。

17日，中共中央致电王震："我们希望你率所部进至陇南后，即在两当、徽县一带分散游击，建立陇南游击根据地，对于目前牵制敌人，帮助五师及粉碎蒋介石向整个解放区进攻，帮助必大，对于将来我军向南发展则是一准备步骤。"19日，王震奉命率部开始向陇南进军。20日，中央军委致电王震："能在文（县）、武（都）、成（县）、康（县）、陇南一带创造游击根据地意义很大。如不能即北移，边区已准备三个团接应你们。"国民党第一战区司令长官胡宗南察觉王震部意图后，立即调集9个整编旅严密封锁（四）川陕（西）、西（安）兰（州）两条公路，在陕甘交界处层层设防，在陕西沿甘肃东部的宁县、镇原一带设立据点，防备三五九旅突围北上，同时强征民工在宁县良平、平子、米桥及正宁山河镇一线挖掘了宽三丈、深二丈的堑壕，设立碉堡、哨卡、据点，企图阻止三五九旅进入边区。青海马步芳部也在隆德、静宁、华家岭一带密集布防。驻固原、镇原、西峰、泾川、彬县等地担任封锁陕甘宁边区任务的国民党军队，也力图阻止王震所部进入陇南或返回陕北。

为了牵制国民党部队，中共中央电令王震率领三五九旅继续北上；李先念率领其余部队在陕南活动，伺机建立鄂豫陕根据地。8月19日，王震率三五九旅由陕南出发，兵分两路北上，胡宗南即调整编第三十六师、第七十六师、第九十师及骑兵第一旅围追堵截。王震率领东路两个团，急行军三天两夜，在行军途中与追击堵截之敌作战5次，于22日后成功穿过川陕公路，渡过渭河，穿越陇海铁路，到达陇县一带进入甘肃徽县、两当，北渡渭河，翻过六盘山，越过西兰公路，向陇东挺进。中共中央通知驻关中陇东的部队和党政机关做好准备，迎接三五九旅。

为粉碎国民党军队围攻，接应三五九旅北上，陕甘宁晋绥联防军根据中央军委指示，调动主力部队南下接应。8月22日，三五九旅已北进至陕甘宁边区附近地区，联防军部队遂于23日在边区南线发起"迎王战役"。部署新编第四旅为左翼兵团，向长武、彬县出击，警备第三旅为右翼兵团，向镇原、泾川方向出击，警备第一旅组成若干小分队，活动于旬邑地区，以迷惑胡宗南部，配合掩护王震部队顺利进入边区。

中共镇原县委和边区镇原县政府遵照上级指示，领导镇原军民配合警三旅部队，在太平镇、黑渠口等地与国民党军队展开激烈战斗，并积极筹集粮款，赶做衣服鞋袜，准备迎接慰问中原突围归来的王震部队。

当王震部队进入陇县地区时，陕甘宁边区警备第三旅在旅长黄罗斌、政委郭炳坤的率领下，计划以太平至南义井为第一线实施突破，随后向国民党统治区屯字镇、肖金镇发起进攻，沿屯（字）肖（金）公路扩大突破口，争取与王震部队取得直接联系，迎接其安全进入解放区。

8月26日晚，警三旅五团二营在合水游击队的配合下，向南义井国民党守军发起进攻，与国民党部队战斗到拂晓。之后，二营及合水游击队与国民党部队在南义井一带周旋，使其不能去镇原增援。直到9月2日王震部队进驻庆阳驿马关，二营等才撤出战斗。

在警三旅二营袭击南义井的同时，五团一营、三营在镇原游击队的配合下，向太平镇进攻。驻守太平镇的国民党七十六师新一旅一团六连和加强营的重机枪排，共170多人以及镇公所10多人拼死抵抗，解放军连续数次攻击未能攻下。此时，天已拂晓，解放军与国民党军形成对峙。警三旅五团部队稍作休整后，加强攻城的兵力，击毙国民党太平镇保安队副队长许纯贤，打伤其补给站干事魏寿山。

8月27日早晨，国民党镇原县政府急电甘肃省政府与长官部及二、三区专员公署请求援助。下午，奉三区专署电，国民党驻镇原县城军队两个排，保安队一分队及自卫队二分队赶赴太平镇增援。该部到达太平镇西面2.5公里的狼口崾岘时，与警三旅七团相遇，双方展开激战，各有伤亡，警三旅七团活捉国民党军一名副营长。当晚，驻守太平的国民党部队在警三旅第五团的猛烈进攻下，待援无望，弃城向西峰逃窜，五团遂占领太平镇。28日9时，警三旅五团一营三连配备两门八二迫击炮，向刘家大山峁国民党守军发起攻击，国民党守军弃阵脱逃。当时，太平镇及其外围据点，全部被解放军占领。

在警三旅第五团一、三营攻占太平镇以后，警三旅第二纵队七团于8月28日向国民党驻地屯肖公路一线出击，进逼屯字镇，国民党屯字镇保安队不战而逃，警三旅第二纵队七团占领屯字镇，活捉国民党屯字镇镇长李遇奎及其下属12人，缴获长、短枪6支。这时，王震率领三五九旅已经行至泾川玉都一带。警三旅第二纵队七团侦察分队立即前进，当晚在泾川的玉都、荔堡与王震部队的先遣分队取得联系。29日，警三旅旅长黄罗斌、政委郭炳坤和中共镇原县委副书记孙久德等到屯字镇迎接王震部队，下午，在屯肖公路与王震部队胜利会师。王震部队自6月27日从中原突围，在此与接应部队和陕甘宁边区地方领导会师，历时63天，浴血奋战90余次，日夜兼程2500多公里。

在警三旅第五团进攻太平镇的同时，警三旅独立营在营长李兴贵（一说李兴国）、教导员刘德清（一说营政委牛键明）率领下，对黑渠口国民党守军进行攻击，包围其于方圆0.5公里之内，俘虏国民党黑渠口镇副镇长田养性等11人。黑渠口国民党驻军一个营分别驻在一个土城和两个碉堡里，形成三角形防御阵地，拼命顽抗。独立营的战士英勇作战，使国民党守军未能挪出一步。中共马渠区委和区政府积极组织工作人员，配合独立营侦察敌情，筹集粮秣，进行战勤动员。当地群众也积极帮助独立营挖窑避雨，修筑工事，送铺盖，抬担架，救治伤员，大力支援独立营阻击国民党军队。

独立营一面围攻黑渠口，一面派出游击队深入开边羊千原一带割电话线、砍电杆，切断国民党通讯，并实行编查户口、选举乡镇长的活动。国民党包家庄、大什字、大户原、开边等地驻军于29日撤回县城驻防。在独立营的掩护下，徐国贤率部于8月30日绕过黑渠口，经过武沟进驻马渠镇。31日，徐国贤率领部队开赴孟坝镇。

五团攻占太平后，留下二连一个排，两个炮兵排及警三旅工兵连驻守太平镇，警戒西峰国民党驻军，主力于29日下午向镇原前进。30日，进驻镇原县城东北侧原上，进行攻城准备。31日，五团主力准备发起攻击时，地下党组织送来国民党九十师一八一团第三营已经进入镇原县城增援的情报，五团于是取消攻城计划。城内的国民党政府和驻军恐慌至极，急忙调遣部队加强城防，没有敢向屯字镇、黑渠口和临泾派兵增援，使王震部队于 30 日在地方工作组的带领下，顺利翻过茹河、交口河，进驻太平镇，在太平镇宿营并进行休整。

为迎接王震部队，陕甘宁边区副政委张仲良、中共陇东地委书记李合邦和公安处处长李正廷等带工作团来到镇原检查督促准备工作。中共镇原县委、县政府组成了 3 个工作组，在县委、县政府领导带领下，分赴屯字、太平、唐原迎接和组织慰问王震部队。工作组在屯字镇与王震部队会师后，马上动员、组织群众给战士们洗衣做饭、理发剃须、烧水洗脚、救护伤员。警三旅部队也积极为战友们烧水、做饭、献衣物，加强警戒工作，保证战友安全休息。

30 日，王震部队向孟坝、太平转移时，当地群众和警三旅部队组织驮队驮运行李，组织担架队转运伤病员到孟坝。当王震率部到达太平镇时，中共镇原县委书记刘文山、县政府保安科长陶继尧等率工作团与人民群众一起热烈欢迎王震部队。

在迎接三五九旅回边区路上，陇东专员公署为此给各县发了指示，要求"凡军队路经的地方，所吃的粮食和草料，不要限于专署有无指示，而各县应当自行处理""在部队经过时，应发动群众给军队送柴、送面、送水果、送草、送料，并发动沿途村庄群众给部队烧米汤、烧开水，帮助军队调剂吃饭、住宿的地方以示慰问"。

8 月 31 日，王震率部进入陕甘宁边区镇原县政府驻地孟坝，与徐国贤率领的部队会合。当地党政机关工作人员和人民群众冒雨涌向街头热烈欢迎王震部队，中共镇原县委、县政府盛情款待突围归来的指战员。县委书记刘文山、县长王子厚、保安科长陶继尧等领导同志带头各向王震部队捐送衣服，县委、县政府机关和工作人员也纷纷送慰劳品。据中共陇东分区初步总结记载，中共镇原县委、县政府机关和工作人员慰劳物品共计：猪 9 头，鸡 29 只，蒸馍 962 公斤，食盐 151 公斤，袜子 60 双，毛毡 15 条，棉衣 2 套，单衣 11 件，鞋 122 双，纸烟 27 条，马 4 匹，还有肥皂、毛巾、白布、西瓜等若干物品，招待、转运等费用共 89.68 万元（法币）。群众自行慰劳的大肉、鸡、蛋、粮虽未准确统计，但远远多于政府的慰问品。警三旅部队也纷纷捐赠物品，慰劳一路艰苦奋战的三五九旅指战员。1946 年 9 月 10 日的《陇东报》报道了李庭治等翻身农民冒雨赶路慰问三五九旅指战员的动人事迹。王震到孟坝后，在孟坝高等小学给学生们发表了热情洋溢的讲话，部队还向镇原游击队赠送了部分枪支。中共镇原县委将仅有的一匹马送给了王震。

著名记者李千峰在 1946 年 9 月 14 日《解放日报》上撰写了这样一个动人的会师场面：

> 大群欢迎者分立在道路两旁蜿蜒数里，千万双眼睛望着王将军。成千成万的欢迎者默默作愤语说："蒋介石再来进攻边区，我非和他拼命不可，一定要为中原弟兄报仇！"人们含着激动的热泪，每个人心胸中燃烧着反对蒋介石专制的怒火。成担的西瓜，成群的猪羊，送向中原弟兄的宿营地。守卫边区部队的战士们，向他们扯送着自己平时节省下来的衣裳。王震将军在黄罗斌将军专设的宴席上，举杯庆祝胜利。韩东山司令笑语王将军说："蒋介石悬赏三百万法币捉你，现在你可以给他打个申报，就说王震在这里。"国民党统治区的老百姓，也成群结队地提着酒壶和纸烟来慰劳。有一位诚朴的老汉以颤动的声音对王将军说："为了咱全国的老百姓，你们受尽了千辛万苦。我们国民党地区的百姓，天天过着牛马生活，心里天天想着你们。王司令！干我们老百姓这一杯！"王将军举杯而尽，感激地说："我们托毛主席的福，祝各位人旺财旺，谢谢各位的好意。"

为保证王震部队的安全休整和顺利前往驿马关，警三旅五团一、三营和七团于9月1日全部撤回，在孟坝、太平一线阻击国民党部队，独立营也在黑渠口将国民党部队死死包围在方圆1公里之内，使其进退不得。当日，驻守固原的国民党军一个营向黑渠口增援，独立营在警三旅炮兵连的支援下，与国民党军队展开激战，击毙、打伤国民党军士兵50多人。同日，追击王震部队的国民党军一八一团从镇原县城经过临泾向太平方向进军。9月2日，国民党军一个营向刘家大山峁解放军驻军五团二连猛烈进攻，以两个主力营从警三旅二纵队七团侧后枣林袭击七团二营，七团二营立即展开反击，将国民党军两个主力营封锁在沟内。此时，五团二连也乘机发起反攻，将刘家大山峁夺回。国民党部队又发动数次猛攻，但在解放军强力反击下，国民党部队伤亡惨重。当天，解放军俘获国民党军中校副团长以下官兵数十人。

9月1日，中共镇原县委、县政府领导，警三旅首长，机关干部和人民群众热烈欢送王震部队。当地群众还组织担架队32支，担架298副，人员2030人，转运伤病员。三五九旅部队离开孟坝经过新集、王寨，于9月2日进驻陕甘宁边区南线要塞驿马关。警三旅部队在胜利完成掩护任务后，独立营于4日撤离黑渠口，回到原驻地三岔、马渠等地驻防。同日，五团一、三营和七团部队也退出战斗，奉命撤回边区。王震率部于25日到达延安。

镇原人民在中共镇原县委、县政府的领导下，大力支援参战部队，热烈欢迎王震率领的人民解放军，为这次"迎王"战役的胜利做出了巨大贡献。"迎王战役"的胜利，体现了镇原人民对子弟兵的深情厚谊，体现了军民坚如磐石的团结精神。"迎王战役"的胜利，打乱了胡宗南进攻边区的计划，增强了边区的武装保卫力量，激发了镇原军民英勇抗敌、保卫边区的斗志，是镇原军民解放战争以来取得的第一次大胜利。

愿得此身长报国

冉贽贤

　　1956年3月，春风吹醒了陇原大地，草青了，花开了，十八岁的李芝琴，心里也乐开了花，因为经过县乡两级政府工作人员多次上门动员，奶奶和母亲终于答应让她出去参加革命工作了。

　　这是一个艰难的过程。

　　生于1938年7月8日的李芝琴，觉得自己很幸运。事实也是如此。她出生时，家乡新集乡吴塬村已属红色政权下的陕甘宁边区的一部分，曾是中国共产党地下工作者的父亲，思想开明进步，坚决阻止了奶奶给她缠脚，那是让她感觉很痛苦的一件事；父亲还送她去上了初级小学和高级小学，这在当时的十里八村也是绝无仅有的！李芝琴感到自己生在了好时代，但乡里干部来动员她出去参加革命工作时，奶奶和母亲却异口同声地一口回绝了。

　　也难怪奶奶和母亲回绝，十八岁的女子，在奶奶和母亲看来，早该出嫁做别人家的媳妇了。自家女子上学读书已经破了例，能识得几个字，别人哄不了也还说得过去，如今不赶紧找对象成家，还外出抛头露面去工作，成何体统？村里人也是议论纷纷。幸亏有父亲再次力挺，奶奶气呼呼地不再言语，母亲忧心忡忡地长吁短叹。

　　参加革命工作是李芝琴心之所愿，也是父亲心之所愿。父亲送给李芝琴一本珍藏了多年的旧笔记本，那上边有父亲记下的一点学习和工作心得，第一页上写着唐代戴叔伦的一首诗：

> 汉家旌帜满阴山，不遣胡儿匹马还。
>
> 愿得此身长报国，何须生入玉门关。

李芝琴不太懂诗的意思。父亲告诉她，这诗是他做地下工作时他的上级领导教给他的，诗意表达了要精忠报国，不赶走入侵之敌绝不返回家乡的决心。父亲还告诉她，如今虽然和平了，但贫穷和落后依然像敌人一样盘踞在我们的生活之中，建设好我们的国家和社会，为国家尽心尽责地工作，就是和平时代精忠报国的最好表现。他要李芝琴一定好好工作，不能辜负了党和国家给她上学读书、走出家门展现人生的机会。

"愿得此身长报国！"李芝琴深深地记下了这句，并以此来鼓励自己刻苦学习，努力工作。当时，同她一起被动员出来的女干部有 20 名，县上挑选了 7 名有培养前途的送到西峰速成班学习文化知识和政治常

层林尽染

识，接受系统培训。李芝琴非常珍惜这次学习机会，她认为这是组织对她的重视。她如饥似渴地学习，三年后，以优异成绩毕业，被评为优秀学员。学习结束后，她被安排到镇原县团委当了组织干事，为了激励更多的年轻人报效国家、投身到新社会的建设当中，她多次组织青年团员，或上街宣传党的政策，或参加义务劳动，不论干什么工作，都投入了全身心的热情。1959年，李芝琴光荣加入了中国共产党，成为一名朝气蓬勃的年轻党员。

长期的封建礼教对妇女的愚弄和压迫，致使女性只晓得围绕家庭和家人转圈，很多妇女长期遭受家暴，不但不知反抗，还认为这是自己生来就该承受的命运，特别是农村妇女。出身农村的李芝琴当然深知这一点，所以，1960年组织调她到妇联工作后，她经常深入农村调查妇女的生存和工作现状，并写出了大量有事实根据的报告，鼓励妇女维护自身权益，走出家门，积极参加社会生产活动。那时候人们文化水平普遍低下，农村人绝大部分都是文盲，李芝琴就利用下乡工作的机会，在农村办夜校，并亲自担任教员教老百姓认字算数。在积极、主动、自觉、热情工作中，李芝琴很快成长起来，她的良好品质和工作能力被上级认可，她先后任新集区第三乡副乡长、新集区妇联主任、团县委组织部长、县妇联干事等职务。1960年共青团镇原县委授予其"模范团干部"称号，1961年当选为共青团平凉地委（其时庆阳归平凉地委管辖）"青年突击手"大会代表。1966年2月，又调至上肖公社任党委副书记。

20世纪七八十年代以前，饥饿与人们总是如影随形。是啊，肥料不足，土地贫瘠，风调雨顺则罢了，一亩地能产个一百多二百斤的粮食，如果遇上旱荒水涝什么的，颗粒无收是常有的事，闹饥馑也就在所难免。

春暖花开，草长莺飞，文人墨客眼里最美的季节，往往是老百姓饥肠辘辘、愁肠百结的时候，也是上肖公社女副书记李芝琴最揪心的时候，她蹲点负责包干工作的南李大队，今天这家揭不开锅了，明天那家老人孩子出门讨饭去了，而找她要回销粮的，天天来往不断，她也是三天两头找领导诉苦为百姓要粮食。

作为党委副书记，李芝琴其实也深知国家的困难。粮食是地里生长产下的，不是粮库里就能冒出来的啊！要解决粮食问题，最好的办法应该是向土地要粮才对啊。

为了向土地要粮，李芝琴几乎把全部的心血都操在工作上。春种秋收、田间管理、耕地锄草等等，事无巨细她都要亲自过问，不懂的农家活路，她就虚心向农家种田能手学习。功夫不负有心人，两年后，南李大队的粮食，产量明显高于其他大队。

成绩是能力的最好体现。多年的辛勤付出，她获得了百姓的信任，也取得了组织的认可，1975年，上级党组织决定让李芝琴担任上肖公社党委书记。

上肖公社是个人口大社，人均土地面积比较少，这也就造成了粮食总是不够吃、年年向国家要回销粮吃的状况。包干一个大队尚且为几千人的吃饭而发愁，如今肩负整个公社几万人的吃饭问题，李芝琴深感肩上担子的沉重。

李芝琴陷入了深深的思考：粮食是土地里生长出来的，农民就是种地的，种地人守着土地却没有粮食吃，一句话，还是土地太贫瘠。既然党中央提出"土、肥、水、种、密、保、管、工"的农业"八字宪法"是提高农作物产量的八字法宝，那么我们为什么不从这"八字宪法"着手提高粮食产量呢？

"深耕地"是李芝琴狠抓粮食产量的第一步棋。她采用自己在南李大队包队时的"三土"经验，要求全公社在耕地时必须"耕出死土，耙成绒土，培成肥土"。为了深耕细翻，她在上肖公社建起全县第一个拖拉机站，拥有大中型拖拉机 26 台，每个大队都有拖拉机，每到耕地时节，李芝琴总是全公社到处跑着督促检查耕地质量和数量，那几年，上肖公社的机耕面积总是全县第一名。

李芝琴第二步棋便是"广积肥"。在肥料上，她提出"积家肥，搜野肥，施化肥"。她把重点放在有机肥料上，要求各生产队要大力养猪养羊养畜，积好粪肥；并且采取修罐罐厕所、搜涝池底子、扫路土、打旧炕、奁大烟筒眼等方法扩大肥料来源。冬日的清晨，寒风凛冽，李芝琴蹲点的许家生产队，每天清晨社员出门时，总能看到他们的女书记已背着一篓野粪踏着晨霜回来。

不少社员笑着说："李书记不是把粪土当粪土看，而是当粮食看。"对此，许家生产队牧羊员许银国最有感触。大凡养过羊的人都知道，羊出圈入圈时比较喜欢拉粪，李书记常常要求牧羊员要把羊圈周围路上和场院的粪土扫到圈里去。一日许银国放羊归圈晚了，草草垫了圈就回家了，打算第二天早起去清扫羊圈周围的道路和场院。谁知第二天天麻麻亮，许银国去羊圈时，看到他们的女书记拿着扫把，已经扫净了路上和羊场院里的羊粪，又推着手推车推土垫自己没有认真垫的圈，看到这，许银国心里很觉惭愧，从此后，他时时刻刻以李书记为榜样，精心牧羊、认真垫圈、仔细清扫圈外的粪土。

地处干旱半干旱的陇东高原，水资源稀缺是由来已久的，尤其春夏季节。雨水少，那就尽可能利用好。李芝琴总结出"引水蓄墒，镇压提墒，镇糖保墒"的"三墒"经：夏天引洪灌溉，把雨水都尽可能引到地里去，冬天组织群众把路上的积雪车推人担地统统就近送到田里；冬春组织劳力用石碾镇压麦秋地提墒，又镇糖地表，使土地表虚里实，像覆盖了一层地膜一般阻止水分蒸发，通气保墒。

从播种到田间管理，李芝琴都有一套严格的耕作要求。播种时一律抽选 40 岁以上有种植经验的农民当提耧手，播种出的麦子必须有行行有样样，整齐漂亮，无缺苗断垄，也不能看到播到最后回耧时留在地中心那些长短不齐的麦行。锄地时她不要大家一窝蜂挤在一块田里，锄过的地里不要留脚印，锄出的草要埋掉，这样责任分明，草净地松。

路岭大队六条路生产队原是全上肖公社有名的"老落后"，20世纪70年代初期，这个有三百多口人的生产队，大小牲畜仅有八条，其中能役使的只有六条，耕种、打碾都靠人力拉，这样的生产力，庄稼不能及时下种，田间管理跟不上，地薄苗弱本就打不了多少粮食，收割还跟不上趟，做不到颗粒归仓。当时有个顺口溜说："六条路，六条心，七姓八派乱哄哄。"1973年省农科院的一个试验组到这个队蹲点搞科学种田，队里又换了个比较重视科学种田的队长，一年时间这个生产队的面貌就发生了很大变化，亩产由原来的二百斤不到，一跃跨过五百三十七斤；社员年口粮也上升到五百多斤，平均每人还给国家贡献了一百五十三斤公购粮。六条路生产队的变化，让李芝琴看到了科学种田的好处，她有时间便往六条路跑，既看六条路有什么新举措，又去省农科院学习科学种田的方法。

李芝琴对学习科学种田几乎到了痴迷的程度，学一样就马上到自己蹲点的大队去实践一样，并把全公社干部召集起来推广。在试验站她看到人家种玉米用划行定植的方法种植，不像农村传统的点播然后拔苗定植，既浪费籽种又容易断行缺苗，而且播种速度也快，便立即求来一张划行器交给社办厂师傅，照样为110个生产队每队做一张，然后把干部领到地头上横划竖比，行距多宽，株距多长，一亩定植几千株等要点。这一改变，加上精心的田间管理，使上肖的玉米产量由原来的亩产三四百斤上升到六七百斤，甚至过千斤。

尝到科学种田的甜头，李芝琴于是带领干部群众努力学习农业技术，常常是试验站的研究成果还未在全县总结推广，李芝琴便把它应用到上肖农业生产上，并把群众多年的实践经验与现代农业科学技术有机结合，编成易记易学的口诀，落实到实际生产中去。在甘肃省农科院试验组同志的帮助下，各大队都建立了农科站，生产队建立了农科组，全公社有六百八十多人的群众科技队伍，有十一个大队、五十个生产队开展了三杂制种，制种面积达一千多亩；大秋作物良种做到了基本自给，小麦良种自给有余。平时只要有时间，李芝琴就带领干部们到农科院请专家给讲授农业技术知识，上农业技术课，这几年在上肖公社已形成了制度。上肖公社实际成了全庆阳地区科学种田的示范公社，经常有其他地方的领导前来参观学习。李芝琴介绍自己的经验时诙谐地说："我就是省农科院科学种田的二道贩子，上午学到手，下午就贩卖。"

向农业技术专家学习，向老农请教，李芝琴俨然就是农业生产的行家里手，在她的不懈努力下，上肖公社富了，全社队队有贮备粮，是庆阳地区唯一一个不吃国家回销粮，靠自己力量包下群众生活的公社。上肖公社人民不再因饥饿而面黄肌瘦，不再因春荒而萎靡不振，但他们的书记却瘦得不成样子。

粮食抓上去了，秸秆草芥也相应丰富了，牲口也比之前养得多了，粪土更多了，土地就更肥沃，产的粮食也就更多。这正应了"以粮为纲，纲举目张"，农民的生产积极性空前高涨。

20世纪70年代，农田基本建设进行得如火如荼。长久的农村基层工作，使李芝琴深知土地平整便于蓄水保墒，地块大利于机械耕作，平整土地、改土造田实在是功在当代、利于千秋的大好事。所以她在抓农田基本建设方面，不仅要求多平田整地，还对农田建设质量提出了要求："九六锤子三声响，锤窝紧密不漏梁，埂直如线，地平如镜，死土搬家，活土还原，保证当年不减产。"这意思便是，打地边埂时，底下的宽度起码达到9行锤路，向上逐渐减少，盖面要保持6行，每窝三锤，锤锤紧靠，使地埂坚实牢固，拦水蓄墒，达到地面平整，活土覆盖，保苗保产。她自己也是以身作则，抢镢头挖土、挥铁锹铲土、推车子运土，从早到晚基本忙活不停，经过这样连续治理，上肖塬面川台全部成为保土保肥保墒的高质量农田，60%以上的山地实现了梯田化，治理面积达4800余亩。

向土地要来了粮食，人们的肚子吃饱了，但作为书记的李芝琴并没有满足。农村还穷啊，很多农妇做晚饭时连煤油灯都舍不得点，只能就着灶膛里的那点亮光摸索着做，吃没盐饭是经常的事，更别说过年给老人做件新衣、给孩子买一斤水果糖了。

还是向土地要钱吧，就从林果着手。李芝琴提出了植树造林，并总结出了"杨柳耐水杏耐旱，椿树栽在沟崖畔，阴面椒，阳面槐，各种果树梯田排"的植树经验。按照这个原则栽树务果，上肖公社各大队都建起了林场，造林面积达到2万多亩，昔日的光山秃岭、草坡荒沟都披上了绿装，春来花开嫣然，夏秋果丰民喜。外人一进入上肖地界，恍如到了江南绿野。

作为领导的李芝琴不仅以饱满的热情投入到农业生产中去，同时也以严谨的态度去管理机关。她当书记后，发现每到月末会计手里都会拿着一大沓借条找人要钱，了解得知原来是数年间的借据，有好些人已调走或去世多年，借款还挂在账上。李芝琴吃惊了，职工有困难，单位帮忙救急可以，但不能不归还，那可是国家财产啊！于是她就从完善制度入手，建立健全了公社财务制度、干部定点包村制度、工作汇报制度、检查验收制度、请销假制度等等，使公社的管理有章可循。

严谨的管理并非没有人情冷暖，在荣誉和利益面前，李芝琴总是把好处让给别人。1975年上肖公社获奖，县上提议要奖给公社领导，作为书记，李芝琴自然排在第一位，但是她提议奖给集体。如此为公社荣获了一台电视机，那可是全公社第一台电视机啊！就是那台电视机，不仅丰富了公社机关及周边单位的职工文化生活，人们的工余不再是打扑克"斗牛九",也让群众更多了解了外面的世界,及时掌握了党的方针政策。1976年,上级对个人奖励,第一次有了奖金,李芝琴把评给自己的五十元奖金,主动让给公社一位副主任;1979年,十多年后第一次调资,上肖公社只有15个调资名额,占全体职工的百分之四十,就是说有百分之六十的职工是享受不到增资福利,单位只能采取评选的方法确定享受增资人员。月资38.5元的李书记工作一贯积极认真,首先便被大家一致评上了,但她看到一位没有评上的同志很是失落,她找领导谈话,主动把自己一级工资让给了那个同志。

这就是李芝琴,对同志正如春天般温暖,对工作比夏天还要火热,对自己,却严格到近乎苛刻。她的爱人是一位边防军官,长年戍边在外,三个孩子和平日的生活家事全靠她一个人操持。上肖公社的社员几乎人人都认得李书记的专车:一辆破旧的自行车,后座上用绳子绑着一个旧木箱,木箱里躺着幼小的孩子。骑行时,怕路颠或孩子动弹致使木箱掉地,她就用绳子将木箱绑在自己腰上;孩子大点了,不再愿意一直躺在木箱里,她就再用绳子把孩子绑缚在箱子里。酷暑严寒,孩子跟着她受尽了颠沛之苦,特别冬天,尽管她为孩子铺着小棉被,孩子的小脸和脚手还是常常冻破。到县里和外社队开会,她的孩子也是这样被绑在自行车上,随着她来来去去。孩子难受得大哭,她心也疼啊,可想到自己不仅仅是一位母亲,更是一社书记,全公社几万人的温饱就在她的一念之间,她得为人民着想,为国家分忧,容不得儿女情长。

千禧年之前,单位职工的住宿都由单位提供。作为公社书记,组织给她提供的宿舍主要用来办公,她带着三个孩子根本无法在那间房子生活,她没有因此向组织开口,而是自己动手把社办厂废弃的一个烤木板房收拾出来安了家。就那么一间四面漏风、不通电、不通水的房子,她一家一住就是多年。那时候上肖公社没有集市,买东西要去四五十里路外的屯字，日常用品还好说，可以多买一点，买菜蔬就很不方便了。上肖的群众都知道这情况，所以她下队时常常有群众要送她点菜蔬，她都一一谢绝，决不拿群众一针一线。所以在她家孩子的记忆里，小时候常常是蒸馍加辣子吃饭，盐醋调水喝汤。

生活中最难的应该就是面对亲友的一些不合理不合规要求，尤其作为领导，若不能坚持公正公平，不说有负苍生，连最起码的公序良俗就都搞乱了。对此，李芝琴有她的原则，那就是绝不因私废公。在党内政治生活中，李芝琴带头维护党委的集体领导，发挥"一班人"的作用。凡是一些重大原则同题，都交由党委会集体讨论决定，她从不自作主张，也不放弃原则，善于集中大家的正确意见，把大家的聪明才智变为党委的正确决定。她当书记几年来，没有利用职权给自己的亲友办过一件私事。某年，李芝琴的一个亲戚看到上肖公社自然条件好，能吃饱饭，就找她想搬迁到上肖公社来，她觉得这不合当时的规定，就没有答应。平时也经常有老熟人、老同事，甚至上级领导，想找她"走后门"办私事，只要是不合原则，都会被她严词拒绝。一次县上某部门一名家在上肖的干部，违反程序为自己的孩子办了招工手续，群众很有意见。听到反映以后，李芝琴派人到那个干部家所在的队里去调查并征求社员意见，最后决定换上了群众推荐的另一个青年。类似的事情不胜枚举。

耕耘就有收获，努力的人生便是不平凡的人生。在李芝琴当公社书记的几年中，村村通了道路；13个大队通了电，群众磨面碾米、饲料粉碎问题基本解决；塬面打机井36眼，解决了人畜饮水问题；上肖公社每年超额完成国家的粮食征购任务，粮食亩产、总产、对国家贡献、集体储备粮和社员口粮标准均名列全县第一，在全庆阳地区亦名列前茅，被县委、县政府树立为先进公社。李芝琴本人也因此获得了诸多荣誉：1978年被庆阳地委授予"模范干部"称号；1979年被全国妇联授予"三八"红旗手称号,并赴北京参加了全国"三八"红旗手表彰大会,1980年被镇原县委授予"群众信得过的公社书记"称号。

1980年12月,镇原县召开第九届人民代表大会,差额选举县政府领导,李芝琴因其勤恳廉洁、清正无私、甘愿做人民公仆等耀眼的人格魅力,荣幸地当选为镇原县副县长。离开上肖公社时,很多群众自发前去相送,大红的纸面上,有人当场写下:

> 群众放在心,担子重万千。
>
> 天雨泥一身,天晴土满面。
>
> 带着儿女干,四季在田间。
>
> 刮风当扇扇,下雨当流汗。
>
> 雪天冰地冷,为民不知寒。
>
> 青春做奉献,一晃十六年。

质朴的诗句,一如李芝琴质朴的性格和为人,却也反映了人民群众对她诚挚的爱戴和拥护。走上新的工作岗位,李芝琴更加忘我工作,1982年9月,她光荣地当选为党的十二大代表,出席了中国共产党第十二次全国代表大会,成为新中国成立以来镇原获此殊荣的第一人。

明朝哲学家王廷相在其《慎言·御民篇》中说:"天下顺治在民富,天下和静在民乐,天下兴行在民趋于正。"李芝琴以她的娇柔之躯,殚精竭虑,终于让自己治下的百姓富足而和静,也是她以身报国之初心的最好诠释。

春风浩荡扑面吹，春潮澎湃动地来，春手更待众手开。被革命胜利激活了的镇原人民，调动起手心相连的情谊和激情，把个人的命运与国家和民族的命运紧紧相连，共沐风雨，同迎风浪。

　　——在伟大的中国共产党领导下，镇原人民积极投身于建设美好家园的滚滚浪潮中

花开梁峁醉心头

何 华

遍地英雄下夕烟

陈宗斌

　　新民主主义时期的镇原县，是国民党在陇东控制的重点区域。1937年，中国人民抗日红军援西军进驻镇原以及中共镇原县委的成立，是镇原历史上开天辟地的大事。从此，镇原土地革命和改革运动进入了一个历史发展的新阶段。土地革命是中国新民主主义革命的核心内容，农民是中国革命的主力军。在新民主主义革命过程中，中国共产党始终把解决农民的土地问题，作为反封建斗争的中心任务，并把这一任务与发展革命武装、建立革命政权紧密联系在一起。

　　土地革命时期的土改运动。为了调动农民生产和参军的积极性，满足农民的土地要求，镇原北部地区的土改运动在1936年6月红军西征时就开始了。陕甘宁省委工作队到镇原后，在西征红军帮助下，一边发动群众组建地方武装，摧毁国民党基层政权，一边开展以打土豪、分浮财、废除地主债权、租佃土地谁种谁所有等为内容的土地革命斗争。工作队宣传共产党的土改政策，组织群众开展打土豪分田地活动，打一家，分一家，所得土地财产首先分给政府工作人员、当地积极分子和红军及游击队指战员，带有一定的奖励性质。马渠大地主孙世昌外逃后，又返回家乡，工作队召开群众会议对他进行了说理斗争，帮助群众清算地主剥削账，当众烧毁契约借据，没收了他的大部分土地，分给耕种的雇农和佃农。1936年10月，三岔区苏维埃政权成立后，组织农民成立了农会，在农会内部成立土地委员会，贯彻执行土地革命的法律政策，领导农民继续开展土改运动。没收了地主的土地和其他财产，组织群众对各家的土地占有情况进行调查登记。实行地主出租的土地谁种归谁所有的政策，地主再不得向农民收租和收地，以法律的形式确定了农民对分得土地的所有权，地主只按其家庭人口留一份土地，让他们自食其力。

这次土改运动使一部分贫苦农民获得了赖以生存的土地，激发了他们的革命热情和生产的积极性。但是，客观地看，还存在工作不彻底和经验不足等问题。

抗日战争时期的减租减息。为适应抗日战争新形势，按照1940年陇东分区临时参议会通过的"三七"减租（即一斗减三升）及1939年2月以前的欠租一律豁免的决议，中共中央《关于抗日根据地土地政策的决定》，中央西北局《关于贯彻实行减租的指示》和陕甘宁边区政府《租佃条例草案》精神，边区镇原县成立减租委员会，于1942年春广泛发动群众，开展减租减息运动。首先，开展租佃情况调查。经调查，边区镇原县共有5448户，38311人。有385410亩土地，每户平均70亩7分，每人平均10亩。其中，地主544户，4833人（占总人口12.6%），占有土地113024亩（占总土地29.3%），每人平均23亩3分；佃户1528户，9336人（占总人口24.3%），占有土地3135亩（占总土地0.8%），每人平均3分，租种别人土地117814亩。由于佃农生产资料缺乏，连年歉收，租额高，只得长期拖欠。如三岔区地主李焕章，有13家佃户，1939年前，佃户共欠其租344石5斗5升。1939年至1942年减租后，尚欠地租65石1斗7升，每户平均欠租5石1升。针对这种情况，全面开展减租减息。到5月完成了11个乡的二五减租。11月又完成了13个乡的减租工作。至年底，边区镇原县的34个乡，除位于红白边界的孟坝区六乡尚未结束，其余33个乡都完成了减租任务。减租地主421户，佃农1528户，粮食7831.7万石。这次减租中，作废了大部分老账旧约，另立了新约，订立了合同，延长了租佃年限。

在减租运动中，对违抗减租政策，搞阴谋活动的地主，进行了揭发和打击，对自愿减租减息的开明地主给予通报表扬。如三岔区开明地主李焕章看了《租佃条例》后，将佃户找来，当着区干部和群众的面，把旧欠地租契约一律销毁，按减租法令办事。同时，对个别不交租交息的佃农进行批评，督促其按额交纳。1944年底，减租工作全部完成。

抗日战争时期的减租减息，在政治上动摇了封建统治，在经济上削弱了封建剥削，调动了农民的生产积极性，团结了大多数地主投入抗日斗争，为巩固边区镇原抗日民主政权，发展统一战线，争取抗战胜利发挥了巨大的推动作用。

解放战争时期的清算减租及土地征购运动。为消灭封建剥削、实行"耕者有其田"，1946年5月4日，中共中央印发的《关于清算减租及土地问题的指示》（简称《五四指示》）指出，没收汉奸、豪绅、恶霸的土地；对一般地主，实行清算减租，以土地清算偿还；一般情况下不动富农的土地，更不侵犯中农的利益；运动中所得的果实，公平合理地分配给烈军属及无地、少地的农民。遵照这一指示，镇原的孟坝、柳州、石佛、马渠、新集、三岔6个区开展了轰轰烈烈的清算减租运动。

当时，边区镇原县共有地主84户，佃户6053户，耕地50.18万亩。其中地主占有土地8.04万亩，占总耕地面积的16.56%，人均63亩。有16户地主，占地都在千亩以上，最多的竟然达到7000多亩。

地主所占土地，雇佣长工耕种 2.48 万亩，出租 5.86 万亩；富农有 107 户，共出租土地 1.45 万亩。地主、富农共出租的土地占总耕地面积的 14.57%，而贫苦农民的耕地很少，迫切要求解决土地问题。

这次清算减租，对于一般地主和出租土地的富农都从 1940 年算起，大地主则从 1937 年或 1938 年算起。清算减租的标准是：1937 年至 1939 年按三七减租并加利三分或五分计算；1940 年至 1941 年按三七减租；1942 年至 1945 年按二五减租；1945 年按歉收年减租。地主对佃户的额外剥削，折成粮食，外加利息，退给佃户。旧约旧账，完全焚毁。在减租的同时，还进行了减息，并制定了照顾佃户的许多规定。对 10 户大地主及有罪行的地主，经过斗争，延伸到 1937 年清算退租，并加利三分，个别加五分。对 15 户中等以上无欺霸行为的地主，也从 1937 年起按加三分利进行清算退租。其余中、小地主从 1940 年加三分利清算退租，有的没有加利。对富农从 1940 年起清算，只退租，不加利。

这次清算减租工作，在充分发动群众的基础上，依据地主剥削的程度、罪恶的大小以及思想的开明与反动等，采用诉苦清算、说理斗争和协商解决等办法，有区别地进行斗争和清算。如三岔区一乡，有 21 家佃户对地主高万寿斗争了 4 天，揭发了其罪行，清算了租息。由于地主欠债太多，无法偿还，所以在双方自愿的原则下，由农会主持，将所出租的土地卖给了佃户。孟坝区地主李希刚，占有土地 5000 余亩，大部分是在 1929 年、1930 年遭年馑时，巧取豪夺农民的土地，还曾支使家丁 13 人赶走农民张维清一家，强占张维清 20 亩土地、6 头驴。有 161 家佃户参加了斗争会，对李希刚进行了斗争清算，共清退给佃户土地 1400 亩。清算减租后，不少农民在农会的协调下，和地主建立新约，这样便保证了农民的利益。据 1946 年 12 月 3 日的《解放日报》报道：镇原县孟坝一乡 60 多家佃户斗争清算地主大李家、苏李家，收回土地 2600 亩、牲畜 13 头、庄院 15 处。据资料统计，镇原县解放区参加这次清算地主土地的佃户 655 户。经过清算，土改工作组从地主占有的土地中共清理退给佃户土地 2.72 万亩，粮食 44.17 石，勾销佃户欠地主的粮食 40.94 石，顶替地主租金 136.05 石，钱 113.53 万元，庄基 150 处。

边区镇原县在清算减租以后，根据《陕甘宁边区土地公债试行办法(草案)》精神，开始了土地征购运动，进一步解决广大农民对土地的需求。

1946 年 12 月 13 日，陕甘宁边区政府颁布了《陕甘宁边区政府征购地主土地条例草案》。土地征购是根据"耕者有其田"的原则，以发行土地公债的形式，征购地主超过应有量的土地和生活富裕、出租土地较多的富农所出租土地的一部分。同时，对减租中得到土地过多的佃户，经过说服劝解，在完全自愿的基础上抽出一部分土地，调剂给无地或少地的农民。征购土地的地价由乡政府、农会及地主三者协同评定，最高地价为当地平年两年产量的总和，最低地价为当地平年一年的产量，按细粮计算，分 10 年还清，年息四分五厘。公债清偿由边区政府办理，并由边区政府及承购人各分担一半。经核实，如果承购人家境贫寒，无力清偿公债，也可酌情减免，减免部分由政府负担。偿还公债时，5 石以下的如数清偿；5 石至 10 石的，将超过 5 石的部分按 80% 计算清偿；10 石至 15 石的，将超过 10 石的部分按 60% 计算清偿；15 石至 20 石的，将超过 15 石的部分按 40% 计算清偿；20 石至 25 石的，将超过 20 石的部分按 20% 计算清偿；超过 25 石以上的，超过部分不再清偿。

土地征购过程中，首先查实土地、人口、劳力及牲畜的数量，确定征购、承购对象。土地征购以乡为单位，首先分配给无地或少地的贫、雇农，适当照顾原耕佃农，做到土地数量、质量大体平衡。对贫苦的革命烈士遗属、现役军人家属及复员退伍军人优先照顾。最后焚毁土地老契约，另立新契约，签发土地证。边区镇原县土地征购于1947年底结束，共调剂土地12万亩，使1365户无地和少地农民得到了土地。在征购地主多余土地的影响下，有些富农和中农也自觉捐献出多余土地。柳州区五乡第一行政村10户富农捐献出山地1150亩，3户中农献出山地290亩。

清算减租和土地征购运动极大地减轻了农民的经济负担，使绝大多数农民得到了适量的土地，掌握了土地的自主权，大大激发了广大人民支援解放战争、保卫解放区的热情。

中华人民共和国成立后的土地改革运动。土地改革是消灭封建剥削制度的深刻社会变革。1949年11月至1950年6月，镇原县在老解放区进行了反霸反倒算斗争，新解放区开展了反霸减租清债斗争。通过反霸反倒算和减租清债斗争，打击了恶霸地主的气焰，为随后在全县进行土地改革准备了政治条件。

在中央明确政策思想、制定法律法令、动员组织群众等一系列充分准备的基础上，从1950年冬季开始，一场历史上规模空前、彻底废除封建土地制度的土地改革运动，在新解放区有领导、有步骤地展开。镇原县委、县政府按照"依靠贫雇农，团结中农，中立富农，打击地主"的总方针，结合本县收复区和新解放区的不同情况，因地施策、稳步推进，分两期进行了全面深入的土地改革。第一期从1950年10月开始，至1951年2月结束，对55个乡进行了土改；第二期从1951年2月下旬开始，至4月底结束，对43个乡进行了土改。

动员组织群众。镇原县委、县政府根据地委部署成立了土改工作团，制定土改工作计划、细则和干部在进行土地改革工作时的《八项纪律》。工作团分成若干个工作组进入农村，及时召开动员会，向群众宣传党的土地改革政策措施。同时，通过"访贫问苦""引苦谈心""剥削算账"等方式提高贫苦农民觉悟，消除顾虑，引导农民积极参与到土地改革工作中来。经过细致的思想政治工作，群众的思想觉悟有了很大提高，许多贫苦农民纷纷参加农会，成为土地改革的中坚力量。同时，大力发挥农民代表大会的作用。各区、乡在每个阶段，都通过召开农民代表大会的方式来解决问题，为土改工作的全面实施做好思想上、组织上的准备。

划分阶级成分。划分阶级成分是全面发动群众，贯彻落实《土地改革法》的重要环节。镇原县划分阶级成分采取比劳动、比剥削，自报公议，民主评定，张榜公布，三榜定案的方法进行。在划分成分工作中，贯彻了区别对待政策，对恶霸地主、一般地主、工商业者兼地主予以区别对待。土改中全县共划地主490户，占总户数的1.37%；半地主式富农282户，占总户数的0.79%；富农291户，占总户数的0.81%；小土地出租者118户，占总户数的0.33%；中农15792户，占总户数的44.19%；贫农15151户，占总户数的42.39%；雇农2517户，占总户数的7.19%；工商业者399户，占总户数的1.11%；其他696户，占总户数的1.94%。

收复区的土改工作。当时，三岔、孟坝、新集3个区的全部乡和开边区的1个乡，共27个乡属收复区。其中孟坝区的一、三、五、六、八、九乡，三岔区的一、三、四、五、八、九乡，新集区的一、二、三、四、五、六乡等18个乡，经过1946年的减租清算和土地征购运动，在1950年上半年又进行了反倒算斗争，土地已大体分配。只是当时有些地主，特别是富农留了数量较多、质量较好的土地，或者某些地方有分配不公的问题。少数地方也有分地不彻底，个别地主、富农漏网，或非法收回土地的问题。这些乡土改中主要是确定地权，迅速恢复与发展生产，在有利于团结、生产的原则下，通过抽补调剂等办法予以解决。主要采取以下具体政策进行：一是征收地主、富农现留较多较好的土地、多余的耕畜、农具、在农村中多余的房屋，以及学地、庙地、祠堂地、农村中其他公地，分给当地无地少地的贫苦农民。在处理方法上，除作恶多端，继续反对土改的恶霸地主依法惩办外，一般地主采取协商调剂的方法进行，不组织斗争。二是1946年所征购富农的土地一律有效，富农不得找借口向农民收回土地。若在战争中非法夺回征出的土地，现在尚未退给农民者，应退还给农民。征购时给富农保留的土地，现在仍不动，即使少量土地出租也允许存在；半地主式富农出租土地，酌情征收分配。三是征购土地时侵犯了中农利益，错分了土地或中农自动献出的土地，凡是中农在战争中业已收回的，不再令中农退出，原分得户农民因此缺地的问题，用其他办法解决。有的中农在战争中收回被征购和献出土地，该地区收复后又自动退给贫雇农，就向中农作解释，不必勉强让贫农退还中农。中农在战争中未收回分出的土地，现在也不退还，政府向中农解释认错，说明征购土地时，献出的土地是团结照顾贫雇农的表现，战争中未收回更是团结贫雇农的好表现。至于未退还土地的中农确实生活有困难时，可在征收出地主和其他公地中酌情予以补偿。四是成分划分以1946年征购时经济状况计算，复查错定成分改定时，坚持有利于生产、有利于农民团结的原则，用适当调剂的方法处理。收复区的土地改革，依据上级政策，结合本县实际，注重党在农村土地改革政策的延续性，采取灵活多样的方法，开展了振幅较小、成果显著的土地改革。

新解放区的土改工作。新解放区包括孟坝区的二、四、七乡，三岔区的二、六、七乡，新集区的七、八乡及新解放区临泾、太平、中原、新城、肖金、屯字、开边（包括收复的1个乡）7个区，共80个乡，大部分土地集中在地主、富农手中。镇原新解放区土改从1951年2月下旬开始，在县委、县政府领导下，有步骤、分阶段展开。首先是发动群众，划分阶级，随后是没收征收和分配土地财产，最后进行复查颁证和动员生产。在具体的工作中坚持了下面的土改政策：一是没收地主土地、耕畜、农具、多余的粮食及其在农村的多余房屋；地主家庭自耕的土地，适当加以抽补后，基本予以保留，其余土地则予没收。地主的其他财产，包括所经营的工商业在内，不予没收。对地主房屋、粮食只没收多余的部分，并采取先留后分的办法。对地主不挖底财，不分浮财。二是坚决保护工商业，包括地主经营在内，一律不得侵犯。如农村工商业或手工业中的轧花、纺织、榨油、作坊、铁、石、木工匠、运输、药铺等所有的铺面工具，与工商业直接联系的土地，不以任何借口去分散或破坏。对工商业家在农村的土地和原农民居住的房屋，则予以征收分配。对工商业者在农村中的合法经营予以保护，不予侵犯。在处理工商业家在农村的土地时，把工商业家和小摊贩分开，不把小商贩定为工商业家。三是对出租土地超过自耕和雇人耕种数量的半地主富农，征收其出租部分土地外，一般富农出租少量土地，一律不动。四是对革命军人、烈士家庭、工人、职员、自由职业者、小贩等，因缺乏劳力而出租少量土地的，均不以地主论；其每人所占土地不超过当地平均每人所占土地的一倍者都保留不动；超过者，征收其超过部分；如该土地确系以本人劳动所得购买或系鳏、寡、孤独、残废等人的，虽超过一倍，也酌情予以照顾。五是征收祠堂、庙宇、寺院、教堂、学校、团体在农村的土地及其公地，在处理宗教土地和宗族土地时，坚持照顾人民的宗教信仰和民族感情；在分配族有土地时，注意尊重本家族农民的意见，并适当照顾本家族无地少地农民的需要。六是所有没收和征收来的土地，归贫苦农民所有，对地主也分给同样的一份。分配土地时，以乡为单位，在原耕地基础上和利于生产的原则下合理分配。对分配土地中的一些特殊问题，根据土地法第十三条办理。一切应该分地的人，都分给土地和其他生产资料。在分配土地时，以乡为单位留出少量土地以备本乡逃亡户回来耕种，或作本乡调剂之用。但所留土地最多不得超过全乡土地的百分之一。对土改中的一些具体问题，县委还作了相应的规定。5月13日，庆阳地区党政机关及西峰镇各界人士隆重集会，庆祝全区土地改革工作胜利完成，并向毛泽东主席拍发致敬电文；8月29日，根据地委、专署的指示，县委印发《镇原县土地证颁发计划》，开始向农民颁发统一印制的土地证书，确定各户农民对土地的所有权；1951年底，县委又下发了《关于颁发土地证及解决土地遗留问题的一些具体问题的规定》，复查土改工作，解决遗留问题。

通过历时195天轰轰烈烈的土地改革，全县共没收和征收土地3285945亩，分配给12885户64808人，使无地少地农民得到了土地。一共有13499户农民分到了耕畜3039头，农具8084件，窑、房4328间，粮食2060.815石，以及其他财产约值小麦2640石，遂即废除了解放前欠地主的一切债务。

镇原土地改革的胜利完成，是镇原历史上一次翻天覆地的伟大变迁，从根本上铲除了镇原封建制度的根基，极大激发了农民的生产积极性，带来了农村生产力的大解放、农村经济的大发展。这是中国共产党领导镇原人民反对封建主义斗争的历史性标志，它为镇原新生政权的巩固和发展奠定了坚实的基础，也为改革开放初期在镇原施行家庭土地联产承包责任制的奠定了基础。

青山着意化为桥
——镇原县乡镇企业的发展与社会贡献

李儒峰

引　言

1978 年，党的十一届三中全会结束了长达十多年的阶级斗争，把工作的重点转移到经济建设上来。

镇原县当时经济还相对落后，农业大县，雨养农业，靠天吃饭，属"干老边苦"（干旱农区、革命老区、边远山区和艰苦地区），生产力低下，基础设施落后，人们的思想还没有转变过来，遵从人民公社的统一集中领导，实行大集体生产，绝大部分群众仍然靠回销粮救济，温饱没有得到解决。1983 年 6 月，全县第一轮土地承包全面推行后，生产资料划归个人，极大地调动了农民的积极性，实现了由粗放经营到精细耕作的转变。当时，全县大力推行农业生产新技术和良种推广，在两年内，农村实现了粮食上的大丰收，口粮自给自足，让老百姓梦寐以求的白面馍成为现实。在这样的大背景下，农村第一次蜕变悄悄萌动。

春风化雨，　早期发展

镇原县乡镇企业起步较早，它萌发于农业合作化时期的手工业合作社，正式形成于人民公社化运动中的社办企业，兴盛于十一届三中全会之后的乡镇企业。春风化雨，政策归心。经济基础决定上层建筑，上层建筑反过来为经济基础服务。党的十一届三中全会以后，把工作重心转移到经济建设上来的英明决策，为社会经济转型发展播洒了一场及时雨，促进了乡镇企业的迅速发展。

1956年，完成社会主义三大改造以后，全县原有的个体手工业被统一起来，形成了从事铁业、木工、缝纫、砖瓦、维修等生产类型的手工业合作社。当时全县共有9个，个体生产小组7个，从业人员229人。1958年人民公社化运动以后，党中央在《关于人民公社若干问题的决议》中，首次提出"人民公社必须大办乡镇企业"的号召，扭转当时集体经济薄弱、工业落后的局面。到1959年2月，在中共中央政治局（扩大）第二次郑州会议上，毛泽东指出："目前公社直接所有的东西还不多，如社办企业。虽然如此，我们伟大的、光明灿烂的希望也就在这里。"在这一号召下，各地都掀起了大办社队企业的热潮。镇原社社队队办工厂，当时是把分散从事木工、铁业和手工砖瓦生产的个体手工业者集中起来。木工和铁业主要为当时农田水利建设实现"运输车辆化，滚动轴承化"服务。1960年至1966年，党中央为纠正"左倾"错误，提出对于国民经济实行"调整、巩固、充实、提高"的工作方针。镇原县随即确定各公社和大队一般不办企业，原有社队企业大部分下马，全县只保留了平泉、屯字、孟坝、太平、三岔、马渠这6个手工业合作社。

1971年秋，为贯彻国务院北方地区农业会议，坚持"社办社有，队办队有，联办共有"和"互助互利、等价交换"的原则，为了加快实现农业机械化，大办三级农机修造网，各公社和部分大队兴办了一批小型农机修理厂、农具厂，同时新办了一些社队林场、养猪场，全县20个公社建起了社办厂。1976年3月，镇原县革委会设立"社队企业办公室"，标志着镇原县社队企业正式形成，并且作为一个工业生产类型，拉开了序幕。早期阶段，乡镇企业多以手工业生产为主，规模小，效益低，发展速度缓慢。这个时期执行的是"三就四为"的方针，发展的范围仅限于公社、大队两级，主要行业有铁业加工、修理、基建队、砖瓦厂、大队办的农场、林场、饲养场等集体经营。农副产品加工企业和运输业由社队组织开始发展，社队办农、工、商联合企业713个，从业人员5585人，生产总值478.58万元，实现集体积累68.05万元，其中工业企业256个，占企业总数的35.9%。

乡镇企业快速发展，是在改革开放以后。1978年10月，县上撤销了社队企业办公室，成立镇原县社队企业管理局。1979年9月28日，党的十一届四中全会通过了《中共中央关于加快农业发展若干问题的决定》，提出了明确的指示："社队企业要有一个大发展。"1979年7月3日，国务院颁布了《关于社队企业若干问题的决定》，对社队企业发展提出法律依据。同年8月1日至6日，庆阳地区革委会召开全区社队企业工作会议，为了便于领导，将各县、社农机站和综合修理厂分开，农机站划归农业机械管理局。1981年全面实行家庭联产承包责任制以后，政策宽松，市场放开，农村的能工巧匠率先进入流通领域，从事贩运、销售和建筑、加工等生产，从此打破了社队企业由公社、大队经营，集体所有的格局。

穷则思变，闭则思通。农村是一片广阔的天地，劳动人民创造了一切。在社会大变革中，身处贫困的农民们，最早就能够感知到政策变化带来的社会变迁，如同野火烧不尽的小草，春风吹又生。最先从农村走出来的是一些小商贩，那些曾经作为"投机倒把"犯罪分子被打击、关押和服刑的人，改革开放后，陆续宣布无罪释放。这些人锐敏地看到政策变化，大胆地开始商业经营。平泉镇的刘林，最早从固原毛纺厂贩运回一车毛巾、肥皂、香皂、脸盆等日杂用品，当时农村商品供给还在计划时代，就连生活日用品也紧销，这些贩卖回来的商品，在农村集市上被抢售一空，获得的利润让刘林在那个年代就获得第一桶金，年获利达到2000元。在他的引导下，平泉镇刘士安从陕西彬县贩运麻袋。由于农村粮食连年丰收，麻袋成为难得的商品。当时售价每条2元，而进价只有0.60元，加上中间费用，每条净利润在1.1元。这不但解决了农民的急需，也让刘士安大赚一把。当时，一些农村能人纷纷出动，除国家还在统管的化肥、农药、种子等生产资料以外，羊皮活畜、土特产品都在贩卖运输中。如果说小商贩的兴起是镇原乡镇企业走出来的先兆，那么，农村建筑工程队的产生，则标志着乡镇企业的形成。中原第一建筑工程队1975年在原大队副业队的基础上，于1984年组建完成，成为全县第一家注册的乡镇建筑工程队，建筑面积4288平方米，固定资产18.7万元，产值732万元，收入204万元，上缴税金1.541万元，实现利润7.8万元。下辖四个建筑队，形成较大规模。当时，国家鼓励"三队"（建筑队、运输队、装卸队）建设，1980年7月，庆阳地区行政公署社队企业处下发《关于印发〈建筑工程合同试行条例〉的通知》，进一步规范建筑工程管理，促进发展。到1984年9月，全县成立屯字、临泾、新集、王寨、开边、小岘、曙光的寨地、田岭、殷家城、张老庄等9个建筑工程队。

值得一提的是，各公社所在镇点街道，商铺如雨后春笋般，鳞次栉比。在批发、销售为主体的商业经营以外，中原公社的建筑工程队，下辖四个施工队，活跃于县内城乡，在短短的5年内，打出镇原，奔赴庆阳石油城，承揽更大工程，从此，建筑工程队的足迹遍及西北五省区。建筑业的崛起，带动了一大批相关的建材、批发、零售、餐饮和劳务产业，创造了巨大财富。正是这些搞建筑的能工巧匠，在农村带头盖起了一砖到顶的砖瓦房，改变了农村居住条件，促成了当时最时髦的一句话："有钱要用到地方上。"同时，他们带头搞一些社会公益事业，修学校、捐资助学、修桥、修路，在当时社会影响极大，发挥出一定社会效益。

1979年底，全县社队企业506个，从业3806人，总收入467.1万元，实现利润98.5万元，税金5.3万元，初步形成农业、工业、建筑建材、交通运输、商业饮食、服务企业等六大门类。1980年，县、公社两级按照中央"调整、改革、整顿、提高"的经济工作方针，对原有的社队企业进行"关、停、并、转"。到1981年，全县企业总数压缩到429个，生产总值增加到526.44万元，比上年增长12.7%。企业总数减少，但企业总值却提高了12.7个百分点。

1983年，部分有经济头脑、信息灵通的农民率先办起果品厂。彭阳果脯厂、东风果脯厂开始探索加工杏制品。1984年6月，镇原县乡镇企业供销公司经理刘万昌在沈阳参观学习时，带回东北人加工杏子的"甘草杏"加工工艺，把杏子硫熏后，脱硫，清洗，加入中药甘草熬制的水，再加入蔗糖，最早在彭阳果品厂、城关东风果品厂试用推广。这个工艺的传入，极大刺激了镇原杏制品企业的崛起。同年，镇原酒厂派员赴上海蜜饯厂、北京顺义食品厂、西北农学院等地学习果品加工技术，引进果品加工工艺，研制开发杏制品，取得成功。1985年底，全县有杏制品企业4户，从业人员445人，完成工业产值70.61万元，销售收入89.4万元，缴税12.5万元，创利26.8万元。

1984年1月，县政府批准成立多种经营局，主管农村多种经营和社队企业工作。同年10月，按照省政府统一要求，多种经营局更名为镇原县乡镇企业管理局。

乡镇企业的兴起和早期发展，有力地支援了农业生产，促进农村各项事业发展，在增加农民就业、农民收入方面成效显著，安置农村大量剩余劳动力，有力改变了农村环境，成为社会经济的重要组成部分，为国家开辟了税源，增加了经济收入。

政策适宜，鼎盛发展

政策适宜，适应发展；指挥得当，长足发展。1984年健全组织机构以来，从1985年至1990年五年间，乡镇企业得到迅猛发展，实现了新的跨越，成为农村经济的重要支柱，使农村原有单一的生产结构发生巨大变化，时称"三分天下有其一"，乡镇企业发展达到鼎盛阶段。

1985年，省委、省政府出台《关于加快发展乡镇企业的决定》，同年10月，县上转发了省体改委等10家单位联合发布的《关于印发贯彻省委、省政府〈关于加快发展乡镇企业的决定〉实施意见的联合通知》，把发展乡镇企业当作振兴经济的突破口。在政策措施上，要求放开手脚，坚持"以城补乡，以乡补城，城乡结合，工农互助"的办法，多行业、多层次发展。同时，鼓励农民积极发展第三产业。中原乡以建筑工程队为突破口，进一步规范建设，下辖的四个施工队，到马岭、庆阳石油、陕北、宁夏石油基地承揽工程，发展壮大。中原工程队在自己壮大的同时，捐资修建学校、铺路修桥，大力参与社会事业，带动一批相关产业发展。同年6月，县政府以镇下发文件成立城关等24个乡镇经济委员会，乡镇企业的发展从组织上得到加强。到年底，乡镇企业总产值、工业产值、总收入三大经济指标，首次实现了翻一番。企业总数达到620个，总产值998.2万元，工业产值150.88万元，总收入685.5万元，当年实现利润85.41万元。企业总量和总收入，比1980年净增15.4%、92.7%。中原、上肖两个乡总收入突破100万元，乡镇企业出现快速发展的势头，成为改革开放以后社会发展最具影响的新经济实体。

1985年，镇原县果品厂自筹资金23万元，银行贷款90万元，建起选料、烘干、包装、试制和化验等车间，建筑面积增加到6439平方米，新购生产设备77台件，共计100台件，设计年生产各类果品2000吨，职工增加到226人。当年生产奶油杏肉25.4吨，杏话梅63.8吨，完成工业产值36.3万元，销售收入30.79万元，实现利润1.08万元，上缴税金3.8万元。

1986年，庆阳地区行政公署提出乡镇企业要贯彻中央"积极扶持、合理规划、正确引导、加强管理"的原则和"因地制宜、发挥优势、分类指导、放手发展"的工作方针，坚持一手抓巩固，一手抓发展，突出大发展。1986年1月，县计委、乡镇企业局等八部门联合下发《贯彻省委、省政府〈关于加快发展乡镇企业的决定〉的实施意见》，提出了26条政策措施。在这一时期，乡镇企业稳定形成农业、工业、建筑建材、交通运输、餐饮、服务和劳务输出七大行业，涉及各个领域，企业总数达到2097个，产值2206万元，实现利润163.1万元，入库税金30.3万元，从业人员9876人。乡办、村办、连户办、个体办"四轮促动"，大办乡镇企业，陆续建成屯字罐头厂、屯字砖瓦厂、县冷冻厂、孟坝奶粉厂、上肖工业公司、上肖西岭鞋厂、临泾针织厂、新集地膜厂、太平豆浆晶厂、平泉麻条厂、彭阳果品厂等大型骨干企业。屯字、中原、上肖、平泉、孟坝、开边、城关、曙光、太平9个乡镇发展较快，乡镇企业进入"异军突起"的新阶段。

1986年底，杏制品企业15个，生产杏脯、奶油杏肉、杏话梅、甘草杏等605吨。1987年12月，县政府下发《关于成立镇原县杏产品开发公司的通知》，把镇原杏制品作为地方工业发展的重要支柱，鼓励发展。当年杏制品企业新增50个，发展到65个，主要有西街蜜饯厂、上肖工业公司果品厂、彭阳果品厂、城关东风果品厂等。后来居上的有新一代果品厂、维思特果品厂、屯字向阳果品公司和县果品厂等。到1993年，全县杏制品企业79个，固定资产1454.3万元，从业3337人，生产各类杏制品8639.5吨，产值5701.9万元，利润224.96万元，税金89.19万元。

到1987年底，乡镇企业总产值5232.9万元，年均增长2.18倍，企业个数4838个，从业16183人，总产值5232.9万元，总收入3825.3万元，利润457.9万元，入库税金64.2万元。当年总产值超过100万元的乡镇达到17个，总产值超过50万元的村6个。乡镇企业固定资产投资与产值比为1∶4，乡镇企业收入占农村经济总收入的41.3%，从业人员月报酬824.12元，是当时机关工作人员的10倍多。

在组织措施上，1988年2月，县政府成立24个乡镇"经济委员会"，用以指导、监督、管理、服务本区域乡镇企业发展。

1988年，全县杏制品加工企业68个，从业人员2611人，开发杏系列产品12个，生产果脯等杏制品6928吨，完成工业产值2516万元，实现利税305万元。但因盲目投资，缺技术、少设备、不懂管理，出现粗制滥造、质量低劣问题，一些杏制品企业被淘汰。

1988年末，乡镇企业总产值首次突破1亿元，达到1.02亿元，利润突破1000万元，达到1048万元，税金104万元。从1986年到1988年的三年间，三年三大步，产值连续翻三番。1989年7月，县政府以69号文件下发《乡镇企业县长办公会议纪要》的通知，提出"全面考核，保证兑现，合理引导，酌情调整"的工作方针，坚持"欲取先予，涵养税源"的原则，把乡镇企业发展首次纳入国民经济发展年度综合目标考核。同年8月，乡镇企业管理局创办了第一期指导全县乡镇企业发展、进行信息通报的《乡镇企业通讯》。这个阶段乡镇企业发展特点是发展速度快，经济效益好，社会影响大，多层次发展，多门类开发，有力促进了农村经济发展和群众致富。

转型提质，持续发展

时光荏苒，岁月流逝。新兴的乡镇企业在全县上下发展得如火如荼，呈现出全县农业、工业、乡镇企业并驾齐驱、齐抓共管的有利局面。1991年，乡镇企业总数6895个，从业24667人，总产值18305万元，总收入15267万元，税金185.80万元。总产值在"八五"期间翻了一番多，在国民经济发展中占有"半壁河山"的重要地位。

1991年到2001年的十年间，是镇原县乡镇企业持续发展的时期。

1991年4月，县政府印发《关于在乡镇企业中开展"159工程"活动的意见》，推动了乡镇企业再发展。1992年，县委、县政府提出乡镇企业"发展、改革、完善、提高"的发展方针，并出台一系列的优惠政策措施，支持乡镇企业发展。

到1995年底，乡镇企业总产值达到72284万元，比1991年增长294.89%。这期间，以上肖工业公司为龙头的全县杏制品企业发展成为新的亮点，并形成规模，全县杏制品乡镇企业总量达到79家。

1995年3月，县政府成立杏制品企业管理办公室，隶属于乡镇企业局，突出行业管理。1995年初，县委、县政府组织对103家杏制品企业治理整顿，取缔设备简陋、技术力量薄弱、产品质量差的生产企业39户。当年底，保留加工企业64户，从业人员3061人，完成工业产值2831万元，销售收入2325万元，实现利润97.6万元，上缴税金45.5万元。1996年起，继续加大杏制品企业治理整顿，关停不合格生产企业21户，同时引导企业产品上档次，质量上水平，生产上规模，培育发展新一代食品有限公司、大鹏食品有限责任公司、新千年食品有限责任公司等一批新龙头企业。至2000年底，全县共有杏制品加工企业 48 户，开发系列产品 19 种，其中管理科学、设备齐全、技术过关、质量有标准、产品有市场、生产上规模、年产值在 300 万元以上的加工企业 11 户，从业人员 1462 人，完成工业产值 3100 万元，销售收入 2720.3 万元，缴税 100.8 万元，实现利润 216.1 万元。产品远销东北三省、山西、河北等 13 个省、直辖市。

1996 年 10 月 29 日，全国人大常委会颁布了《中华人民共和国乡镇企业法》，从 1997 年 1 月 1 日起实施。1999 年 12 月 5 日，甘肃省第九届人大常委会第十三次会议通过《甘肃省实施〈中华人民共和国乡镇企业法〉办法》，从此，乡镇企业走上法制化管理的轨道，有了法律保障。"九五"期间，全县在企业管理上实行"模拟市场核算，实行成本否决"为核心的企业内部改革，探索走市场化经营的路子。坚持"积极扶持、合理规划、分类指导、依法管理"的总方针，突出依法管理理念，加大行政监督。1996 年底，乡镇企业总数 8785 个，总产值达到 101226 万元，总收入 84460 万元，利润 9210 万元，税金首次突破 1000 万元，达到 1150 万元。1997 年国家实行新、老口径统计办法。1997 年乡镇企业总产值占全县工农业生产总产值的 44.3%，增加值占全县社会增加值的 56%，乡镇企业在全县国民经济发展中占到"半壁河山"的重要位置。

1998 年 8 月，甘肃新一代食品有限公司在县城南环路南端租房筹建，年底建成投产，属民营食品加工企业。2001 年迁入原杏仁粉厂，企业占地 15364.5 平方米，建筑面积 8900 平方米，在临泾席沟圈租地培育优质果园 1000 亩，主要设备 418 台件，总资产 1587.6 万元，从业人员 260 人，设计年加工果脯 3000 吨，杏糕 300 吨，杏子果冻 1000 吨。次年生产果脯、杏糕和果冻 180 吨，完成工业产值 500 万元，工业增加值 289.2 万元，销售收入 568 万元，实现利润 50.1 万元，上缴税金 29.8 万元。2002 至 2004 年，公司研制的"新一代"牌杏果获省级名牌优秀产品奖，甘草杏获甘肃省名牌产品奖，冰杏获甘肃省优秀新产品奖，甘草杏、杏脯、杏肉获甘肃省名牌产品奖。2005年，生产杏制品1300吨，完成工业产值1359万元，实现销售收入1148万元，创利105.5万元，缴税70.4万元。2010年，生产杏制品5062吨，完成产值3548万元，销售收入3478万元，实现利润326万元，上缴税金97.3万元。全县按照新口径统计，2001年产值6256万元，2004年产值9561.1万元，2009年产值达到29048万元。

任何事物，都随着时代的发展进步而发生变化，世界上没有一成不变的事物，乡镇企业也不例外。进入21世纪以来，国际国内形势发生了巨大变化，特别是中国加入世界贸易组织，市场经济结构也发生了新的变化，党的十六大以来，确立以公有制为主体、多种经济成分共同发展为我国社会主义初级阶段的基本经济制度。在这样的背景下，以包含集体经济、个体私营经济为混合体的乡镇企业，势必要面对新的挑战，它既要着眼于集体经济体制与市场经济相对应，又要放手发展个体、私营经济。2001年7月9日，甘肃省委下发了《关于进一步加快乡镇企业发展的决定》，坚持"一手抓发展，一手抓提高，发展与提高并重"，全力实施开放开发、结构调整、科教兴企三大战略。时隔一年后，2002年12月27日，省委、省政府下发了《关于进一步放手发展非公有制经济的意见》，随即市、县相应出台了加快发展非公有制经济的一系列文件。由于形势发展和政策导向，乡镇企业渐入低谷。

2002年4月，县委撤销乡镇企业管理局，保留牌子。同时，县委办撤销杏制品企业管理办公室，组建非公有制经济管理局，加挂乡镇企业局牌子，原机构降格，成为政府直属的正科级事业单位。2007年12月，县编委恢复镇原县乡镇企业管理局，加挂镇原县中小企业管理局牌子。到2009年3月，县政府撤销了乡镇企业管理局，原乡镇企业管理局整体组建镇原县商务局。原乡镇企业管理局所管理的一切企业及其相关业务，统一移交县工业信息化管理局。至此，活跃了半个多世纪、特别是改革开放四十多年来突飞猛进、跨越式发展的镇原乡镇企业，完成了自己的使命，退出了历史舞台。

贡献社会，功不可没

百年镇原，数千年历史；百年镇原，上万次奋斗。回顾建党一百年来镇原人民的不懈奋斗，筚路蓝缕，岁月峥嵘。面对过去，我们都会为这个阶段平凡努力的人物、事件而感动，而赞叹。镇原县的乡镇企业发展，经历了半个多世纪，特别是改革开放四十多年来，为农村经济建设、农民增收、增加地方财政收入、维护农村稳定、促进社会进步与繁荣作出了一定贡献，曾经发挥过重要的作用。主要体现在以下几个方面：

一是巩固和壮大了社会主义经济体系，成为农村经济建设、增加农业投入的重要源泉。在改革开放初期，经济基础还十分薄弱，农村能工巧匠的率先介入，打破了原有的生产经营模式，进入城镇，带头致富，最终反哺家乡，修路、修桥、修学校，引领一方富裕。仅"八五"期间，乡镇企业用于支农、兴教、社会福利捐助的资金就达到2000多万元。同时，乡镇企业的投入与产出，直接参与并有效支援了农业生产，促进了农业经济结构的调整。1997年乡镇企业增加值占全县社会增加值的56%，乡镇企业资本积累占整个农村集体资产的77%。

二是形成一套完备的生产、管理、核算和考核的制度体系。乡镇企业在不同的发展时期，随着中央、省、市（行政公署）、县的政策变化，为适应社会发展，乡镇企业的管理体系日趋完善。初期坚持"积极扶持、合理规划、正确引导、加强管理"的原则和"因地制宜、发挥优势、分类指导、放手发展"的工作方针，坚持一手抓巩固，一手抓发展，突出大发展。中期坚持"发展、改革、完善、提高"的发展方向和坚持"积极扶持、合理规划、分类指导、依法管理"的总方针，实施开放开发、结构调整、科教兴企三大战略。后期实行"模拟市场核算，实行成本否决"为核心的企业内部改革，探索走市场化经营的路子。坚持"积极扶持、合理规划、分类指导、依法管理"的总方针，突出依法管理理念。在行业发展上，形成七大经济类型、50多个生产种类，实行"产供销一条龙，贸工农一体化"经营模式，逐步形成"公司+农户+基地+市场"的产业模式，在解决三农问题上具有先导性的实践作用。

三是广泛地吸纳了农村富余劳动力，增加农民收入，维护了社会稳定，成为脱贫致富、发展小城镇、缩小城乡差别的重要途径。1997年乡镇企业工资总额8210万元，农民人均从乡镇企业获得纯收入249元，占全县人均收入的23.6%。

四是增加了社会有效供给，成为镇原县加快工业化进程的重要手段，奠定了新型工业集团的基础。乡镇企业的产品，已经占据很大市场份额：肥料工业占6%；食品工业占18%；服装占8%；砖瓦、水泥制品占53%；餐饮服务业占15%。乡镇企业推动了农村经济多元化发展，加速了农业结构调整，形成种养加相结合、产供销一体化的产业格局。

五是推动了农村精神文明建设，为提高农民综合素质提供了物质基础。乡镇企业的发展，促进了农民的知识化、专业化、技能化发展，造就了一批新型的农村产业大军，为农村的教育、文化、卫生、基础设施等各项社会事业提供了一定物质支援，成为解决"三农"问题的重要途径。

六是乡镇企业成为农村经济发展的主体和国民经济的重要支柱，改变了镇原县农村单一的产业结构，使农村手工业、建筑业、运输业、商贸流通、餐饮业和服务业从传统农村生产经营中分离出来，形成乡镇企业独特的经济类型和经济增长点，形成与农业并列发展的多元化农村经济结构。乡镇企业的发展，标志着农村以工业为先导的产业竞争的兴起，大大缩小了城乡差别，加速了小城镇建设步伐，为新农村建设起到了重要作用。

七是培养、造就出一大批企业管理人才和省、市优质产品，为今后加快城乡经济社会发展一体化格局，不但提供了人才保障，而且具有经验性的先导作用。乡镇企业在改革开放四十多年里，先后培养出一大批明星乡镇企业和龙头骨干企业，培养出一批优秀人才。国家、省、市乡镇企业家达 210 人（次），其中从 1987 年到 2007 年 20 年间，先后涌现出明星乡镇企业 69 个。省明星乡镇企业家 21 人，地区明星乡镇企业家 125 人，从乡镇企业推荐转为国家干部 14 人。先后开发甘草杏、杏脯、杏肉、杏酱四类系列杏产品 107 种，创立省、部优产品 28 个（杏制品 19 个），获国际食品博览会金奖产品 5 个，国家农业科技博览会金奖 2 个，省名牌产品 4 个（杏制品 2 个），出口产品 2 个，甘肃省乡镇企业系统优质产品 11 个，庆阳地区优质产品 16 个。1992年 5 月至 1997 年 4 月，先后从乡镇企业管理人才队伍中吸收录用国家干部 4 批 14 人。培养出各级各类专业技术人才 4331 人，其中高级职称 162 人，中级职称 265 人，初级职称 3904 人。

社会在不断发展中前进，昨天已经成为历史，今天的新生事物，明天就会变成新的历史；明天的憧憬，也许就是后天的现实。乡镇企业是在党的领导下我国经济转型和基础薄弱时期的产物，它是镇原乃至全国农民阶层为推动农村变革的伟大创造，既符合当时社会现实和生产力发展水平的现实需要，也适应当时农村经济发展的客观需求，成为改革开放初期鲜亮的新生事物。同时，乡镇企业为繁荣农村经济、带动农民致富、支援农业生产、推动小城镇建设作出了一定贡献。今天，当社会高速发展的时候，乡镇企业自然会退出历史舞台，这也是社会发展一般的规律。

"红雨随心翻作浪，青山着意化为桥"，改革开放的东风中，在镇原大地上，万象更新，百废俱兴，乡镇企业如雨后春笋，破土而出，兴旺发达，为镇原社会经济发展和各项社会建设事业做出不可磨灭的巨大贡献。它率先支教支农，义务捐助，推动路、桥、电、水等基础设施建设，加快城镇发展；它健全了县域工业发展门类，推动工业经济建设；它创造出一大批国内、省内闻名的名、特产品；它形成并有效运用了一整套生产、管理、核算和考核的制度体系；它培养出一大批国家、省、市优秀企业家和国家干部。社会在发展，时代在进步，尽管乡镇企业已经退出历史舞台，但是乡镇企业留在镇原大地上的显著功绩，在人民心中不会磨灭。当这个曾经的新生事物即将远去的时候，中国社会进入新时代的新发展阶段，我们应当缅怀乡镇企业在镇原的发展历程，铭记乡镇企业为镇原经济社会发展做出的功绩，并以此来感怀那些曾经为这个事业而奋斗过的人们。在建党一百周年、回顾百年历史的时候，镇原县的乡镇企业发展，不啻是一束耀眼的星光。

妙手丹心暖三春

——记忆里的赤脚医生

刘万祥

　　"赤脚医生"是 20 世纪 60—70 年代中期开始出现的名词，指没有固定编制，一般经乡村或基层政府批准和指派的有一定医疗知识和能力的医护人员，受当地乡镇卫生院直接领导和医护指导。其特点是亦农亦医，农忙时务农，农闲时行医，或是白天务农，晚上送医送药的农村基层兼职医疗人员。赤脚医生的出现，解决或缓解了我国广大农村地区缺医少药的问题，尤其在广大农村地区普及爱国卫生知识、预防传染病等方面作出了巨大贡献。

——题记

　　"赤脚医生向阳花，贫下中农人人夸，一根银针治百病，一颗红心暖千家……"

　　这首曾唱红了祖国大江南北的歌曲，真诚地赞颂着那些扎根在中国农村大地上的赤脚医生，他们背着印红色"十"字的药箱，行走在田间地头，守护着农民的健康，以贴心关怀和真诚服务，给广大群众送来温暖。赤脚医生就是一边干农活儿，一边行医，谁家有个头疼脑热，跑肚拉稀，他们都会第一时间赶到。

功比良相·段国强

巧王岭头下，新堡村的段国强医生在他的医疗室给几位村民量了血压、测完血糖，就急匆匆地赶往许老伯家，刚一进门，发现许老伯的脚依然红肿溃烂，他的眉头一下皱了起来。

72岁的孤寡老人许老伯得骨髓炎10多年了，经常乱吃药，疼的时候吃一点，不疼了就不吃，导致情况越来越严重。眼下的红肿溃烂，段国强为此联系县医院，为他做过手术。可是没多久，许老伯的另一只脚又出现了溃烂迹象。他凝视着病人的脚，重新配药，在原有两种药的基础上加了3种。同时，每周两次为许老伯清理伤口，减轻疼痛。

段国强写了医嘱，又悄悄扔了，因为很多上岁数的老人不认字，任凭自己手里拿着药，一字一顿地跟他说，病人还是懵懵懂懂。这样子，段国强实在放心不下……

辛苦一点对段国强来说没有什么。他只有一个心愿，就是许老伯的脚能很快好起来。

多年来，别人提起段国强，周边附近的群众都会竖起大拇指："好良医！行医者的榜样。"

镇原素有文化大县之称，是文明礼仪之地，对各行业人士都有一个雅称，称从医人员为"良医"，从这个称谓足以见出人们对段国强的敬重。

今年79岁的段国强，曾是新堡大队医务室的赤脚医生。他扎根乡村，从18岁行医至今，就诊病人无数，成了当地群众心目中的"活华佗"。

段国强原来的医务室，就设在新堡村村部门前的一座土木结构老房子里，房子面积不大，但干净整洁，为了更好服务患者，他每天吃住都在这里。现在墙壁上悬挂着 2001 年农历六月二十八日临泾乡人民政府、临泾卫生院于他退休时赠的纪念匾额："功比良相"。这四个塑在木匾上刚劲的鎏金大字是对他这个老赤脚医生高尚医德的浓缩总结。

生于 1942 年的段国强，是土生土长的新堡人，上学时，他刻苦勤奋，是学生中的尖子，字写得特别好，受到老师和同学的称赞。要不是家境贫寒辍学，他将来上个大学没有问题。

1958 年，机灵勤快的段国强初中毕业后，被临泾公社新堡大队著名良医慕宏材收为学徒，在此期间他每天早早起床，按老师的吩咐背《汤头歌》《药性歌括》《药物十八反》，并在老师的带领下上山下沟采集中草药，认识、了解性能和用途，憧憬着医学梦想。

机会终于来了，1962 年临泾公社成立"一院三所"，即临泾卫生院，十字、新堡、石羊三个卫生所。有着医学基础的他被优先招聘为新堡大队卫生员，并被推荐在县上的红专学校学习。

学校的教课老师是当时县人民医院和乡卫生院有名气的医生。没有教科书，没有实习器具，老师就结合自己的临床经验整理成讲义在上面讲，学员在下面记，一笔一笔记下老师讲课的内容，晚上回家点上煤油灯再复习一遍。后来条件好一点时，老师就把讲课主要内容用蜡纸刻字，用油墨印出来发给学员。

红专学校，虽然条件简陋，但学习内容丰富，解剖、内科、外科、妇科、儿科、中医、草药、针灸都要学习，那个时候特别是要学习中草药知识。学习过程中，段国强有空就请教老中医、老药农、土郎中，白天看，晚上念。他以坚强毅力，在短短培训时间里就熟记各种草药名称、性能，并学会了针灸。

有志者事竟成，经过半年的培训学习，段国强成为一名医术精湛的赤脚医生，每天走村串户，日夜奔波在新堡大队的沟沟岔岔。

"一根银针，一把草药"，这就是那个时代赤脚医生的真实写照。

当时药品缺少，医疗设备简陋，赤脚医生"治疗靠银针，药物山里寻"。银针和草药是他们的两件宝。

除了针灸，段国强的另一个更繁重的任务，就是采集中草药、炮制中药。在他家里至今还保存着1962年至今的处方笺，当笔者看到1962年至1979年的处方收费处有许多收费金额为空白，段国强解释说，金额空白的，是那些经济困难的人，费用就减免了，当时主要以扎针灸、服中药为主。中草药都是赤脚医生上山下沟采的，所以每个卫生所都以救死扶伤为宗旨，每个卫生所只收西药成本，治疗和自采的中草药一律不收费用。

新堡村距县城四十里路，交通不便，每年到镇原医药公司购置药品都是段国强用扁担挑回来，每担上百斤的药物，段国强扁担从1962年一直挑到1980年后，才改用架子车拉。

从背上药箱的那天起，段国强就深感责任重大，急诊箱里面常常装着三件宝（听诊器、血压计、体温计），数十年，他身挎急诊箱，行走在乡间，不知道给多少人解除了病痛，一双手更是挽救了好多人的生命。特别是治疗病人，不管刮风下雨、白天黑夜，往往半夜他被人喊起，毫无怨言。"那个时候没有电话，需要看病都是上门来叫的。记得有一次我吃晚饭，刚端起碗来就有人来看病，看完病后刚端起饭碗又有人来，那顿饭我分了三次才吃完。"当年，慕庙生产队有个孩子长时间高烧不退，昏迷不醒，家里没有能力送去住院治疗，就求段国强"死马当活马医"，说是生死由命了。段国强在他家待了两天两夜，不分昼夜地守护着他，四个小时一针，再加上针灸，愣是把体温控制住了，不但幸运地保住了一条命，孩子病好后，脑袋瓜子还是一如既往的聪明。如今当年那孩子早已娶妻生子，在县城上班，每每逢年过节，必去老家看望老人家，一直念念不忘当年的救命之恩。

段国强说，六七十年代，农村的病人是小病进诊所，大病拖着，这反映出当时农民看病难、看病贵的揪心与无奈。更有甚者，请巫婆神汉，跳大神看病的现象屡屡发生，封建迷信延误了病情，坑害了百姓。1976年11月，一位50多岁的老大爷因为支气管扩张导致大吐血，长期不见好转。村子里的"明白人"认为是被鬼魂附体了，得找大神给驱邪，大神在家祭坛施法，焚香烧纸，好一顿折腾，病情未见好转，反而加重，神志不清、气若游丝，当时他家人连棺材都准备好了。段国强闻讯到了他家，经过诊断后开药打针，竟把老人救了过来。如今这位老大爷已经94岁，身体依然健康。

大爱无疆济千家，满头青丝变白发。几十年来，段国强集治病、护理、药剂于一体，时刻牢记"民之所需，行之所致"的神圣使命和职责，半辈子都用来登百家门，为全村老小送医送药，很多孩子都是他亲手从打预防针开始一针一药守护着长大的，很多家的老人临终前，都是他跟着守护在身边，看着咽了最后一口气。他常说："赤脚医生就是保健员，医患之间就是缘分啊。"他默默地在家乡的这块热土上深情耕耘，他的老伙计急诊箱换了一个又一个，背带磨断了一根又一根，在平凡的岗位上抒写着生命的高度。

德重乡间·刘世爱

赤脚医生的身份，曾给刘世爱莫大的满足和荣耀。

20世纪五六十年代，农村最令人羡慕的行业是：耳听听诊器，手握方向盘，供销社里售货员。医生排行第一，足以彰显其在当时的社会地位。

刘世爱说："医生是我们文明世界的精华，受人尊敬。我立志学医就是要救死扶伤！"

在刘世爱的童年记忆里，他家世代居住在一个叫文家咀的小山村，交通颇为不便，仅有九户人家，不但日子紧紧巴巴，而且那时结核病流行，人们缺药少医，好多老年人以及他自己的两位爷爷也受这个"怪病"的困扰，不到50岁就早早去阴间"报道"了。

生活上的苦难经历，加之一直想弄清村里"怪病"的这个想法，给小小的他带来了极大的触动，在心中种下了一颗想要做医生的种子。当时恰逢临泾公社在文家咀举办扫盲班机会，他积极参加，并跟随当地有名的郎中范纯德学习医学。

由于机灵精干，1960年，他作为卫生预防员被抽调参与临夏州永靖县盐锅峡水电厂工程建设。在工作期间，他知道"医学贵精，不精则害人匪细"。他虚心向水电厂卫生队一位临洮籍老中医请教学习，成为当时基建队不可多得的秀才，多次受到当地卫生部门和水电厂团委的表彰奖励。

紧张繁忙的五年援建工作完成后，刘世爱带着满满的收获，当年被临泾卫生院推荐到庆阳卫生学校学习，学制一年，实现了自己学医学的夙愿。

1965年，从庆阳卫生学校毕业的刘世爱在良韩当起了大队赤脚医生。"为什么叫作赤脚医生呢？"他笑着说，"有紧急病情出诊，时常连鞋都穿不上，这就是赤脚医生。那个时候赤脚医生没有工资，和普通群众一样挣工分。因为我是行医者，社员们让生产队每天给我记着全勤壮劳力的工分。"

在笔者的记忆里，刘世爱一直在大队的医疗室里忙活着，晾晒、炮制中草药，有病人了，他拎起药箱子就走。

他行医准则是：号准脉，认清病，送药上门，看着病人药服到口，咽到肚子才走，直至病人痊愈。

六七十年代，全县各大队部医疗室的规模基本上是一样的，中西药物结合，以中药为主，医疗设备简单，一张诊断床、一架吊针架、一副听诊器。虽然条件简陋，但是每个赤脚医生都有一腔热情，不计名利，不计报酬，全心全意为群众服务。

刘世爱的急救药箱里，上层装着听诊器、银针、镊子、注射针管，以及常用的土霉素、红霉素药膏等。外出行医随时可以配药医治，提早医治患者疾病，减少了病人家属的负担。

"师古而不泥古，尊中而不拒西。"刘世爱秉承中华针灸疗法精髓，认真学习《赤脚医生教材》，结合西医疗法之内涵，根据不同病种和症情，运用耳针、眼针、头针、腕踝针、穴位注射等疗法，或一法独用，或数法结合，充分运用其互补作用，以灵活多样的方法医治病人，取得了理想的疗效。看病、针灸、拔罐、刮痧、接骨度损样样都行，采用的大部手法是传统医疗手法。他学习、研究、收集、整理和实践大量的民间验方，自己采集熬制中草药，看病土洋结合，效果甚好。那个年代疟疾病盛行，农村俗称"打摆子"，冷起来像筛糠一样难受，患者只要找到他，一针两针扎下就好了，怕扎针的吃两片奎宁片就好了，村民们说他是"打摆子"的克星。

有一次，外村一位心口痛了十几年的病人，外出求医，几乎走遍陕甘，医治无效，后来实在无奈，请他"救命"，他把脉问诊后，几副中药下肚病就好了，病人全家激动得又是给他挂红，又是放鞭炮，感谢救命之恩，称他为"神医"。

小时候有些小孩的嘴特馋，很多瓜果蔬菜没有洗净就直接吃掉了，肚子里产生了一些蛔虫，蛔虫越来越多，越长越大，在肚子里翻江倒海，长期痉挛或疼痛，多方求医无果，无奈休学在家，家长万分着急。刘世爱用自己炮制的中药和一种叫"宝塔糖"的药品配合共同治疗，第一天用药，第二天就排出一些半尺长的蛔虫来，疼痛就不再发作。

在村民眼里，刘世爱是一位"德重乡间"的乡贤人士，他关注着本大队的群众健康，熟悉每个家庭。有人说良韩村上谁家灶火门向哪个方向，谁家的孩子多大，这家到那家有几步路，他都熟记在心。无论寒冬酷暑，白天黑夜，无论田间地头，春种秋收，都有刘世爱为村民诊治的身影，并且他免费为村上搞防疫，接种天花痘。许多邻村的人也都知道他是个"好说话的人"，不计个人得失，处处以病人为中心，一旦有个头疼感冒，第一个就想到他这个"救星"。

"一年365天，一天24小时，随时准备着，不管冬天天多冷，夏天雨多大，村民一声招呼，我就得走。"刘世爱说他的最高纪录是一晚上起来6次去给乡亲看病。他记得，有一次下大雪外出行医，雪把一户人家的菜窖口盖住了，他没注意，一下掉进冰冷的菜窖中，爬也爬不出来，喊也无人答应，在菜窖里蜷缩了大半宿，直到第二天天亮才被过路人发现，赶紧送到县医院去抢救。

对刘世爱来说，关爱老年人更是他心里永远的牵挂，在几十年的行医历程中，他把本村60岁以上的人登记造册，定期回访。有时路上遇上行路的陌生老人，也要问问健康情况，多吩咐几句医疗常识。特别碰上一些行动不便的老年病人，不管白天黑夜和距离远近，他都及时上门诊治。从不收出诊费，只收药品的成本钱，因此他成了附近村民身边最离不开的人。用他自己的话说："老百姓的口碑就是我这辈子最大的收获。"

妙手仁心·安桂芳

"一顶草帽两脚泥，风里来，雨里去，背着药箱去下地，看病认真又仔细。"这是20世纪70年代小学课本里的一篇课文，也是许多和安桂芳一样的女赤脚医生实实在在的生活。

安桂芳，1946年12月6日出生于郭原乡寺沟村一个贫苦农民家庭。18岁那年，怀揣少女对美好生活的憧憬，她嫁到开边镇陈坪大队湫沟生产村，她是当时人人称羡的"工干家属"。在这个家庭里，安桂芳的婆婆是村里德高望重的一位老人，也是十里八村有名的接生婆，懂得针灸、刮痧，更神奇的是她有一手"刮眼"技术，所谓"刮眼"就是农村人在耕作中，不小心眼睛打入蚊虫、芦苇花、麦芒等细微之物，只需用一根细线一样的草叶，就可以轻易取出眼里之物。安桂芳嫁入婆家之后，心灵手巧的她在婆婆言传身教的指导下学会了针灸、接生，她同样受到周边群众的敬爱。

1971年，她凭借一张在当时妇女中荣耀的小学文凭，被选派参加县上赤脚医生培训班，她虽只有小学文化，但聪颖好学，尤其是记性好，手也巧。上针灸课时，108个要害穴位，虽然很多名字还不会写，她却能倒背如流，认穴又准又快。她是那一批培训班里，年龄最小、基础最差的，也是最用功、最吃苦的。

短短三个月的培训结束后，安桂芳领回来一个小药箱、一瓶红药水、一瓶紫药水、一把小镊子、一小包药棉、一把银针，成了方圆几十里唯一的女赤脚医生，开始走上了用脚步丈量大山深处的健康之路。

"抬头一溜天，出门就上山。"这是当时人们形容陈坪村的一句顺口溜。善良、淳朴的农家本色，练就了安桂芳吃苦耐劳的品质。她白天步行八九里路，翻山蹚河，为乡亲们就诊，抓药，晚上再从大队卫生所返回，照顾家里的孩子。那时候缺医少药，农村的医疗条件更差，人们除了需要住院的大病外，头疼脑热，感冒发烧，甚至生孩子，都是来请她。不管是寒冬腊月，还是半夜三更，无论是刮风，还是下雨，只要有人来喊，安桂芳都是二话不说，背起药箱就走，几十年风雨无阻，脸蛋上的高原红是岁月留给她永远的印记。

那年代，缺衣少穿就使得严寒的冬天显得格外冷，一进到冬季，感冒发烧的人就特多，遇到流感，一人得病，一家子甚至一个村里患病。全村只有她一个医生，她顶着严寒，从村东头转到村西头，从早晨忙到晚上，一刻都不敢懈怠，每每连吃饭都误了。

镇原有一句谚语"人生人，吓死人"。那个年月，偏远地区的农村，女人生孩子通常都找接生婆，由于没有受过专业培训，加之缺乏消毒设备，孕产妇、新生儿死亡率特别高。为落实国家"提倡乡村医生接生，减少新生儿死亡率"的新法接生政策，安桂芳逐村挨户地宣传，时时关心妇女的身心健康，并把孩子的出生作为自己职责中天大的事，从不含糊。有一次，在一个伸手不见五指的夜晚，安桂芳刚从大队药房赶回家中，邻村的一位大哥跑过来说他媳妇快生了，安桂芳二话没说，放下刚端起的饭碗，在自己孩子撕心裂肺的哭声中，急急跑出了家门。夜黑路陡，走路太急，加之又视力不好，她一脚踩空，从路边摔了下去，腿和腰严重摔伤，她忍着剧痛，在随行人员的搀扶下赶到了村民家中，孩子如期顺利降生，她却病倒了，而且一病就是好几十天。

安桂芳为人善良，性格通达爽快，对病人从不摆脸色，即使遇到有家族恩怨的人家生了病，也是一如既往地出诊，从不为难人家。遇到肝炎之类的传染病，也依然尽职尽责地上门去打针，不推不躲。她做人做事的原则，用她自己的话说，就是"管在谁身上，咱都没使过坏心眼儿，都是出的好心眼儿"，因此，她在村里很受人尊敬，很多人家都喊她"医生好阿姨"。

雁过留声，人过留名。这些年来，安桂芳每年都回老家小住，乡里乡亲见了面，叙叙别情，亲热无间，隔三岔五还会被东家西家请去吃顿家常便饭，从没有人走茶凉之感。这是她用半辈子的辛苦和善良积淀来的尊重和回馈。

"千家万户留脚印，药箱伴着泥土香。"像段国强、刘世爱、安桂芳这样的赤脚医生，是当时镇原县卫生行业的一支主力军，从1969年至1977年，全县24个公社，257个大队，共有772名赤脚医生为镇原人民的生命健康做出了重大贡献。特别是在那缺衣少药的艰难岁月里，他们用汗水、用青春、用热血、用最朴实无华的行动，用脚步丈量着脚下的这片贫瘠土地，践行着医者仁心的道德风范，忠实地履行着自己的职业操守，守护着父老乡亲们的生命安全，功不可没。

大爱，不只是无私，更是怀寄天下黎明苍生的守护。

生命，不只是珍贵，更是衡量人心良知的道德标准。

如今随着社会的进步，科技教育的发展，实行了新农合，农村也有了诊所及乡镇医院，交通便利，送药也方便了，医生都规范化了。"赤脚医生"这个称谓，逐渐在人们记忆里模糊了，甚至遗忘了。但赤脚医生在那缺医少药的年代给我们带来的温暖却绵长久远，记忆犹新。

勇拔头筹誉京城

——名动京城的镇原首位女大学生田维岚

鱼　舟　段欢欢　张　燕

　　镇原人崇文尚义，传承久远，无论其自身的生存状态如何艰难曲折，对文化的渴求和对道义的坚守，却始终不弃不离，等同生命。无论是翻开二十四史，还是浏览镇原的近现代史，这样的例子俯拾皆是。先辈们的率先垂范和后辈们的发奋图强，共同构成了镇原历史文化中一道亮丽的风景。这样的坚守在今天已经成为大众的共识，成为镇原文化名盛陇上的坚实基础。

　　田维岚，一个娇俏的少女在民国的历史上鲜活起来，就是又一突出的例证。她的绝代才华和超乎寻常的见识，使每一个研究这段历史的人都为之倾倒，因为她，我们再一次领略了镇原女子不同凡响的风采。

　　镇原地处大西北黄土高原丘壑区，偏僻的地理环境，严酷的自然条件，艰难困苦的生存状态，如影随形，世世代代伴随着这里的人们。但让人意想不到的是，贫瘠的土地却成了孕育文化硕果的沃土，灿若星辰的巨著和真情倾吐的浅吟低唱，在历史的天空大放异彩。东汉王符隐居而成《潜夫论》，耸立起了中国思想史上一座丰碑，魏灵太后胡充华的《杨花词》，成了中华诗坛一首千古绝唱。文脉不绝，千年酝酿，一代鸿儒慕寿祺，终于在民国的历史上横空出世，笔锋纵横，文思泉涌，论著等身，仅一部《甘宁青史略》就让中国的史学界仰之弥高。当我们在为这一奇异的文化现象叹为观止的时候，田维岚，一个柔弱的女子，不囿深闺之幽，她的壮行远识，石破天惊，成了地方史怎么也绕不开的研究课题。民国历史上像这样贤人并肩而至的现象让我们欣喜不已。镇原这片热土孕育了田维岚，田维岚也为镇原的历史增添了光彩。在20世纪初的镇原大地上，她以非凡的胆识冲破封建藩篱，开创中国女子教育风气之先的壮举，让今天的我们仍然为之震撼。

田维岚，镇原县屯字田岭人，生于1901年2月10日。书香门第的家风传承，很早就在她幼小的心灵里播下了文化的种子。父亲田育璧，毕业于甘肃文科高等学堂、北平高等师范学校，曾任教于甘肃公立法政专门学校等高校，并创办了兰州第一所女子小学——淑慎女子小学、女子讲师传习所，后学校逐步发展成为甘肃省立第一女子师范学校，被誉为女师"校父"。他通理科、精数学、擅书文，桃李满天下，为陇上一代教育名师，甘肃近代高校数理化教育的先驱和奠基人，甘肃近代倡办女学的先行者之一，曾任民国甘肃省教育会评议长、厅长。1918年，因办学有功，劳绩卓著，被教育部授勋八等嘉禾章。父亲执着教育，兴办女学，这得天独厚的学习条件，使田维岚从小就受到良好的教育。在知识的海洋里畅游搏击，思想和知识的拓展，使她的学业有了长足的进步。民国八年，即1919年7月，甘肃省教育厅在省立女子师范毕业生中选出田维岚、吴瑞霞、邓春兰、邓春芳、孟自芳、韩玉贞6名品学兼优的学生，保送去北平深造。在战乱频繁、匪患肆虐、交通阻塞的年代，她们的远行无疑是为理想信念而进行的一次生命的献祭，没有足够的勇气和胆识是很难做到的。我们今天看到的田维岚和她的义妹吴瑞霞在旅途中写下的《由甘肃至京师长途旅行日记》，完整地记载了她们当年赴京求学的情境。"顾女界同人久沦黑暗，每一念及良用快快"，倡明初衷，志愿昭然。

为了安全，旅行途径选择北线。从兰州出发，经宁夏、内蒙古抵京。当日记行："七月二十六日晨，晨鸡初唱，急整行装，拜别高堂，眷恋难舍，只以求学心重，挥泪离家，亲戚送余等至河岸，勉慰交加，不胜感激。是时残月半亏，渐隐山坳，红日一轮忽起水面，甫登筏而缆已解矣。噫，别亲离乡，骤生悲感……"送行离别，皆知旅途不易，难免悲从心生，对亲情的难以割舍和对夙愿的渴求实现，在少女心中交织成一首感人的绝句：

> 平滩系缆夕阳残，沙岸无垠感百端。
> 负笈何年酬素志，故园回首泪阑干。

此后水陆并行，舟车互乘，涉水则激流湍急，危崖欲坠，陆行则黄沙满目，渺无人烟。边民性悍有误袭之忧，草木风声时险象环生。饥渴疲惫，怵惕惴惴，日少饮马之处，夜乏停留之居，行程可谓艰难。

"秋风飒飒，秋雨霖霖"，这种环境最易使女子抹泪低泣，但"遥见万里长城"时，田维岚却触发了千古江山、英雄何在的慨叹：

> 极目黄河入海流，斜阳一片使人愁。
> 巍巍秦帝今何在，惟有长城万古留。

在历史的长河里，谁都是不可常在的过客。匆匆来去，转瞬之间，一切都烟消云散了。"极目青天怀今古"，这些历史遗迹，让凭吊者生发无限感慨。

"此心安处是吾乡"，苏轼当年把荒蛮凄凉的流放地，当作安放心灵的故乡，超然豁达的胸怀将苦难酿成了经典的诗歌。田维岚的旅行有如苏轼一样的情结，塞外的月似故乡的月。皓月当空，在少女眼中，也像花儿一样美丽，有什么理由不欣赏歌咏呢？

花正开时月正圆，月光高照百花鲜。

云开月下花如锦，香绕花旁日映天。

对月看花花灿烂，傍花赏月月娇妍。

花飞月落寻常事，月满花开又一年。

清新明快的韵律，准确地记录了心灵的感受，让那夜那月成了生命的永恒。

……

如此者，备尝艰苦的行程，历时三十二天，行程四千里，终于在8月26日抵达京城，在旅行记的"跋尾"，她再一次把途中的见闻和负笈求学的目的昭告世人："仆仆长途，跋山涉水，或乘风破浪，或驾马扬鞭，险阻艰难亦略尝矣，然生今之世，则当负笈四方，博闻广见，荡舟五大洋，驱车两半球，如孔子之周游列国，如太史公之遍览山川，而后可称壮游。区区四千何足哉，顾念吾国交通不便，如彼女界前途黑暗如此，余等久怀奢愿，历此艰辛，果能幸入国学籍宏造就用。兹记以励初心，亦不可少之宝鉴也。"

一代才女深厚的文化素养和炽热的家国情怀，在这部旅行日记中，得到了淋漓体现。从容笑对旅途艰险，以坚韧的毅力，矢志为"黑暗"的"女界前途"闯出一条光明的道路，成为进京求学的终极追求。目睹中国女性千百年遭屈辱歧视的遭遇，以一己之力，为之抗争呐喊，这在20世纪初的中国大地，无疑是振聋发聩的。其时，广大妇女在封建礼教的制约下，终守家门，把"行不露足，笑不露齿"视作行为准则，将做贤妻良母看成人生最高追求，田维岚却将破除"女界同人久沦黑暗"的历史重任，义无反顾地挑在肩上。她的这一走，开创了"女界"冲决藩篱风气之先，为我们留下了无尽的启迪。

今天，我们展卷细读这部"日记"，一个时年十八岁的少女，有如此襟怀，实属罕见。塞外风情，水光山色，人生感悟，一管微毫，纤手绘成了一幅壮美的风情画卷，而闪耀其中的宿志壮怀，更是让人肃然起敬。精准的文字功力，细腻的情感记述，在文学上的价值，使今天充斥网络的"大师"们心灵鸡汤式的无病呻吟，相形见绌，绝难同日而语。

京城求学并不容易，艰难之状，我们今天已难知其详，但她取得的成绩却十分喜人。当时，与田维岚一同赴京的邓春兰上书北平大学校长蔡元培，要求大学招收女生，实行男女同校同班接受平等教育。这在京城引起强烈反响，当时文化界著名人物陈独秀、李大钊、胡适等人都纷纷为报刊撰写文章，主张妇女解放，支持男女同校。《少年中国》《少年世界》等杂志还出版了"妇女号"专门讨论了男女教育平等、职业平等及婚姻家庭等有关妇女问题。妇女问题成了当时舆论界关注的一个重要课题。李大钊、胡适这些五四运动的领袖的文章，一时形成了妇女解放的强大社会声势。但是，一些封建遗老遗少们却视之为不遵祖训，有伤风化，拼命反对。教育部也致函北平大学，横加干涉。更有一些反动军阀、官僚竟然声称："要把那个要求男女同校的姓邓的看管起来"。然而，新文化运动的先锋们仍在坚持斗争。陈独秀在《新青年》上著文说："关于男女同校这个问题，本来没有什么深的理论使得当个问题去讨论。像这种浅近的事大家还要大惊小怪地起来反对，可见中国人程度还同六十年前反对铁路时代差不多!"顺应历史发展的妇女解放、男女平等已成为不可抗拒的潮流，邓春兰等冲破女禁的壮举，被当时的人们称为"中国教育史上一大纪元"。1920年2月，田维岚、吴瑞霞、邓春兰等九名女生先后进入国立北平大学学习，成为中国大学第一批男女同校的女大学生。此后，全国高校陆续开始招收女生，这一事件在中国教育史上具有里程碑的意义。

在大学期间，田维岚的思想十分活跃，参与成立了"陇东留平学会"，学会的简章中，十分明确地提出"以联络感情砥砺学行及促进桑梓为宗旨";并创办了《泾涛》《励志》等进步刊物,在《泾涛》稿约中,首先要求"本刊欢迎会外特稿不分门类,但以与甘肃有关系者为限"。殷殷桑梓情,拳拳赤子心,家乡情怀始终萦绕心头,并以促其发展为己任。在《泾涛》第四期的"造林宣传专号"上,田维岚发表了《甘肃旱灾频仍的原因》,对甘肃旱灾成因做了深度解析并提出了合理的建议。毕业后,她任北平《晨报》记者,发表了许多维护妇女权益和抨击时政的文章,在京城引起了强烈反响,受到广泛关注。

1928年,田维岚与吴瑞霞将其创作的百余首诗词,在各种报刊陆续发表,其文学造诣和创作才能使国民党元老于右任先生大为赞赏,在商务印书馆结集出版时,于先生热情挥毫,题写书名《松芸诗集》,杨虎城将军秘书吴鸿宾称其"艺术天才",并署横滨见于扉页。只可惜,这本展现作者艺术才华和女性风采的诗集,我们今天已难见到,或毁于战火,或湮于尘埃,成了无法弥补的遗憾!

时光如梭,世事难料。田维岚情同手足的义妹吴瑞霞在出任宁夏省立女子师范学校校长未足一年而病逝,这使她悲痛欲绝,思往昔之坎坷经历,睹今日之生离死别,泣血而成《吊梦芸义妹》:

满腔热血洒空林,三尺孤坟葬汝身。

异地栖迟休念我,天涯侬是未归人。

应甘肃省主席马鸿宾、宁夏教育厅厅长刘养峰委托,田维岚撰写了《梦芸女士传略》,将其诗词、小说、散文、随笔等遗稿编成《梦芸女士遗著》一书,内收诗文近百篇,并辑录了各界人士吊唁的诗词、祭文、挽联等。时任甘肃省主席马鸿宾,宁夏省政府秘书长董绍武分别为此书写了序。大理院(民国最高法院)院长、北大教授余启昌为该书题词"言为心声"。

在这部完整留存至今的《梦芸女士传略》里,田维岚饱含深情地讲述了吴瑞霞悲惨的身世和坚韧求学的精神。但从字里行间，我们仍然能感受到陇上学子当年京城求学的不易。吴瑞霞"以教读自维学业，粗衣淡食，绝于浮华交际"，以"潦倒之身，与环境奋阙，每至烦闷，曾服毒自决者屡，卒以获救而苏生"，最终"战胜恶劣环境，于民国十九年六月得与毕业，获得法学士学位"。这是怎样的坚毅和刚强！吴瑞霞如此，其他学子莫不如是。

在这里我们必须特别提及一个人，他就是陇上名宿刘养峰先生。先生卸任宁夏教育厅厅长之后，曾任镇原中学校长，他不仅是一位翰墨精深的著名书法家，同时又是一位知人善任的伯乐。吴瑞霞毕业后，身为教育厅长的刘养峰先生即聘其往宁夏，"以省立女师校长一席相嘱，当局及各界与全校员生均极推崇"。吴瑞霞病世后，先生"悲女士之怀才不遇，因料理身后事"，"于其囊箧中发现遗稿数册暨昔年在平旧作诗集"，"将原稿寄平"，嘱田维岚"为之汇集"。先生的行为让地下的逝者宽慰，让活着的我们尤其感动。

有限的资料，呈现在我们面前的，是一个镇原女子人生的传奇，砥砺前行，志存高远，激扬文字，名动京华。这一切瞩目的成就，皆来自田育璧先生的早期教育和自己的勤奋学习。田育璧先生不仅是经纶满腹的知识精英，而且具有前瞻性的独到眼光。在当时妇女缠足成为一种时尚，是女性形体优美的标准的时候，他清楚地认识到这是一种陈腐的陋习，是对妇女身体的戕害，因此他坚决反对。在受到传统势力阻扰的情况下，先生首先在家族里倡导放足，以减轻本族女子肢体上的痛苦。由于他的坚持，田家女子成为镇原率先放足的家族。这在当时的屯字原上成了一件稀罕事，引得群起嘲讽，并送上一个众口流传的绰号——田大脚。这一特殊的称谓直到现在仍然是家族的标记。在知识上他则不遗余力地推动女学教育，并身体力行，创办了多所女子学校。田维岚正是在父亲这样的教育培养下成长起来的，她的思想境界和知识范围，已经远远地超出了同时代的许多女子，鹤立鸡群一样站在了时代的前列。在走出甘肃，走进京城求学的道路上，她和女伴们一起义无反顾地冲破了女子教育的禁区，破除了当时被视为"正统"的"女禁"壁垒，在中国教育史上为女子教育创出了一条大道，在中华民族的历史大舞台上，写下了光彩夺目的一笔。

镇原文化，自汉代王符著书立说开启先河以来，经久不衰，有大建树者，代不乏人。先辈们开拓进取的精神和严谨治学的态度，为后辈们学海扬帆树立了典范。田维岚正是在这样丰饶的文化土壤中扎根成长，完成了从传统女性向知识女性的蜕变，成为镇原第一个走进高等学府的女大学生，其才智聪明，勤奋刻苦，在学业上取得了骄人的成绩，为后学树起了书山攀登的榜样。一百年来，镇原儿女在田维岚走出的这条求学道路上，奋力行进，百折不挠，去汲取知识营养，去实现人生梦想。随着时代的发展和社会的进步，如今的镇原已经发生了天翻地覆的变化，镇原教育更是百花争艳，蒸蒸日上，大学校园里镇原学子计以万千，他们必将以饱满的青春活力，更加优异的成绩书写镇原美好的明天！

长风大道踏歌行

——镇原县交通建设纪实

陈鸿梧

1972年3月10日，春节的喜庆气氛还没有完全褪去，蒲河上游三岔镇老爷山下一声轰鸣响彻云霄，顷刻间硝烟弥漫，巨石翻滚。沉睡了千年的荒山野岭突然惊醒，轰隆隆的巨鸣声迅速传遍十里八乡。镇原有史以来最大的开山辟路工程309国道（也叫7201）工程拉开了帷幕。

烟尘还没有完全散尽，昔日荒无人烟的大山里突然窜出上千人的民工队伍，他们按部队编制，每个连队一个方队，喊着口号，推着独轮车，扛着铁锤、镢头、铁锨，在指挥员的号令声中迅速散开，排成一字长蛇阵，移动起了土石方。

没有现代式的剪彩，也没有传统的奠基。一切都显得那样的朴素而又不失热烈。

曾任县交通局局长的李义，是当年的技术员，从头至尾参与了此次建设工程。回忆起这段历史，李义激情澎湃："当时人都叫战备路，由于时值中苏关系破裂、恶化，大家都亲切地说这个路直通北京中南海，是给毛主席党中央修的，因此，群情高涨。"

李义说："其实，309国道东起山东省的荣成市，终点是我省的兰州市，全程 2208 公里，是东西走向的国家干线公路之一，途经我县 44 公里。早在放炮开工的 5 个月前，飞机就从固原一路下来，在我县北部乡镇盘旋，规划线路。

"飞机测绘给出的标桩号往往一个离一个都在 5 公里左右。但这 5 公里内有河流，有深沟，有高山。所以，地面工程技术人员就要根据地理地貌规划桥梁、涵洞、劈山、填沟等具体工程的设计和施工。"

309 国道是一个全民工程，全国一盘棋。镇原段由平凉的庄浪县和庆阳县及镇原北部部分乡镇民工参与修建，而镇原前原乡镇的民工则奔赴合水段，其他乡镇的民工则远赴陕西富县。镇原段共有三个营，每个营 4~5 个连队，每个连队 120 人，每天上劳力都在千人以上。

公路主要是沿蒲河沿岸延伸的，而蒲河沿岸有两个特征，一是两岸全部是齐刷刷的石头山，当时的路基连同排水沟要求宽 12 米，所以给施工造成了很大的困难。山石可以打炮眼，放炮，但是公路两边的排水沟却要用钢钎一锤一锤砸出来。为此，各个连队都配备了铁匠、木匠。配备木匠的原因是，当时运土石工具都是木制独轮车，连轮子也是木头的，所以要不间断维修。二是沿岸都是荒无人烟的荒山野岭，所以施工人员的吃住困难较大。当地群众废弃的羊圈或者老庄成了当时的抢手货。好一点的用来作灶房和仓库以及连队指挥部。剩下的则由民工们就地打麦草铺，万一不够用，就地随便找个避风向阳的土疙瘩和山峁峁、山梁梁挖个敞口土窑窑，砍些蒿草捆成束，堵住窗口和门口。

李义回忆说："从 1972 年开始到 1982 年交通部验收竣工，历时十年。其中土路基就修了三年，当时土路基除了都是石头山外，最困难的就是运输。由于用的都是木质独轮车，四五个小伙推上车土，行进在酥嚷嚷的汤土里，一路颠簸，走到沟边有半车就已经撒在路上了。当时的兰州军区司令员、第一总指挥韩先楚到现场调研，问：'能不能按期完成任务?'庆阳段总指挥、地委书记冯雪年还没有来得及张口，副总指挥、时任庆阳军分区第二司令员的何家荣突然起立，以军人特有的姿势行了一个标准的军礼:'报告首长，不行。'韩先楚目光如炬，盯着他看了好大一会儿，说有什么困难还能难得住你当年的这位尖刀排排长（解放兰州战役攻打狗娃山时任尖兵排排长），何家荣斩钉截铁地说:'目前的运土工具全靠木制独轮车，填近处的小坑小洼还可以，但是远距离的运土填沟就不行了，严重影响进度和施工人员的积极性。'韩先楚司令当场拍板:'给一个营配发5辆架子车。'随后，15辆崭新的架子'车脚子'（车轱辘）被送到了指挥部现场，分发各营连。各营连施工人员欣喜若狂，每个木匠师傅脖子上搭个擦汗毛巾，满头大汗，气喘吁吁，赶做架子车棚，唯恐落到其他营连后面。大家的干劲空前提高，形形色色的比赶超活动竞相开展起来。各连为了加快进度，都抽调身强力壮的小伙子推架子车。能推上架子车的高兴劲儿就像现在青年开上了奔驰宝马，工程进展大大加快。"

土路基建设中的第二难就是建桥梁、箍涵洞。李义说:"那时候没有模具架子支撑，都是先用土把沟夯实，然后在土上按照图纸切出模型，用麦草泥抹光滑，等干透了，上面铺上牛毛毡，再把钢筋骨架搁到上面，最后倒上水泥砂浆。"

"那时候都是用的石夯打，一个夯都在500斤以上。五个人一个夯，为了齐心协力，中间一个提夯把的负责喊号子，其他四人应号子，手里拉紧夯绳，从四个不同方向脚使劲往前蹬，脊背使劲往后靠，石夯就会离地而起，高抬猛放。一夯一夯挨着打，最后反复打，直到土层表面黑得明溜溜的才上第二层土。喊号子的人既要声音洪亮，又要有口才。喊出的号子既要有节奏感还要有幽默感，才能鼓起拉夯人的干劲。孟坝刘成村有个小伙子号子喊得好，附近五六组拉夯人都一起应着他的号子声起落。"说到兴奋处，已经耄耋之年的李义局长禁不住也做起了动作，转动着已经不灵活的身子喊起了号子："嗨吆，一窝一窝打吆，嗬嗨！东面打到龙王庭呀吗嗬嗨，西面打到王母宫呀吗嗬嗨！拐子赛跑第一名呀吗嗬嗨，秃子扎的红头绳吆吗嗬嗨……"其他拉夯人也跟着吆喝"嗬嗨"。

热情高涨的号子声吸引了北京交通部来的技术人员，这些年轻人还从来没遇见过这样的劳动工具和劳动场面，最初抢着看热闹，后来被这个场面所感染，也跟着嗨吆嗨吆起来，只听得一声声雷鸣般的嗨吆声在山谷滚过，此起彼伏，回声嘹亮，高亢雄浑。

打混凝土也是土方子上马。用12元钢筋截成一拃长，十几个分开焊接成一个铁爪子，上面绑个木把，一下一下往下捣，再就是人穿上军用直筒高腰胶鞋在里面踩。

就这样，诞生了迄今庆阳市境内距径最大的一座双曲拱桥——田园子蒲河大桥。

路面上沥青更熬人，熬沥青人要求身体素质特别好。沥青往往是在夏季三伏天铺洒，本来就热得让人受不了，加之火烤油熏，非坚强的毅力和耐力难以支撑。路面上架口大锅，一个人负责用木材架火烧化，一个拿铲搅，等熬化了，按比例加入油渣，用桶提着泼洒到路面的碎石子上，另一个人负责用耙推平。兰州拉来的两轮压路机进行碾压。沥青和油渣的比例都是用于提秤称的，每熬一锅，称一次。

放炮是个技术活，也是个操心活。先是把人用绳子悬在半空，在石崖上去打眼，绳子的另一头就系在山洼的杏树上。眼打好后有专人负责安放炸药，装炸药的都得是党员。他们要用党性保证领取的炸药完完全全足量装进了炮眼。

那是一个激情燃烧的岁月。各连、营之间暗地里较劲，唯恐落后。三营二连炮手陈登玉还是预备期的党员。为了抢进度，他利用大家吃晚饭的间隙随小组去放炮，本来装好的9眼炮却只传来了8声巨响，爆炸后的山崖上也留出一个突兀的鹰嘴。有哑炮，这可不是小事，他和其他两名炮手估摸着应该是引线断了，等了半个小时还不见响声。那位负责穿引线的民工紧张得满头大汗，要去查线路，被他拦住了。他半认真半开玩笑地说："你连党员都不是，有什么资格去排险，我去看。我还没有结婚，你娃一伙伙，万一有了啥事，你一大家子谁养活?"说着，他便小心翼翼地朝鹰嘴方向爬去，等他刚爬到把手伸过去，不幸一语成谶，哑炮爆炸了，整个身子被震下了悬崖，好在他身子落在了悬崖根部，滚落而下的石块由于抛物线的作用没有砸到他。工程指挥部紧急用担架把他抬往附近的三岔卫生院进行了简单的止血包扎后，连夜用仅有的一辆吉普车转往西峰医院治疗。命算是保住了，但他的一双眼球和一只胳膊却永远留在了 309 国道，落下了终身残疾。即使这样，他仍然先后两次去 309 国道"朝拜"。第一次是在 309 国道竣工的那一年，他凭着一根盲人棍硬是一路步行走到三岔街道，那年他 27岁。另一次是他临去世前的 2016 年秋后，侄儿开车拉他走了一次。虽然眼睛看不见，但他说，他一共摸到了 44 根界桩。临去世前，他对他的侄儿陈金续留下遗言："他的墓志砖上其他话不要都能行，他曾经参加过 309 国道建设并光荣负伤这句话一定要写上。"

他的侄儿含泪答应了。

时至今日，那些当年参与过此路建设的民工老汉们一提起这些，都激动不已，一脸的骄傲和自豪。

南川乡原芦村的刘士信老汉当年是为民工做饭的，当记者和他谈起这些，本来话不多的他滔滔不绝："那时候，每个民工每天定量一斤粮食，粗细搭配，粮食都是原粮（群众称毛粮），每天专门由民工轮换借用当地老百姓石磨磨面。由于都是重体力活，且大多都是中青年劳力，所以，每天的一斤粮食很难吃饱，冬天最难熬，从开春到秋季，每逢晚上收工，大家不约而同去挖野菜充饥，苜蓿芽、苦苦菜、灰条条、麦辣辣、铁角牛，反正是能吃的野菜都吃遍了。

"虽然苦，但听说给毛主席修路，人们的干劲都很大，吃饭时候谈论最多的是把路修成，让毛主席老人家尽快来。大家都盼望着见毛主席呢。所以，1976年，当听说毛主席老人家逝世了，人们都伤心地哭了……"

309国道还在热火朝天的建设之中，纵贯全县的眉肖公路建设、改造也拉开了帷幕。

1977年底，镇原县东南部的屯字西门至马头坡大桥20公里的道路完成了2.5厘米渣油路面处理，使镇原县历史上第一次有了自己的柏油路。到1985年，东联西峰、西安，西联平凉、兰州的眉肖公路镇原境内100公里路基陆续完成了改造、铺油。从此，镇原和外面的世界连通，实现了"风雨无阻"。

眉肖公路镇原段建设也历时十年，基本是由镇原县广大干部和沿线群众独立完成的。

十年间，他们斗严寒、战酷暑，栉风沐雨，披星戴月，凭着昂扬的斗志和满腔的热血，在没有任何施工机械帮忙的情况下，硬是靠肩挑手扛，完成了这一巨大工程，涌现了许多可歌可泣的感人事迹。

为了按照准确的比例勾兑水泥和沙子比例，100公里路基用料都是他们用最原始的手杆秤一斤一斤地称出来的！那上面的沥青罩面，也是他们架着柴火用大铁锅把沥青疙瘩一锅一锅融化，熬成滚烫的沥青汁，按比例加入油渣，然后用马勺一勺一勺泼洒在路面上的！看到公路建设者们每天吃着干杂粮馒头就萝卜、白菜凉拌菜，喝着清汤寡水的黄米米汤，上肖公社南李村一位80多岁的老太太把积攒了半个多月的60多个鸡蛋用盐水腌制好，煮熟送到了工地。别小看那60多个鸡蛋，要知道老太太家里平时连碱面都舍不得买，调面蒸馒头、擀面条都是用荞麦灰过滤的"灰水"。

1979 年的秋季，二十多天的连阴雨，广大施工人员和沿途群众毅然冒雨作业。太平公社彭阳村一位姓陈的社请教师周末去屯字公社榨油，回家途中遇雨，道路泥泞，半夜时分才走到翟池沟口嵝岘。夜色中，他隐约看见不远处新夯筑的路基斜坡汪洋一片，路面已被雨水淹没，走近点着打火机，仔细一看，这下可不得了，新筑的临时排洪渠洞口被杂草乱石堵塞，洪水全部涌上了新筑的路面，濒临沟口的路基已经出现了裂缝，他急忙大声呼叫。尽管用尽了全身力气，声音仍被风雨扫过的树叶、庄稼飒飒声淹没在旷野里。他急中生智，脱下身上的夹袄拧干，塞进油罐蘸了些清油，用打火机点燃，挑在扁担上大声呼喊："快来人呐，路基冲塌了……"半夜的火光和喊叫声引来了沿路人家的一片狗吠声，惊动了窝棚里的看玉米人，也惊动了附近村庄熟睡的村民们。不一会，四路八斜的乡亲们披着雨衣，一个个提着马灯，拉着架子车，扛着镢头、铁锨自发奔了过来。当地一名姓李的党支部书记当仁不让，自命为总指挥，一马当先，带头抢险。百十名群众争先恐后，齐心协力，奋战了整整半夜，硬是疏通了排洪渠，堵上沟口裂缝，排除了险情，重新夯实了路基。那时候通讯落后，当县上工程指挥部的一位负责人闻讯赶到现场时，已是凌晨三点多钟。当看到路基安然无恙，积水已顺利排除后，他激动地说："这个路段可是我们500多人用了上千个工日，从 15 公里外，运来上万方土石，花了近二十天时间，黑明昼夜一夯一夯打起来的呀……"

　　1984 年春节，屯字镇屯字村在北京做生意的一路姓村民，将 2000 元现金送到了工程指挥部。他在北京摆地摊卖面，五毛钱一碗的面条，利润不到一毛钱。这 2000 块钱是他一碗一碗煮出来的！施工队伍中的一位工程技术员是三岔镇人，虽在本县施工，但由于工期紧张，两年后才第一次回家探亲。他高兴地给儿子买了糖果和玩具，可 5 岁的儿子已经不认识他了，说什么也不叫爸爸，甚至连摸一下都不让……

眉肖公路是庆阳市通往平凉、兰州的一条主要公路。这条公路在之前的改造中，只是就路改路，为节约耕地，对排水不畅的胡同仍予沿用，且重点整修和改造了镇原县城至肖金的路段，而对镇原至眉岘段的改造重视不够，因而公路没有充分发挥作用。经过 1977 年至 1979 年连续三年的改造加宽，共完成改建里程 69.18 公里，合计投资 120.94 万元。

曾经全程参与眉肖公路建设的县交通局助理工程师路等海回忆："眉肖公路改建工程正值隆冬季节，顶风冒雪，测量打桩，并同时动工。经过一年时间的艰苦奋战，移动土石方 75 万立方米，把一河二原三坡两嶙岘共计 44 公里全面打通。这次改造具有前瞻性，原面避开胡同，尽量取直线，需搬迁的农户一律搬迁，避开电字公社驻地，另辟新路，为乡镇后来的建设与发展打下了基础。"

艰难困苦，玉汝于成。到 1985 年底，全县修建公路 1887 公里。其中柏油路 218 公里，砂石路 166 公里，土路 1503 公里。全县各乡镇全部可通客车，沟通了陕甘宁三省区和毗邻的西安、兰州、固原、平凉等地的交通网络。

时代的车轮浩浩荡荡，每一道车辙都轧着岁月的印痕。

镇原位于黄土高原腹地，山峦起伏，沟壑纵横，古来交通阻塞，运输不畅。历代流寓者有"望晴空，出门路窄；思家乡，潸然泪下"的感慨。据《镇原县志》记载，镇原的第一条道路始建于周宣王四十年（前 788 年），"周宣王发大军伐羌戎曾路经镇原，开辟军道。辎重车马始通行"。此后至民国末年的近三千年时间里，镇原只建成了东南行、西行、东北行、西南行、东北行五条土路，总长不足 400 公里。县域内的四条河流之上没有一座桥梁，只有山川塬峁沟渠嶙岘处修了五条砂石土桥。道路不畅，决定了镇原运输只能靠人背肩挑，驴骡驮运。到了民国三十五年（1946 年），上肖富户邢殿元拴起了四辆胶轮马车，往返西安、平凉、安口等地运送货物，开启了镇原交通运输规模化经营的先河。此后至新中国成立，全县胶轮马车也才发展到二十多辆，平均每年运送外地的土特产、粮食200多吨，运回食盐、棉花、布匹等商品300多吨。

中华人民共和国的成立，唤醒了沉睡已久的镇原大地，镇原人民在中国共产党的领导下，艰苦创业，劈山、填谷、修涵、架桥，义务投工，筹粮捐款，整修了公路、大车道和驮道。至1965年底，全县公路通车里程达到429公里。

1966年至1976年，因"文化大革命"影响，公路建设一度受到干扰。尤其是1967年至1969年，曾出现工程计划项目完不成，公路失修、失养，好路率下降的局面。1969年后，因战备形势的需要和长庆油田的开发，以及农业生产和人民生活运输量的增加，促使公路建设再度出现生机。这一时期，修通宜兰公路镇原境内土路基44公里，以民工建勤方式新修巴家咀至方山县社公路48公里。配合石油勘探，重点改造了孟坝经党崾岘至驿马长76公里，西峰经太平至方山长83公里的县社公路。

群山沸腾，河流欢歌。

与此同时，乡村道路建设也如火如荼。结合农田和基本水利建设，坚持自力更生，艰苦奋斗，统一规划，以山定路，以路定田的原则，做到梯田、水利、道路、林带四配套，动员群众，积极治理。全县共修乡村道路133条。当时的269个行政村中，通客车的78个，通汽车和拖拉机的245个，当时的2453个自然村，通车的有1866个。

蒲河、茹河、交口河流域内也先后建起大型永久性混凝土桥梁9座，总长852米，中型永久性混凝土桥梁15座，总长905米，小型永久性混凝土桥梁14座，总长277米。此外，在乡村道路的各主要关隘夯筑土桥12座，总长2736米。

修建乡村道路，广大干部群众积极性空前高涨。一些群众自带干粮、开水，行程几十里义务参加道路建设。开边镇兰岔行政村杏树沟自然村是个纯山区村，当时有 27 农户、146 人，没有一条可通农用三轮车的村道，世世代代靠人背畜驮过日子。乡村道路建设工程开工后，沿线 4 个村的群众户户上劳力，历时 23 天，修筑了长 12 公里、宽 6 米的通村道路。

殷家城乡是一个偏僻的纯山区乡，全乡仅有 7550 口人，是镇原交通条件最差，修路任务最繁重，工作难度最大的乡，2003 年，采取集中人力打歼灭战的办法，最多一天出动劳力 4150 人，历时两个月，完成了 3 条 35 公里通村公路的全部土路基工程，道路等级达到了农一级标准；2004 年，又新修和改建乡村道路 2 条 20 公里，并全部完成路面铺砂。现在，殷家城乡所有行政村全部通上了宽 6 米的农一级道路，交通条件得到根本性的改善。

20 世纪 80 年代，随着老区建设和西部大开发的实施，全县公路建设逐步从土路向砂石、硬化路升级。

历史的车轮滚滚向前，镇原县交通道路建设万马奔腾。

截至 2020 年底，全县共完成建制村和撤并建制村道路 61 条 553.897 公里，"千村美丽"示范道路 9 条 90.083 公里，三级公路 5 条，二级公路 2 条，产业路、村组路 48 条 130 公里。全县 215 个行政村提前实现了通硬化路的目标，通畅率达到了 100%。

路是历史竖起的碑，见证着山河改观，生活变迁。

1956 年，县城成立了公私合营运输合作社，20 多辆胶轮马车承担起全县出入货物的运输。1958 年，国家给镇原调拨吉士 150、嘎斯 69 汽车各一辆，镇原大地上第一次有了汽车行驶。据不完全统计，到 2020 年底，全县拥有大小汽车 9 万多辆，年运货物 118 万吨，货物周转量 5830 万吨公里，全县共开放客车线路 69 条，长 3000 多公里，日发往各地客车120班次，外通陕、甘、宁三省（区）26个县市，内达19个乡镇及绝大部分村组，形成了跨省区、连县城、通乡镇、到山村的公路网，实现了人便其行、货畅其流的新格局。

在全县各主干线的路边，几乎每天都忙碌着一群身穿橘黄色养护服的身影，他们手持铁锨、扫帚和一系列专业工具，冒严寒顶酷暑，个个皮肤黝黑，但依然热情高涨，笑脸如花："路是公家好不容易为我们修的，我们一定要把它保护好。"这就是他们的心里话。

2020年8月20日凌晨2时40分，太平镇公路管理所的值班电话突然响起。值班人员脑海中第一反应就是哪条路段出了问题。果不其然，电话那头传来一个过路司机急切的声音："西镇公路丁岘子村崾岘处路旁大柳树被风刮倒，横卧在公路上。"险情就是命令。值班人员一边把该情况报告主要领导，一边与所里的其他两名同志，顶风冒雨携带着事先备好的系列应急除险工具，立即驱车赶往事发现场。只见树径接近一米的3棵柳树连同枝杈乱七八糟横压在路面上，车辆已无法通行。

有险除险，必须及时保畅通。他们立即提起专用电锯为"倒树"做截肢处理。由于倒树的直径过大，期间，专用油电锯的链子多次被卡住。为了迅速清除路障，他们只好斧头锯子一齐上，轮换作业，锯树的觉得力气不够用了，那么砍枝的成员就来换上，砍枝的成员累了，清枝的组员来替换，如此不知多少轮的周而复始的接力赛后，直到凌晨6点，才清理完了现场，道路畅通。此时，大家已经累得站不住了，但看着一辆辆缓缓欢快通过的车辆，大家心里乐开了花。突然，喇叭声不约而同地响起，是对橘红色养护工们致以敬礼，更是最美的礼赞。

黄土高原的路基处理是世界性难题。镇原处于黄土高原腹地，路不好建，也不好养。"群众有一句话，叫'一年一修补，两年一换土'。每年秋季雨水多，冬季受冻，路基抬高，春夏升温就发生路基沉陷、路面裂缝等问题。"县交通局局长岳生金说，为了农村发展，再重的担子也要扛起来。

2016年的金秋时节，茹河川区的河湾、彭阳、柳咀、闫沟、建华、石崖等村的村民联合起来，自发组织了有史以来第一次农民队伍的大游行。

迎着早晨的霞光，他们由屯字镇的建华村桥头出发，20辆摩托车方队在前面开路，紧跟身后的是数百人的社火队，锣鼓铿锵，鞭炮声声，他们载歌载舞，意气风发，一路向东，沿着新修的镇北公路，浩浩荡荡朝北石窟寺奔去。

游行队伍里有歌声的舒展，舞姿的奔放，雄狮的跳跃，长龙的奔腾，这是从土地灵魂深处迸发出的欢呼雀跃！

因为，这一天，镇北路全线开通了。沿川五乡镇的山里人终于有了一条通往山外的柏油马路，多少代人的梦想变成了现实。大货车能够进村了，肩扛、人拉、驴驮运货的历史结束了。而令这些乡亲们始料不及的是，仅仅过了5年，他们脚下的这片土地那硬化的血管变得更加柔软而富有弹性，它那板结的地壳发酵般充满活力，每个村子都拥有了自己的柏油路或水泥路，茹河川道成了全县著名的旅游风景区，这条路成了连接石空寺、白马池、太阳池、翟池和北石窟等著名景点的纽带，这飘舞的"龙头"就是北石窟驿。

一路通，一通百通。

郭原乡郭沟圈村自从通村路修好之后，兴起建房热。一辆辆运输建材的货车往来不绝，但路上却很少看到遗落的石子或泥渣，不时还能看到路过的村民捡起路上的垃圾。

"过去我们这个村人均年收入只有1500多元，硬化路修好之后能达4000元以上。"郭原乡党委书记马龙在郭沟圈村下乡的路上对记者说，农村路成为老百姓脱贫致富的"助推器"，也成为密切干群关系的

"润滑剂"，大家都愿意跟着村两委在脱贫路上加油干。

镜头转至殷家城。山大沟深，天然隔绝，过去被称为"失联"的乡镇，桑树洼村的李发昌老人从未走出过大山。镇殷公路开通后，他领着一家大小6口人，乘班车第一次逛了县城和庆阳市，游览了北石窟驿，现在，他隔几天就驾驶着自己家的三轮车把乡亲们生产的羊肉、鸡蛋送到县城和西峰的定点羊肉店里，年收入达10万元。

交通的快速发展，使一大批特色产业应运而生。

2014年，在上海工作的山东人朱纪军回到妻子老家平泉镇，经过考察后他认为镇原农业发展潜力巨大，于是在平泉镇文洼村成立合作社，从山东青岛引进种兔，在镇原当地推广养殖。

南川乡张家沟村脱贫户张海龙家的瓜果大棚里，西瓜、香瓜、草莓接茬成熟，每天都有顾客从县城前来采摘、购买。

"多亏了这条路！"张海龙感叹，以前村子到县城的路，都是羊肠小路，上县城卖菜一趟得走三四个小时。

如今，村里修通了水泥路，通上了班车，到县城不到一小时。"许多村民坐着班车去县城卖菜，城里人也开车到农村买菜、观光。"公路通了，农村发展产业的天地更加广阔了。

目前，全县已建成2个万亩设施瓜菜示范片带，带动全县种植瓜菜22.8万亩，产业扶贫成效显著。

一路畅，一畅百畅。

行驶在镇北乡村旅游公路上，8米宽的柏油路面十分整洁，两边山光水色尽收眼底，公路两旁的风景树色彩斑斓，树下各类鲜花争奇斗艳，令人心旷神怡，美不胜收。

这条路四通八达，将茹河沿川各风景旅游景点串缀在一起。

50岁的陈万立看到家乡所有村组的路通了，辞掉北京的工作，回到家乡搞起了农副产品收购，年收入在10万元以上。"从羊肠道到泥巴路，从水泥路到旅游路，家门口的这条路越来越宽，乡亲们的致富路越走越顺。"陈万立说。

有好东西，却运不出、卖不了。这是多年前镇原很多偏远乡村的"痛点"。特别是一些生鲜"山货"，要转化成"网货"更是不易。

"现在这个电商好得很，路一通，东西不愁卖不出去，也不愁卖不上好价钱。"种植大户刘岁虎不愁销路，也不担心价格，他把收获后的谷子、黄豆、荞麦等磨成粉，通过电商销售，每亩增收200元左右。

彭阳村电商服务中心负责人刘广春介绍，除了五谷杂粮，土鸡、土鸡蛋、黑猪肉等也是热卖产品。

电商这一新型营销渠道的开辟，打通了农产品上行通道，农产品的市场生命力逐渐增强。

一路好，一好百好。

县交通局局长岳生金说："镇北公路作为精准扶贫和乡村振兴战略的突破口，公路成风景、民居变景点、乡村成景区，以点带面，连线成片，分步建设，同时放大'美丽公路+'效应，实现了便民、惠民、富民，提高了群众获得感、幸福感和安全感。"

交通运输事业的发展，助推了全县工业强县战略的实施，地方工业企业吐芽拔节，以地方杏果、羊绒、玉米等特色农产品加工为主的解语花羊绒公司、陇东包装集团公司、澳恺、新一代、维思特食品公司等一批现代化企业纷纷落户金龙工业园区。福建圣农集团、中盛农牧、天士力集团等国内23家大型龙头企业在镇原落地生根，带动发展肉牛、肉羊、肉鸡、肉兔等产业。

农村公路的畅通，让镇原大地因路而变，因路而活，因路而美，因路而富。勤劳智慧的镇原人民在县委、县政府的领导下，正一路高歌，阔步行进在建设美好家园的康庄大道上！

满眼春色尽朝晖

——镇原县推行家庭联产承包责任制纪实

何等强

1981 年 4 月 7 日，《甘肃日报》"基层来信"栏目刊登了一封来自镇原县一生产队长的来信，他对镇原县在推进联产责任制工作过程中，存在县上的规定和社员的要求不一致，工作中规定比例，违背多数群众意愿的问题提出了疑问，并希望能够帮助解决。此信的刊登立刻在镇原引起了极大的轰动，直接推动了以"包产到户"为主体的家庭联产承包责任制在全县全面推行。

对于这封群众来信，《甘肃日报》在"基层来信"栏目中，以《上下"顶牛"耽误生产》为题刊登，并且还增加了"编者按"，对镇原县在实行"包产到户"工作中规定比例，违背多数群众意愿的错误倾向进行批评。"按语"指出：

这封信反映了一个生产队在实行生产责任制过程中遇到的问题。从信中看，这个队基本上是个"三靠"队，全队社员又"一致同意"采取包产到户的形式，并且在去年秋收以后已经做了不少具体工作。既然如此，领导再硬扣什么比例，提出"坚决不让包产到户"的意见，是很值得研究的。省委多次强调，在采取何种生产责任制形式的问题上，要从实际出发，要按照多数社员的意愿尽快确定下来。应当看到，由某些领导机关限定比例，违背多数群众的意愿，同群众"顶牛"，如群众说的"上边放，中间挡，戏到下面没法唱"，就会挫伤群众的积极性，影响今年的农业生产。尤其是在经过群众讨论，已经确定了某种责任制后，领导机关的责任，应当是去加强领导，帮助做好完善工作。

刘登荣这封信的刊登，顿时在镇原全县一石激起千层浪。从1979年秋开始，镇原县就先在19个公社的253个生产队中划分了645个作业组，实行"三定一奖"（定任务、定产量、定报酬、超产奖励）制度。1980年夏，又在一些边远山区搞起了1666个承包组240个包山户，有1112个生产队实行单项承包和专业承包责任制。同年秋，又曾先后三次召开会议，专门研究实行包产到户责任制的条件、范围、原则、方法、步骤和各种具体问题的处理办法，根据自然条件和生产水平的差异，县委大体确定了各社实行包产到户的范围和比例。但由于思想不够解放，因而在实行"包产到户"过程中出现了规定比例和违背多数群众意愿的错误倾向，致使"包产到户"在镇原大地上推行不够迅速和彻底。正是在这种情况下，富有责任感的刘登荣萌生了给《甘肃日报》写信投石问路的想法。

这封信刊登后，甘肃省委领导点了庆阳的名，中共庆阳地委立即召开了"纠偏会"，镇原县委对"包产到户"工作进行了认真反思，时任县委书记的赵连升同志亲自上门向刘登荣赔礼，他说："老刘啊，你做了一件好事，不让包产到户我有责任，我向你赔情道歉。"当时赵连升已提升到地区任专员，他说："责任不在县上，也不在乡上，在我们地区。"

鉴于"包产到户"已成大势所趋，在刘登荣写信这件事之后，镇原县委、县政府遂根据《全国农村工作会议纪要》精神，并总结两年来的经验，制定了《镇原县包干到户生产责任制管理暂行办法》（以下简称《办法》)。在这个《办法》中，最核心、最重要的原则就是：农村生产组织形式采取哪种办法，必须尊重群众意愿；包产到户责任制确定之后，长期稳定，不得随意变动；施行本办法后，以前县、社、队有关规定与上述各条相抵触的，一律以本办法为准。这些原则，给广大群众吃下了一颗定心丸。同时，这个《办法》还从包产到户后的生产资料、包干合同制、多种经营和社队企业、科学种田和农业基本建设、财务管理、优抚照顾、大队和生产队干部待遇、计划生育、思想政治工作等九个方面，对农村生产体制进行全面改革。按照此《办法》，镇原县在以"包产到户"为主体的家庭联产承包责任制工作中，土地除留少量的机动地外，按现有人口或人、劳比例承包到户，各户经营，长期稳定不变。所有权归集体，使用权归承包户，不准出租、典当和买卖；不准私自在承包地里修庄、埋坟。对集体的果园、林场、小型加工设备、机井、大型农机具等，折价承包给有能力经营的社员经营。牲畜和一般农具等生产资料，评价挂账（暂不收款）固定给各户使用。收益分配采取集体与承包户签订合同的办法，保证完成国家任务，交够集体提留，所有剩余部分全部归承包户所有。包产到户这种形式，责权利关系相统一，深受广大群众拥护。

正是由于《甘肃日报》"基层来信"的警策，县委在深刻反思和总结经验教训后，重新制定出台的这个《办法》群众拥护，易理解，好操作，短短几个月，以包产到户为主要形式的家庭联产承包责任制在全县全面、彻底推行。1981年底，全县24个人民公社有2335个生产队包产到户，占全县生产队总数的94%。1982年6月包产到户全面结束，全县24个公社269个大队2483个生产队7.36万户36万农业人口共计承包土地151.23万亩，户均20.5亩，人均4.17亩。

1983年6月，镇原县委根据省委关于农业体制改革的有关指示精神，并结合全县实际，提出在农业体制改革中进一步"松绑"和"放权"，再一次扩大承包范围，延长承包期限，将全县192万亩宜林、宜草地，除各队留少量公墓、轮牧草山外，全部划拨给各农户，让农民造林种草，谁种谁有，长期不变，子女有继承权。耕地承包期为20年以上，草地、果园承包期为30年以上。对原承包不够合理，群众要求调整的，可以本着"大稳定、小调整"的原则，由集体统一调整或农户自行协商兑换。林场、果园、水利设施、加工机械等，可作价卖给农民，由一户或联户经营。允许农业专业户雇工，允许家在农村的国家职工留职带薪回乡，签订合同，组织专业户带动10户农民致富；还可以留职停薪回乡自办专业户。鼓励农民集资办企业和从事农副产品、日用工业品的收购运销、长途贩运，也提倡农民办交通业。农村商品生产不受限制，一、二类农副产品完成统、派购任务后自主经营。实行开放政策，允许企业采取优惠措施引进资金、引进技术，在当地联合办厂。同时，鼓励技术人员到农村搞技术承包、联营企业。进一步改革农村管理制度，乡村干部实行招聘制。

从1983年后季到1984年，全县家庭联产承包责任制得到进一步的发展和完善，极大地调动了农民的生产积极性，农业生产出现了前所未有的好形势。1985年3月，镇原县第十届人民代表大会第二次会议作出《关于动员全县人民发展商品生产的决定》。在全县广泛深入地贯彻《中共中央关于经济体制改革决定》，教育广大干部和群众树立"无农不稳、无工不富，无商不活、无才不兴"的观念，冲破长期以来农村自给、半自给的自然经济思想的束缚，向发展大规模的商品生产转化。支持农民大办乡镇企业，克服"重国营、轻集体、限个体"的错误思想，鼓励国营、集体、个体企业一齐上，乡办、村办、户办、联户办、城乡联办"五个轮子一齐转"。在发展种植业、养殖业的同时，大力发展饲料加工业、食品加工业、建材加工业、交通运输业、商业服务业。鼓励农民参与粮食的多层次加工、多渠道经营，提高经济效益。

鼓励农民舍得好地栽种经济作物,勇于投资办企业、办畜牧业。积极支持农村重点户、专业户勤劳致富。鼓励农民自带口粮到集镇务工、经商,流动服务。

至此,家庭联产承包责任制度在镇原县农村全面确立。实行包干到户生产责任制,极大地解放了农村的劳动力,农民生产的积极性空前提高,农村各种经济专业户应运而生,经营方式得到拓展,生产效益明显增强。

以"包产到户"为主体的家庭联产承包责任制改革,是农业生产形式的一次重大革命,使农民紧紧与土地直接结合在一起,彻底克服了长期以来困扰社队集体经济发展的"大锅饭"顽症和收益分配上的平均主义,广大农民获得了前所未有的自主权,极大地调动了农民劳动生产的积极性和主动性。正如流传于民间的两句口头禅所说,"大包干,大包干,直来直去不拐弯";"交够国家的,留够集体的,剩下都是自己的",这正是农民群众对家庭联产承包责任制特点及其精髓的形象概括。而这一新体制彻底打破了多年来分配上的平均主义,把劳动者的利益与劳动成果直接联系起来,实行"责、权、利"相结合,激发出农民极大的劳动积极性,使禁锢多年的农村生产力得到空前释放。广大农民在种粮之余,种上了经济作物,养起了畜禽,做起了买卖,搞起了多种副业,形成了"村子上没转的,家里没站的,都是忙干的"的景象。

家庭联产承包责任制的推行,解放了思想,解放了生产力,镇原县农业生产和农村经济得以蓬勃发展,粮食产量逐年增长,大牲畜和猪、羊饲养量也不断增加,农民的经济收入明显提高, 生活水平逐步得到提高,农村到处呈现出热火朝天的生产气象。据资料统计,至1985年底,全县农民人均纯收入204.7元,比1975年增长4.5倍;人均存款27.7元,比1975年增长4.6倍;消费品购买力人均61.6元,比

1975年增长174%；人均口粮达到了206公斤，轻骑、电视机等高档商品开始进入了"寻常百姓家"。

青山遮不住，毕竟东流去。从"包产到户"实行家庭联产承包责任制，到农村综合改革，全县农村经济体制改革不断深化，农业经济稳步发展，全县人民生活从温饱不足到解决温饱问题，从脱贫致富到开始步入小康，广大农村到处呈现出各项事业繁荣进步、人民群众安居乐业的欣欣向荣景象！

站在思想前沿的文化，具有直指人心的力量。这种对人性、对生存价值的看法与感受，凝结成对世界独有的观念和认识，由此而形成的镇原文化，文华灿灿，文脉悠悠。

　　　——文化的光芒照亮镇原的天空,呵护着镇原人的根和魂

文脉赓续传世长

何华

剪刀一开美景来

——记中国民间剪纸艺术大师祁秀梅

刘　耀

　　甘肃是古丝绸之路的锁匙之地和黄金路段，我国 56 个民族有 54 个在甘肃留下足迹，汉族与各少数民族文化相互交融，在生产、生活实践中创造出了丰富多彩的民族民间文化艺术，有很多有影响力的非物质文化遗产代表项目、代表人物和作品。它们是中华文明辉煌灿烂的文化遗产的重要组成部分。陇东剪纸大师祁秀梅便是其中一位代表人物。

　　联合国教科文组织确认祁秀梅为"人类口头和非物质文化代表人物之一"，东西方艺术家协会（纽约）、东西方民俗艺术委员会、东西方剪纸艺术家协会授予她"东西方杰出的民间剪纸艺术大师"称号。各级文化馆、美术馆、博物馆争相收藏她的作品，仅中央美术学院就收藏了 200 多幅。她的作品传至意大利、日本和新加坡等国，影响非常深远。

独树一帜的创作手法

　　祁秀梅出生于 1920 年，是甘肃省镇原县临泾镇包庄村黄畔小村一位识字不多的普通农村妇女。她凭着不懈努力和艺术天赋，成为在国内外剪纸艺术界享有盛名的民间剪纸艺术大师。

小时因家里贫穷，祁秀梅未能上学，但她秉性聪悟，心灵手巧，酷爱剪纸和刺绣，6岁时就能剪纸绘画。12岁时，她的剪艺已在当地小有名气。15岁那年，由父母做主，她嫁到邻村，做了一位朴实憨厚的农民的妻子。

按照农村人的生活惯例，祁秀梅的人生本应就此定格，一辈子在黄土地上劳作终老。但祁秀梅倔强的如同旱地里的庄稼，即便天气再干旱也要破土而出，迎击烈日风沙，始终怀有一股对生活的热情和她自己并不知道的艺术的追求。她从未放弃如同生命般的剪纸。劳动之余，她坚持不懈，刻苦磨炼，从模仿、传承到独创，他技法娴熟，随心所欲，手随心到，形随手成，出神入化，可谓"神剪"。

中国西北的人民自古以来就喜欢用剪纸来美化自己的生活。无论是邻里结婚纳彩，生儿育女，老人祝寿，逢年过节，她都来者不拒。为此，人们常送她许多彩纸和布块。有了基础的创作材料，她更是如鱼得水，开始更加大胆的艺术探索。她不用事先描样儿，全凭她在剪纸时几分钟内的灵感和精湛的剪技，随手就能剪出活灵活现的花卉小鸟、人物轮廓，每幅作品都透出浓浓的乡土气息和逼真神韵。不同于陕北剪纸用剪刀挖洞的手法，她的剪法是对折剪，连圆形洞都是折着剪或者由外边绕进去，从而遒劲流畅，线条极富表现力。待到将纸展开，一幅线条复杂、栩栩如生的艺术品跃然纸上。

祁秀梅一生创作了上万件剪纸作品，在大量的创作过程中逐渐形成了她自己独特的剪纸语言。她最擅长运用并排有活力的弧线来烘托气氛，尤其是她擅长运用规则严整而略带动感的长弧形椒刺刺纹样，从而达到某种光影效应的神秘效果。

除了原始图腾文化和古老民俗的题材之外，祁秀梅还创作了大量

中国民间文化艺术之乡——镇原

现实题材的作品。大型作品《庆祝国庆》，把"庆祝国庆"四字套剪在全国各族人民载歌载舞、欢度佳节的画面中，表达了全国各族人民大团结的热烈场面和对党、对祖国的热爱。图形有丰富的窗花、门饰、顶棚花、鞋花、枕头花、炕围花等。技法则主要为阳明剪、对称剪、单剪、混合剪、影形剪；运用染色、套色、剪纸绘结合的色彩表现手法，别具一格，富有特色。

　　尤为难能可贵的是，她自己并不识字，却能够根据自己的丰富想象，在画面上加剪文字。这确实是一件很不容易的事情。《养鸡专业户》《放牧》《农家乐》等作品捕捉到了现实生活场景，塑造了生动活泼的农村画卷。

　　除剪纸之外，她的刺绣和绘画也很出色，是一位集剪纸、绘画、刺绣于一身的民间艺术家。她对生活的观察和对描绘对象的处理都体现了一个优秀艺术创作者的能力，绚丽多彩的陇东民间剪纸在这片热土上得以创造和传承离不开她的智慧与创造。她和她的作品影响了新一代的剪纸艺术家，一把剪刀、一张纸，剪出了光彩夺目、生动优美的画卷。

震惊中外的民俗桂冠

祁秀梅的祖辈都是面朝黄土背朝天的贫苦农民，她自己也没想过会进北京，上讲台，登报纸，还被戴上艺术家的桂冠。

1986年，中央美术学院聘请祁秀梅进京讲学表演。在中央美术学院这个国家最高的艺术殿堂上，她拿起剪刀，剪出一幅幅精妙绝伦的作品，让人类的远古历史、神话传说和原始信仰跃然纸上，在首都美术界引起巨大轰动。1986年2月6日《人民日报》以专版介绍她的剪纸艺术，其作品《生命树》引起各界剪纸艺人的高度重视。《中国美术报》《中国剪纸报》《甘肃日报》先后介绍了她的剪纸作品及其艺术。中央电视台、甘肃电视台拍摄了她的剪纸艺术专题播放；她的作品被中国美术馆收藏。

尤其具有特别意义的是，由于她的访问，中央美术学院设立了民间美术系。海内外多家专业杂志、报刊多次介绍祁秀梅其人和作品。各国外宾纷至沓来，就是为了一睹她神奇的剪纸艺术。

1987年8月的一天，县上通知祁秀梅说有法国友人来考察和访问，让她好好准备一些剪纸。这对于祁秀梅一家来说就是天大的消息，全家人欢呼雀跃，因为他们之前从没有见过外国人。祁秀梅老人白天除了劳动，一有空闲就创作剪纸作品，晚上还凑近昏暗的煤油灯剪，一剪就是半夜。有一次祁秀梅的白帽子被烧了个洞，头发险些烧着。外宾到来的前一天，县上拿着她的作品到文化馆展厅布置了一些，还做了专门的简易线装本，夹了一部分，还有一些直接夹在报纸里。

外国友人看到她的作品后赞叹不已，对剪纸作品中的图纹更是一连串问题，很惊异一字不识的农家妇女为何有如此惊人、丰富的想象力。祁秀梅和外孙女惠富君现场演示了她们的剪纸技艺，外宾看得目瞪口呆，不能想象一张纸一会儿工夫就变成一幅奇妙的图案，活灵活现地呈现在大家面前。

吉莱姆专门留言："特写下以下几句话，以纪念祁秀梅女士和我们度过的一天，她的剪纸准确，充满了想象，富有幽然意味。她的熟练技巧已显现在她的孙女的剪纸中。谨表示我们十分友好的感情，祝惠小燕（惠富君曾用名）前程无量。"经翻译译写并给大家念出来后，祁秀梅老人羞涩地笑了，惠富君听后很高兴，暗下决心一定要学习好奶奶的剪纸技艺。

法国友人仔细地欣赏了祁秀梅和孙女的剪纸，并挑选了一些作品作为收藏。挑选完作品，已到下午四五点了，吉莱姆一行还特意到祁秀梅老人家里参观。他转遍了整个院子、所有窑洞，眼里满含惊讶和好奇，陇东民居和生活习俗再一次震惊了他。他对村民的好奇和热情一点也不会让人感到不适，在他心里，这个地方、这里的人都是一种神奇的存在。他热情地与祁秀梅家人及村里人合影留念。送走法国友人，祁秀梅的家人及邻居便急切地向祖孙俩问这问那，大家的心情久久不能平静。

外国友人惊异于祁秀梅的技艺，更惊异于她作品中包含的深邃思想。她的剪纸作品较为完整地保存和体现了我国民间的传统思想、美学思想、艺术观念和造型观念，具有丰富的民俗文化内涵，在继承传统艺术的同时，在作品题材、表现手法、形式风格等方面，她又有自己独特的创新。

特色鲜明的生活画卷

临泾是镇原的古县名，其历史十分久远，自西汉元鼎三年（前114年）建县到明代洪武二年（1369年）废县，历经了2000多年的沧桑岁月。其所以有名，是因为在漫长的历史时期这里发生过许多重大历史事件，出现了不少著名人物。这里长期汉胡杂居，从古代新石器的图腾信仰，到秦、汉、北魏时期的造像特点，从汉族到少数民族的精神意识，在这片造就黄河肤色的苍茫厚土中，蕴藏着亘古至今民间文化的原生态基因，而这些丰沛的历史文化元素都可以在祁秀梅的剪纸作品中找到传承。她的作品中，包含了不少原生态、次生态的文化内涵，诸如图腾崇拜、生殖崇拜、祖先崇拜等，反映了中国人的自然观、生死观、宇宙观。

祁秀梅的剪纸作品一个重要的主题是关于生命繁衍和祈求生命长青的内容。例如《生命树》《抓髻娃娃》《连生贵子》《石山生猴》等作品是古代传世纹样的延续，其中隐含着多种象征符号，具有丰富的民俗文化内涵。她的这些作品保留了原始部落图腾崇拜的印记，为后人提供了一些破译和诠释古文化符号的实物佐证。

她的祝寿贴剪纸纹样《生命树》《生命之花》《鹿鹤同春》是由原始形态的鹿头花演变而来的，反映出多民族混居地的图腾崇拜和生殖观念。鹿传说是由瑶光散开而生成的，能兆祥瑞，是长寿之兽。作品中巨大的生命树根深叶茂，是神话生活中扶桑树的演变，作品充满蓬勃的生命力。《抓髻娃娃》被专家学者认为是"中华民族的保护神和繁衍之神"。抓髻娃娃有男性、女性或男女合为一体的造型。《莲蓬神罐育娃图》采用隐喻的表现手法，表达了"喜得贵子"的欢乐场面。《莲花生娃》《石山生猴》《石猴生人》等作品表现了石头也能孕育生命，可以联想到远古祖先的灵石崇拜，古羌人的白石崇拜，以及古匈奴人的图腾崇拜。可以说她的剪纸不仅仅是一张剪纸艺术品，更是中华民族几千年历史文化传统的结晶。

其次，飞禽走兽、昆虫花草也是祁秀梅剪纸创作的一大题材，这类题材隐喻了男女交配、祈求多子的内涵。蝴蝶、蚕蛾、仙鹤、凤凰、鹭鸶、金鸡代表雄性；而花、花盆、花瓶、山石则表示雌性。她的作品《蚕蛾摆蛋》《海棠花盛开在花盆中》《盛开的莲花与花瓶》表达了"天地相合，阴阳结合必生万物"的朴素的民间哲理；"鱼戏莲""鱼生娃"等系列作品表现了生殖崇拜。我国古代汉族及少数民族都认为鱼与生殖能力有着密切关系，因此《鱼儿绕莲》《鱼儿吐子》《双鱼捧娃娃》等作品都是以鱼类比喻多子多福。

除此之外，吉祥图案、传统纹样，以及反映传统伦理观的作品也是祁秀梅作品中的一个重要的组成部分。祁秀梅剪刀下的吉祥图案是根据民俗活动的需要来创作的。《增寿图》《长寿福来》《万福长寿》以"寿"为主体，配合蝴蝶、凤鸟、诵经道人的吉祥纹样，是给长辈贺寿时贴在寿幛上使用的；《双喜娃娃》带有"双喜"，是用于结婚之用；还有一些吉祥图案是用于建房、小孩满月或周岁，或者驱病除魔。传统纹样往往是根据古老民俗和传说故事剪成的。例如《蛇盘兔》就是根据当地流传的"蛇盘兔，必定福"的传说创作的，寓意属兔和属蛇的男女结合会幸福长久。我国民间行孝教子的传统伦理观深植民心，她的《王祥卧冰》《孝敬父母图》《行孝图》等作品以生动活泼的形式表达了孝亲敬老的社会风尚。

民间剪纸艺术的创作和流传是深植于生活土壤之中的，其题材、内容和形式具有鲜明的地域特征，与相对稳定的地域文化和生活习俗密不可分。祁秀梅的剪纸作品从内容到形式都反映出与古老传统一脉相承的纯粹性。浓郁的生活气息，简练夸张的造型和极富想象力的装饰手法，都体现在祁秀梅纯自娱又自信的创作中，她独特的审美特征和语言个性都增加了其作品的生命律动感。

高粱秆里话艺术

——记甘肃省非物质文化遗产保护传承人马学章

刘　耀

高粱秆在农村随处可见，一般都用来烧火做饭、填炕做柴火。但在一些地方，高粱秆却有大用处，有的被编成了笤帚，还有一些被制作成了各种工艺品，走向了全国，藏进了艺术馆。在镇原县，就有一位高人，普通的高粱秆经过他的巧手，就能摇身一变，成为各种精彩的灯笼。

他的名字叫马学章，他和高粱秆整整打了一辈子交道。2014 年，他的"高粱秆灯笼"制作技艺被列入甘肃省非物质文化遗产保护名录。

潜心钻研的艺术追求

已近古稀之年的马学章，是庆阳市镇原县新城镇孙庵村人，也是"高粱秆灯笼"制作技艺的传承人。说起他与"高粱秆灯笼"的缘分，要从他父亲讲起。20 世纪 30 年代，他的父亲去寺庙里烧香，看到挂在庙门口的那些灯笼特别好看，造型独特，材料也是农村普遍都有的高粱秆，甚是喜爱。回家之后他就开始琢磨用高粱秆制作灯笼的方法，经过父亲的潜心研究，便熟练掌握了这项技艺。

受父亲的影响，马学章逐渐喜爱并开始学习这门技艺。十几岁的时候，他就创作出了十余件"高粱秆灯笼"作品。他说："我是个地地道道的农民，每逢农闲时就会拿起高粱秆自己创作。"不光只有灯笼，他还能用高粱秆制作出形形色色的小物件，例如楼房、桥梁等建筑模型，还有蝈蝈笼子以及厨房用具等，有实用性的，也有观赏性的。

他是完全凭着一把刻刀，在高粱秆上来回琢磨、仔细研究而进行创作的。在马学章老人的手中，高粱秆就是艺术创作的主角。他说："要想掌握榫卯制作工艺，只有心灵手巧的人经过千百次的练习才能熟练掌握。现在我看见什么，基本上就能做什么，这也是我经过多年的经验积累才有的。"

高粱秆制作技艺融合几何学、建筑学、力学、美学等多学科知识，制作工序繁琐，需要经过选、剪、削、雕、刻、咬合等几十道工序，每道工序都要练习数千百遍。比如说切秸秆就是最基础的基本功，每一刀都要精确到0.1毫米，长一点作品无法咬合，短一点则会松动。

随着近几年农业产业结构调整，种高粱的人越来越少。为了解决原材料问题，马学章坚持自种高粱。他选地、选种、管理、收获，由于年事已高，种高粱的每一个环节都饱含不易，个中滋味只有马学章自知。

为了创作出更好的作品，马学章常常沉迷于作品好几个小时甚至几天，最久的一次他连续一周都没有出大门。"那段时间每天不是在制作秸秆作品，就是在想该如何制作，晚上做梦都是高粱秸秆。制作的时间一长，眼睛疼得睁不开，点眼药水都缓解不过来。"

专心创作并不等于闭门造车，在作品的设计阶段，马学章经常查阅大量古籍资料后才开始动手制作，所创作品无不生动逼真。

马学章以其精湛的技艺被认定为甘肃省非物质文化遗产保护传承人，乃"高粱秆灯笼"制作技艺镇原唯一一人。他的作品多次亮相于各大展会、展馆，以其高超的技艺惊艳全场，广泛流传于民间和各大博物馆。

精益求精的大国工匠

"左手握高粱秆，右手握刀，对着画好的标记线慢慢下按，刀刃来回晃动就进去了，然后轻轻一撬，就能开出一个浅槽。"马学章一边制作，一边介绍着，用高粱秆制作灯笼，最关键的是对榫卯接口和尺寸把握。差之毫厘则失之千里，每一个榫卯的深浅、尺寸都必须精确无误。嵌套时要由底座开始，由下而上、由里往外进行。

由于高粱秆外表光滑坚硬，内里则是海绵状的，所以容易造型。"高粱秆灯笼在选材时，一定要选择粗细一致的高粱秸秆，否则榫卯制作得再完美，都不能做到严丝合缝。此外，为了防止制作过程中高粱秆断折，必须将准备好的材料提前打湿。"根据马学章老人的经验，最好用的高粱秆是结出高粱穗的那一段。

一些小的灯笼做起来相对容易，马学章基本上都是随手制作，想到什么就做什么。但如果想做一个比较大的作品，就必须提前画好简单的图样，计算好需要的材料以及榫卯的位置、间隔。高粱秆灯架是不上色的，颜色都保持着高粱秆的天然色，但是里面的灯罩就可以用彩纸粘贴，或用颜料涂抹，也可以在上面画各式各样的图案。如此，一个制作考究、外观精美的灯笼就做好了。讲究的可以再从内里贴上一部分可旋转的剪纸，灯罩里还能放一个支撑灯烛的架子，夜里把灯烛放进去点燃，随着灯烛热气升起，就会吹动剪纸缓缓转起来，十分美观。

高粱秸秆作品再精巧，在不懂艺术的人眼中仍旧是一堆柴火，很少有人愿意为艺人的付出和手艺埋单。这些年马学章编制的一些作品大多是收个工价，或免费赠予藏家。2018年，杭州一家图书馆工作人员慕名找到马学章老人，收藏了他的2件作品，当来人提出要付钱时，他坚决不收。

"这个东西看你怎么去看，说它值钱嘛，它有时还真无法估价，说它不值钱嘛，它甚至一文不值。愿意收藏的都是一些爱家、懂家，能让我的作品在他们手里流传，是一件值得高兴的事。钱不钱的无所谓！"20多年来，马学章一边务农一边编制高粱秸秆作品，纯粹是出于对这门技艺的热爱，从来没有想过用它来增加收入。

除了藏友定做的作品外，马学章也专门做一些有纪念意义的作品，常存于家中，表达他对党和国家的热爱。在中国共产党成立98周年时，他特意编制了红船、南海灯塔等作品，为党的生日献礼。

这是老一代农民艺术家挥之不去的家国情怀，是大国工匠能够坚持、弘扬艺术之路的力量源泉。

古建精粹的一脉相承

马学章高粱秸秆灯笼的独特之处在于，它像传统木工榫卯结构一样，让一根根光溜溜的高粱秆结实地咬合在一起，不需要钉子、胶水等辅助材料固定，完全是一种巧夺天工的古老技艺。

镇原高粱秆灯笼制作技艺产生和发展源于得天独厚的地理环境和独特而丰富的文化条件，具体产生时间已不可详考。根据民间传说和老艺人回忆及对传承链线索的探考，其在明清道教盛行时诞生，至今已有四百年左右的传承发展历史。

起初人们利用所产粮食作物高粱秆进行套制，制品在寺庙道观中悬挂装饰，后逐渐传入民间，到清时处于发展时期，到清末至民国时期达到顶峰；进入20世纪80年代逐渐衰落，21世纪初趋于消亡。

镇原县高粱秆灯笼制作技艺反映了镇原劳动人民的卓越智慧和伟大创造力，是民众在参与文化创造过程中形成的适应本土人文环境、反映社会生活需要、寄托审美理想的文化形态。

在漫长的旧时光里，经济贫穷、科学落后，广大农民想要得到一件像样的、可心的用具十分困难，于是人们就在作物秸秆上动脑筋。来自大自然的秸秆不用花钱，就地取材且操作方便，就这样，高粱秆便充当了人们制作生活用具的原材料。

有专家认为，镇原高粱秆灯笼是我国古建筑造型的缩影，在造型和手法上一脉相承，所利用的原理，正是中国建筑的精粹——榫卯结构。

榫卯结构是一种在两个木制结构上利用凹凸结合的连接方式。凸出部分叫榫（或榫头）；凹进部分叫卯（或榫眼、榫槽）。凸出与凹进的部分相互咬合，就是榫和卯的咬合，互相结合，互相支撑，承受压力，起到连接、稳固的作用，也是古代木制建筑物和中式家具的一种传统而古老的技术和基本模式。

马学章的"高粱秆灯笼"制作正是充分运用了这一构架方式，不但可以承受较大的荷载，而且允许产生一定的变形。

作为甘肃省省级非物质文化遗产传承人，马学章对于秸秆制作技艺的未来有很多思考，他希望有更多的新生力量加入进来，使这项民间文化更久地传承下去。

由于秸秆制作学习周期长，难度大，完成一件作品需要耗费大量的时间，经济效益低下，因此也几乎没有人愿意学习这门技艺。每当碰到对秸秆技艺感兴趣的年轻人，马学章就多方动员他们学习。在他的奔走带动下，陆陆续续有几个年轻人学习过，但基本都是一时热情，坚持下来并学有所成的很少。令马学章老人欣慰的是还有一名弟子基本掌握了这门技艺，独门绝技终有传人。

秸秆制作是一门生于草野的艺术。这种化腐朽为神奇的力量，来自人类不为有限物力束缚的想象力和生活热情。马学章创作的高粱秆灯笼具有突出的实用价值、经济价值和古建筑艺术研究价值，代表的是人们回归乡土、回归自然的个性追求，其工艺和制品越来越被社会和大众所喜好、认可，是具有独特地域风格的传统手工技艺的典范。

食在镇原最老席

鱼 舟 张莉锋 王淑娟

镇原古称原州，《平凉府志》记，"镇原县古大原也"，大原立州即为原州。原州先民，从历史的风雨中一路走来，在这块热土上繁衍生息，坚韧拼搏，用自己的亲身经历，描绘出了一部农耕时代波澜壮阔的生活画卷，同时在人类文明发展史上写下了属于自己的、地域特色鲜明的精彩的一笔。在众多的文明遗存中，饮食文化就是其中光彩夺目的一页，而其中最为人称道的就是名驰陇原的镇原老席。

独特的地理条件和勤劳智慧的双手，共同孕育出的这朵庖突奇葩，使当时的人们生活中多了一道亮丽的色彩，时至今日，其在现代人的生活中依然发挥着举足轻重的作用。杯盘之物，口腹之欲，能传承这么久远，并且长盛不衰，不能不说是个奇迹。

"饮食男女，人之大欲存焉。"一日三餐，不仅仅是解渴充饥，它往往蕴含着中国人认识事物、理解事物的哲理。"吃"表面上看是一种生理满足，实际上表达的是一种丰富的心理内涵，它已经超越了"吃"的本身，获得了更为深刻的社会意义。亘古至今，聪明睿智的中国人将饮食上升为一种思想、一种境界，乃至一种哲理而论修身、齐家、治国、平天下。所以就有了"民以食为天""食为八政之首""夫礼之初，始诸饮食"以及"人生万事，吃饭第一""开门七件事，柴米油盐酱醋茶"等宏论和俗语。

千百年来，中国人把大量的精力倾注在饮食之事上。菜中味、酒中趣、茶中情，无论穷富，不分贵贱，大家都在饮食中各得其所，各享其乐，追求一种"美味享受，饮食养生"的意境，这种意境就是"色、香、味、形、器"俱全。

菜肴的制作过程叫烹调。烹是煮熟食物，调是五味调和。《黄帝内经》说"五味之美，不可胜极"，其核心是传统思想中的"和为贵"。苦、辣、酸、甜、咸的调和之味交织融合协调在一起，互相补充，互相渗透，水乳交融，形成你中有我、我中有你的调和之美。

虽然有这么多的"意境"在其中，但并非仅因生存和享受而注重饮食。如果那样，岂不是暴殄天物、贪口腹之欲的酒肉之徒了吗？道家始祖老子说："治身养性者，节寝处，适饮食。"这一句"适饮食"，表达的是老子所追求的雅饮与雅食的意境。儒家圣人孔子虽然将饮食作为人的第一需求，"食、色，性也"，但并没有把美食作为人生的第一追求。他说："君子食无求饱，居无求安，敏于事而慎于言。"还说："士于道而耻恶衣恶食者，未足与议也。"并以一句"饭蔬食，饮水，曲肱而枕之乐亦在其中矣。不义而富且贵，于我如浮云"表明自己的追求。而那句名传千古的"廉者不受嗟来之食"，则更是做人尊严和气节的代表。

中国是一个多民族国家，长期以来，由于各地区的地理、气候、物产、历史文化、风俗习惯、信仰等方面的差异，形成了不同风格的地方菜系。任何一个菜系，都有自己独具特色的著名菜点，都深涵着此菜系独具的神韵，每个菜系特有的风味都会使食客们在大快朵颐之余，有了去体味其历史、去感受其渊源的冲动。

镇原的餐饮正是在这样的历史源流和文化传承中形成自己独具魅力的饮食特色和饮食文化，其中以镇原老席最具代表性。精致的食材、

镇原名吃十三花老席

传统的烹调、独特的口味、周详的礼仪，把镇原人秉承儒家饮食传统的"食不厌精"的极致追求和谦恭尊侍的饮食礼仪完美地结合在一起，不仅让当地人情有独钟，更让到过镇原的外地人也赞不绝口。

镇原老席在普通的日常生活中并不多见，但在婚丧嫁娶的重大活动中则必不可少。白事（丧葬事）多用九魁、十漏一等单数酒席；喜事（婚、寿、满月等）多用十全等双数酒席。

十三花席，规格最高，为最高宴席，红白事均用。具体做法十分讲究却也十分复杂：

通用碟果有十二个，即肉菜碟子四个（排骨、旋肉、鸡蛋、瘦肉或肝子）；水菜碟子四个（鹿角、带丝、十香菜、苤莳丝等）；干果碟子四个（白炉食、红炉食、瓜子、花生）。唯十三花席中，另加一虎头酥或白砂糖碟子，成十三个。在桌上摆放更有讲究，左十香，右苤莳；左鹿角，右带丝；上首花生，下首瓜子；左前角和右后角摆炉食；十三花席，中间则为白沙塘和虎头酥全盘。

除碟子外，大菜更是各有不同。

十三花，大菜八个，小菜八个，馒头四回，端菜十七趟。①红肉（碟装大菜），有三种做法：一为两撇（酥肉、条子肉）；二为三溜子

（白鸡蛋、烧肉、酥肉各一溜）；三为四合头（蛋黄、蛋白、烧肉、酥肉合放）。②肋脊肉(碗装小菜)，切成丝或片炒之。③鸡肉（碗装大菜），有清炖、黄焖、囫囵几种。④蹄花（碗装小菜），或腰花、耳脆。⑤丸子（碗装大菜），有臊丸、糯米丸、酥丸、鸡丸、洋芋丸等。⑥肚丝（碗装小菜），酸辣加蒜。⑦三仙蜂蜜肉(碗装大菜)，蜂蜜调肉回笼几次。⑧夹三肉（碗装小菜），鸡饼裹酥肉，油锅炸熟。⑨骨头肉（碗装大菜），将排骨肉块放入蛋清加面糊中，挂袍油炸。⑩蜜汁骨肉（碗装小菜），蜜饯挂袍肉。⑪肘子（蝶装大菜）。带馍。⑫冰糖肘子（碗装小菜），大肉块加白砂糖等佐料，上笼后撒冰糖。⑬甜盘子(碟装大菜)，糯米饭上加桂花、蜂糖、百合等，上笼蒸之。带馍。⑭鸡杂（碗装小菜）。⑮五围子（总端五菜，有东坡、粉饼、炒粉、苜蓿汤、白米饭）。带馍。

八夸五：八个行菜，五个坐菜。①红肉（碟装）。②肋脊肉（碗装）。③鸡肉（碗装）。④肚丝（碗装）。⑤丸子（碗装）。⑥肘子或蹄子（碟装）。带馍。⑦耳脆（碗装）。带馍。⑧甜米饭（碟装）。带馍。⑨五围子（与十三花同）。

十全席：六个大菜，六个小菜。①红肉（碟装）。②肋脊肉（碗装）。③鸡肉（碗装）。④腰花（碗装）。⑤丸子（碗装）。⑥肚丝（碗装）。⑦耳脆（碗装）。⑧蹄子（碟装）。带馍。⑨糖煎山药（碗装）。⑩笋煎火腿肉，或鱼肉，或三仙蜂蜜肉（碟装）。带馍。⑪甜米饭（碗装）。⑫凉拌肉（碟装）。带馍。⑬五围子（同十三花）。带馍。

宴席斟酒：除按规矩三次外，多少不限。安席后斟酒开始，上大菜斟酒一次，上小菜斟酒一次，上凉菜斟酒一次。

从宴席的菜肴排布以及上菜的流程，可以清晰地看出，这是明显的宫廷宴饮，尽显皇家气象。对于食材的选取，厨师的技艺，盛菜的器具以及上菜的次序，都有严格的规定，稍有差错便是"失礼"；如果失礼，这对主家来说是很失颜面的事，因此谁也不敢粗心大意。

镇原县在历史上并不是繁华富庶的地方，寻常的百姓之家，怎么会有如此精致气魄的宴席呢？考其源流，说法有二。一是说从汉朝传承下来的，已有两千多年的历史，表明年代久远；二是说宴席的菜谱由明代镇原籍大臣许理从朝廷带回来的，流传至今。

两种说法，不论哪种更符合历史真相，但二者共同说出的一个事实是，镇原老席是从宫廷宴席传承下来的。既然承袭的是宫廷菜谱，我们根据镇原的历史沿革和宴席出现的菜品以及所使用的器具，便可以梳理出它的来龙去脉。

镇原处在大西北的黄土高原腹地，偏僻闭塞是其自然条件形成的地理特点，远离历代王朝的统治中心，属于战乱频发的多事之地。虽然历史上镇原曾经出现过多位功业显赫的文臣武将，诸如王符、李恂、胡奋、胡国珍、皇甫规等，他们都有可能带回宫廷菜谱，但是当地百姓频繁迁徙，使这些复杂的菜系缺少传承下来的时间和机会。

"永初元年（107年），羌人在陇西地区大规模起义，汉军屡败。《后汉书·安帝纪》载，汉政府被迫将沿边诸郡迁至内地，其中安定郡从临泾（今甘肃镇原）迁至美阳（今陕西西北)"，"永和五年，南匈奴、羌人相继起兵"，安定、北地二郡又内迁于关中的扶风和冯翊境内，这就使得不少边地居民迁入关中。沿边诸郡居民向内地迁移完全属于强制性迁移。《后汉书·西羌传》载，公元111年，沿边居民内迁时，"百姓恋土，不乐去旧，遂乃刈其禾稼，发撤室屋，夷营壁，破积聚。时连旱蝗饥荒，而驱蹙劫略，流离分散，随道死亡，或弃捐老弱，或为人仆妾，丧其大半。"像这种迁移在历史上曾发生过多次。由于战争，人口消耗巨大，作战双方除了劫掠守护财物之外，对人口的争夺也是战争的焦点，因此，居民内迁就成了必然。在这样动荡的环境下，生民人人自危，朝夕不保，哪有条件和时间去传习一个菜谱呢？

另外，在餐用器具上，自"春秋战国以后，随着统治者的生活日益奢华，餐具也随之日益精致华丽，仅原料就有金、银、玉、象牙、水晶、玛瑙等。而此时也是漆器餐具发展最鼎盛的时期"。至两汉时，"耳杯、豆、樽、盘、壶、厄、盂、鼎、匕等餐具最为常用。"盛唐之时，"金银餐具颇为流行，主要有杯、壶、碗、盘、盒等"。这一时期，碗、盘这种餐具才开始出现。瓷器的大量使用，是在宋代，"据说，宋徽宗最爱瓷器，仅汴京（今河南开封）就有官、汝、定、哥、钧五大名窑。从那时起，中国的餐具便逐渐由瓷器占统治地位。"到了明代，餐具仍然以"洪武窑、永乐窑、宣德窑、成化窑、正德窑和嘉靖窑等出产的瓷器为最著名"，是日常生活的主要用瓷。因此，从镇原老席所用的餐具看，找不见汉代用具的踪影。还有，在宴席的菜品上，做成丸子的洋芋和作为干果碟子所用的花生，汉代是没有的，这两样东西直到明代才出现。洋芋在明代晚期已经有相关的记载，当时还比较稀少，甚至只有达官贵胄方能享用，直到清中叶以后才开始大范围种植，到清晚期才传播全国；花生是明清以来中国主要油料作物和干果之一，"又名长生果、万寿果、落地参、落花生、番豆、地豆等。一般认为它原产南美巴西一带，大约 16 世纪初，经东南亚国家引入闽粤后相继传到内地各处。"《三农纪》说："始生海外，过洋者移入百越。"但是，"花生的种植和推广，是在明清时期，弘治《常熟县志》《上海县志》均有种植花生的记载。"这说明镇原老席上常用的这两样菜品，在汉代还没有出现。这一切都在说明，镇原老席的源起应该是在明代。许理从宫廷带回菜谱的事实是存在的。

许理是明代镇原籍的朝廷要员，官至兵部给事，一生清正廉明，秉公执法，留下了许多感人的故事，但他又是一个眷恋故土、情怀桑梓的人。镇原地瘠民贫，饮食粗简，他带回宫廷菜谱以飨父母乡邻完全在情理之中。但是宫廷不是镇原的宫廷，菜谱传出也不可能只限镇原一地，为什么会在镇原落地生根呢？这是镇原的地理条件和自然环境以及人文因素共同决定的，"物竞天择"，这是自然的选择，"适者生存"，这是宽容的接纳。正是这样的历史机遇造就了镇原老席的独特性。

镇原老席之所以独特，首先在于食材。食材的独特决定了它的唯一性。"一方水土养一方人"，一方水土也使得一方植物的生长具有其独有的特性，这种特性又决定了它的饭菜风味。

中国各种菜系的出现，南北大菜的形成等等，无不带有明显的地域特色，烙上鲜明的地方标记。虽然在南北朝时期出现了民族大融合，"南菜北烹，北菜南调"，对各种菜系都产生过影响，但是地域特色的印记根本不可能人为地抹得一干二净。"橘生淮南则为橘，橘生淮北则为枳"，这是改变不了的自然规律。

经过精挑细选食材之后，就是精湛厨艺的展现，通过煎、炸、炒、调等复杂的工序之后，再装入碗、碟、盆等相应的餐具，要色、香、味、形、器一应俱全，一桌老席在厨房制作才算完成。端上桌，待客人入席时，讲究的便又是餐饮的礼仪了。

中国是"礼仪之邦""食礼之国"，饮食大事自然与礼仪密切相关。五千年的中国饮食文化中蕴含着上自皇室、下至家庭一直恪守不移的饮食礼仪。这些礼仪无一不深刻了我们的思想，存在于我们的生活，还会影响我们的未来。《周礼·天官·大宗伯》云："以饮食之礼，亲宗族兄弟。"《曲礼上》则说："夫礼者所以定亲疏，决嫌疑别异同，明是非也。礼，不妄说人，不辞费。礼，不逾节，不侵侮，不好狎。修身践言，谓之善行。行修言道，礼之质也。"正因为礼可以确定人际关系，分辨道理是非，陶冶人的品德，养成良好的行为，所以饮食之礼就显得非常重要。对儒家经典三礼有所了解的人都知道，食礼可以说是一切礼仪制度的基础，宴饮活动几乎贯穿了所有的礼仪活动。

镇原老席的宴饮礼仪是从"入席"开始。宾客到时，互致问候，先小坐，敬以茶水、香烟。《清稗类钞·宴会》云："（客来）即就坐，先以茶点及水旱烟敬之，俟筵席陈设，主人乃肃客一一入席。"

在以窑洞为镇原主要民居的年代，场所的布置也是极其讲究的。在客窑的正中间必须悬挂中堂，即名人的书画作品，装点出文化氛围。在中堂下面摆正两把太师椅，这是尊贵客人的特殊座位。太师椅前面是一张八仙桌，四面围坐，八人一席。除首座外，其余三面的座位，条凳、方凳，尽可随意。这样的座位设置，彰显的是华夏民族的传统美德"四维八德"。古人把礼、义、廉、耻称为国之"四维"，《管子·牧民》曰："国有四维，一维绝则倾，二维绝则危，三维绝则覆，四维绝则灭"，认为"礼义廉耻，国之四维，四维不张，国乃灭亡"，这是极其重要的事。八德即忠、孝、仁、爱、信、义、和、平。这是宋代提出来的，是做人的八种基本德行。这样的场景设置，是在告诫人们即使在宴饮活动中，也不要越出做人的道德规范。

客人入席，以左为上，即为首席，相对首座为二座。首座之下为三座，二座之下为四座，以此类推，八人坐齐。这个过程叫"安座"。

镇原人有一句流传在口头上并且十分广泛的俗语："酒席宴前分尊贵。"酒宴的设置非比普通的寻常饭菜，这是极其隆重的待客之道，既然是一个家庭的重大举措，宾客的入席就座就是主人格外重视的礼仪了。安排不妥就是"失礼"，一失礼，重则客人拂袖而去，轻则情绪受挫，这样宴席的意义就会大打折扣。在红白喜事，即祝寿、婚嫁、丧葬中，能被安在这个位置的是"大客"，大客就是娘舅家的客人。做这种客人叫"装大客"，迎入家门叫"接大客"，入席就座叫"安大客"。大客是"过事"中的主角。

宴席开始，由主人敬酒让菜，客人以礼相谢。席间斟酒上菜也有讲究：敬酒先从首座开始。在执壶斟酒的时候，为示尊敬，有一套规定的动作，敬酒者左手提壶，右手轻按壶盖，壶嘴向客，客人执杯礼接，只斟少许，然后放下杯子，叫"落杯"，落杯后再斟，至八分满为宜；再换右手提壶，左手轻按壶盖，以同样的程序向二座，依次而下。左右手交换的动作，一是明确客人的座次，二是表明对每一位客人都很敬重。吃菜时，先是十二个碟子，然后是主菜。由首座人举起筷子，向在坐的客人说"请"，第一个夹菜，大家才能跟着来，这叫"请菜"。首座未动，其他人则是不能动筷子的。

在祝寿、丧葬的宴席上，上大菜时，寿主、逝者的长子要在宴席的门外跪着，这叫"跪菜"，这时候"总管"会大声向里面禀告一声"孝子跪菜——"，大客有不满意的地方，这时候就会传出话来，数落一番。主家要肃静恭听并且立即改正；如果心有不满且不便说，就不吭声，这样孝子就要一直跪着，自己去想；如果一切顺利，只需回一句"挡了——"，孝子才能叩头起身。

有一个特别的地方是在丧葬事上，孝子背上《诗经》行祭礼。即在孝服背上，用尺许四方宣（白）纸写上"哀哀（我）父（母），生我劬劳"，"欲报之德，昊天罔极"，这在丧葬习俗中是非常独特的。

另外，特别重要的客人还有坐"偏席"的讲究。这偏席的对象主要是指事主的"大客"和有德望的尊者，一般人没有这个资格。具体做法是在正席开始前，其他人随便吃点，叫吃"便饭"，这些人除了"便饭"外还坐"偏席"，即十二个碟子，和正席一样，热菜只上四个大菜，叫"四维子"，这样的布排，取儒家文化里四维擎天之义，这是对尊贵客人的大礼了。

这就是镇原老席，一朵芬芳四溢的庖突奇葩！

镇原老席，在食材选取、烹调制作、场所布置、饮食礼仪上，使中国传统的道德、哲学、伦理等元素得到完美的体现，给"饮食"这一"人之大欲"赋予了深刻的文化内涵，不仅地域特色十分鲜明，更使宫廷菜系在民间得到完整的保留和继承，因此广受欢迎，广为传承。

镇原老席已被庆阳市列入"非遗"项目加以保护，如今已成为城乡农家和餐饮行业主打的品牌。近代出名的厨师有张国俊（外号张五背锅）、段五银及秦有珍，县城有老沟巷子的刘娥娥等；当前镇原有影响力的酒楼有金福来、昀秀山庄、凤凰山庄及仙客聚农家乐等，而临泾镇的乡村老席普遍精致地道，技艺精良。

在镇原老席之上，不得不提镇原的小吃。镇原的糖油饼风味独特，香甜可口，三岔的黄酒质纯味美，老少皆宜。这些都共同构成了镇原饮食的特色，是陇东独一无二的地方名吃。

> 如若做客到农家，
> 先敬香烟再敬茶。
> 太师椅上安上座，
> 八仙桌摆十三花。
> 执杯举箸品仙味，
> 礼仪周详不容差。

这些歌谣传唱的就是镇原老席，寄寓的是镇原人的情怀。在这里，老席能传承多久多远，歌谣就能传唱多久多远，因为这不仅是镇原的饮食，也是镇原的文化！

书法之乡多方家

王佐东

镇原是一块能够养育书法家和书法艺术的"圣地"。

——中国书法家协会副主席　翟万益

一批批书画家，络绎不绝，纷至沓来，赶赴地处黄土高原腹地的镇原，创作交流写生，成为蔚为壮观的风景……

这是因为，镇原不仅有浑厚的黄土大山，环绕叠嶂的梯田，恬静幽雅的窑洞村落，关键是还有悠久的历史和独特的文化……

作为先周到秦代的重要经济区和战略要地，这里有丰富的西周和秦代的青铜器物。这些青铜器物，形制厚重，镂文深沉，字体凝重，洋洋洒洒的长篇铭文也屡见不鲜，特别是西周的《豳鼎》和秦始皇时代的《秦诏版》成为书法的"圣经"和书法界极大的荣耀。这也许就是镇原书法艺术长久不衰的缘起。

历代墨迹和碑刻在这里都有传世之作，最为有名的宋徽宗、米芾、唐寅、文徵明、郑板桥、八大山人、于右任、齐白石、张大千、黄宾虹等人的笔墨手迹，欧阳询、苏轼、范仲淹等人的书法碑刻，更有现当代书法家数千人前来交流并留有墨宝。

清末民初以来，镇原书画创作与传承已经独具风范，书家辈出，成就斐然，以"七张、四刘"名噪一时，当代更是百花齐放，镇原现有中书协会员 38 人，成为区域文化的一道奇特景观。

人人喜爱，家家收藏。寻常百姓之家练习书画、品评书画、收藏书画、悬挂书画、礼赠书画已成为一种习惯，一种追求，一种享受，成为生活和生命的一部分。有学习爱好者 22 万人，有收藏爱好者 8 万多人。有书法工作室、画廊数百家，书画培训机构数十家，每年都有国家、省市级展览举办。牌、匾、幛、轴、屏、札、碑、中堂、对联、条幅、扇面等书法形制渗透于庆寿、贺喜、丧葬诸事……

镇原是中国书法家协会命名的甘肃第一家"中国书法之乡"……

镇原人在学习、在训练、在收藏、在品评、在创作、在交流……书香墨韵的味道弥漫镇原山川峁塬，也浸润着这里"家里无字画，不是镇原人"的乡风、民俗和文运……

（一）一份"红头文件"的传奇

2004 年 7 月的一天，《兰州晚报》上一则报道的醒目标题吸引了人们的视线：秦始皇统一度量衡的"红头文件"秘藏镇原 28 年，稀世国宝《秦诏版》之谜被解开。

这篇报道首次披露了《秦诏版》的照片，详细叙述了采访的过程和《秦诏版》的发现及其文化艺术价值。

之后，民间便有这样的传说：20 世纪 70 年代，镇原县一位农民拿一块铜板到县农副公司废品收购站缴废铜，他根本不认识是什么东西。县文化馆工作人员张明华这时正在收购站转悠，发现铜板上面还有文字，就用八毛钱买了回来并交归公有。

现已年过八旬的张明华老先生则认为这属"讹传"。"真实的过程是这样的"，他凝重而虔诚地讲述了一个故事。

《秦诏版》的发现，纯粹出于一个偶然的机缘。大约在1976年7月，陇东大地骄阳似火，张明华在城关镇下乡搞文化普查。在富坪村时碰到一位村干部，"张老师，我们村有人找你！"我很纳闷，是谁怎么会认识我？这人找我干什么？出于好奇，通过打听，辗转找到了这个人。这个看上去老实巴交的老乡，拿着一块锈迹斑斑的铜板板说："张老师，我知道你是识文家，字写得好，我家还有你写的字呢！这是我在修房子时，地基挖到一米多深挖出来的，上面好像还画着什么，想请您看看是什么东西！"当时，自己感到很是惊奇，把这东西拿到手里仔细揣摩了好一会，感觉它的大小、文字形状和内容竟和自己所知道的《秦诏版》极其类似，于是断定这极有可能是块《秦诏版》。便通过商量，给了那位老乡10元钱作为报酬。并说这是文物，不能买卖，只能将它上缴国家。回到单位后，自己做了一个长1.2米、宽1米的木柜子，把它放在里面，并且登记入库。后经中科院专家鉴定，确是国家一级文物《秦诏版》。

就这样，一件价值连城的国宝，在张明华老先生的努力下，被珍藏在县博物馆。作为发现《秦诏版》的唯一知情人，张明华老先生2004年7月首次接受《兰州晚报》记者的采访，才把有关镇原《秦诏版》真正的发现始末告知于天下，解开了稀世国宝的发现之谜。尽管《秦诏版》的发现过程与它的绝世价值毫无关联，但故事本身却像这件无价之宝一样载入史册，流传后世。

《秦诏版》是镇原最具代表性的文化经典。一个摆在博物馆里锈迹斑斑的、不足巴掌大小的老铜板，一件秦始皇为统一度量衡而颁发的、只有四十个"草篆"的诏书，其保存完整性、历史价值和艺术价值绝无仅有，惊现镇原也无独有偶。

现在，这件摆在县博物馆的国家一级文物，常常为观瞻者惊叹赞绝，钻研者驻足滞神，神往者心动神移，为书法者反复临摹、揣度。《秦诏版》是佩戴在镇原肩上的一枚勋章，印证了镇原曾经的辉煌，展现了镇原能够成为"中国书法之乡"的厚度和底气，也自然成为镇原的底蕴和灵音。这一切都是因为《秦诏版》无论在史学还是书法上都具有"定海神针"一般的经典价值。

（二）一批不负时代和人民的骄子

一件国宝级的文物，只能证明镇原的历史。而后来特别是近百年以来民间书法景象、群众书法人物及其所创造的历史，则印证镇原作为"书法圣地"是无愧于时代的。

1908 年出生的"陇上书界名宿"邓博五，砚田耕耘 80 多个春秋，从不懈怠。他年近九旬，仍思维敏捷，从不间断临池。其书法、墨竹广为流传，遍布于县内外殿碑亭匾额和机关单位的门牌题字。他 84 岁时仍能赋诗命笔志怀，前甘肃省政协主席王秉祥在其《孙过庭书谱草书》字帖的序言中评价道："今及耄耋之年，犹孜孜不倦于写作，对祖国精神文明建设和甘肃省书法艺术，不无贡献。"其书法以深厚的功力和严谨的气度，被誉为镇原书法之上品，成为镇原近百年书画奠基性人物。

1923 年出生的蒋玉书先生，见证了近百年镇原书法的发展。他长期带病从事书法研究、创作和普及工作。其书法以楷书为最，清俊雅致，飘逸洒脱，金石味浓郁，颇具书卷气息，自成风格，成为碑刻、铭记选择的最佳书体，广为流传至机关民间，成为装点厅堂、书房的上乘之作。特别是其书写的"十八鹅"，以独特的内容和形式，成为镇原传统书法传承中的"墨宝"。

解开"红头文件"之谜的张明华老先生，是一个对镇原群众文化事业和书法艺术有着独特贡献的人。其人生之路始终和文化有关，与书法结缘。这不仅仅在于其敦厚贤和的人品，兼擅行草隶篆诸体并有着潇洒舒朗的书品，更在于其钟情翰墨，一生执着于群众文化事业和谦虚谨慎、任劳任怨的作风。所以，他一直是镇原书法界、文化界公认的"正人君子"，得到普遍褒奖和尊崇。

这样的代表还有很多很多，诸如段思坎、李尊儒、姚天佑、段安邦、祁世权、赵宝玺、慕世旺、贺兆敏、张生满、梁武俊、闫天慧、刘福宽、曹保存、段文焕、牛如仓、陈得禄等等。他们不仅有着丰富的知识积累，而且在20世纪中叶到21世纪初，不负时代，不负社会和群众的期盼，为镇原书画做出了贡献。

20世纪八九十年代，平泉镇一年一度的四月八物资交流大会，可谓民间文化精英荟萃，陕甘宁青晋等诸多的民间书画高手都会不约而同云集此地，安登甲、张廷柱、张士甲、邓相儒、张相儒、贾同科等就是一批当时备受群众喜爱的民间书法家、农民书法家。他们携纸带笔而来，画地为室，因易就简，挥毫洒墨，或毫不保留为爱好者题赠，或欣然随笔为痴迷者表演，或沉浸于感应者的尊敬、崇尚和赞叹之中而边讲边写，始终充满激情和执着地进行着直面基层和大众的书法创作和交流。这是让人既羡慕又崇敬的书法精神：那种在大庭广众之中、众目睽睽之下，进行命题性的书写，确实是一种境界，非一日之功、一技之能、一管之见而能为之。

进入新世纪以来，"文化下乡"成为书法普及、传承和光大的一个重要平台，书法下乡成为其中最精彩的亮点。县委宣传部、县文联安排一出，县书协、美协便在最快时间里组织起一个30~50人的团队，深入乡村、学校、企业，搭起摊子、摆起案子、竖出牌子，为群众写春联、题门牌、送福寿、挂中堂。普通百姓奔走相告，书写摊点前排起长龙，争先恐后，以有所收获为荣。人们对书法的热爱与虔诚，书写交流场景，成为一道靓丽的人文景观。贾岩、刘金玉、叶锟、刘艺鸿、刘鹏飞、郭伟峰、郑富舟、张武杰、张旭等是镇原书法力量的中坚。这其中，张锋、段建华、刘勇、张润泉、贾海梅等，他们都曾是企业的下岗职工，潜心书法学习和培训，成就了自己的书法事业，常年活跃在书法服务基层和群众的一线。更值得一提的是孙志春，一位身残志坚的残疾书法人，一个举个人之力在首都北京举办个人书法展览的书法人，每次的活动都有他低矮但坚毅而倔强的身影；还有这些名字也不能忘记：景维新、郑国斌、张万兴、郑墨泉、张维新、张维、焦宏泽、席浩林、金希明、张永琦、张波、宁金鹏、畅世博、窦喜龙、陈波、高建华等，一大批从镇原走出去的书法人，遨游书海，博采众长，潜心研习，既专注谋求个人书法事业，又关心支持家乡文化事业，成为"出墙红杏"，走出了一条书法事业的创业之路和成功之路，成绩斐然，成为镇原大地升起的耀眼明珠。

（三）一块独一无二的铭牌

2008年9月的陇东镇原大地，秋高气爽，瓜果飘香，更有诱惑力的还是这里醇厚的翰墨清香。受中国书法家协会派遣和委托，中国书法院硕士研究生、年轻的书法家顾春阳一行对镇原进行了申报中国书法之乡的前期考察。按照专业的要求，以专家的视角，通过规范的流程，他们深入到能够全方位展现中国书法之乡要素的各个方面，一份长达三万余言的精彩考察报告呈送到了中书协组联部。

次年3月，春回大地，万物复苏。中书协组联部办公室主任、中书协会员郑培亮先生一行，在镇原籍在京企业家刘应举先生的陪同下，又一次组团考察镇原的书法之乡创建工作，并进行再次论证性考察。

中国书法之乡镇原

《秦诏版》的经典性、书法教育和培训、书法收藏和交流、书法群体和书法活动、书法组织和团队建设、书法进校园、书法产业化等等，都成为考察组给予充分肯定的亮点，也成为镇原脱颖而出的最权威结论。

5月7日，《镇原县创建"中国书法之乡"实施方案》印发，动员部署、组织实施、检查验收阶段的各项工作全面启动。

9月，中共镇原县委、镇原县人民政府《关于申报"中国书法之乡"的报告》(以下简称《报告》)和《甘肃省镇原县申请"中国书法之乡"申报书》(以下简称《申报书》)递交中国书法家协会。《报告》和《申报书》以"文化历史源远流长""书法艺术底蕴深厚""群众基础普及广泛""书法人才不断涌现""组织健全交流广泛""书画产业不断发展"等角度，全面系统报告了镇原已经完全具备"中国书法之乡"的基本条件，并表达了"举县惊喜、心向往之"的愿望和"争取这一至尊荣誉，进一步推动镇原县书法艺术的普及和发展"，"成为镇原县文化建设和精神文明建设不可或缺的重要组成部分，成为经济交往、联谊会友的重要纽带，也成为镇原县一张高雅的文化'名片'"的决心和信心。

厚积薄发，玉汝于成。2010年5月25日，中国书法家协会以中书发〔2010〕5号文件，给甘肃省书法家协会下发《关于命名甘肃省镇原县为中国书法之乡的决定》。至此，镇原县成为甘肃第一家、西北第二家中国书法之乡。

2010年6月10日，是一个被镇原历史铭记的特殊日子。按照中书协的安排，经过精心筹备，盛大而隆重的命名授牌仪式在镇原县文化广场举行，中书协、省市县各级宣传、文联、文化战线的领导、专家、学者、艺术家和各界群众数万人出席这一盛大典礼，中书协副主席吴善璋代表中书协授牌并致辞。仪式的举办，只是一个名至实归的结果，过多的细节无须赘述，镇原的历史应该铭记这一盛况，但更应该记住"一个称号"和"一块铭牌"的意义。这正如中书协副主席、宁夏书协主席吴善璋说的："中国书法之乡殊荣花落镇原，实属当之无愧。"这是因为"一是政府高度重视。积极打造区域名片、塑造城市之魂，将书法渗透到经济、社会和城市建设等各个领域。二是群众基础普及广泛。书法教育从孩子抓起，将书法与修身、励志、育人相结合……三是书法人才不断涌现。老、中、青、少齐行动、共参与……四是组织健全、交流广泛。各种类型书法团体遍布城乡，……书法事业在出作品、出成果、出人才的同时，贴近实际、贴近生活、贴近群众，服务社会。……"甘肃省文联副主席、甘肃省书法家协会副主席张永基说："镇原重视书法产业的各个配套环节，积极整合各种专业资源，使书法创作、书法装裱、书法收藏、书法销售、书法培训一条龙发展"，"成为我省第一个'中国书法之乡'，这是我省在文化建设方面取得的又一巨大成就。"中共庆阳市委常委、宣传部长董建镇评价说："镇原在书法艺术发展方面，对推动全市文化艺术事业的繁荣发展做出了积极贡献"，"'中国书法之乡镇原'命名授牌，是庆阳文化事业和书法艺术发展史上的一大盛事""必将推动镇原乃至庆阳书法艺术事业更好、更快发展。"只有身临其境，亲身感受，才能体会到这些评价、祝语所表达的真情和实意。

（四）一个农民建立的书法碑廊

仅仅从艺术角度解读镇原的书法现象是远远不够的。书法之乡建设的关键还在于各种力量不断地投入并传承、发展、提升。

刘宝玉是王符故里——临泾镇沟圈村一位土生土长的农民，他受到临泾古镇文气熏陶，豪爽的性格显出智慧。作为县乡小有名气的书画收藏爱好者，他对书画情有独钟。

"王部长，我想在村上搞一个王符书法碑林，不图什么名利，只为书法之乡做一点事情！还需要您的大力支持和帮助。"2010年的一天，他跑到县委宣传部王部长的办公室说。

"好啊！我全力支持！"

一个农民，从征地拆迁到规划设计，再到筹资建设，特别是文本刻辞修善，耗时六载，遂成胖景。期间艰苦困难，委屈周折，不言而喻。仅为碑廊一个题名，就不远千里，亲自驱车邀请书法家翟万益，翟主席感动地说："宝玉是个有心人，镇原能够成为书法之乡，就是有像他这样许许多多的乡贤！"

修建书法碑廊，见证了刘宝玉作为一个普通农民钟情翰墨，热爱书法事业的义举文心，有《承修镇原县潜夫碑廊序》为证：

王符者，安定临泾人也。其才文之于中国文史，当不在诸子之下；其声名之于陇原，堪称思想巨匠、学者第一。

……今临泾镇实乃古临泾县之延续，镇原文化之腹地也。临泾因灵毓而有王符，王符因出临泾而垂千载。故镇原临泾既有"王符故里"之名，亦有"文化胜地"之实。……便有临泾沟圈乡贤刘宝玉者，大智若拙，专注公益，钟情鉴藏。……自二零一三年春始至今六载有余，循序渐进，攻坚克难。……公而忘私，倾心竭资，专注谋做，耗资四百余万。先后树碑立石三处计五百方余，择《潜夫》《道德》精要并名家手书铭刻矗之，其文铮铮，其书凿凿，其意朗朗。并配碑亭、广场、舞台并牌坊门，楼阁雕梁，亭台画栋，密致幽雅。又拓建展厅、培训中心、图书阅览室，窗明几净，墨韵沁扬，书香芬芳，皆因有"潜夫碑廊文化中心"之承载。……其间，或少长咸集，计言献策，议村规民生之计；或群星炫登，歌舞答唱，颂盛世佳节之和；或群贤毕至，舞文弄墨，送书香画韵之美；或师生相约，传经送教，播文心儒雅之风。文明之窗，文化高地，名当其实。此实则文化自信之表，而文化担当之成也，利在当代，功在千秋。……今建碑廊，既欲彰先贤之精神，为崇文重教之延续，为化教后辈之心智，为文化景观之增彩，还为成风化俗之平台，更望后人来者之承传。所达之意者，碑不在高，文质则神俊；廊不在阔，气清则格远。而今观之，皆因其地有灵，其人有能，更因其文当传，其书可鉴，其意久远矣。

作为一种文化遗存，王符碑廊现在已不是唯一。其设计、规划、建设，完全由个人完成的书法家园还有坐落于临泾镇桃园村的焦宏泽书法艺术馆和太平镇柳咀村的金希明书法家园。他们同样成为书法之乡的一景。

（五）一条文化步行街的创举

2015 年 9 月，一个以书画创作、展示、培训、交流为主题的街区诞生，这预示"中国书法之乡镇原"开启了另一种发展状态……

"三缘堂""静心斋""开卷阁""润德斋"等 30 多家书斋画廊挂牌……

"王符思想研究会""安定胡氏文化研究会""镇原文化研究会""镇原传统书画研究会""慕寿祺文化研究会"同时挂牌……

镇原县书画一条街展览中心同时挂牌……

慕宏伟，一个从公安战线上转型创业的企业家，在从事房地产业时，不忘"书法之乡"企业家的"文化强县"职责，以促使县域文化事业和文化产业发展为己任，不断促使自己和企业向文化领域提升转型。多年来，他个人及其公司不断致力于镇原书画艺术的培训、展览、交流活动，致力于镇原古字画的收集、珍藏、展览，致力于农耕民俗文化遗物的归整和镇原北石窟驿生态文化旅游景区的建设，潜心于"潜夫居"商业步行街区打造，已经和正在取得显著的人文效应、文化效益和社会效益，"人和文化"也正在并逐步成为镇原的一个文化品牌。

文化是一个地方的根和魂，生活在其中的人无法不受影响，什么样的文化空气中就会走出什么样的人。镇原文化的独特秉性和崇文重书传统再次证明文化性格对于一个企业、企业家的重大影响。现在，由慕宏伟先生及人和文化公司打造的"镇原书画一条街"和"人和文化"，已经成为镇原的一道文化景观，成为文化交流、书画艺术传承光大的一个窗口，也成为镇原文化的一张鲜亮名片……

（六）一次展览获得的启示

2013 年 8 月，正是陇原硕果累累时，茹河两岸翰墨飘香季。一天上午，一个来自甘肃省委宣传部的电话，打破了县委宣传部平静而有序的工作节奏。

"第二届国际文化产业大会暨甘肃省第六届文化博览会即将举办，作为甘肃第一家、西北第二家中国书法之乡，组委会决定由你县承建全省唯一一个以书画为主题、约 100 平方米的县级展馆，请你县抓紧准备，争取提供高质量、高品位的展览……，随后会有正式文件下发……"一位女性工作人员这样电话通知。后来我们才知道，这是一位名叫叶颖的女孩，从镇原走出去的宣传文化干部。也正是镇原"中国书法之乡"的品牌影响力，让镇原在全省的展览中获得了应有的位置，也让我们的小老乡最先激动不已、骄傲而自豪地传递了这个信息。

展览在国庆节之前如期举行，收获如预想空前成功。

正如《甘肃经济日报》在 2013 年 11 月 11 日头版头条《县域文化产业发展的镇原样本》和《传承华夏文明精粹，打造书法文化高地》以及《神州诗书画报》在《打造书法品牌，建设文化大县》等文章中所报道的："镇原县书画艺术展馆格外引人注目，'中国书法之乡镇原'八个大字刚劲有力，气势恢宏，整个展馆清雅厚重，充满浓浓的传统文化气息……镇原书画走俏省城，成为本次文博会的一大亮点。"

一时间，"一个县展馆的示范意义""一个年逾 2 亿元的'小产业'""'小'产业引发的大思考"成为社会和媒体关注的热词。

这次展览是多年积淀的一个自然展示，这也完全符合镇原已有的文化传统和文化思维：我们是什么样子，就要干成什么样子。

展览共分四个板块：《秦诏版》创意板块，主要以镇原《秦诏版》

为蓝本进行的铜板雕刻、木板雕刻、名家书法临摹创作等以及高仿复制品开发成果等 20 余件，立体、深度展现其文物、书法艺术价值；《潜夫论》经典句章名家书法集锦板块，主要展出凸显文本思想与书法艺术相融合的国内名家书法作品 50 余幅；"原州情韵"美术板块主要以陇东风俗为题材，展出镇原代表性美术及相关民俗创意精品 20 余幅；现场创作板块，是由十多位镇原本土书画家组成的现场助兴团队现场创作，是亮点中的点睛之笔，更体现了镇原书画雄厚的创作实力，得到观览者和收藏爱好者的追捧。

有了这次展览的示范带动，后来"走出去""请进来"办展览的态势一发而不可收：

2014 年 5 月，中国书法之乡全国十八县市（区）书法巡展在镇原举行；

9 月，中国书法篆刻名家翟万益书法巡展在镇原举行；

2015 年 7 月，第二届中盛吉（鸡）庆杯甘肃省书法、美术、民间工艺美术展在镇原举办；

8 月，《书法报》"走进镇原"展览举办；

2016 年 10 月，"中国书法之乡——天津静海、甘肃镇原、西安灞桥、海南文昌、青海海东五地书法联展"在天津静海举办；

12 月，在海南文昌举办五地书法联展；

2017 年 8 月，在西安灞桥半坡艺术区举办五地书法联展；

9 月，在青海海东举办五地书法联展；

10 月，全县第一届书画艺术活动周举办；

12 月，河北美术学院书法学院师生书法作品巡展举办；

2018 年 8 月，镇原书画"晋京展"在北京少年宫举办；

10 月，全县第二届书画艺术活动周举办；

2019 年 5 月，中国书画频道举办"镇原展览馆"开馆展览；

2020 年 6 月，《书法报——书画天地》走进镇原举办师生展；

9 月，镇原书画在省城兰州举办；

10 月，镇原书画在庆阳市美术馆举办；

……

展览作为书画艺术表现的一种大众化形式，它的脚步，就是镇原书法文化发展、传承、光大的脚步。通过这些永不停步的展览活动，书法传统的延续，书法群众的集聚，群众书法的兴盛，书法人才的涌现，书法技艺的延展，书法产业的培育，书法收藏的繁盛，书法文化的打造，书法成果的收获，书法水平的提升，书法精神的涌动，书法人格的构建，书法价值的彰显等等，都将不断实现。

（七）一个从书画合作社到书法艺术馆的实践演绎的理想

"咔嚓、咔嚓"，随着一阵快门响起，庆阳市文化产业现场推进会在镇原县三缘堂书画合作社开幕，来自全市宣传文化和企业界的代表 200 多人参加了这次会议。

这是 2014 年 5 月的一天，距全省文博会和文化产业大会召开已经过去了半年。按照省市建设"华夏文明传承创新区"要求，文化产业发展的大幕已经徐徐拉开。"作为文化大县、中国书法之乡的镇原，要从实际出发，大胆创新，有效优化整合、利用小规模、大群体的书画产业元素，做大做强书画产业，探索出一条自己的路子来。"这是省市领导和专家一致的工作要求和发展策略建议，也确实是符合镇原实际的发展思路。镇原县三缘堂书画合作社，就是这个思路和战略的产物。

正如每日甘肃网和《甘肃经济日报》2014 年 11 月 12 日以醒目的头条《镇原：翰墨丹青绘就大产业》为题所报道的：

"三缘堂书画合作社就是镇原县为推进书画产业'升级'而打造的大手笔。"

　　"工商部门表示，书画合作社，是一个全新的组织；检索显示，亦是全省乃至全国首个书画产业合作社，其注册成立具有极大的创新和示范性。"

　　"丹青墨韵，满苑亮彩。来到三缘堂书画合作社艺术馆，只见慕名前来历代经典书法馆、《秦诏版》书法馆、书法形制馆、文房四宝馆、镇原书法精品馆、《潜夫论》书法馆等展区观展的书画爱好者络绎不绝。"

　　"运行一年来，合作社现有社员56人。下设创作培训、交流展览、文印编辑、装裱加工、策划经营等5个分社，参与合作的全国书画名家作品及镇原书画精品1万余幅（件），其他书画用品数千件，市场价值接近6000万元，各分社自主经营，收益累计达600多万元。"

　　"调查表明，书画合作社的建立发展，还给文化产业的发展带来了一些新的价值。从文化角度纵观，书画合作社构建了县域书画艺术交流互动的一个平台，带动了书画创作的市场化、产品的精品化，推出了新人、精品；提升了书画艺术的社会文化影响力，带动了先进文化通过市场走向社会、走向大众、走向生活。从经济角度透视，通过一个新的领域，打造了一个带动县域经济发展的市场主体和产业龙头，促使书画产品质量提升、流通加快、产业化程度提高，成为带动县域经济发展的一个可持续的新的增长点。更重要的是，优化整合了该县丰富充足的书画人才和作品资源，促使镇原书画艺术实现由个体生产向规模经营、由自主经营发展向产业集群发展的转型跨越。"

　　全市文化产业现场会的召开和报道足以证明，作为"中国书法之乡"，镇原在推进"书法之乡"内涵式、高质量发展的过程中，始终是未停步、有作为和有大手笔的。作为合作社牵头单位的发起人和创始人，笔者一直关注支持并致力于合作社的发展、壮大、提升。从2013年12月创办，经过扩容、提质、转型，到目前为止，该社已经发展为以镇原县三缘堂书法艺术博物馆为支撑的甘肃省三缘堂文化发展有限公司，"六馆"（历代经典书法馆、《秦诏版》书法馆、书法形制馆、文房四宝馆、镇原书法精品馆、《潜夫论》书法馆）内涵建设初具规模，文化引领、艺术示范、社会教育作用更加显现。特别是最具特色的两个馆：《秦诏版》创意馆——汇集了罕见的历代各种形制的诏版拓（图）片1000余幅，原版放大10倍铜质版、木雕版、石刻版数十件，以及书法名家临摹版五十多件，并编辑出版了专题研究成果《〈秦诏版〉研究》（获得庆阳市第三届社科成果一等奖）。事实证明，对经典《秦诏版》的深入研究开发，应该是书法之乡建设的应有之义，也标志着《秦诏版》专题博物馆的基础已经完备，雏形已经具备。《潜夫论》书法馆——对王符《潜夫论》36篇中经典佳句摘录420多条，然后由全国书法名家分段予以书写，现已完成三百余幅，对这些成果包装后形成碑林、书籍、图册、音像等一体的产品并推出，《潜夫论》的经典文本就会与名家书法实现融合，产生更加夺目的光彩。

应该期待并相信，有关镇原特色书法文化的研究开发以及文化产业的发展，将会使"书法圣地"更加羽翼丰满、名至实归。

（八）一门艺术普及所实现的价值

一个地理意义上的文化传统不是一天两天形成的，也不是一个人或一群人能够改变的，正所谓"一花独放不是春，百花齐放春满园"。作为"中国书法之乡"，镇原的书法文化现象得到了书法界的广泛关注，特别是从庆阳、甘肃走出去的知名书法家、艺术家，更是倾心倾力用心血浇灌这"芬芳的花朵"，让其开出满园春色。这也从一个方面回答了这个问题：为什么"一批一批的书画家，前赴后继，络绎不绝地赶赴地处黄土高原腹地的陇东镇原创作交流"？回答是这样的：因为在这里，书法活动找到了需求，书法作品体现出了自己的艺术价值，书法家更能显示自身存在的意义。

2013年劳动节前夕，中国书协培训中心举办了第一期书法临摹与创作（镇原）研究班，中书协培训中心刘文华、李松、齐作声、崔胜辉等六位教授第一次云集镇原，现场主讲并示范，阵容蔚为壮观，有上千人次的书法爱好者参加，带动并掀起了镇原书法培训学习的高潮。

2014年国庆前夕，中国书法家协会副主席、著名学者翟万益先生，把自己全国书法巡展首场展出放在了镇原县，并举办了学术研讨会。这是镇原最高级别的个人展，这是对镇原书法的极大信任和鞭策，镇原也不负众望，最大限度展示了对高品位书法艺术的认知和认同，促使展览获得了极大成功。

2015年12月25日，改琴书法教育奖励基金会书法培训工作站在镇原挂牌成立，首场教学由时任中国书法家协会副主席、甘肃省书协主席张改琴和特邀书法家解小青授课。县青少年校外活动中心培训中心场场爆满。"真是高水平的培训，也是我们极其需要的培训……"参加培训的学员无不发出这样的感叹。

2016年10月，镇原县王符碑林书法培训中心挂牌成立，翟万益先生面对数十个书法爱好者和中小学生，亲自开讲第一课。以此为起点，中书协会员段建华的"王符碑廊书法培训中心"书法公益课堂也应运而生，在中心董事长刘宝玉先生的支持下，每年寒暑假都会免费为当地农村的数百名中小学生进行书法知识和技艺的培训，开启了镇原民间书法公益培训的先例。

2017年1月，通过精心组织策划，翟万益导师书法高研班在镇原开班，来自兰州、定西、陇南、天水、庆阳等市县的书法爱好者30多人，成为第一期学员。该班两年学制，每年面授两次，开启了镇原高水准的书法学习培训的先例，带动书法研习的又一次新高潮，为书法之乡的高质量、可持续发展增添了光彩。

从 2018 年至 2021 年，为了推进县域义务教育均衡发展，以提升书法之乡内涵建设为基础，全县 298 所中小学校全力打造以书法为特色的地方课程和校本课程建设，所有学校全部配备了专用或一室多用的书法教室并开设了书法课，实施了书法网络课程项目，书法教师培训、轮训 380 人次。八所高（职）中都办有高考书法班，刘金玉、刘鹏飞、张博、柳剑侠、朱元海、朱乾君、赵金锁、慕文俊等都成为优秀的高考书法辅导老师。中小学书法课程建设，成为优秀传统文化传承和书法之乡建设最具基础性、战略性的工程，得到专家组的高度评价和充分肯定，也成为素质教育和均衡发展的最大特色和亮点。

由于学校、家庭、社会和各种书法组织的引导和推动，书法培训班、家庭辅导员遍布镇原县城、乡村乃至社区、楼宇，遍地开花。到底有多少？县教育局的底数是 252 家。在书画一条街，就集中了规模较大、规格较高、管理规范的一批培训班。中书协会员贾岩、张锋、段建华、叶锟、孙志春、段东军、刘艺鸿，省书协会员张武杰、马军峰、贾海梅等都有规范且上规模的成年班、学生班，参训受教学员约在三千人以上……

"行走在镇原农村、县城、机关，翰墨飘香的书法培训班和画廊十分引人注目，林林总总的书画工作室和装裱店门庭若市；家家痴爱书画、人人挥毫习字的情形，已经超出了一般爱好的层次！"《甘肃经济日报》记者郭月明、董金霞在采访后这样评论。

"现在我才明白，在家乡镇原，人们已经把书法、文化上升为一种具有更高意义的信奉和痴迷，作为人生命的一种延续，具有超现实的、灵魂的价值，是通过其可以追问、追求生命的意义的东西。"2016 年从三岔中学考入河北美术学院书法学院，毕业后留校任教的董亮同学如是感慨。

是的，这里不仅有浑厚的黄土大山，环绕叠嶂的梯田，恬静幽雅的窑洞村落，关键是还有悠久的历史和奇特的文化……

在镇原，存在的不仅仅是书法艺术，更是烘托书法艺术的社会氛围和人文状态。字和人难分难舍，字和事相辅相成，甚至字和家庭、社会以及政治、经济也相傍相依。

现在，无论从何种角度欣赏"镇原"这幅作品，你都会发现，它的笔法独特而又奇妙。单纯的点、线、面和顿、折、挫，都不能表现它内在的质地。细细品味，这奇妙原来不在其表，而在气质、在思想、在灵魂深处。欣赏这作品，需要胸怀、学识和心性，然后需要理解，需要见识，需要品位，因为，这里"是能够养育书法家和书法艺术的一片'圣地'"。

文学镇原传文脉

——镇原县文学发展百年

杨佩彰

　　这是一个难得温暖的冬日。在呆呆暖阳中，我缓缓登上了像临河而坐的沧桑老人一般的潜夫山。虽然时令刚刚进入"四九"，但春天的气息已然悄悄地弥漫在难辨向度的朔风里，佑德观里虬曲苍劲的千年古柏也在悄悄地舒展着蜷曲了一整个冬天的叶脉。

　　我漫步走过了潜夫广场。轻风过处，猛然抬头间，我看到了卓尔屹立的王符雕像，看到了王符手拿书卷、向东汉统治者发出愤怒呐喊的巍然雄姿。我也似乎看到了王符正在吟诵着他的巨著《潜夫论》中的忠言警句，听到了"大鹏之动，非一羽之轻也；骐骥之速，非一足之力也"的琅琅书声……

　　王符，这不就是我心中的神灵吗？在镇原文学的发展史上，王符不就是一座熠熠生辉的里程碑吗？

　　我清楚，其实我的骨子里，有一种与生俱来的对历史、对过往深切怀念的悠悠情结，也不能排除我是镇原文学发展某个历史阶段中的一个真诚的见证者。

　　我叩问心灵：那位曾经生活在镇原厚重黄土之上、并且站在镇原文学发展汗青之中的已经模糊了影子的沧桑老人，不就是镇原文学天空中一座仰之弥高的巍巍奇峰吗？

一、镇原文学的启蒙与兴起

镇原，是世界上黄土层最厚的地方，也是黄土风情与黄土文学麇集的一块风水宝地。我们就从悠悠历史的昨日入手，渐次勾勒镇原文学发展的基本面貌和最原始的影子，捕捉镇原文学天空中那些转瞬即逝却明亮耀眼的流星划过的痕迹。

（1）《诗经》与"背服"

我沿着战国秦长城、萧关古道，从茹河的西头走到东头，一次次跋涉在黄土沟壑、大山梁峁间，出入在一处处农家院落、黄土窑洞里，寻寻觅觅，去寻找镇原昨日的影子，寻找镇原文学滋生的源头。在仰韶文化、齐家文化和常山下层文化的遗址上，我来回穿梭其间，蓬头垢面，努力寻找一种镇原文学永恒的精神。

这时，我惊异地发现，早在我用双脚踏出浅浅的印痕之前，古老文明的镇原已是足履重重、了无空隙了。远在20万年前，就有人类在镇原这块土地上繁衍生息了。7000多年前，蒲河川谷就开始了垦荒植谷的早期农耕。5000多年前，先民们已经从事种植、畜禽饲养、制陶等人类赖以生存的基本生产劳动。

这里地处中华文明摇篮的黄河中游，这里曾是华夏始祖轩辕黄帝活动的区域。夏商时期，这里属禹贡雍州之域，周先祖后稷子不窋失官后，率领族人"奔戎狄之间"，教民稼穑，树艺百谷，延续了十几代人的安定昌盛，开创了华夏农耕文化的先河，史称"周道之兴自此始"。

镇原先民们就在茹水河畔，稼穑，捕鱼，狩猎，筚路蓝缕地创造着文明，播撒着希望，吟唱着优美动听的歌谣，创造了中华民族最早的文学作品。谁说《诗经》中的一部分不就是镇原先民在劳作、在生活中的吟咏呢？"蒹葭苍苍，白露为霜。所谓伊人，在水一方"，这是何等的向往与期盼呢！读着这句诗，我们也会和诗人一样，辗转反侧，心绪茫茫。先民们当初在道阻且长的河流边唱着"蒹葭苍苍"的时候，可能也没有想到这蒹葭微动的景色，随着秋意，就这么流传了数千年的时光，成为中国文学史中举足轻重的意象。

在参加屯字原上的一次友人葬礼上，我曾经端详一位孝子披着的一袭洁白的孝服。倒不是因为这身孝服有什么特别，而是孝服的背部上，用麻线缝着一张叫作"背服"的白纸，上面写着：

> 蓼蓼者莪，匪莪伊蒿。
>
> 哀哀我父，生我劬劳。
>
> 欲报之德，昊天罔极！

这几句诗，就出自《诗经·蓼莪》。子女赡养父母，孝敬父母，本是中华民族的美德之一，实际也应该是人类社会的道德义务。而此诗则是以充沛的情感表现这一美德最早的文学作品，对后世影响极大。西周、春秋时期，旧的巫术宗教文化逐渐被取代，礼乐文化成了主流。在镇原及周边地区，自古及今，皆有"背服"写诗的习俗，可见《诗经》对镇原人在民族心理、民族精神之形成上的影响何等深远。

先秦文学作为先秦文化的一部分，以其独有的魅力，昭示着镇原文学强大的生命力。可以说，镇原这块苍碧凝翠、苍茫窎辽的土地，就是《诗经》的发源地之一，尤其是《豳风·七月》这首农业史诗，则是镇原文学的滥觞。

历史就在昨日，历史与今天原来就是一张"背服"的距离。我感叹我的肤浅和无知，我更是感叹，那位吟咏着"蓼蓼者莪，匪莪伊蒿"的影子模糊的人，是否就是我的祖先？

(2) 王符与《潜夫论》

秦始皇统一中国，结束了诸侯纷争的局面，文学也随之进入一个新的阶段。可以说，在镇原文学史上，秦汉文学是古代文学最辉煌灿烂的时期之一。

当时间迈进到公元前三世纪，秦王嬴政吞四方，灭六国，建立起中国第一个强大的统一的大秦帝国。镇原一下从不发达的奴隶制跃进到了封建制，经济社会逐步发展，从此镇原古代史翻开了崭新的一页。

然而，大一统中央集权国家的建立，并没有给文学的发展带来生机。相反，由于秦王朝实行极端的文化专制政策，我国的文学创作空前冷落。再加上秦朝时间短暂，所以流传下来的文学作品屈指可数。在镇原，由于史料阙如，我们无法窥知这个时期文学发展的一鳞半爪。但可以肯定的是，这个时期镇原文学一定会有些许的进步。

也许，汉武帝最大的贡献在于开通了举世闻名的丝绸之路，丝绸之路之东段北线从镇原穿境而过。北石窟古驿里，驼铃叮当，人迹熙攘，作为横跨欧亚商贸网上的一个节点，这里成为无数旅人温暖的归宿。不同的地域文化在这里碰撞、流动和交汇，每一个脚印都有一个故事，而每一串印记都是一卷史册。

站在王符曾经站过的地方，用跟先祖差不多的黑眼睛打量这许许多多的历史陈迹，历史的烟尘便占据了我的全部思维。我发现，王符的《潜夫论》才是那个时代镇原文学发展的一座高峰，是迄今为止镇原文学发展的一个符号、一个传奇！

王符，字节信，安定临泾（今镇原县）人，约生于东汉章帝建初七年(82年)，经历了和帝、安帝、顺帝、桓帝，约在167年左右去世。他是我国古代著名的哲学家、思想家、政论家。他高于绝学，抱道自持，又不同于俗，不求引荐，游宦不获升迁，终生不仕，于是愤而隐居著书，终老于家。

王符故里潜夫山

　　镇原的这片黄土地，在为世世代代居住在这里的子民们孕育粮食的同时，也酿造着黄酒、神话、掌故，也总是让人们在不经意地行走时，陡然一惊，生出无限的苍凉和豪迈。王符看透了名利，毫无"显山露水"之意，把一腔热情、满腹愤慨、沧桑经历、喜怒哀乐，全部倾注在了他的传世之作，十卷三十六篇十万言的《潜夫论》中，为镇原古代文学的发展树立了标杆。其深邃的哲学思想和忧国忧民之品格，成为近两千年来镇原人传承不衰的强大精神动力。

　　正因为如此，王符及其《潜夫论》为历代进步的政治家、思想家、诗人文士所推崇。魏征、韩愈、杜甫等人都称赞王符"耿介不同于俗"的崇高品质，并给《潜夫论》以很高的评价。南朝宋史学家范晔在《后汉书》中，将王符与王充、仲长统合传，称为"后汉三贤"。

　　《潜夫论》以《赞学》始，以《五德志》叙帝王世系、《志氏姓》考谱牒源流而终，体现出开阔的历史视野和深刻的思想认识。其余诸篇，分题论述封建国家的用人、行政、边防等内外统治策略和时政弊端，兼及批评当时迷信卜巫、交际势利等社会不良风气。针对当时的社会阶层贪婪、残暴的恶行，针砭现实，暴露黑暗，探寻治世安民之良方，反映了王符身为布衣、心忧天下的强烈忧患意识。

我们在领略《潜夫论》之高大精深的同时，还能领略皇甫规、皇甫谧等人给我们留下的宝贵精神遗产。

皇甫规著有赋、铭、碑、赞、祷文、吊、章表、教令、书、檄、笺记共二十七篇。据《全后汉文》载，皇甫规有文集五卷，另收录有《建康元年举贤良方正对策》《求自效疏》《上疏言羌事》《上疏自讼》《上书荐中郎将张奂自代》《上言宜豫党锢》《与刘司空笺》《与马融书》《女师箴》等。其中，《女师箴》被视作"汉族妇女道德规范的典则"，并被录入大型类书《初学记》。

皇甫谧累官不仕，专以著述为务。古人曾赞云："考晋时著书之富，无若皇甫谧者"(李巨来《书古文尚书冤词后》)。其编撰的《帝王世纪》《年历》《高士传》《逸士传》《列女传》《郡国志》《国都城记》等文史著作广采百纳，博据考稽，建树史学，对三皇五帝到曹魏数千年间的帝王世系及重要事件，作了较为详尽的整理，在史前史研究领域进行了大胆地探索和尝试，把史前史的开端推到了"三皇"时代，并对"三皇五帝"提出了自己的观点。清代历史学家钱熙祚曾评价"皇甫谧博采经传杂书以补史迁缺，所引《世本》诸子，今皆亡逸，断璧残圭，弥堪宝重"(清钱熙祚·《帝王世纪序》)。他撰著的《皇甫谧集》《玄晏春秋》《鬼谷之注》和《三都赋序》，并诗诔赋颂，藏珍纳萃，字字珠玑，在文学领域独树一帜。

(3) 胡义周与《统万城铭》

从魏晋开始，历经南北朝，这个时期镇原文学的发展以骈体文的兴盛为标志。这是魏晋南北朝期间镇原文学发生的巨大变化之一。

可以说，魏晋南北朝文学是对两汉文学的继承与演化，这在古诗和辞赋方面的痕迹最为明显。镇原文人创作中的骈俪形式，使汉赋在新的条件下得到了发展，如安定临泾（今镇原）人胡义周、胡方回等人的作品就说明了这种情况。

胡义周，生卒年不详。后秦时曾官姚泓黄门侍郎，赫连勃勃时担任秘书监。赫连勃勃于凤翔元年（413年），取"统一天下，君临万国"之意，定都名为"统万"，开始兴建都城。而如今想要追寻匈奴古都昔日的繁华气象，就离不开胡义周在统万城建成时写下的《统万城铭》。这是现有史料中记述统万城最为完整的文本，是古都统万城的一张留影，更是南北朝时镇原文学发展时空中的一颗璀璨明珠。

统万城建成后，时任秘书监的胡义周受命撰铭，刻石城南，颂其功德。据《晋书》载："勃勃自长安还，统万宫殿大成，赦其境内，刻石铭功德。此颂其秘书监胡义周之辞也。"《统万城铭》有序，序文逾一千三百字，系采用骈赋形式，讲究音韵、对仗；铭文为四言诗，共六十六句。序文与铭文分别记述赫连勃勃的先祖及其本人的赫赫伟业、统万城盛状及其作铭缘由。整篇铭文辞藻华美，气势磅礴，堪称魏晋南北朝时期骈赋作品的代表作。它是汉魏晋正统文学的进一步发展，也是镇原古代文学开创质朴文风的前兆。

《统万城铭》健笔雄文，气势迫人，属于典型的汉赋风格。起笔居高俯瞰天下，以开头两句统领全篇，以远追夏禹而承起下文。随后，以大开大合的笔法，采用俯瞰、远眺、近观等多种手法，渲染了夏国所创建的霸业，详细地描述了统万城的壮观宏丽，展现了汉赋开阔博大、生机勃勃的特点。它用普通寻常的语言在宏丽中流露出一种朴素的精神，大气磅礴而又朴茂敦直，慷慨激昂而又华彩备列，在当时便为世人所赞誉，"颇行于世"，争相传抄。在经历了二百余年的兵燹焚掠、大浪淘沙之后，不少典籍文献、文章精粹湮没无闻，而《统万城铭》却完璧独存，流传百代，并为编写《晋书》的唐房玄龄、褚遂良、许敬宗等学者所收录，这本身就说明其强大的生命力。如最后的铭文云：

> 义高灵台，美隆未央。
>
> 迈轨三五，贻则霸王。
>
> 永世垂节，亿载弥光。

在经历了二百余年的兵燹焚掠、大浪淘沙之后，不少典籍文献、文章精粹湮没无闻，而《统万城铭》却完璧独存，流传百代，并为编写《晋书》的唐房玄龄、褚遂良、许敬宗等学者所收录，这本身就说明其强大的生命力。

《统万城铭》产生于北朝文学的起始阶段，是十六国时期夏文学仅存的硕果，是十六国散文的优秀篇章，也是北朝时期镇原散文的重要作品。它的传世，提示我们必须用新的观点、新的角度审视镇原北朝文学，肯定镇原文学在骈赋化阶段所取得的成果。它是西晋之后各少数民族入主中原、促使各民族互相融合的产物，却又为日后镇原更高层次的文学繁荣创造了一定的条件。

值得一提的是，胡义周的儿子胡方回也是从安定临泾走出的一介文人。胡方回在赫连勃勃执政时任中书侍郎。他博览史籍，辞采可观。赫连昌被灭后，胡方回入北魏朝，雅有才尚，然而不为朝廷所重视。后为北镇司马，"为镇修表，有所称庆"，为太武帝所赏识，后召为中书博士，赐爵临泾子。

（4）胡叟与赠别诗

有人说，镇原四水五原，脉气厚重，自古及今，文化彪炳；也有人说，东汉时王符著写《潜夫论》，开镇原崇文风气之先，成为文坛翘楚。自此以降，镇原诗文创作虽未攀及高峰，但因为王符等先贤的陶镕，著书立说之风尚薪火赓续，文人雅士辈出不穷，著述文章世有所考，人称北魏"怪才"的胡叟便是其中之一。

胡叟，字论许，北魏太武帝拓跋焘神瑞年间，他出生在安定临泾，即今甘肃镇原著姓之家。他自学成才，不肯拜师。友人劝他入塾受师，可胡叟自有自己的见解，说道："先圣之言，精义入神者，其唯《易》乎？犹谓可思而过半。末世腐儒，粗别刚柔之位，宁有探赜未兆者哉？就道之义，非在今矣。"（《魏书·胡叟传》）

胡叟博览群书，研读经籍，尤其在文字的运用上驾轻就熟，十分自如。写出的文章风格多变，既有典雅优美之文，又有粗犷通俗之章。"及披读群籍，再阅于目，皆诵于口。好属文，既善为典雅之词，又工为鄙俗之句。"（《魏书》卷52）后人评论他"满腹经纶，好发奇谈怪论；一支妙笔，写就天下文章"。

胡叟曾游学益州。临行时，他对知己朋友程伯达赋诗一首，以表明心迹：

> 群犬吠新客，佞暗排疏宾；
> 直途既以塞，曲路非所遵。
> 望卫惋祝鮀，盼楚悼灵均；
> 何用宣幽怀，托翰寄辅仁。

（5）胡充华与《杨白花词》

5世纪30年代，历史进入北朝。

从魏晋开始，历经南北朝，是中国文学史中古期的第一段。纵观这段文学，是以五七言近体诗的兴盛为标志的。

魏晋南北朝时期，文学发生了巨大的变化，文学的自觉和文学创作的个性化，在这些变化中是最有意义的。这期间宫廷起着核心的作用，以宫廷为中心形成了文学集团。集团内部的趋同性，使文学在一段时间内呈现出一种群体性的风格，另一段时间又呈现出另一种风格，从而使文学发展的阶段性相当明显。（袁行霈：《中国文学史》第二卷）在这期间，以皇太后身份出现的诗人胡氏，则是以超然不群的面貌高居于镇原籍文人之上的。

北魏的时候，从安定临泾显扬里（今镇原县郭原乡皇后湾）走出的胡仙真（489年—528年），以其迷人的外貌、过人的智慧在洛阳皇宫太极殿上粉墨登场，被称为胡充华。由此，"古月承华"这出响彻千古的大剧便拉开了帷幕。

胡充华生子元诩，是为孝明帝。熙平元年（516年），被尊为皇太妃，后为皇太后。孝武帝元修时谥为"灵"，故史书亦称灵太后。她"位总机要，手握王爵"，临朝执政达十三年之久，对北魏末期的政治、经济、文化发展均有着举足轻重的作用。

胡太后姿色倾城，又富有才华。她所作的《杨白花词》情深意切，流传后世，成为北朝时期镇原文学乃至中国文学的代表作品。《中国文艺词典》把她列为中国女词人。

杨白华乃武都仇池人，是北魏的一员大将，风姿俊朗，英俊潇洒，身材魁梧，勇猛过人；与胡太后两情相悦，互生爱慕。后杨白华投奔南朝，胡太后思念不已，就挥笔写下了一首缠绵悱恻的词，名曰《杨白花词》：

> 阳春二三月，杨柳齐作花。
> 春风一夜入闺闼，杨花飘荡落南家。
> 含情出户脚无力，拾得杨花泪沾臆。
> 秋来春还双燕子，愿衔杨花入窠里。

这首《杨白花词》，全诗皆用比兴，诗中之杨花，既是一普通的自然界物象，又是胡太后痛惜忆想的心上人。以杨花比喻杨华，巧妙设喻，词义双关，句句写杨花，又句句诉相思，意趣盎然，凄婉动人，情真意切，荡气回肠。歌词写好后，胡太后又配以曲调，让宫女挽着手，踏着脚，日日夜夜反复歌唱，以寄托她的苦苦思念之情。"使宫人昼夜连臂蹋足歌之，辞甚凄婉焉。"（《梁书》卷39）"连臂踏歌"与宫廷歌舞联系起来，逐渐演变成一种包含丰富文化意义的社会习俗，成为宫廷内外喜闻乐见的一种文化娱乐活动。后来，这种娱乐形式进一步进入文学视野，成为古代文人吟咏的文学话题。

值得一提的是，胡太后擅于诗歌，对当朝的诗歌创作影响极大，当时被她破格提拔的年轻文学家温子升就是一个典型的例子。

（6）皇甫镛与《和武相公闻莺》

唐代文学的繁荣，与唐代社会的发展有着密切的关系。唐朝建立不久，经济就从隋末的大破坏中恢复过来，并迅速得到发展。从其文学成就来讲，皇甫镛则是这个时期的佼佼者。

皇甫镛（788年—836年），字和卿，安定临泾（今甘肃镇原）人。生于唐德宗贞元四年，卒于文宗开成元年，年四十九岁。擢进士第，为殿中侍御史，转河南县令，迁河南少尹。著有《皇甫镛集》十八卷及《性言》十四篇，并传于世。

皇甫镛工诗善文，是唐时镇原的代表诗人。因年久时湮，今仅存《和武相公闻莺》一首，收入《全唐诗》卷318中。诗云：

> 华馆沈沈曙境清，伯劳初啭月微明。
>
> 不知台座宵吟久，犹向花窗惊梦声。

皇甫镛死后，他的友人、著名诗人白居易为其作《唐银青光禄大夫太子少保安定皇甫公墓志铭》，可见皇甫镛在当时享有很高的声望。可惜《和武相公闻莺》硕果仅存，难以洞窥其诗作全貌。

（7）张中孚与《蓦山溪》

张中孚，字信甫，号长谷老人，安定临泾（今镇原）人。父亲张达，官至宋朝太师，封庆国公。张中孚凭借父荫，由承节郎身份进入仕途。后来在吴玠、张浚指挥下参加抗金战争，立功授知镇戎军兼安抚使，后降金。他不仅是一名官员，还是宋代的文学家，《中州乐府》就收入他的《蓦山溪》一首。词曰：

> 山河百二，自古关中好。
> 壮岁喜功名，拥征鞍、雕裘绣帽。
> 时移事改，萍梗落江湖。
> 听楚语，厌蛮歌，往事知多少？
> 苍颜白发，故里欣重到。
> 老马省曾行，也频嘶、冷烟残照。
> 终南山色，不改旧时青。
> 长安道，一回来，须信一回老。

作者在词中追述自己的人生旅途，对一生一世的不如意也哀叹不已。少壮时节他曾挥刀立马，建功立业，锦帽貂裘，春风得意。可谁料想，时移事改，往日功名已成尘土，仿佛浮萍断梗任水吹浮，身不由己。"听楚语，厌蛮歌"，虽是轻歌曼舞，可谁知往昔不堪回首呢？流落异乡几十年，只在暮年白发回故乡。故乡的山山水水、一草一木令他牵肠挂肚，可此番回家情难言。老马虽识途，但故乡的惨淡，也让作者心怀不安。"终南山色依旧在，可怜长安已换几朝臣。"整首作品词句朴实，从一词一句中可以看出作者对后半生的遗憾悔恨，以及对人事变化复杂的哀叹，抒发自己心中的苦闷。

本词构思也十分巧妙，曲折多变，给人一种"山重水复疑无路，柳暗花明又一村"的感觉。而且作者笔锋刚健与阴柔并济，读起来别

有一番滋味，故况周颐评曰："以清遒之笔，写慷慨之怀。冷烟残照，老马频嘶，何其情之一往而深也。"（《蕙风词话》）

（8）许理与感怀诗

明代贤臣许理，字伯温，号潜山，为正德年间进士，官居兵科给事中。他初为观政都察院，后为丹阳知县。据民间传说，许理辞官回到后来被称为"御史河湾"的镇原老家时，没带金银珠宝，却带了许多字画书籍，还有让镇原人引以为傲的朝廷宴席的制作技术。这些技术传授给当地群众，影响和改变了镇原的饮食习惯，形成了镇原不同于其他地方的渊源久远、深沉厚重的饮食文化。

许理不但是一位良臣，更是一位诗书俱佳的文人。他的书法成就暂且不说，单他的诗艺在镇原文学的发展史上亦有一席之位。他在任县令时，经常深入民间，看到民风淳朴，尊老爱幼，他想到遥远的亲人，有感于怀，便写了四首诗，以寄情怀。其一云：

> 儿在江南亲在西，白云飞处泪频垂。
>
> 儒冠误我庭闱养，纯孝谁知是布衣。

那个时期，由于社会动荡，形成了一股人心思治、崇拜英雄的思潮，涌现了一批精神上比较解放而且富有时代使命感的文人。文学作品在崇尚酣畅雄健的阳刚之美时，常常浸透着作者深沉的忧患意识。精神上贫乏的知识分子在追求仕进和自我平衡的心态中，欣赏一种平稳和谐、雍容典雅的美。到明代中叶，随着城市商业的繁荣，市民阶层的壮大和统治集团日趋腐朽，思想控制松动，文学逐步走出了沉寂枯滞的局面。"特别是在嘉靖以后，很快由复苏而大踏步地向前迈进。这时的文学创作随着接受对象的下层化、市民化而更加面向现实，创作主体精神更加高扬，从而突出了个性和人欲的表露。"（袁行霈：《中国文学史》第四卷。）

此外，文学语言的通俗化，也充分显示了文学向着近代化的变革。许理的"解我异乡日日悲，一心报国抚民疲"，就是通过通俗化的语言，表达了他身处异乡、思亲悲切的一腔情愫，也表现了他忠孝不能两全、为民日夜操劳的博大胸怀。

其实，许理不光是一位诗人，他的论辩散文亦有很深的功力。据《明史》载，许理自丹阳县知县征拜兵科给事中，"益思尽忠报国，劾罢都指挥并都御史三人，言皆切直，中外惮之。"他写的《请黜不职疏》《奏晁太监疏》等都是结构非常严谨、说理论辩充分的议论文。

在明代之镇原，仕宦、商人、农民及各色市民的寿序、碑志、传记等随处可见，这种现象并非偶然。这说明随着社会的发展，诗文已经走进了寻常之家，为人们的生活添上了文雅的气息。"雨过琴书润，风来翰墨香"，醉心于著述或撰写乡土文稿的文士逐渐多了起来。其中如太学士李东阳所撰的《重修镇原县庙学记》、邑侯朱谊泊写的《平城闻风走难》《降丁乘隙围城》《平凉开门纳降》、张道著的《评史蛙见》《寝寝集》《桃坡通言》《桃坡遗稿》等都是当时很有影响的作品。重要的是，明崇祯年间，县令李齐聘请邑人董继舒继修《镇原县志》，共 6 卷，这应该说是一个丰硕的成果。

(9)"原州七子"与诗歌

在古代，镇原人追求安定祥和，以知书达礼为基本做人准则，因此一大批学子灯下苦读，出类拔萃。仅在明清时代，镇原考中举人者达 131 人，考中进士成为显宦者达 16 人。而考中生员、贡生者数以百计。他们的言行为镇原民众的生活注入了浓厚的文化气息，而他们的文学创作则为镇原文学史增添了光彩的一笔。

在清初，有这样一群人，他们笃学好古，不入流俗，经常吟诗作赋，唱和对联，被人们誉为"原州七子"。他们是贾胪乙、常太一、张善祖、贾衣之、张善述、田元培、田心培等。他们传世的诗作虽然不多，但可以从中看出镇原人温文谦让、闲适恬淡的生活情趣和寄情山水、柔美惬意的悠悠情怀。如张善述的诗：

思曼风流最少年，截蒲编柳苦思元。
二岑书屋依潜麓，一径花棚罨绿天。
但取幅巾元礼坐。何嫌衣帻简文前。
三余词翰终名世，迟尔骅骝早著鞭。

康熙十九年（1680 年），宗书任镇原知县，历任三载，民颇宜之。他经常与友人吟诗作赋，有《原州杂诗》《高平秋思》《爽阁》《吊王潜夫》《无题》等诗传世。"其俯仰今昔，咏叹土风，可补邑乘之阙。"

康熙四十六年（1707 年），镇原教谕韩宰尚义轻财，勇于为善，捐俸建名宦、乡贤二祠，又刊刻卧碑、新圣贤木主，设立义学，表扬节妇，助修县志，倡导修建了潜夫祠。

除此而外，还有陈琚繁、刘化鹏二人的《镇原八景诗》、张元鼎的《读潜夫传感怀》、宗乘的《潜夫山松柏歌》、韩观奇的《读王符传感怀》、王正元的《读潜夫先生本传题咏四章》、李从图的《题王潜夫先生七古一章》《再题七律二章》等诗词传世。

二、镇原文学的沉寂与苏醒

多少年以来，人们目睹千年古窑洞里黑魆魆的四壁，用双脚丈量东西横贯的茹河古道，在烽燧古堡下轻吹凄凉的笛箫，哀叹人间的昨日沧桑。于是，一个个古代王朝发展史就会出现在眼前，令人抑制不住地抒发情愫，无限感怀。

历史，就这样在无数个日出日落、花开花谢中渐次迈进了近代和现代。

"近代文学是近古期文学的第二段，也是中国古代文学史的最后一个乐章。"近代时期的镇原文学，是镇原文学现代化的发生期。有了这样的基础，才有了"五四"新文化运动兴起后镇原文学在现代化道路上的迅速发展。由于明清鼎革，激化了民族矛盾与斗争，中原板荡，沧桑变革，唤起了汉族的民众意识与文人的创作才情，给文学注入了新的生命。富有民族精神和忠君思想的一些作品，体现了那个时代的主旋律。到了近代后期，中国的改良派作家大体笼罩在"诗界革命"之下，而革命派以高昂的激情发出民主革命的高歌，文学创作也表现出横扫陈腐诗坛、开拓诗歌新境的叱咤风云的气概。

在 19、20 世纪之交，伴随着文学本体以外的各种文化的、政治的，世界的、本土的，现实的、历史的力量对文学的现代化发生着影响，形成了镇原现代文学的种种迅速、纷纭的变化。

在这个时期，镇原的诗作者虽无强烈的民族思想和家国之悲，但也慨叹时势，俯仰人生，写出了风格独特的篇什。尤其是大贤慕寿祺的一系列创作，给此时的镇原文学界涂上了一抹耀眼的亮色，并且显示出与此前古代文学和近代文学明显不同的黄土特色。

(1) 题咏潜夫山的诗歌及其他

慕维成是清道光二十年（1840 年）进士，曾任陕西石泉知县。他在公务之余，喜赋诗遣怀。有一次，他登上潜夫山，一腔幽思，感慨万端，遂赋《登潜夫山》一首云：

> 客尽轩轩第一流，狂斟浊酒赋登楼。
> 手拈云气杯中落，衣振天风世外游。
> 栖凤何年仙观古，潜龙蛰处老君秋。
> 此间炎热浑忘久，恰似蓬莱最上头。

另外，张宸枢还有《携友登高》《七绝四首》等诗；还有慕寿祺的

《游思潜亭遗址有感》《潜夫台》《游潜夫山》《题潜夫墓》《题〈潜夫论〉后》《初游潜夫台》《喜雨歌》《县议会成立》《病中留别亲友十首》等；邑宰宗书的《原州杂诗五首》、张元鼎的《题平凉孝女王素贞后传》、韩观奇的《秋日登思潜亭有怀》、陈昌的《思潜亭》、赵与鸿的《与慕羽公、张潜麓登潜夫山集句》、王孟扬的《题潜夫墓》、焦承宣的《陕甘窜回，太平镇先被焚掠》、刘永和的《训侄歌》、袁耀庭的《夜雨闻匪窜镇原有感》、刘如健的《望雨》、慕承裕的《闻莲花池开火》、慕承藩的《晚渡县川河进镇戎门》、王连升的《七绝八首》、慕寿褆的《旱灾》、刘保锷的《屯子镇围解》、张祖绪的《咏史》、高希贤的《镇原侨寓杂咏五首》、陈昌的《思潜亭》等诗作，都是近、现代以来镇原诗歌创作的代表作品。

(2) 慕寿祺与《甘宁青史略》

在现代镇原，有一位享誉陕甘的一介鸿儒、文史学家慕寿祺（1874 年—1947 年）。慕氏知识渊博，爱字善写，联诗对句，著书立说。其作品文笔犀利，辞藻华丽，在镇原文学史上享有崇高的地位。尤其是他的《甘宁青史略》，内容丰富，涉猎广泛，堪称现代镇原个人著述中的扛鼎之作，也是镇原文学在很长时间沉寂之后所出现的苏醒乃至一大进步。

《甘宁青史略》是慕少堂十历春秋、三易其稿而成的巨著。该书分为正编 30 卷、副编 5 卷，共 40 册，达 100 多万字，是一部关于西北历史的编年体的名著。它记载了自伏羲氏以来数千年间甘宁青三省的政治、经济、军事、文化、宗教、民俗、教育乃至地理、地质、气象、物产、交通、民俗、方言等情况，堪称一部关于甘宁青的百科全书，是治西北史者案头必备之书，也是研究西北地方史的重要参考资料。

慕少堂曾为甘肃学政蔡金台所赏识。他不辜负其师之期望，网罗陇右典籍，闭门著述，博涉经学、史学、文学等领域，先后著有《中国小说考》《甘宁青恒言录》《求是斋丛稿》《周易笔记》《春秋解》《十三经要略》《读经笔记》《读〈论语〉笔记》《读书笔记》《史学概要》《西北道路记》《敦煌艺文志》《小说说明》《彝器说》《音韵学源流》《闲居随意录》《西北史地》《北游鸣爪》《文字学概论》《文存》《文钞》《经学概论》《古典小说考证》《求是斋集句诗抄》《歌谣汇选》《楹联汇存》等数十部作品，并与焦国理重修《镇原县志》20 卷。1945 年 4 月，他主持创办了《拓报》，开创了甘肃小型报纸之先河，为甘肃文学的发展做出了突出贡献。

除了慕寿祺著作等身外，还有张继孔著《潜麓纪闻》，刘永和著《觉园杂录》，张璐著《稽古堂文集》，慕暲著《新疆回部史略》《春秋辑传辨疑》《雨溪山房诗文集》《大成典礼》《劝善要言注解》等，慕迪吉著《陇西五陇考》等、张宸枢著《通鉴纲目提要》《中外政治论衡续》《西路》《抚律绝色》《读史论略》等。

三、镇原文学的多元化发展与繁荣

1949 年，作为时空更替的一个节点，为镇原文学的进步与发展提供了一个新的切入点。从这时候起，在经历了数千年的演进和变化后，镇原文学真正进入了一个全新的繁荣期，也是镇原有史以来文学创作最鼎盛的时期。

（一）20 世纪 80 年代前的镇原文学

相比于镇原现代文学的发展，当代文学呈现出的面貌是令人欣喜的。当新时期到来后，随着社会在政治、经济、文化、体制、思想各个层面的变革，镇原当代文学的发展可以说是恰逢其时。虽然尚未立即带来一个"捷报频传"的喜人局面，但不可否认的是，在社会主义文学语境下的镇原文学创作毕竟开始展现出她崭新的精神状态，近代时期的自我慨叹和忧伤的颓唐情绪，即将成为过去。

这时候，镇原文学创作顺应了社会的变革。出于一种对政治顺应的需要，这时的写作者注重张扬个性，提倡身心解放，宣泄个人对时代激情飞扬的赞美情绪。由于"人民公社"热火朝天的生产劳动所带来的某种狂热，给这个时期的文学创作注入了一剂"兴奋剂"。进入新社会、处在思想解放的时刻，这种对自由追求的激进主义行为，使得其中激进与保守、行动与思想，均处在一种对立与悖反状态，而青春的书写就在其中显露出了特色：一方面要求着变革，一方面又承续了前一时段的某些东西；一方面接受新的事物，也有意识地产生对旧的体制的冲击，形成了一种对旧制度的鞭挞、对新生活向往的激情昂扬的文学表达。所以这个时期的文学主要是以"短、平、快"为特征的诗歌创作。但这个时期的诗歌谈不上质量，好多诗歌都是"打油诗"。

镇原诗歌创作的队伍比较庞大，比较有成就的要数孙树强、常文昌、刘信、吕律、刘行远、白生金、李志文、田耕、张华等人。可惜现在不易找寻可资证明或欣赏的原作了。而散文的创作相比于诗歌、小说来讲显得"弱势"一些，创作的成果也不甚显著。当时的主要作者有张自强、白生金、李兆明等人。

除此之外，还有儿歌、童谣、夯歌、小调、劳动号子等文学样式，也是这个时期文学创作多样化、通俗化、大众化的表现形式。这些是经过民间长久流传、不断增删完善，既精练爽口、形式活泼、用词和谐、韵律响亮，又具有一定音乐美的口头文学形式。然后再进行艺术加工，加上与时代、与社会发展合拍的内容，就变成了一种新的文学创作。它句式自由，结构奇特，常用比喻手法，声调活泼，情趣浓厚，意境清新，语言平白，顺口成章。它来源于群众的日常生活积累、生产劳动以及休闲娱乐中的所看、所思、所悟，并吸取借鉴诗歌精华，用平白上口的方言土语表达，因而口语化是其鲜明特色。它的题材十分广泛，涉及的内容丰富多彩，具有鲜明的镇原地方特色，生活气息浓郁，朴实自然，轻松活泼，生动形象，具有很强的艺术感染力。

1964年，在巴家咀水库加固工地上，刘镜被上万人火热的施工场面所感动。晚上，他蹲在煤油灯下写日记。几天后，他创作的小型眉户剧《老俩口游逛巴家咀》，被工地文工队演红了整个工区，也在平凉、庆阳等地一炮打响。1966年，刘镜被招进镇原县剧团，从此他的戏剧创作一发不可收拾。

小说、民间故事也是这个时期镇原文学呈现出的主要样式和门类。在省城兰州工作的柏原当数这个时期最有成就的作家之一。从70年代末到80年代，柏原发表了一系列以工厂生活为题材的短篇小说。作者是思想解放大潮中出现的新一代作家阵容中的一员；从甘肃过去很少见到的工厂生活题材的创作起步，他的一些作品开始在全国露面。他的小说《在那个早晨》被《甘肃文艺》发表，这如同给镇原文学创作的湖水中扔进了一颗沉甸甸的石子，激起了一圈圈浪花四溅的涟漪。他的小说《西望博格达》也在这个时候于《新疆文学》发表，并被《小说选刊》《青年佳作》选登，这更给镇原的小说创作带来了一缕明媚的曙光。喝着洪河水长大的王博艺也不甘落后，他的小说《闲人市》《洪河川的庄稼汉》《老庄》等也先后发表于庆阳地区文联主办的《北斗》杂志。他的民间故事《关神爷喝油》《牛鸣泉》《金马山》《炼海石》《尉迟恭的传说》等也先后发表于《甘肃群众文化》《甘肃农民报》《小白杨》《甘肃民间文艺丛刊》等省级报刊上。李俊华、鱼舟等人也有很多篇民间故事问世。畅恒的散文处女作《夏夜》也发表在《语文报》上。

从改革开放以前镇原文学接受的现象来看，文学创作使得大众的审美接受发生了极大的改变，其对封建传统文化的反转接受使新时期文学的自由度获得认可。在写作者这一方面，80年代的作者们极力走在时代的前列，不断冲击旧时代的审美，出现了全新面貌的新时代的审美观，持续地刷新人们头脑中的旧有观念，努力使创作贴近主流的意识形态，这样就出现了镇原文学创作的新气象。

从文学受众的媒介层面来讲，镇原文学此时也达到了对读者而言的愉悦接受的效果，其中最主要的就是乡土味甚浓的油印刊物给予读者的惊喜与震撼。由县文化馆主办的《群众演唱》在粉碎"四人帮"后訇然出现，成为镇原文学在创立阵地、平台、媒介方面的一个重大突破。那种完成了创作却苦于无处发表、无法与读者见面的困窘局面宣告终结。在这个过程中，读者对新文学接受的需求与渴望，无疑对贴近群众、贴近生活的大众性刊物的问世起到了推波助澜的作用。

1976 年，由县文化馆焦怀志、田建民等人发起、编辑、铅字油印的文学刊物《群众演唱》正式发行。翌年，又改名为《群众文艺》。值得一提的是，此时从北京群众出版社下放到甘肃的"右派分子"沈其东来到了镇原，这位有名的才子开始主办《群众文艺》，其由不定期的刊物变成了月刊。《群众文艺》的创办，成为镇原文学多元化发展和传播的主要媒介及桥梁。沈其东被平反后，调到了《羊城晚报》社，《群众文艺》主编由张得祥接任。他先在《甘肃日报》"百花"副刊当编辑，后来因为父亲在"三反五反"运动中跳入黄河而受到株连，被"发配"回家乡。可意想不到的是，张得祥的不幸，却成就了镇原文学之大幸。有他"甘为他人做嫁衣裳"的博大胸怀，镇原一大批反映时代潮流、反映全县各条战线火热生活的文学作品陆续变成了铅字。时至今日，我觉得那时候镇原的文学创作者们，一定会因为有这样一位好编辑而感到庆幸！

这种由《群众文艺》带动的群众性创作热潮一直持续到 1987 年。因为经费困难，《群众文艺》在文学爱好者奋笔疾书的"沙沙"声中停刊了。虽然这个过程充满了艰辛，也充满了无尽的惋惜；但我相信，它所发挥的堪称伟大的历史功用却在镇原文学的发展史上留下了深深的印痕。

如蚕破茧，如蛹化蝶，镇原文学的发展，在各种观念的新旧更迭、新旧激荡中不断向前。

（二）20世纪80年代后的镇原文学

时间是一条汩汩流动的长河。

随着时光的更易，镇原传统文化的原始状态被打破，人们的审美心理、欣赏习惯已产生了深刻的变异。时光荏苒，沧海桑田，历史的车轮滚滚向前。当时序进入80年代后期乃至21世纪前期，镇原文学创作又迎来了新的春天。镇原的在职作者及社会上的自由撰稿人以新时期的文化自觉，赋予了镇原文学新的生命，使文学创作在时代的变迁中始终保持自己的本原精神和民族个性，并以博大的胸襟，以更大的创造活力走入现实，走向未来。

（1）小说·兄弟小说家

大约在1996年，兰州。

这年的夏天，我因公出差来到这座城市，遇到了神往已久的著名作家柏原老师。我们的话题从天气、家乡、工作聊起，聊着聊着就聊到了文学。

柏原出生于镇原洪河川里的一个普通的农家。80年代末到2000年，他主要进行陇东乡土题材的小说创作，并被全国重要选刊选登十几篇。迄今为止，他已发表短篇小说一百多篇（部），曾获国家级文学奖、著名文学刊物奖共约二十项。其中《喊会》获1987—1988年全国优秀短篇小说奖，作品另获甘肃省敦煌文艺奖第一、二、四届文学一等奖。小说《奶头山印象》《瘗沟》《奔袭》《伴学狗》《天桥崾岘》《挖墙》《背耳子看山》《大窑》《塬上的生灵》等先后发表于《甘肃文艺》《新疆文学》《青年文学》《飞天》《天津文学》《金城》《钟山》等文学期刊上，并入选《小说选刊》《小说月报》《中华文学选刊》等选本。80

年代后，他陆续出版了短篇小说集《在那个早晨》《洪河九道弯》《我的黄土高坡》等。

湖北师范学院教授李兴阳在《唐都学刊》2003年第4期上发表的《哑默的生灵—柏原小说、散文研究》一文中说："在中国当代西部作家群中，柏原是一位不能忽略而恰恰多少有些被忽略的作家。他的小说获过全国性的大奖，小说、散文也常被《小说月报》《小说选刊》《读者》等广有影响的刊物选发，但评论界却没有投以多少关注的目光。有研究者认为，这是中国西部文学及西部作家被'边缘化'的结果。"柏原的作品"多数是精工细磨而又不失独特感觉之作。由最初追随东部时尚的幼稚，到后来回归西部荒原的成熟，柏原逐渐找到了属于自己的生命观念和文学理念"。欧阳维评价说，"作者是一个很有风度的'政治家'。从他那含蕴深厚、形象逼真、语言诙谐、情景交融的文字中，很能够反映他的造诣与修养。"(欧阳维：《读柏原作品所想》)

无独有偶，此时的洪河川里，还有一位乡土作家也在悄悄地成长起来，那就是柏原的弟弟王博艺。前文已经有过介绍，他在80年代前就开始了文学创作，并牛刀小试，颇有成果。当时空跨入改革开放的新时代以后，王博艺的小说创作才真正进入了一个突飞猛进的新阶段。

王博艺是一位农民作家。我之所以冠上"农民"二字，并不是噱头，也不是炒作，而是缘于他是一位地地道道、普普通通的农民。他才思敏捷，深沉含蓄。他一边用犁、耙、铁锹和锄头在洪河川的热土上耕耘不辍，维持着最基本的生计；一边用手中的笔，将自己的思想与情感朴素流畅、悠扬激越地表达出来。近些年来，他陆续出版了长篇小说《社火》《相逢在花城》《野山》以及短篇小说集《老贼》等。还有许多作品被收入其他选本中，如小说《十六岁的红杨和几座坟冢》载于敦煌文艺出版社的《心灵的乡村》，小说《古今牧羊》、故事《野狐沟鼠患》《冤家和》等分别获得了省、市级奖励。其中《社火》被列入中央文明办、民政部、文化部、新闻出版总署、国家广电总局、中国作协等六部委"百位农民作家百部作品"集群予以展示，其中的艰辛与奋斗历程，我想不是一言两语所能道尽的。

以"兄弟小说家"为旗帜，镇原的小说创作可谓正逢其时，万象更新，一大批小说作品如雨后春笋般地涌现出来。80年代前就进行民间故事创作的鱼舟也开始闯入了小说领域，出版了本土第一本短篇小说集《这儿的天空蓝莹莹》，受到了读者的广泛好评；马靖国作为屯子原上的一个农民，也出版了短篇小说、散文集《苦乐人生》，短篇小说《黑爷和狗娃》被收入甘肃省作协"1949—1999甘肃文学作品选粹"之"儿童文学卷"；李志文的短篇小说《沟圈人物》《黑狗白狗》《岔口嵝岘》《派饭》《放鹰》等先后发表在《飞天》《北斗》等杂志上；李伟东的短篇小说《爱有多深》《山杏》《狗死了》《石佛湾轶事》《冤家》《大宴》《真相》《种草记》等分别在国家及省市县级刊物或网络上发表；张万库出版了中短篇小说集《乡学记趣》；包焕新1986年在《小小说》发表处女作《山村牧歌》；刘志洲的小小说《一张汇款单》《彩礼风波》《录取通知书》发表于2018年的《甘肃农民报》，其中《录取通知书》获得了"首届南梁文艺奖"三等奖；冉赟贤的小说《天边那抹霞光》获镇原县第三届精神文明建设"五个一工程"奖暨潜夫文艺奖三等奖；王进明的小说散见于《小小说月报》《当代小说》等报刊；秦克云的小小说《狗蛋的烟锅》也在2016年4月的《甘肃农民报》上发表。

近几年，诗人郭晓琦在写诗的同时，也开始了小说创作的尝试，并一发而不可收。2017年7月，他在《四川文学》发表短篇小说《狗是好狗》；2018年，在《朔方》发表短篇小说《雾中雾》，在《清明》第5期发表短篇小说《磨刀的掌柜》；短篇小说《谁一直在砸门》获《广西文学》2019年度优秀作品奖小说奖。2020年，他在《湘江文艺》第1期发表中篇小说《火刀子》，在《天津文学》第6期发表短篇小说

《会唱歌的兔子》，在《芳草》发表短篇小说《最后一次裁剪》，在《广州文艺》第 12 期发表短篇小说《跨年夜》。

相比于专业作家，在本土的业余作者也成就不凡。这里特别要说的是 70 后李树春。他是一位默默无闻的写作者，甚至在镇原的文学圈子里鲜有人知。近年来，他的中篇小说《旱天纪事》《一个村庄的遭遇》《一根藤上两只瓜》《雪落羊胡子岭》《纸上桃花》等先后发表于《飞天》杂志，短篇小说《父亲的春天》《藏粮记》《午夜下了薄薄的雪》也先后发表于《飞天》和《短篇小说》。值得一提的是，他的《纸上桃花》在《飞天》2018 年第 1 期作为中篇小说栏目头条推出。该小说讲述了一对农村夫妻雪夜里收养了一个女弃婴，弃婴成了老夫妻的"童养媳"。两个小孩子从小青梅竹马。有一次，男孩为给女孩从树上摘果子而掉到树下摔成残疾，年轻貌美的女孩不再喜欢残疾的男孩，而是和村小学一位英俊的民办教师自由恋爱，走在了一起。后来那位民办教师始乱终弃，嫌弃辛苦劳作、不再貌美如花的妻子，与邮政所一位姑娘偷情。姑娘在"严打"中被枪毙后，这位民办教师也为之自杀殉情。善良的妻子为了丈夫名声，背负着逼死丈夫的骂名。后来，失去一切的"妹妹"想要与当年摔成残疾的"哥哥"再续前缘，可哪有可能？抑郁而终的"妹妹"死后，留下的是那位残疾的"哥哥"对她永远的思念。小说通过对比，表现了人性之美，充满着淡淡的哀伤与追忆。

以上这些作品，都集中地反映了新时期镇原小说创作的最新成果。

毕竟每个作者都有自己的生活态度，也有自己的写作态度，但是，每个作者都应该有为历史、为社会负责的态度，有为社会歌与吟、鼓与呼的社会责任。这种时代责任感的强烈与淡漠，决定了一个作者作品的风格与质量甚至数量。王符在他那个时代已经完成了自己的历史使命，且已定居于潜夫山上。但他放飞出去的子孙后代在自己广阔的生活天地里，则有更多的时光、更多的理由和更灵动的笔触投放在脚下的这片丰硕而凝重的土地上，去收获香气浓郁、如沉甸甸的谷穗般的文学果实。

(2) 诗歌·五驾马车

对事物进行概括和提炼是一件让人绞尽脑汁又出力不讨好的事情。

几天前，我与文友、庆阳市作协副主席申万仓打了一通电话。我说：我想将镇原诗歌创作者中的五名领军人物冠以一个称谓，叫作"五驾马车"，如何？可他真的有些谦虚，最后说：还是你看吧！

然而为此，我确乎踌躇了很久。

"五驾马车"拉动着镇原的诗歌创作一路扬尘奋进，并发出了振聋发聩的声音，在飒飒的风声中给人的灵魂和感官以诗意的、愉悦的体验与享受。

其一：郭晓琦

晓琦出生在镇原西南部的平泉原上，那是一片苍茫辽阔、非常平坦完整而且肥沃的黄土残原。他是在这块原上的泥土里摸爬摔打着长大的，大多童年的时光被一把锁锁在昏暗的窑洞里。少年时代他便开始参加劳动，常常跟着大人去山里放羊、挖草药、剜野菜、摘树叶、砍蒿草，去夏收的田野或者乡村小路上捡拾麦穗……这是留在他心灵深处的关于忙碌而又苦难的乡村的最早记忆。后来，因为念书他就离开了这个既有鸡鸣狗吠、又有杏花芬芳，掩映在一片黛青色中的小村子。再后来，他参加了工作。再后来，他背负着父老乡亲的殷殷祝福和期冀，被调到了西北重镇兰州，他的生活也随之转移到了兰州。

尽管晓琦离开了梦牵魂萦的故土，但他依然是家乡黄土原上沧桑而沉静的歌者、在苍茫中穿行和歌唱的诗人。因为他时刻没有忘记生于斯长于斯的这块土地。长期的生活积累，从小就饱尝艰辛和困苦的生活阅历，使他的诗歌既不失前辈诗人的厚重、扎实，又具有自身细腻、朴素的特征。黄土情怀成了他诗歌创作的底色，他用自己诗的语言营构着家乡的地方志。诗人赵卫峰如此说过：晓琦的诗在"质感的描绘、朴素白描的语言"之外，更讲究"内容"，像水煮肉片，明丽丰润，抒情与叙述并重。

晓琦和大多数诗人一样，潜心创作，不追风，不矫情，不喧哗，不媚外，用一颗赤子之心，发出黄土原上最纯朴最热烈的真情歌吟。

"郭晓琦是以写乡土见长的一位后起之秀。……更让我印象深刻的是，他在努力超越前人的模式，同时也在努力越超自己的过去。他是一棵扎根于陇东土地的红松，又是一棵'奔跑的红松'。在他的诗集中，我们感受到一种新的出发，新的追求和表现；同时又感到一种回归，他对养育自己且生活了二十多年的陇东大地的诗意营造和追寻。出发与回归，使他的诗歌呈现出可喜的面貌。"（叶延滨：《乡土：出发与回归》）

《诗刊》社副编审林莽说：在他的诗歌中，我们不仅看到了陇东大地居民的质朴与坚韧，同时体验着那里沿袭多少代人的风俗与人情。郭晓琦的诗歌取材于生活的体验，语言简洁，表达清晰，情感深邃，他的诗歌有独立的品格和优秀的审美价值。

这些年来，郭晓琦在诗歌的土壤中辛勤地耕耘，收获了使人羡慕又惊喜不已的累累果实。他的诗或组诗《冬天的红棉袄》《我跪在白霜的中央》《一个人吼着秦腔从山上下来》《八百里烟火》等先后在《人民文学》《诗刊》《中国诗歌》《星星诗刊》等30多家文学刊物发表，并多次入选《中国年度诗歌》《中国诗歌精选》等多种选本；曾获《诗刊》《作品》等刊物全国诗歌大赛奖、第十届华文青年诗人奖、敦煌文艺奖、黄河文学奖等奖项；诗集《穿过黑夜的马灯》入选"21世纪文学之星丛书"。2008年，他参加了诗刊社第24届"青春诗会"。

其二：惠永臣

对于惠永臣，我知之甚少。还是在几天前，我从诗人秦铭那里得知，2018年8月份，在白银供职的他入选了第三届甘肃诗歌八骏。这是一个令人欣喜和振奋的消息。于是惠永臣便带着西部夹杂着沙砾的刚烈疾风踏进了我的视野，我因此从网络上搜罗并阅读了他的一些诗作。

我的读后感是：诗歌八骏的获得，对惠永臣来讲是实至名归的了。难怪他在获奖感言中如此写道：

"感谢诗歌，至少诗歌使我少了些许自卑，让我抛弃长期积聚于自身的那份孤僻，敢于直面纷繁的尘世。

"感激诗歌，至少诗歌使我有了悲悯的情怀，让我能够对所遇到的具有生命力的事物，还能产生一份小小的惊喜。

"……

"我信任诗歌，缘于我信任生活。谁都不会驱赶田地里那个屈身拾穗的人。

"我的身影只属于我自己，谁也无法剥夺。"

时代不应该辜负了这样一位70后，也不应该辜负了这样一位自信的书写者。我觉得他在生活中汲取的营养，喂养了他的诗歌，似乎诗句出在他的心灵深处，又感觉是从黄土里长出来的一样根深叶茂。

近年来，他出版了诗集《时光里的阴影》《春风引》，先后有1000多首（篇）诗歌、散文发表于《诗刊》《中国作家》《飞天》《星星》《诗潮》《诗选刊》《散文诗》《中国诗歌》《鸭绿江》《青年作家》《四川文学》《黄河》《中国诗人》《青海湖》《朔方》《滇池》《延河》《青春》《散文诗世界》等报刊。作品先后获得了甘肃省第五届黄河文学奖三等奖、第六届黄河文学奖二等奖，获《黄河文学》杂志2014-2015双年度文学奖三等奖等。

其三：申万仓

申万仓是一个极具诗歌灵感的人。

他出生于县域北部，镇原的黄土大原、梁峁沟壑给了他创作的灵感、创作的激情，使他自然而然地具有了比较扎实的创作基础和比较娴熟的创作技法，也使他有责任也有义务用诗歌这种既高雅如阳春白雪又朴实似下里巴人的美妙形式，来表现他纯粹率直的内心感受和强烈真挚的生命体验。

从20世纪晚期到现在，万仓的诗歌创作硕果累累，不断有好消息传来，已先后出版了诗集《心灵的微笑》《心灵的天空》《心灵的拓片》《心灵的家园》《心上地》。作品也在一些知名刊物如《诗刊》《星星诗刊》《诗选刊》《诗潮》《绿风》《诗歌月刊》《飞天》《朔方》《上海文学》《北方文学》《青海湖》《黄河文学》《北方作家》《人民日报》《北美枫》（加拿大）上发表。

尤其在新时期，他的诗歌创作渐入佳境，作品先后入选《新时期甘肃文学作品选》《飞天60年典藏》《甘肃的诗》《春天的光线》《新锐诗歌》《中国当代网络诗歌年选》等几十种选本。2006年，组诗《心灵的拓片》获"中环杯"第三届《上海文学》诗歌大赛三等奖；2007年，《因为诗人（外一首）》在《诗刊》社举办的"我心中的增城"全国征文活动评选中获优秀奖，并获得了第三届、第四届甘肃黄河文学奖和庆阳市梦阳文艺奖等。

2017年10月19日，是万仓应该记住的，对他来讲具有特殊意义的日子。于这天揭晓、由西南大学中国新诗研究所、中国梦文学网等单位联合主办的纪念中国新诗百年庆典暨"中国新诗百年"全球华语诗人诗作评选中，他获得了"新诗百年百位最具实力诗人奖"。

《朔方》原副主编杨梓说：申万仓是活跃于中国西部诗坛的优秀诗人。纵览他的诗，透过他语言精巧、句式简约、诗行留白、想象奇特、运思从容的诗篇，可以洞见他有着一颗敏感而很有悟性的心。他的诗具有地域特色，但他不是一个地域性诗人；他的诗有着时间的划痕，但他超越了时间性而使其诗具有了艺术的生命力。

《诗刊》编辑谢建平说：申万仓的诗读起来感到沉重、有力。他的诗可贵的一点，是坚持自己。总是充满亲切、自然，不虚空，也没有矫揉造作之感。值得一读。

《甘肃日报》副刊部主任牛庆国也感触颇深，他说：申万仓就是这样一个在黄土大地上不断前行的诗人，目标明确，脚步沉稳，而且每往前走一步，都有不同的风景。

当然，我作不出这样具有专业水准的评价来。我只能在这里说：他的诗歌创作每往前走一步，都会有新的更迷人的风景！

其四：北浪

北浪，本名刘鹏辉。作为一个从镇原这块既谈不上肥沃也谈不上瘠薄的黄土地上走出的诗人，近些年来总有一些零零星星的关于他的令人欣喜的消息传来。譬如：他的作品不断地在多家官方、民间报刊及网媒上发表，不断地入选各种诗歌年选等选本，还出版了诗集《低音区》、文学批评专著《乡土的诗意诠释》《捉影书——21世纪庆阳文学研究》等，并且获得了《人民文学》《中国作家》等刊物征文奖、黄河文学奖等奖项，作品被译成英、韩等语种在国外流行。在大家的推举下，他还担任了庆阳市作协副主席。

这让我又一次想到了"实至名归"这个不大常用的褒义词来。

只是有些遗憾，至本文完稿时，也未收到北浪发来关于他的创作简况及诗作，"巧妇难为无米之炊"，所以只能作以上简略的描述了。

其五：秦铭

20世纪80年代后期，秦铭便已经开始了诗歌创作，并且渐入佳境。他在20余年的诗歌创作道路上不断努力、不断突破、不断创新，逐渐形成了自己清新蕴藉、意味隽永的诗歌风格，充分显示着他驾驭诗性语言的艺术功力。《星星》诗刊副主编李自国这样评价说："秦铭在现代与传统之间踏实地走着开阔而开放的诗艺之路，其写作既具有陇东诗歌的乡土特色，又在此基础上延伸出了人性化的共性，具有深刻的认知与独到的艺术追求。这像是一种踮着脚尖的冒险，步履摇曳，却散发着前进的美好。它没有波澜壮阔、不诡谲、不震惊，却深深地让人感受到诗人鲜活跳动的文学之心，温暖而高远，但又深刻而冷峻，展现着诗的思想启示性和艺术感染力。"（《仰望精神的高处——秦铭诗歌评论并序》）

近些年来，他的诗歌《心返家园(三首)》《从一枚花蕾中苏醒》《乡村的盖头》等先后发表于《诗刊》《星星》《飞天》等知名诗刊上。他的重量级创作当属诗集《心返家园》了。这本集子，集中体现了秦铭诗歌质朴、客观的艺术风貌。他在词句的选择、语言的搭配与意境的营造上均显示出不俗的匠心。他站在诗歌寂寥的旷野上，引领着我们穿过日常生活的迷雾，进入他的诗歌境界，同他一起仰望诗歌精神的高处。甚至，他打开心灵之窗，在弥漫着乡土气息的诗歌中抒发情感，表达自己的生命感受。

李自国说："秦铭的吟唱像牧草一样生长，结构简单明了，浓郁的乡情却弥漫于别样的诗歌意境中，诗歌的意象跟他生活的环境密切相关。"（《仰望精神的高处——秦铭诗歌评论并序》）比如："无数次看到雪的房子/雪的旷野/雪的人/雪的轻盈和气息/在多年的雪地走出/歪歪斜斜脚印//六月的祁连/以雪的高度让我卑微地仰望/千年的心事闪着圣洁的光芒/那条洁白的哈达/把天穹与尘事轻轻地分开"（《祁连山的雪》），雪的高洁传达了诗人的一种思想、一种观念、一种理想，"天穹"与"尘事"映衬，给人以心灵的震撼与共鸣。

著名诗歌评论家、诗人杨远宏在《星星》诗刊2007年第8期上对秦铭的诗歌作了一番中肯的评论：像秦铭那样"落在塔尔寺的金瓦上"，"落在天空一样的青海湖上"（《走过谜金山》），无可更易的及物，确保了抒情的指向、范围和基调;"披着破棉袄/叼着烟袋赶赶集市","跺跺脚/看看天/在山峁上吼几声千年的信天游"(《简单的植物》),在原生态生活的及物里,原生态生活相生相动的原生态抒情,也真实、拙朴、感人地同时实现。这既是生活的还原,也是生长在生活枝叶上的抒情的还原。真实得像泥土树根一样,使人们有理由把双脚插进泥土和树根。

因此,他的作品和前述的几位诗人的作品一起,收入了由西北师大、甘肃文学院编辑、敦煌文艺出版社出版的《高天厚土传豳风——新世纪陇东诗歌群体大观》一书中。庆阳的文学评论家李致博将他与郭晓琦、申万仓、北浪、惠永臣等梳理为陇东诗群的"中生代"诗人(《聚焦:乡土意义上的"陇东诗群"及其"十佳打工诗人"》),我想,这是有足够充分的理由的。

"忽如一夜春风来,千树万树梨花开。"可以说,在"五驾马车"的拉动下,镇原的诗歌创作异军突起,在大众的注视下呈现出空前的喜人局面,创作热潮方兴未艾,一批诗人脱颖而出,使得镇原文学的天空中群星灿烂,令人目不暇接,欣喜异常。尤其是一批80后、90后作者崭露头角,他(她)们以自己满腔的激情和对生活的感动与感悟,创作出了一大批诗歌佳作。他们各展其才,各显千秋,豪放如大江东去,婉约如小桥流水,粗犷如旭日喷薄,细腻似风拂杨柳,洋洋洒洒,蔚为壮观。

现在,我将对镇原诗作者群体作一简单盘点,尽管里面不乏遗珠之憾。

杨建仁是一个创作多面手,他虽然在省文化和旅游厅担任领导职务,但坚持笔耕不辍,创作的诗歌、小说、散文等作品在《人民文学》《人民日报》《光明日报》《诗刊》《中国作家》《星星诗刊》等报刊发表,有多篇作品获省、部级奖项,并被《青年文摘》《作家文摘》《读者》选登，出版了诗集《爱的不死鸟》。参与撰写、编辑出版了《庄浪精神》《铭记5·12》《守护家园》《辉煌陇原60年》《甘肃的诗》等多部作品；在部队一家刊物编辑部工作的袁俊宏，其诗歌创作也收获颇丰。他出版了诗集《与太阳干杯》，作品散见于《人民文学》《诗刊》《星星诗刊》《人民日报》《解放军文艺》等。其诗歌与散文、纪实文学分别获得了黄河文学奖、昆仑文艺奖、解放军文艺新作品奖等；刘信出版了《刘信诗文杂选》两卷，里面收入了他的部分诗作；李义平出版了诗歌、散文作品集《心路：二月花》上、下卷；李伟东以旱天雷、溪玄等笔名作诗填词800余首，被国内外各类知名诗词刊物发表；潘正碧于1985年发表了诗歌处女作《瞧我家乡的牧羊女》，之后诗歌在《星星诗刊》等刊物获奖4次；秦江波先后在《飞天》《星星诗刊》等报刊发表诗歌百首；贾录会的诗歌《农民工》《有雪的日子》《春到黄河边》等发表在《工人日报》《甘肃日报》《诗选刊》等报刊上，并出版了个人诗集《高处风景低处诗》；何等强的诗歌先后在《读者》《人民政协报》《甘肃日报》等刊物发表；刘志洲的诗歌《季节的列车》《秋实图》《听，春来了》等发表于《宁夏日报》《甘肃农民报》《陇东报》等报刊；姚康康的诗歌在《星星诗刊》《岁月》《钟山风雨》等刊物发表，并有作品入选《高天厚土传豳风：新世纪陇东诗歌群体大观》；李辅子的诗歌先后在《中华文艺》《中国诗歌》《甘肃日报》《散文诗》《星星诗刊》等报刊发表；虎仪宏的诗歌先后在《诗刊》《北方文学》《北斗》等刊物发表，并出版了《虎仪宏诗文选编》；秦克云的诗歌在《甘肃农民报》《甘肃经济日报》《陇东报》等报刊发表；王进明的诗歌在多家报刊上发表；张元印出版了《元印诗文集》。

书法家刘金玉在教学之余，也醉心于诗词的创作。他的词作先后在《书法导报》《中华诗词集成》《诗词家》《甘肃诗词》《北斗》等报刊上发表，并在2014年出版了作品集《石松吟草》；李儒峰也是一个老

"写手"，他的古体诗《咏竹》《古柏》等4首、诗歌《穿越时空的隧道》《淡淡的月，浓浓的思》2首，在2009年入选作家出版社《中华爱国文典——建国六十周年优秀文学作品》，并获优秀文学作品奖。律诗《丝绸之路》《嘉峪关》入选甘肃文化出版社《丝绸之路诗词选》；律诗《南充新八景吟》2020年参加"韵赋南充"全国诗词大赛获入围奖，先后在市级以上报刊发表古诗词350多首。

农民张元印醉心于诗词创作的精神着实令人感动。2008年正月，我和同事与剧作家刘镜一起去看望家在临泾石羊的张元印。在这位朴实憨厚的农民家里，我们听到了这样一件趣事：

有一天，他正在构思着诗句，忽然听到夫人叫他吃饭。他回到厨房，端起饭碗准备到客厅去吃。他边走边想，双手端着的饭碗竟然碰到了黄牛的身上，让他大吃一惊，便生气地大喊："是谁把牛拴到客厅了？"夫人听到喊声，连忙跑过来一看，他竟然端着饭碗站在牛棚里，便笑得上气不接下气。

就在这年，他印刷了第一本诗文集子《元印诗联文》；2011年，又印出了《元印诗联文》第二集。他还擅于楹联创作，多次获得了全国性的征联活动大奖。

除此之外，还有何伟、张占英、赵亚东、段建华、路海珠、赵彦昌、高荣发、蔺文星、刘立堂、李普越、杜向阳、范宏伟、杨彦刚、路永前等人也步入了诗歌创作的一方净土。

最令人欣喜的是，一批女性后起之秀的创作实绩令人刮目相看，石枫恋、刘玲娥、祁亚平、包雨蕾、邢莉、张小瑜等作者以不同凡响的姿态站在了镇原诗坛的重要位置，给镇原的文学创作增添了靓丽的色彩和许多让人始料未及的惊喜。对于她们，我将在后文以专门的文字进行叙述。

遗憾的是，80年代后就开始诗歌创作的杨佩彰，由于工作的原因而渐渐疏远了这个曾经让他深爱着的释放情感的最佳"伴侣"。2003年，他出版了镇原诗界第一本个人专集《燃情岁月》，著名作家吴晨旭为此专门作了序。其诗歌作品先后被收入《诗坛新秀千人选拔赛获奖作品集》《西部诗人40家》《当代小说》编辑部主编的《中国诗文优秀作品选》以及《高天厚土传豳风：新世纪陇东诗歌群体大观》及其他选本中。后来由于耽于地方文化研究，便就只写一些零星的散文，诗歌的声音就渐渐变得零落了。

对黄土地的深情抒写是镇原诗作者群体的一个典型特征。镇原地处黄土高原腹地，具有悠久的农耕文化传统。但随着城镇化建设的推进，农村正在发生着翻天覆地的变化，农民的生产生活方式、思想观念和精神追求，都经历着史无前例的深刻巨变。因而对故乡的依恋情结是他们诗歌创作的一个明显特点。从诗歌的表现手法看，无论是对乡土生活的眷恋，对美好亲情的赞美，对乡土生活苦难的展现，对人物精神困境的探索，还是对历史的反思，凡是与黄土地相关的各种情调在镇原乡土诗歌中都得到淋漓尽致的发挥与展现。诗风淳朴自然，感情沉郁深厚，引人入胜，感人肺腑。

与其他文学样式相比，镇原诗歌历经半个世纪的发展演变，创作群体阵容庞大，产生的影响比较深远，具有浓郁深厚的陇东地域风情；真实地记录了镇原乡土社会的变迁，再现了生活于斯的人的生存状态，体现了镇原诗作者对主体自我和客体对象的独特、独到的观察把握和思考。

我们有理由相信，有镇原诗歌群体庞大崭新的堂堂阵容，镇原诗歌会走得更远，传播得更为广阔。它会发出有如天籁一般的泠泠之音，构成通彻肺腑的穿透力和无限正能量的大合唱，在黄土大原上奏响最激动人心的动人乐章，用饱含诗意的亲昵来抚慰黄土子民们的精神家园。

（3）报告文学·两匹黑马

在生活中，有的人与另一个人神交甚久，但终其一生也不曾谋面；而有的人却能"蓦然回首，那人却在灯火阑珊处"，这是多么妙不可言而富有戏剧性的事情。

因为同好的缘故，我更是很早就对何华教授"闻其名，知其行"。故此，在县委宣传部召开的这次建党100周年创作讨论会上，我欣喜地见到了这位"神往久矣"的名家巨擘。这使我对"缘分"二字的理解更有了一种神秘和"不以人的意志为转移"的那种体悟。

会上，现任兰州石化学院党委委员的他口若悬河，雄谈快论，孜孜无怠地辅导了文学创作的主旨和写作手法，并妙语频出，这使我无由地生出一种感慨与敬佩。

何华是孟坝原人。多年的大学教书育人生涯加上深厚的文学修为和力如千钧的文笔，使他在甘肃的文学领域里享有很高的声望。去年，他获得了省委、省政府授予的"甘肃省优秀专家"称号，成为甘肃职教第一人。

从20世纪90年代开始，何华就已经涉足报告文学创作领域了。多年来，他在报告文学这块园地里勤奋耕耘，坚持不懈，取得了丰硕的成果，为镇原报告文学领域树起了一面标杆。他先后在《人民日报》《光明日报》《中国作家》《中国报告文学》《上海文学》《飞天》《北京日报》《甘肃日报》等报刊发表各类文学作品400余万字，出版了报告文学集《石化魂》《共和国长子》，担任了中央电视台播出的四集电视片《金城兰州》初稿的总撰稿兼文学顾问。其文学创作成绩被选入《中国西部新文学史》，其作品被《北京日报》整版选载、被《兰州晚报》连载、被《人民日报》等中央主流媒体刊发评论给予高度评价。

值得称道的是，他连续4次被邀请参加全国报告文学创作年会。他出版的长篇报告文学集《石化魂》成为全国数百万石油化工职工爱国爱岗教育教材。

备受关注的《中国西部新文学史》把何华的工业题材纪实文学《石化魂》《共和国长子》列为全国这一文体的代表作品，并且说："何华的工业题材创作也是这一时期西部非虚构文学的一个亮点。"（丁帆主编：《中国西部新文学史》，人民文学出版社）《共和国长子》选取"兰炼"和"兰化"发展史上具有代表性的人物为叙写对象，以细腻的笔触、充满激情的语言抒写了石化人的奉献精神。这富有感染力的工业题材报告文学作品，忠实地反映了国家工业命脉的律动，真诚记录着祖国发展变化的足迹，同时特别展现了石化工人的创造和贡献，生动地反映了新中国石化企业和建设者艰苦创业、志存高远、甘于奉献、自强不息的精神。这部书深入挖掘中国大工业中蕴藏的力量，揭示了当代工人的美好追求，"作品多姿多彩的技巧、强烈的审美张力，作家的充沛感受、思维和想象，均产生了感人至深的力量。"（梁鸿鹰：《感受新中国工人最深沉的梦想与追求》）

《石化魂》和《共和国长子》以工业建设的沸腾生活为主要场景，集中描绘企业人创造的业绩，挖掘企业人的内心世界，再现典型人物形象，展现劳动者的精神追求和灵魂境界。梁鸿鹰评价说：这两部作品的特点在于，"用报告文学这种最具现实感的文学体裁样式，展示企业文化的整体形象，重在提升当代工人的精神风貌，让读者在欣赏的同时，激发起发现美、创造美、体验美的情绪，进而在真实的体验中向往生命的辉煌，向往英雄的崇高，这是当代人写就的一曲时代赞歌。"（梁鸿鹰：《感受新中国工人最深沉的梦想与追求》）

何华是一位多产的作家和文化学者。近年来，他先后获得中华铁人文学奖、敦煌文艺奖、黄河文学奖、甘肃报告文学奖、兰州首届文学创作新人奖和其他省级文学奖 10 余项。这些奖项，无疑是对他的创作实绩的充分肯定和认可。可以毫不夸张地说：他是镇原报告文学园地里"咚咚"有声、奔驰而出的一匹"黑马"。何华是成功的。

在叫好之余，我想到了另一个人，他就是颇有才气的张占英。

占英曾是我的同事。他先在镇原县委宣传部工作，后调入了县文联。2006年7月，他开始赴全国31个省市区实地调查采访吴仁宝、王乐义、申纪兰等60多名中国优秀农村基层干部。当时作为他的领导，我给他的这次采访活动给予了极大的宽容、理解和支持。因为这次采访足足历时5年，很难顾上单位的工作。期间，他还专程赴福建省采访了农村工作机制的创新之作——连续三批从省、市、县党政机关选派万名党员干部到村任第一书记、支部书记。之后，他先后献给了大家两本沉甸甸的报告文学集《中国村官》和《第一书记》。

这两本书以细腻的笔触、优美的文笔、活泼的风格，记述了优秀农村基层干部造福一方的高尚精神和可贵业绩，解读了他们在带领农村发展中的成功经验和宝贵探索。《中国村官》还被人民日报出版社确定为庆祝中华人民共和国成立60周年重点图书，获庆阳市"五个一工程暨梦阳文艺奖"报告文学类一等奖。

我想，把何华、占英并称为镇原报告文学的"两匹黑马"并不为过吧！

除此而外，杨佩彰的报告文学《大山的脊梁》于2000年发表在《北斗》杂志上。后以此为蓝本，他与人合作创作了电影文学剧本《大山深处的保尔》。张文进的报告文学《最美女支书》也发表在《中国乡村》杂志上。

尤其在近年来，一批反映全县脱贫攻坚成果的报告文学及通讯不断问世，并被收入《镇原县脱贫攻坚纪实》一书，成为记录镇原县数十年来脱贫攻坚艰辛努力和丰硕成果的一部"史书"。这些报告文学及通讯篇目有：

刘耀、张占英的《镌刻进黄土深处的暖流》，申万仓的《奔跑的聚德小镇》《蒲河村的贴心人》，王瑾的《挺起困难群众的"精神脊梁"》，姚康康的《东西部协作静海区帮扶镇原侧记》《贾山村脱贫纪实》，李琼的《风正时济，敢教日月换新天》《开窗放入大江来》，刘志洲的《人民的答卷》，赵利君的《远山行》，刘耀的《创造脱贫新"鸡"遇》《用文化照亮贫困"盲点"》，畅恒的《风舞原州》，张盼的《小康路上不掉队》，张保龙的《党建促发展，资源变财富》《扶贫一线显身手》，李儒峰的《驻村帮扶谋发展，聚力脱贫奔小康》，冉赟贤的《高举梦想》，张文博的《蜕变》，秦克云的《贫困路上的追梦人》等。

此外，还有一些作者的报告文学不断散见于各种报刊。

由此可见，新时期的镇原报告文学，开放是其发展的基本轨迹和总体特征。新时期社会政治、经济、文化诸方面的开放，为报告文学创作的繁荣提供了良好的社会环境。正是由于社会背景与创作主体发生了深刻的变化，所以，新时期的镇原报告文学呈现出全面开放的态势，这主要表现在题材主旨、表现视角与结构设计等方面。

伴随着题材的开放，报告文学的视角在发生变化的同时，作品的结构也有了相应的变化。如何华的《石化魂》《共和国长子》从宏观上统摄全景，着眼于描写对象的整体，注重人物的再现，以弘扬主旋律为主题取向，作品表达也更见精致与精彩。

（4）散文创作鸟瞰

时间是最公正的见证者。

不是吗？生活中所有的动情与许诺都将支离破碎，剩下的只有回忆和往后的日子。在时间这个"见证者"的注视下，我们改变了很多。身处这个飞速进步的时代，我们感到幸运，并因为幸运而鼓足向前奔跑的勇气。于是，我们因感慨而抒发情怀，因回忆而挥洒心底深处的浪漫。而这时，散文为我们提供了最好的晾晒心事的媒介和载体，使我们在平凡的生活中体味世态的炎凉、人情的冷暖和世界的美好。

新时期镇原的散文创作，就是在时代风云的变幻中，捕捉时代跳动的脉搏，描绘五彩缤纷、五光十色的新生活，与其他文体一起汇成了时代最美的赞歌。

但是，相比于小说、诗歌、报告文学等文体的"轰动"，镇原的散文园地显得有些清淡和平静。不过，散文以自己独有的节奏与色彩，在悄悄推进着自身发展的历程。

进入新时期，镇原的写作者们开始注意按照散文本体的规律，进行审美性的创作。他们既关注重要的人物事件，又更多地叙写日常生活的场景或作者个人的故事，表现作者丰富的内心世界。

我们还是从柏原说起吧。

在20世纪90年代以后，柏原以散文创作为重心。在90年代初期，他的散文的题材和素材、语言和风格等等，用他自己的话来讲，就是"散而杂"。到90年代后期，他的散文创作进入了一个收缩和探索的阶段。创作题材收拢到两个区域：一个是故乡黄上地，一个是花草树木。关于实验性的"跨界"散文，已出版的如文化散文集《谈花说木》，即出的如《一叶菩提：树木文学与科学》丛书；另一类是乡土散文。2019年，他出版了文学散文集《陇头幽咽水》。在21世纪初，他担任了省作协副主席。他把十多年创作的乡土散文修改梳理，构成了一部以"现代村庄史"为总主题的连缀式结构的大散文《红河王家》。

有评论家认为，柏原的乡土散文，以质朴而醇厚的地域风情为最大特色，与其乡土小说相映增色。又有评论家认为，柏原散文的写实本质，使其"村庄史"的文化价值更显突出。

何华除了报告文学创作外，还涉猎散文创作。其代表作有散文集《夜语心歌》《望雁行》等。常文昌、梁希孔等人也有散文见诸报端。

还有其他人的散文创作，虽没有前述两位大家的成就高，但也共同构成了镇原散文园地姹紫嫣红的崭新局面。

柏原的弟弟王柏栋 1996 年出版了他的第一本散文、报告文学集《红杏出墙》，之后又陆续出版了散文集《往事散记》《读史感悟》《情系黄土山坡》。作者笔法流畅，语言朴实，清新真挚，意境悠远，写人与叙事相结合，突出了镇原的人文特色。其散文《杏花村赏诗》《再话大槐树》《镇原黄土窑洞》《闲话社火春官》《闲扯"懒婆娘赖过二月二"》《闲议"三寸金莲"》等篇目产生了一定的影响。

赵宝玺出版了散文集《印堂记事》，陈自贤出版了散文集《跋涉记忆》；鱼舟的散文《绝壁石空寺》收入甘肃省作协"1949—1999 甘肃文学作品选粹"丛书"散文卷"；杨佩彰的散文《殷家城读山》《故乡，一方深邃的老井》《乡恋》《品读潜夫山》等篇目发表在《甘肃日报》《甘肃经济日报》《北斗》等刊物上；秦铭出版了散文集《时空回眸》；畅恒的散文《黄昏素描》获 1988 年《北斗》杂志短文大奖赛三等奖，并出版了散文集《杂花集》；李儒峰的散文《断肠声里》《大地的情思》等发表于多家报刊上；包焕新的散文《戴银项圈的小姑娘》《祝你好运》分别发表于《甘肃日报》《散文月刊》，散文《难舍的土窑洞》《老靠子的曲折》先后发表于《北斗》《潜夫山》；王进明的散文《永远的乡情》等多篇先后发表于《散文百家》《散文选刊》《延河》上；张万库出版了散文集《记住幸福》《灯窗心语》，散文《爬过的岁月》获得了"漂母杯"全国散文比赛三等奖；石代莲的散文《不若相爱》《烧一炉旺旺的火》等发表在《北斗》《香河文艺》《陇东报》等报刊上；贾录会的散文《儿时的年》《回眸，家乡的大变化》等发表在《四川文苑》《西藏日报》上，他出版了散文集《永远的乡愁》；刘志洲的散文《陇东乡村"土乐器"》《情恋一棵杜梨树》《美丽的马沟村》《麦黄杏飘香》分别发表于《甘肃日报》《宁夏日报》等报刊上；秦克云的散文《家乡鸟鸣声》入选《中国当代散文精品集》，《陇东秋天（外十五章）》入选《风从故乡来》；张文进的散文《最美不过潜夫山》《话说冬至》《深秋的记忆》《村里那棵大槐树》等篇目发表在《甘肃日报》《甘肃经济日报》《甘肃农民报》等报刊上。

此外，还有诸如刘信、袁俊宏、王博艺、申万仓、北浪、刘金玉、张占英、王晨旭、石枫恋、赵彦昌、张卫中、赵利君、王书逸、李辅子、畅筱燕、张文博、段广亭、段建华、路海珠、李普越、马明霞、徐子航、秦士范、高杰、赵建飞、邢莉、刘霞、畅萨丽、申明玉、常红艳等人也涉足散文领域，并不断有散文作品问世。

（5）戏剧、影视、专著及其他

记得是 2012 年吧。

有一天，镇原剧作家刘镜来到我的办公室闲聊。期间我得知，他和畅快创作的大型历史陇剧《古月承华》由省陇剧院和镇原县艺隆演艺有限公司创排成功后，代表甘肃省参加了第 22 届"上海白玉兰戏剧表演艺术奖"大赛并荣获表演集体奖和主角奖。我大感意外，没想到由一个小小的县级剧团主创的剧目，竟然获得了全国戏剧表演最高奖，其分量和影响是可想而知的！

我向刘镜表示祝贺。他很谦虚，他说他还有很多的创作计划尚未完成，这只是一个小小的阶段性成果。

后来我得知了他的许多故事。

1991 年，刘镜在班车上听到别人讲：某村有个姑娘聪明伶俐，父母非要她装聋卖傻，骗取准生证。在计生干部调查时，孩子流利的"傻话"中夹杂着不少真话，在问话中露出了马脚。刘镜根据此事，很快写出了小话剧《创伤的心灵》。剧情幽默诙谐，妙趣横生，演遍全县各乡镇，有的地方农民看了一遍又要求重演。2005 年，国家给农民实行"两免一补"，他赶写了小品《发钱》。戏中的老两口听说财政干部进村了，以为又要收粮要款，赶紧顶门关窗。当得知干部是来发钱时，老汉感动得眼泪直流。干部要当场兑现，老汉决意不愿免，由此展开了一场跌宕起伏的冲突，观众掌声雷鸣。有人问他怎会写得这么"像"？刘镜回答："我把我家二哥二嫂搬上舞台了。"

2003 年，第二届庆阳香包民俗文化节开幕，刘镜写出了献礼节目唐僧师徒《二赴西天过庆阳》。由当地的神仙神佬给他们介绍庆阳的民俗特产，师徒见庆阳名优品就购买，猪八戒逛西峰游兴未尽，不忍离去，观众在笑声中感悟着庆阳的变化。

在《绿叶红花》中，刘镜、畅快大胆地写夫妻情、父女情、师生情。2006 年 6 月，该剧在北京中央戏剧学院实验剧场演出时，当"张学成"15 岁的女儿艳艳要辍学打工，为爸爸挣钱治病，被妈妈回绝后，便哭着对妈妈喊出"你把我嫁了吧"这句话时，台下抹泪的观众一排盖过一排。

2006 年 7 月，他听到西峰区什社派出所民警李金龙赤手缚贼的事迹后，及时赶写出配乐朗诵剧《缚贼英雄李金龙》和小品《警嫂的生日》，被定为市公安系统向全省政法会议汇报演出的重头戏。

刘镜参加工作 40 年，创作大小戏剧节目 160 多个，曾 8 次带着自己的作品代表庆阳市参加全省文艺调演。他饱含激情地讴歌时代，反映农村新人新事，作品深受群众的喜爱。他与畅快合作创编的《绿叶红花》《杜养富》《留守岁月》《黑白人生》等一大批新作，在全市乃至全省产生了很大影响。

相比之下，镇原的影视作品的创作就逊色了许多。

2001 年，殷家城乡李园子小学残疾教师张学成的事迹轰动了省内外。参加采访活动的杨佩彰写成了反映张学成先进事迹的报告文学《大山的脊梁》。后以此为蓝本，与吴金辉、刘贵荣合作，创作了以张学成为原型的电影文学剧本《大山深处的保尔》，由上海祥盛影视制作发行有限公司投资拍摄并正式上映。

在影视创作上成就不凡的应该是电影人何伟了。他作为制片人，先后拍摄了数字电影《凤凰沟的春天》《岛囝》《风从塬上来》《红盾先锋》等，并在全国城市院线和CCTV-6上公开上映。作品先后荣获甘肃省第七届、第八届敦煌文艺奖，在甘肃影视界获得了很高的知名度。近年来他又创作了主旋律电影文学剧本《上南梁》，目前正在筹拍中。

难能可贵的是，退休后成为一名实力雄厚的商人的李志文，尚能抽出时间来进行影视剧本的创作，其精神着实令人敬佩。近年来，他创作的40集电视文学剧本《王符》在王符文化研究会主办的《王符研究》杂志上刊登。其宏阔的场面设计、有血有肉的人物刻画，获得了业内人士的好评。今年，他创作的50集电视连续剧本《生命热爱阳光》业已杀青。这是一部年代大戏，表现主人公李强从"文革"到当知青，后参军、参加中越战争、复员回乡，后备受打击，流落到中蒙边界，因奇遇结识煤矿老板，最终创业成功，成为商界成功人士，重回原州故地的曲折经历，反映了新一代青年不怕挫折、立志成才、创业报国的崇高情怀。

近些年，镇原文化界有很多的专著问世。诸如赵宝玺主编出版了《镇原史话》，王佐东出版了《寻根——中国书法之乡镇原》《〈秦诏版〉研究》《关陇丝路第一驿》；杨佩彰出版了地方文化研究专著《镇原文化概论》，《镇原通史》也即将出版，他与王博艺合作编辑出版了《龙翔凤翥北石窟寺》；畅恒主编出版了《镇原地方文献概略》，并支持校点出版了康熙年间《镇原县志》；包正刚主编出版了《镇原民间文艺》丛书，县文广局、县文化馆编辑出版了《镇原民间文化集成》等等。

镇原文学的发展，离不开社会多方面的互动和支持。县文联创办了由著名作家陈忠实题写刊名的大型文学期刊《潜夫山》，使镇原文学在发展上能够良性互动，扩大了作家、诗人与文学爱好者互相交流提高的机会和平台，推动了镇原文学的进步和发展。

（6）女性文学现象

在镇原当代文学的百花园中，有一种值得关注的现象，我姑且命名为"女性文学现象"。而这种现象，将成为后来镇原文学史绕不开的一个新颖而重要的命题。

我先从石枫恋说起。

很多年前，我与石枫恋便在网上相识了。不知怎么的，我们就加上了QQ。我发现，她说话总有一些特别的地方，有很深的文学功底，这让我大感意外。于是乎，我们经常聊一些关于文学的话题。

有一次，我们说起了诗。她忽然饶有兴致地让我为她作一首藏头诗。这是我的拿手戏，便让她报过姓名来。当她说是叫"石枫恋"时，我还以为是她开玩笑呢，我不信这就是她的真名。直到后来，当她为我当主编的《潜夫山》文学期刊投稿时，我才知"石枫恋是她真实的、法律唯一认可的名字"（《红粉妆颜》"自序"）。由此，我相信她一定会写诗，要不怎么会起这样一个富有诗意的名字呢！

事实证明了我的判断，她有很好的文学天赋和颇有力道的文字功夫。只几年时间，她便在不为人注意的瞬间就出版了诗集《红粉妆颜》。

石枫恋写诗"是因为一个非常偶然的缘起。2015年末的一个清晨，看到大片明亮的阳光掀开窗帘涌进来，你突然就有了写诗的冲动。2016年，通过网络传播，一些老师对你幼稚的诗歌，竟意外给予莫大的包容，并认为人不可辜负上天给的特殊眷顾。在他们的鼓励与指导下，开始比较正式地写诗"。这是她在《红粉妆颜》"自序"里的自白。对于诗歌与生活的关系，她有着自己独特的感受与感悟："诗就是生活。来自生活，高于生活，又回到生活。世间没有不可入诗之物。写人、状物、临景、抒情，指鹿为马，妙笔生花，瞒天过海，神游太虚。才华固然来自学问，饱满的真情，敏锐的触须，独特的视角，都是诗的温床，但最终它来自生活这口无盖的井。随你自身的烟火诞生，如你衣履，如你口鼻。如此说来，诗又是低矮的、庸常的。是生于尘，长于芥，俗世尘垢的转世莲花。也只有这样的诗歌才有着入世的悲悯情怀，普世的温情安暖，离世的跳脱超然"。（《红粉妆颜》自序）正因为有如此对诗歌、对生活独特的体悟，才使石枫恋的诗显得安静恬淡、超然脱俗，就像冬天里通红的小火炉，让人周身感到一股融融的暖意。

作为一个民企老板，石枫恋诗风突兀空灵，却豪放如歌："请你勒勒马缰 快一点/勒勒马缰 慢点/我桃红衣衫/只要春风一诺 便浩浩荡荡/开满你十万封疆之土。"但更多的是她对生活细致入微的描述和其中所蕴含的哲理及诗人心灵火花的闪现。

苟飞燕、刘玲娥、包雨蕾、张小瑜的诗歌创作也成绩不菲。

苟飞燕很早就开始了诗歌创作，于2003年出版了诗集《疼》，并与人合作创作了电影文学剧本《红盾先锋》。

刘玲娥的诗歌《故乡》《杀鱼》等在《北京诗人》《大别山诗刊》《天津文学》《新诗》等期刊发表。她虽然发表的篇什不多，但其质量却被诗歌大家所推崇。

包雨蕾从2005年开始在《诗江南》《黄河文学》《读者》《飞天》等报刊发表诗歌、散文作品，获得了第六届黄河文学奖、"杨花词杯"全国爱情诗大赛三等奖、"电力杯"全国诗歌散文大赛优秀诗歌奖等。

张小瑜在《飞天》发表诗歌《关山月》《花裙子》、组诗《无际》，《山中岁月》《彼岸》《夜无际》《爱情狂想》等发表在其他文学刊物上。

镇原女性散文创作也显示出强劲的集团优势，她们好似文学天空升起的一颗颗明亮的新星，华彩四射，并以其不凡的创作实力绘就了女性散文靓丽的风景。这些女性散文，以其对社会、对人生独特的观察和对生命本体独特的感悟，展示了一方姿态万千的女性世界。在这方面，主要有陈劲竹、石代莲、邢莉、刘思娟、祁亚平、刘霞、畅筱燕、马明霞、畅萨丽、常红艳等人。

冉赟贤可以说是一位成绩满满的大姐了，她从 2008 年就开始步入了文学领域。她以创作小说为主，兼写散文、诗词、童话、寓言故事等。《天边那抹霞光》《喋血姻亲》《系在红丝带上的爱》等先后发表在《甘肃经济日报》《北斗》《甘肃诗词》《甘肃农民报》《陇东报》等报刊上。

陈劲竹出版了镇原女性第一本日记体散文集《花开的声音》。

石代莲以创作散文为主，她的作品《老屋，一地暖阳》《生命本来没有名字》《生命的崖》《风，吹瘦一束记忆》《对不起，我爱你》等先后发表在《陇东报》《北斗》《香河文艺》等报刊上。

邢莉从 1993 年开始文学创作。其诗歌《生活的门扉》入选《跨世纪青年诗选》，《母亲不会怠慢你》入选《回归》诗集，《晓镜》入选《中国当代诗人辞典》，小说《血浓于水的爱》、散文《回眸人生》入选《吹不散的眷恋》一书。诗歌《心灵深处的苦涩》《痴心男孩》《挽歌》《昨夜谁陪我一起寂寞》、散文《我的青春谁买单》《为情迷失的惆怅》等发表在各级报刊上。

刘思娟从 1996 年开始文学创作，她的散文《美丽人生》《鸡头山寻春》、散文诗《窗外》、诗歌《九月乡愁》等篇目发表在《甘肃省广播电视报》《陇东报》和省电台等媒体，散文《我的家风小故事》在 2018 年获庆阳市广播影视奖。

祁亚平的散文《平常的一天》《活着不易》《旧时光》《孤独者的自述》《存在感》等发表在《作家文学》《北斗》上，诗歌《蓝天》等发表在《诗刊》等报刊上，散文《蛰伏》获得了《神州文学》优秀奖。

刘霞出版了散文集《谁是我的霞光》。

还有畅筱燕、马明霞、畅萨丽、常红艳等人也在坚持不懈地进行着散文创作。

尽管这些女性文学群体与本市的女作家比较起来尚有一定的学习

与发展空间，但我有理由相信她们会经过一番凤凰涅槃而浴火重生。无论如何，对于镇原文坛的这个新群体，我们都是期待的。或者说，她们对社会的一系列奉献，足可以添补当代镇原文学创作领域的某些不足。但愿她们在文学创作的道路上越走越远，身姿越来越靓丽，步伐越来越稳健……

就在这篇文字将要完稿的时候，我突然接到了文友何伟的电话。他说：电影《上南梁》已经通过国家电影局备案立项，由庆阳汇恒盛视影视有限公司和大河视线影业有限公司联合出品，将于杏花三月正式开机拍摄。正在华池南梁为此奔波的他显然很兴奋，热烈的语调瞬间感染了我，使我周身感到一股暖流在涌动。我连声说道："祝贺你，祝贺你！"

其实，该祝贺的，不仅有他，还有我们在文学的大旗下投身其中的所有人。

因为，赋予一个时代温度的，就是身处其中的人。是你，是我，是他；是你们，是我们，是他们。没错，这就是时代的幸运，是身处这个时代的每一个人的幸运。

正因为有了这种幸运，我们的文学便有了生发的土壤，有了绽放的雨露，也能够幸运地成为一个伟大时代的创造者和描述者。

历史远去了，新的生活又展开了五彩缤纷的画卷。

有我们的加入，镇原文学的天空里将会更加星光璀璨，佳音频传……

钟灵毓秀，人杰地灵。濡染秦汉明月的淳美银辉，沐浴唐宋丽日的浩荡紫气，在时代潮流里散发光芒，成为人类良知的灯塔。镇原，这片神奇的土地，从来就不缺乏英雄诞生。

——体现传统美德和镇原人文精神的时代楷模像星辰一样闪耀在镇原的历史长河

秦汉重镇多英才

何 华

他乡救人献芳华

舟赟贤

阴云低垂，雪雨交加。1998年4月20日，边城乌鲁木齐市殡仪馆的上空，如泣如诉的哀乐，正在为一位年轻生命的离去而奏响。

高耸的天山，为杜养富而肃穆；长长的乌鲁木齐河，为杜养富而哭泣。

杜养富，一个英雄的名字，迅速传遍西北边陲，传遍陇原大地，传遍大江南北！

1973年11月11日，杜养富出生在革命老区甘肃省镇原县中原乡原峰村。11月11日，这个日子本就有些奇妙，"11"，往高处看，多像高耸且散发着中国传统文化精神气韵的华表啊！往低处看，又神似直立的两条人腿。

在陕西当兵的父亲杜永军听到这个喜讯后，高兴得怎么都睡不着觉，这位初为人父的军人考虑最多的，当然不只是如何抚养儿子，更多的还有儿子的成长和未来。兴奋的杜永军思谋了大半夜后，给出生在家乡的儿子起了个充满希冀的乳名——继荣，他想要儿子继承劳动人民勤劳朴实的醇厚美德、继承革命先烈无私奉献的光荣传统。

小继荣果然不负父望，在小小年纪便表现出了勤快且独立的个性。父亲当兵不在家，母亲既要参加生产队劳动，又要负责一家人的衣食住行，才几岁的继荣便成了母亲的好帮手，放羊喂鸡、扫地拾柴、摘菜烧火、看护弟弟妹妹等等，农家活路，凡他力所能及的，他都会主动去做，从不让母亲操心生气。母亲生病了，小小的他和弟弟推上小车送母亲到5公里外的乡医院看病；妹妹饿了，他赶紧牵过喂养妹妹的奶羊，挤奶、过滤、烧熟，诸多程序是那么地连贯快速，吃饱了的妹妹笑了，小继荣用衣袖擦擦脸上的汗珠，也笑了。

八岁那年，继荣上学了。按照宗族辈分的传承，父亲给他起学名"养富"，父亲希望这个勤快懂事的儿子，能通过自己的努力为自己获得幸福生活，也能惠及家庭、惠及乡邻、惠及社会。

后来父亲退伍回家，六口之家仅有十亩田地，无论怎样耕种都难以维持温饱，父亲不得不利用农闲时间外出挣钱。

其实，农家哪有什么真正闲暇，所谓"农闲"，也不过就是耕播收割打碾等抢时令之外的日子，平素里田间锄草施肥、家里烧饭洗衣、放羊喂猪、运土垫圈、磨面拉水等等，这一切就靠少年杜养富和其更年幼的弟弟帮母亲完成。每天天不亮，两个小小少年就出门开始翻坡拉水，拉回水再去上学。夏天天亮得早还好说，冬天拉水就不是件容易事了，不仅寒风刺骨，还要摸黑行走，常常是一趟水拉回家了天还没有亮透。有一次拉水，因天黑路滑，走过梁崄时，不慎人倒车翻，水泼了养富一身，致使他原本就有的风湿性关节炎犯了，关节肿得老大，痛得他站立不住。

老辈人有句总结人一生品德的俗语：从小看大，三岁看老。和小时候一样，上学后的杜养富，牢记父亲"人要有大志向，长大了才会有出息""人可以穷，志不能短"等教诲之言，学习刻苦用功。在学习中，他知道了诸如刘胡兰、董存瑞、罗盛教、雷锋等许多英雄人物，他在课本扉页上工工整整地写下了"雷锋"两个字，时刻用雷锋精神激励自己，立志做一个雷锋式的好少年。虽然自己也是个孩子，但他一贯以帮助同学为乐。那时候家里日子拮据，买一根铅笔都是不小的开支，为了节约一段铅笔芯，小养富常常用手指在桌面比画着习字或用树枝在地上练字，只有需要在作业本上正式写字时，才舍得用来之不易的铅笔，但如果同学需要，他会毫不犹豫地递上自己颇为珍惜的铅笔；天下大雨，杜养富将伞借给没带雨伞的同学，自己冒雨送小同学回家后再回自己的家。班里桌椅坏了，杜养富把坏桌椅修好。同学杜永郑放羊时，意外掉落崖下，腰摔伤了，动弹不得，杜养富赶紧下崖救助。崖陡无路，他也一头栽了下去，摔得鼻青脸肿，但他没吭一声，忍痛站起身一瘸一拐地继续去救人。为此他曾多次受到学校表彰，并担任班干部，先后 7 次评为"优秀班干部"，5 次评为"三好学生"。

上初中后，随着知识的增多，做人的道理也渐渐明白得更多了。他喜欢英雄人物，喜欢看励志故事，喜欢读教人为善向上的名言警句，在知识的海洋里，他努力汲取养分。过年了，家家户户挂上"吉庆有余""五谷丰登"的年画，盼望着日子一年更比一年好。杜养富挑来挑去，买了两幅"高风亮节胸坦然"的条幅，一幅挂在自己的卧室，一幅挂在客房最显眼的地方，而且一挂就是数年。他以"高风亮节胸坦然"为自己的座右铭，努力学习，坦诚做人。在校住宿的同学没有水喝，杜养富便每天从自己家里带一塑料壶水；周末快到了，经常有住宿生提前吃完了带来的馍馍而缺少口粮，杜养富省下自己的馍，带给同学……

有人说，高贵的人生从来都充满陡峭。的确，正当杜养富在人生的起跑线上奋力向前时，正当他的作文《酸毛杏》获得学校征文奖，让他看到理想的巅峰而努力攀登时，他的膝关节炎一天比一天严重，疼得难以支撑，他不得不弃学回家。

说是在家休养，其实杜养富并没闲着，做饭洗衣、给牲口铡草添料，果园疏土浇水等，他都会尽力去做。待关节病痛稍微好一些，十七岁的他，便背上行囊外出打工挣钱。家里的日子本来就艰难，给他看病又欠了不少外债，他要用自己的双手，抚平父母眉间的愁容。

十七岁，还是个孩子啊！多少同龄人还在父母的怀里撒娇，可杜养富已经开始品尝岁月的艰难。20世纪90年代，改革开放尚属初期，农民工进城工作很是难找，只能干些脏累苦的力气活，身体健壮者的打工路都很艰难，何况杜养富身带病痛！他走平凉、上银川、去天津、东去河北、西进新疆，为了生计不辞辛苦到处奔波。1992年底，他从新疆回来了，掏出仅有的一百元钱递给父亲，原来他的膝关节炎又犯了，挣钱原本不易，看病还花去了他所有的收入。尽管如此，杜养富并没有气馁，病情稍微好转，他继续行进在追寻美好生活的路上，天山脚下、海河岸边，无处不留下他孜孜以求的身影，且一路总以一颗纯朴善良的心，尽最大可能帮助他人。他妈妈心疼得常说"这娃只想着别人"。

1992年初春，村里过庙会唱大戏，四邻八村逛庙会的人不少。一天晚上，杜养富安顿好家务后也去看戏，看着看着，突然听到舞台后面墙角处有女子的呼救声，他循声跑过去，只见一个流氓正在撕扯一位姑娘的衣服。原来姑娘是来亲戚家看戏的，被这流氓盯上了，裹挟到角落想非礼她，杜养富赶跑流氓后，又护送这位青年女子回到亲戚家。

1994年8月的一天，杜养富路过邻居家门口，看见两头耕牛口吐白沫，觉得奇怪，他走过去仔细一检查，才发现是有人在牛食中下了毒。他立即喊来几个年轻人，一起四处追寻下毒之人，追出好几公里，终于将下毒者扭送到派出所。原来，此人想把牛毒死后，再装扮成牛贩子将死牛肉低价购进，高价卖出以牟取暴利。

邻居婶娘家正在碾麦子，突然阴云密布，眼看大雨将至，不赶紧收拾，一场的麦子可就"泡汤"了，婶娘焦急得喊人帮忙。可五黄六月的大忙天，人人都是龙口夺食啊，杜养富看婶娘急得恨不能生出三头六臂，忙放下正收拾着的自家粮食，赶紧先帮婶娘起场堆麦。

村邻修房，杜养富不请自到，和泥抱砖头、砌墙抹灰，脏活累活抢着干了好几天，房子修好后主家给他80元工钱，他却摇摇头说："邻里邻家的，咋能干点活就收钱呢？"他分文未要。

70多岁的"五保户"杜永聪老人膝下无儿无女，老伴也因病又聋又瞎。杜大爷身体不好，还要照顾老伴，虽说村委也时常派人帮他们解决一些生活难题，但毕竟日日的碎琐杂事还是很让老人为难的。比如用水，村里人用水都要到几公里外的机井上去拉，翻梁过沟，往往拉一趟水需要一两个小时。杜养富从17岁就开始给老人拉水，春夏秋冬从未间断过，1993年冬日的一天，杜养富在给老人拉水途中，因为膝关节疼痛摔倒在地，车翻了，水倒了，他的衣服也弄湿了，他忍住疼痛和冰冷，爬起来又重新去拉回了水。

这就是杜养富，二十出头的他，在别人眼里不过是个毛头小伙，可在外出打工的路上，他无疑就是个顶天立地的男子汉。工友的衣服破了、纽扣掉了，是他帮他们缝缀；谁心里有什么不愉快了，他给开导开导就豁朗了；工友生病了，他跑前跑后送医买药、端水做饭；谁和谁之间有矛盾了，在他苦口婆心的劝导下，没有解不开的疙瘩……

1995年春，杜养富在阿拉山口公路段烽火台道班盖房子。一天傍晚，鱼儿沟联防办维吾尔族干部买买提来到杜养富住的工棚，想找一名工匠为他维修一下灶房。当他走进工棚时，见累了一天的民工都已休息，便转身欲走。杜养富问清原因后，起身拿起工具来到买买提家，利用工余的两个傍晚，为买买提修好了灶房。当买买提拿出50元钱硬要塞给他时，杜养富嘴一咧笑笑说：挣钱我就不来了。买买提怎么也把50元给不到杜养富手里，只好作罢，二人因此结为好友。买买提的哥哥东布拉腿有残疾，行动不便，杜养富经常为他买东西、挑水送柴，鱼儿沟的少数民族兄弟都知道，甘肃打工队中有位汉族好兄弟叫杜养富，为人热心，乐于助人，谁家的家具坏了，房子需要粉刷，也都来找杜养富。每到一家，杜养富都用自己的辛劳和诚恳，换来兄弟民族家庭的安乐。

也是这年12月的一天傍晚，住在兵团司令部五星路搬迁楼地下室的杜养富和工友开始做晚饭，刚把面条下到锅里，突然听到楼上有小女孩尖厉的哭叫声，杜养富说："不知出了什么事，咱们上去看看。"到了楼上，他们看到这户人家的门开着，大人还没下班，老化破裂的暖气管喷着热水，地上积水已经没过了脚腕，一个五岁左右的小女孩站在水中吓得哭着说不出话。杜养富一见这种情景，赶忙抱起孩子转移到安全地方，然后冲进去拼命地关闸门，其他人也跟着进来排水，两个多小时过去了，待主人回家时，杜养富和工友们已将水排干净，并重新为他们换上了一截管线。修好了管道，主人家里安稳了，又累又饿的杜养富因在水中连续干了几个小时，膝关节疼得栽倒在地，人们忙把他搀扶起来，送到租住的地下室，经这一折腾，他在床上躺了整整一周。病好后收拾回镇原老家过年，途中，他在火车上巧遇了曾一起打工的平凉小伙吴拢，言谈间知道小吴父亲得了重病无钱住院医治，小吴多处借钱都没有借到时，他明知自己家里也等着钱急用，还是毫不犹豫地掏出自己打工一年的全部积蓄2000元，让小吴先回家救急。小吴感动得连连推辞，他说："看病是个要紧事，其他总好说些。谁没个七紧八慢的时候呢，大家帮衬着过嚜。"

"大家帮衬着过"，不就是"只要人人都献出一份爱，这个世界会变得越来越美好"吗？这朴素的语言，表达了一个打工仔最真挚也最高尚的情怀。

1996年6月，杜养富在乌市鱼儿沟矿区打工。一天下午，刚收工的杜养富收拾好碗筷准备吃饭，这时走进一位自称江苏籍的弹棉花工人，他边哭边说："我女儿已离开人世三天了，求求你们帮我把她掩埋了吧。"家乡古老习俗，埋葬青少年殇亡者一般都由年长者去做，工友们心里不免嘀咕，觉得犯忌讳。杜养富看那人殁了女儿还无法掩埋到处求人，实在可怜，饭也顾不上吃，急忙找来几个工友前去帮忙，等把人埋好已是深夜11点多了。这位江苏民工把口袋翻遍凑了60元，痛哭流涕地说："好人！短命的女儿花去了我夫妻俩几年打工的血汗钱，我只剩下这60元钱，就权当工费收下吧。"杜养富忙说："算了，你把钱装上，你也是可怜人，出门人，谁不用谁？"

"谁不用谁？"的确，活在这人世间，谁也没有三头六臂，谁都有需要帮助的时候，可有些人觉得自己的难处多，而有些人却总能看到别人的难处而施以援手。杜养富无疑就是后者。

1996年盛夏一天下午，他途经乌市二道桥，见到一位四肢残疾的维吾尔族老人在桥下爬行，杜养富快步走下桥去，把身上仅有的6元钱全塞给老人，这位老人感激得直掉眼泪。

维吾尔族青年东布拉承包了烽火台道一片葡萄园，正值葡萄挂果期，每天都要浇水，可东布拉的腿脚行走不便，杜养富无论工作多忙多累，每天收工回来，都要赶去帮助东布拉浇水。由于管理抓得紧，这块葡萄园获得了丰收。东布拉送他衣物他不要，给他算工钱他不收，只好提着维吾尔人最珍贵的食品——羊肚子、马肠子、烤羊头来感谢他，还连连称赞汉族兄弟"亚克西"。

身为民工的杜养富，打工挣钱是他安家立命的活路，为挣钱他什么苦活累活都干，但挣钱却不是他唯一的目的。1996年8月，维吾尔族司机加布尔特意请他挖树，说好一棵树一元钱。杜养富三天就挖完了350棵树，但他却只收了200元。事后，朋友们埋怨他收少了，"工价是人家说的，你不争多论少也就算了，咋说好的价钱你都要少呢？"他笑笑：咱见钱多还是见人多？加布尔和咱平时都不错，好意思收那么多钱吗？

憨厚朴实、乐善好施的品格，造就了杜养富正直刚毅的性格，他深知"锄一恶长十善"的道理。在河北廊坊市打工期间，他和工友去服装一条街玩，碰见一个小偷正在偷一个妇女的钱包，他当即过去提醒那女士有小偷。在他的提醒下，没偷成的小偷恼羞成怒，一直跟踪他们伺机报复，同伴有些害怕地对他说：你要是不管这闲事就好了。而杜养富却回答：那怎么行！做人要有原则，这事咱不能不管。

某年中秋，杜养富所在的乌市水磨沟工地放假，难得的休息日，他约了几位工友去街上，一来放松放松紧张的神经、缓解一下总是劳碌的精神，二来购置些生活用品。上午10时许，路过水磨沟公园，见一个带着浓重河南口音的小伙提着啤酒瓶向另一位操着四川口音的小伙打去。如此暴力的场景，一般人唯恐躲之不及，杜养富却急忙跑上前，奋力夺下酒瓶并将打人的河南小伙拉开，河南小伙气咻咻地在杜养富身上连撕带打，不要杜养富管他的事情。杜养富就是不松手，并义正严词地斥责他："有话好好说，都是有妻儿老小的人，打工是为了养家糊口；再说出门在外多不容易，你们这样打下去，划得来吗？"在他的劝导下，两位"武斗"者终于放下"武器"，握手言和。而杜养富想出去游逛放松购物的计划，也就这样泡汤了。

还是中秋节，杜养富和12名甘肃籍打工的朋友相约到乌市红山公园过中秋节。那天公交车非常拥挤，售票员根本无法查清乘客如数售票，很多人上车都没有买票，同行工友也想效仿，杜养富看在眼里，不吭一声掏出12元钱为大家一起买了票。到了红山公园后，他大发雷霆："一块钱是人命吗？别人说我们是'盲流'，咱们总不能给自己脸上抹黑，叫别人看不起咱。"

卢梭说过：善良的行为有一种好处，就是使人的灵魂变得高尚，并且使它可以做出更美好的行为。确实，憨厚朴实、乐善好施的品格，养成了杜养富博爱、高尚的情怀，这种深入骨髓的高尚情怀，使他在别人遇到危险时，也毫不犹豫挺身而出，哪怕是以付出生命为代价。

1998 年 4 月，乍暖还寒时候，杜养富又要出门去挣钱了。临走前，他无偿帮退休老干部杜永著粉刷了 3 天房子，又把自家 10 亩冬小麦播施了化肥，再给房屋前面的两亩地膜玉米地打好垄埂，给 40 多棵苹果树施肥浇水，还给牲口铡好足够吃一个月的饲草。他白天晚上地干活，恨不得把家里所有的活儿都干完。农家活出力大，二老年龄大了，母亲又多病，他多干一点，父母就能少干一点。临走时，杜养富亲手给妈妈炒了一盘鸡蛋，双手奉上，硬是看着妈妈吃了才露出了满意的笑容。

新疆的 4 月，大地还未完全解冻，很多工程都还没开工。杜养富到达乌鲁木齐五天都没找到活干，他愁啊，离家时带的不多一点钱，缴过自己和妻子的路费、缴过房租已经所剩无几，而妻子也已经有七个月的身孕，需要花钱的地方太多了。

4 月 12 日是个星期天，吃过简单的午饭，杜养富走出租来的地下室，想出去看看有没有啥活干。他走到附近一个被推土机推出的土堆上，眼望着远方高耸的天山，心里生出对未来生活美好的希冀。

在杜养富身后不远处，一群无忧无虑的孩子，正兴高采烈地跳着跑着放风筝，谁也没有想到，一场意外的灾祸正在悄悄靠近。中午 1 时许，乌鲁木齐市十六中学 14 岁的柯尔克孜族学生阿克力不慎跌入一个水深达 7 米的涝坝中。这是一个多年积水的深坑，宽 10 米，长 60 米，坑水浑浊，臭味难闻。

听到孩子们惊慌的呼救声，不远处的杜养富立即飞奔过来，衣服、鞋子都没有脱，甚至连最心爱的手表都没来得及摘下来，自小生活在黄土高原不会游泳的他却奋不顾身地跳进了涝坝中。

刚刚解冻的涝坝，水冰冷刺骨，又脏又臭，秽物沾满杜养富全身，一口污水灌进了嘴里，直呛得他喘不过气来，他强撑着用双手抓住阿克力的衣领，用力拖上水面，又转身拼命地举着双手，使出全身力气将阿克力推向坝边。

阿克力得救了，筋疲力尽的杜养富却在巨大的反作用力下，沉入了水底。3个小时后，当人们从水底找到杜养富时，发现他直直地站立在厚厚的淤泥之中，把自己挺立成一尊舍己救人、维护民族团结的高大雕像。

诗人臧克家在他的诗《有的人》里写道："有的人活着／他已经死了／有的人死了／他还活着／……有的人／他活着为了多数人更好地活……"杜养富无疑就是"活着为了多数人更好地活"之人，他的英雄壮举，深深教育和感动了新疆各族人民，在他的身上，人们看到了那令人荡气回肠的正直、正义和正气，人民群众有理由"把他举得很高，很高"。

杜养富舍己救人的壮举引起了有关方面的极大关注和高度重视。新疆维吾尔自治区团委、青少年见义勇为基金会、乌鲁木齐市委和甘肃省团委、庆阳地委相继追授杜养富为"新疆优秀外来务工青年""见义勇为好青年""民族团结模范"和"优秀共青团员"等光荣称号，并在甘肃和新疆掀起"学习杜养富、宣传杜养富"的高潮；中央电视台《新闻联播》节目播出了杜养富的英雄事迹，新华社也以"杜养富舍身抢救阿克力，民族情昭然传扬天山下"为题专门发了消息。新疆人民广播电台连续以《短暂的人生，崇高的精神》《身边的英雄，青年的楷模》《时代的呼唤，人民的英雄》《筑起民族团结的铜墙铁壁》等文章做了系列报道。镇原县秦剧团还编写了大型秦腔剧《杜养富》，以饱含深情的唱腔和动人的剧情，再现了杜养富25年短暂而光荣的人生。

英雄虽去，精神永存！杜养富的葬礼上，人们以无限的悲伤和崇高敬意给他书写了亮堂堂的挽联："见义勇为兄弟爱，美德长与天地在；舍己救人民族情，英灵永存宇宙间""一生行好事，千古流芳名"。"一生行好事"，正是杜养富短暂而光荣生命历程的真实写照，他用自己

25岁宝贵的青春年华，在天山脚下，在陇原大地重重地书写了一个直立而巨大的"人"字，正如《甘肃日报》评论员在评论《壮士无畏在无私》中写的那样："无私才能无畏。杜养富一不会水，二来有疾，妻子还怀有身孕。但当呼救声传来时，他却义无反顾地跳入冰冷的涝坝水中救人。这与那些只为自己、只为私利而活的人相比，显得尤为高贵。在社会主义市场经济建立和发展的今天，杜养富的模范行动带头实践了'道德人'与'经济人'的有机统一，为我们留下了一笔巨大的精神财富。"

高尚值得赞美，精神需要弘扬！为了赞美弘扬这份直立的荣光，甘肃、新疆两地联合组织了杜养富英雄事迹报告团，巡回在新疆、甘肃各地讲述杜养富正义正气、无私无畏的英雄事迹。报告团成员饱含深情的讲述，让人们看到了一个普通打工者的高尚情怀，并深受感动。

报告团在甘肃定西做最后一场报告，会后，定西电大一位叫曲永春的女孩找到报告团成员、新疆人民广播电台记者栾洪金，搜遍了全身所有的口袋，拿出仅有的10块4毛钱，一定要栾洪金转交给在新疆的杜养富的妻子。她告诉栾洪金，自己是学生，没有多的钱，她们班共有20多名同学，听说杜养富事迹报告团来到定西，同学们都想去听，可全班只有4张票，怎么办呢？只好抓阄。她有幸聆听了杜养富的事迹报告，很受感动。她说她一定要把杜养富的英雄事迹讲给同学们听。这点钱，就算表达她对英雄的敬仰。

英雄的事迹感动了诗人匡文留，她在《生命与名字》一诗中写道："一个生命换回另一个生命的勇气/可能与生命的年轮同步/神圣的完成/常常仅在瞬间/于是这个瞬间就构筑成历史/血肉丰满的历史/天高地阔/阳光普照。"

是的，天高地阔，阳光普照，那是站得直、行得正所具有的荣光！

金色盾牌铸警魂

——记全国优秀人民警察秦得玺同志

畅　恒

钟灵毓秀的潜夫山脚下，这座与共和国同龄的看守所，曾连续 6 年被公安部评为一级看守所，并多次荣立集体一、二、三等功。之所以如此辉煌，皆缘于这里有一个好班长——秦得玺同志。

而正是他，三十七年如一日，以默默的奉献、纯洁的操守，影响着镇原公安战线几代民警；以殷殷的责任、孜孜的坚守，创造了镇原县看守所的辉煌；以至诚的关爱、谆谆的教诲，感化了一批又一批在押人员……

当一名人民警察，是秦得玺的人生夙愿。1970 年，秦得玺从部队复员回到镇原。当时，面对驾驶员、营业员等诸多热门职业，他却毅然决然地选择了民警。37 年来，他从一个普通民警干起，先后任派出所副所长、指导员、所长等职。1986 年，秦得玺被任命为镇原县看守所所长。不论哪一个岗位，他都以出色的工作、骄人的业绩赢得了群众的好评和组织的肯定。

看守所关押着形形色色的犯罪嫌疑人和犯罪分子，是一个没有硝烟的战场，也是公安行业最为棘手的部门。这里工作忙、风险高、责任大，神经一刻也不能放松，也常常面临着生与死的考验。而秦得玺在这个特殊岗位上一干就是18年。

当多彩成为时代的天幕，当选择成为人们的时尚，秦得玺，这位平凡的民警，在许许多多容易让人眼花缭乱、轻易取舍的抉择面前，展示了非凡的定力。

他用不变的信念践行毕生的追求

自从事公安工作以来，秦得玺就将自己交给这份事业，全身心投入。在基层派出所，他坚持深入村户，认真访查、排摸，既从速从严打击了犯罪，又将矛盾纠纷消灭在萌芽状态，有效遏止、预防了犯罪，确保了辖区人民群众生命财产安全。在看守所，他更是始终抱定一个信念——即使付出鲜血和生命，也要保证监所绝对安全。

看守所关押的是形形色色的犯罪嫌疑人和犯罪分子；有罪大恶极、为害一方、屡教不改的；也有偶尔失足、渴望重新做人的；有文化程度很高的，也有大字不识的；有年纪大的，也有未成年人……将这样一个群体管住、管好、教育转化好，确非易事。

一次，所里关进姓刘的两兄弟，这两兄弟可以算是"江洋大盗"，一个判了死刑，一个判了无期。进来时两人就抱定了逃跑的念头。一天，老大趁放风的时候，拣了块碎玻璃，偷偷带进监室，他们把赌注押在这块玻璃上，准备把门撬开，把看守杀死，一起越狱逃跑。秦得玺凭着多年养成的一丝不苟的工作作风，在巡查中及时发现并排除了险情，避免了一场严重的杀人越狱事故。

有个姓李的故意杀人犯，他心狠手辣，无恶不作，搞得邻近几个村子鸡犬不宁，乡亲们对他又怕又恨，称他为"万人嫌"。他霸奸了村里一个漂亮媳妇，又将这个媳妇的丈夫杀害，被判死刑。送进看守所后他很不老实，伺机与外界联络。秦得玺看出他的心思，加紧了对他的看管。他怀恨在心，伺机报复。一次，秦得玺去巡查，他一个猛子扑过来，扯住秦得玺，恶狠狠地说："姓秦的，我叫你管得宽，反正是个死，我今天弄死你，权当拉个垫背的。"秦得玺临危不惧，义正词严地说："我当了三十多年的警察，啥场面没有见过，我就不信你还能拗得过法律。"他斗智斗勇，终于制服了"万人嫌"。

在正与邪、善与恶的较量中，看守所民警必须要有一双"火眼金睛"。一些人变着法钻空子。王家的女儿送来一篮子干粮，干粮里夹着一封信；张家的媳妇送来一包大蒜，蒜头上刻着串供的暗号；焦家的儿子送来一支牙膏，牙膏里塞着一张纸条；黎家的妈妈送来一件衣服，夹层里夹着一封串供信；……为确保看守所绝对安全，秦得玺潜心钻研，在工作中摸索出一套科学严谨的防范措施，也练就了一双"火眼金睛"。多年来，在接见送物和收押人员身上查出火柴、铁钉、刀片等违禁物品和与案情有关的信件、纸条700多件，消除各种安全隐患1000多次。

在工作实践中秦得玺清醒地认识到，作为看守民警，既要坚决打击犯罪，又要公正对待在押人员。只有这样，才能取信于民，才能提高改造犯罪分子的质量，才能体现法律面前人人平等的原则。在几十年的执法实践中，秦得玺始终以公正准确为宗旨，以法律为准绳，重事实重证据，不偏听不偏言，不草率简单，不枉不纵。有个杀人犯，因其妻被人霸奸，他一气之下，怒杀奸夫，一审被判死刑。可秦得玺在谈话中了解到案情有出入，该犯曾受到奸夫用砖击打，并造成颅骨粉碎，在情危之下才杀人的。他及时向法庭提供证据，被改判死缓，维护了司法的公正性，得到了受害者亲属和人民群众的称赞。

看守所规定每个职工每月休8天假。而秦得玺却常年坚守在工作岗位上。18年来，他没有休过一天假，就是儿子结婚、女儿出嫁这样的大事，也没有回家操办。18个春节，都是他在值班，和在押人员一起"守岁"。

只有永恒的信仰，才能让一个人在面对生死考验时从容应对；只有无私奉献，才能让一个人面对人生的得失坦然抉择。

秦得玺正是凭着这份卫士般的忠诚和奉献，创造了镇原县看守所18年安全无事故的奇迹。

他用不变的节操坚守道德的底线

作为看守所所长，秦得玺手中确实也掌握了一定的权力。经常有人登门拜访，少则一只鸡、一条烟，多则有大把大把的现金。可这在秦得玺身上却是一万个行不通。

在利益诱惑面前毫不动色，是秦得玺一贯奉行的原则和死死坚守的底线。这在看守所无人不知，无人不晓。

有个姓刘的抢劫犯，关进所里的当天，就偷偷对秦得玺说："秦所长，你也是个明白人，我知道你家里穷，你就想办法把我放了，我立马给你送两万元。"秦得玺坚决地说："别说两万，就是二十万、二百万，我也不会收，你还是死了这条心吧！"他瞪大眼睛对秦得玺说："现在都啥年代了，你还这么不开窍！"是的，他是有点不开窍，可在法律面前，他从不犯糊涂。

所里关过一个个体户，进狱后老板架子放不下，张狂得很。他明着跟秦得玺说："你能帮我给外面传个条、说句话，我出去以后送你一辆桑塔纳！"秦得玺义正词严地说："你就是给我座金山银山，我也不稀罕！党纪国法不是用来做交易的，在我身上打主意，没门！"

秦得玺和其他人一样，也有许多熟人朋友亲戚，经常也会遇到一些情面上的事，但在法律和人情面前，他选择的是法律和原则。有个亲戚的女儿犯了事，关进所里，亲戚求他通融，他拒绝了。没过几天，这位亲戚又找上门，烟呀酒呀提了一堆，并向他说："如果有难处，就言传一声，我送钱过来。"他坚决回绝了。亲戚一听急了，说："少给我打官腔，我看你的良心叫狗吃了！"到现在，这位亲戚还记恨着他。

良知决定品质，品质印证良知。秦得玺不管人前人后，始终保持着人民警察纯洁的操守。

镇原县公安局原纪委书记焦祥龙说："在我们公安系统 200 多名民警中，秦得玺同志家庭拖累最大。但他却能严于自律，甘守清贫。他为看守所争取资金 100 多万元，没有花过一分钱的应酬费，自己也没有报销过电话费。就是接待上级领导后剩下的水果、香烟等，也锁在小箱子里保管着，留着下次用。"

2004 年，当了 18 年看守所所长的秦得玺光荣退居二线。可当时他一家祖孙三代 6 口人还挤在一套不足 60 平方的楼房，房间仅有 3 张床和一套木制家具，两个儿子也没有工作。

有人带着戏谑口气问他："你当了 18 年所长，怎么现在还住这么小的房子？"秦得玺的回答铿锵有力："看守所所长虽然经常有人送礼送钱，但组织把我安排在这个岗位，我生活清苦一点，领导放心，同志们信任，我心里觉着踏实，也感到非常幸福。"

大言希声，大象无形。

用自己的行动回应人民的呼唤，把组织的信任作为最大的幸福。共产党人的幸福观，铸就了一名普通警察巍峨的精神高地。

他用不变的爱心诠释大爱的真谛

看守所是一所特殊的学校，而秦得玺可以说是这所特殊学校的优秀园丁。为使在押人员彻底反省、改造，重新做人，回归社会，18 年来，秦得玺始终坚持以法理劝导，用真情感化。

1994 年 8 月，宁夏固原毒贩何某被判处死刑后，送到镇原县看守所关押。他贩卖毒品 1.9 万克，是公安部督办的特大跨省贩毒案的首犯，曾在四省九所监狱关押过。何某入狱后拒绝吃饭，极端顽固。秦得玺根据他的病情和回族特点，为他单独办灶，滋补虚弱的身体。有一次，何某突患急病，生命垂危，秦得玺把他送往医院治疗，并一直陪伴在他身边，给他取药、煎药。

爱心点点，润物无声。秦得玺的一片诚心终于使何犯深受感动。处决前，何犯长跪不起，对秦得玺说："我是一个犯了死罪的人，两年多来，你把我当作亲人看待，时时处处关心照顾，我觉得十分惭愧。如果有来世，我一定要遵守法律，做个好人。"

一个姓刘的抢劫犯关押进来后，情绪异常低落，也极其顽固。为防止发生意外，秦得玺搬个小凳坐在床前，开导、监看。累得实在不行，他就嚼口青辣椒，硬是十天十夜没有合眼，终于打动了刘犯。刘犯不仅主动配合看守管理，还彻底交代了同案犯。

就是这样，秦得玺付出的是自己的一腔热诚和真情，换来的却是在押人员对党和政府的感激，对法律的敬畏和认同。

故意杀人犯徐某就是在秦得玺的谆谆教诲和真情感化下，幡然悔悟的。当法院判决书下达后，他主动提出并执意要捐献出自己的肾脏，以求赎罪。

在秦得玺的严格管理和真情感化下，镇原县看守所没有发生一起斗殴事件，"牢头""狱霸"现象也在这里彻底绝迹。有 5000 多名在押人员离所后，改过自新，有些还成为当地的致富带头人。许多在押人员离所后写来感谢信，有的还专程来看望老秦。秦得玺离开看守所所长岗位的两年间，还收到感谢信 3000 多份，专门来看望的达 400 多人（次）。

刑满释放人员周某曾经在镇原看守所呆过 8 个月。在这期间，秦得玺经常开导、教育他。周某患慢性肾炎后，秦得玺给他买药、买饭。在秦得玺的鼓励下，他回归社会后，积极创业，2003年办起了北京御香苑肥牛庆阳分店，现拥有固定资产100多万元，年上缴税金10万元，解决了40多名下岗职工的就业问题。

走近他，感知他，秦得玺的道德光谱简单而纯粹。我们反复解析，只能得出一个结论——一名人民警察的朴素良知。

是的，正是这种忠诚、关爱的朴素良知，这种不为世俗所染、不为物欲所动的非凡定力，铸就了秦得玺的精神境界和人格魅力。

他就是这样，几十年如一日，清正廉洁，忠诚党的事业，用人间最高尚的情怀，感化、教育着一个又一个在押人员，创造了令人仰望的不凡业绩。1995年，他被公安部授予"全国优秀人民警察"；2000年5月，又被国务院授予"全国先进工作者"；2003年10月，他被破格任命为镇原县公安局副县级侦查员。

在秦得玺42年的从警生涯中，他没有刻意想影响什么人，却有许多同行、战友视他为人格楷模，崇拜他、追随他。他们爱岗敬业，忠于职守，忠实地履行着人民"守护神"的神圣职责。正是在秦得玺的影响和带动下，镇原县公安局先后有33人受到省级以上表彰奖励，相继涌现出焦祥龙、申存瑞、苟建军等"全国优秀人民警察"和贾元庆等"全国特级优秀人民警察"，使镇原县公安局赢得了"红色团队"的赞誉。镇原县公安局亦曾5次荣膺"全国优秀公安局"称号，并获得"全国精神文明建设工作先进单位"的殊荣。

双拐谱写人生曲

——记全国优秀教师、"教坛保尔"张学成

虎仪宏

读过《钢铁是怎样炼成的》一书的人，都不会忘记尼古拉·奥斯特洛夫斯基笔下的保尔·柯察金，那是一个英勇无畏的无产阶级英雄形象。可你知道中国教坛保尔是谁吗？没错，他就是全国优秀教师张学成。

那是 2003 年的一天，甘肃省镇原县殷家城乡农村教师张学成，作为全国优秀教师代表，坐在轮椅上，被推进了庄严肃穆、气氛热烈的人民大会堂，受到党和国家领导人的亲切接见。一个农村教师，怎么能享受到如此高规格的待遇呢？故事还得从 20 世纪 70 年代说起。

那是 1971 年，由于当地条件艰苦、师资匮乏，年仅 18 岁的张学成临危受命，成了一名民办教师，孤身一人前往一个叫杏树沟的小山村创办村学，从此他便开始了起早贪黑、与学生朝夕相处、传道授业解惑的小学教育生涯。出门时，年迈老衰的父亲语重心长地对他说："你现在当先生了，教书就是积德行善，你要把人家学生娃娃教好。好多都是亲门，你只有教好了，才能对得起老祖先，对得起娃娃，也才能对得起你！""教书育人是大事。要把工作看重些，把钱财看淡些，想事情要长远，不要在脚面梁上看事情"……父亲的谆谆告诫，一直陪伴着他，让他的教学之路越来越宽广。

正当张学成准备在三尺讲台上大显身手的时候，1972年2月，不幸突然降临。一次普通的静脉注射，竟致他下身偏瘫。在家卧床的3个月里，他人躺在炕上，心却离不开教室。他想，这种病一时半会儿也治不好，绝不能因为自己而影响了孩子们的学习。他便不顾家人的劝阻，拄着拐杖踏上了返校的山路。1973年第二学期，组织为了照顾他，决定将他调回李园子小学教学。每天，鸡还没有叫，他就从窑洞里的土炕上爬起来，艰难地拄起拐杖，走在羊肠小道上，一个体格健全的人一个小时可以走完的路程，对于身残的张学成，最少需要三四个小时。就是这条蜿蜒盘旋的崎岖山路，他凭着强烈的责任心和顽强的意志，风雨无阻，拄着拐杖一走就是38年。

命运似乎有意与张学成过不去。1993年，他的左腿在进行烤电治疗时，不慎发生意外，造成大面积烧伤，在还没有痊愈的情况下，他强忍着灼痛，毅然离开医院，返回学校；1996年他的左脚跟又不幸感染，做了植皮手术，无法独立往返学校，每周只能让妻子白富秀牵着毛驴接送。每周星期六，毛驴驮他回家，星期日下午准时送到校园门口，日复一日，年复一年，周周如此，风雨无阻。每当走到那段崎岖陡峭的沟底小路时，妻子就需先把他背过去，再把毛驴拉过来，扶他爬上驴背。有时恰逢农忙时节，当妻子把张学成送到学校的时候，天就已经黑了，她就只好只身一人牵着毛驴摸黑回家。遇上刮风下雨、电闪雷鸣，她也只好咬着牙挺过去。

1998年，张学成的病情持续恶化，已没有力气跨进那间执教多年的教室门槛，每次上课，只好让学生们手忙脚乱地将他抬进教室，扶上三尺讲台，然后趴在讲桌上给大家讲课，用一只满是老茧的手趴着黑板沿写字。在一个大雪纷飞的日子，学生们眼巴巴地等着张老师来上课，可是10分钟过去了，还不见张老师到来，学生们都慌了……班干部感到情况不妙，急忙跑出教室，却发现张老师倒在雪地里，只见张老师趴在雪地里，一手撑地，一手紧紧抱着一摞作业本，艰难地朝教室挪动。学生们看到这情景全都哭了，想抬他回宿舍休息，可他硬是坚持上完课，检查完家庭作业后才离去。

病痛的折磨，使张学成骨瘦如柴，体重只剩下90多斤，但他并没有向病魔低头。20多年来，他用慈母般的心肠关心呵护着他的学生。天冷了，他给学生用柴生炉火；天热了，他为孩子们洒水扫地、开窗通风。他的个人宿舍就是孩子们日常提开水的地方，刮风下雨的日子，那里就成了孩子们的临时宿舍。学生有病时，他就在宿舍里为孩子们端水送药。有人说"久病成医"，长期病魔缠身的张学成，深知疾病带给人的痛苦，也懂得一些基本的医疗知识，可以说，他也算得上是学生的赤脚医生。对学生来说，他就是一个无微不至的医生，他那里有常用的药物和最原始的医疗器械，如一次性针管、针头、小镊子、棉花球等。对于学生中常见的疾病，他看起来得心应手，很快就能药到病除。他虽然为此没少掏腰包，但无怨无悔。即使后来债台高筑、入不敷出，他依然经常用微薄的工资为学生们垫交各类学杂费，替他们买学习用品或者生活用品。有一个叫张秋莲的女同学，家境十分贫寒。她的母亲去世后，家里顿时揭不开锅，更拿不出学费，她也面临辍学。张学成知道后，像对待自己亲生孩子一样，供她上学。其实，他自己并不富裕，1993年，当了20多年民办教师的张学成被破格转成公办教师。这之前他的月工资由最初的5元、10元、15元递增到45元，最多时也未超过100元，但他从未计较过。他疾病缠身，经常用药，家庭经济十分拮据，可他从没有向组织提出过任何要求，还一次次慷慨解囊。1999年，他荣获陈香梅教育基金会首届优秀教师奖，并获得2000元奖金。这笔钱，对于贫穷的张学成来说，真是雪中送炭，但他硬要拿出一半捐给学校，最后在乡教委领导和老师们的再三劝阻下，他还是捐了400元。

在教学工作中，张学成更是精益求精，他从教30多年，他写过的习题本已不计其数，学习笔记密密麻麻，多达30余本，自制教具近一百件。为了改进教法，他系统学习了中等师范学校的全部教材和《特级教师教案》《名师导航》《教研通讯》等教育教学资料，不断吸收先进的教学理念，掌握先进的教学技巧，从而提高了个人的教学水平与工作能力，摸索出了行之有效的教育途径。从教32年，他所教的数学课在全乡升学考试中，5次排名第一、9次排名第二，曾连续两年名列全县第一。他手扶黑板沿站在三尺讲台上，培养出了李园子小学约三四百名学生，其中有几十人考入高等院校，一大批寒门学子走出了大山，圆了大学梦，走向了光辉灿烂的未来。

张学成，一个大山深处的残疾教师，以超乎常人的坚强意志和毅力，挂着双拐坚守三尺讲台，30多年如一日，把大山里懵懂无知的孩子们培养成一大批优秀人才。他的事迹和精神，让千千万万的人深受感动和鼓舞；他的身影，就是那个时代镇原教育的缩影。他，无愧于那个火热的时代；他，无愧于"教坛保尔"这一光荣称号。

誓叫中药出国门

——记天士力控股集团董事局主席闫希军

张占英

闫希军,男,1953年出生,中共党员、博士、主任药师,国务院特殊津贴专家;天士力创始人。现任天士力控股集团有限公司党委书记、董事局主席、天士力研究院院长。曾任第十一、十二届全国人大代表,第十四、十五、十六届天津市人大代表,天津市第十三届民间商会副会长。现兼任中华中医药学会副会长,天津市上市公司协会会长。

一

1953年,闫希军出生在甘肃镇原县一个农民家庭,家境十分贫寒,在七岁的时候,正赶上国家"三年困难时期",父亲不幸因病去世,母亲无法生活,只得改嫁,他成了孤儿,正在长身体的他,饥寒交迫,勉强活了下来。

16岁那年部队征兵,他一心想参军,因为这是摆脱饥饿最好的办法,也是他人生的唯一出路,可是因为他太瘦了,简直是皮包骨头,部队没有验上,他一口气追赶征兵队伍五六十里,鞋跑掉了,脚磨出了血泡，最后硬是追到当地接兵的新兵站，说什么也不回去，死活也要当兵。新兵列队，他跟着列队，新兵跑步，他跟着跑步。就这样，部队领导喜欢上了小伙子的这股犟劲儿，破例把他带到了军营。

闫希军穿上了他梦寐以求的绿军装，而且一穿就是 31 年。这期间，他在陕西省人民卫生学校（现西安医学院）取得了文凭，后来长期在部队医院从事药事管理和药物研制工作，部队把一个穷苦的孤儿培养成一个顶天立地的男子汉，一个铁骨铮铮的真正军人。

1989 年，入伍二十年、已是军内药学家的闫希军被调到解放军第 254 医院任药械科主任，负责全院的医疗设备、药品的采购以及药品的供应与管理。为了解决药械科发展所需的资金问题，闫希军经过反复论证，决定研制复方丹参滴丸。

当时，复方丹参片是医院用量很大的中药，全国有 150 个工厂能生产该产品。他提出这个想法时，曾受到很多质疑，不被看好。但闫希军强调，他要做的复方丹参滴丸是将复方丹参片现代化，在心脏病（冠心病、心绞痛、心血管内科）治疗方面，达到急救、治疗、预防三合一。

这是一条充满艰辛、充满挑战的路。中医药的剂型几千年来都是"丸散膏丹汤"，他偏要把一服药的药效浓缩在米粒大的几颗滴丸里，谈何容易?!

没有资金，起步的艰难可想而知。既是战友又是爱人的吴迺峰给予他坚定的支持。缺少技术资料，他们共同钻研；没有技术标准，他们就亲自一遍一遍地测试：湿度、温度、黏度、含量、稳定性、有效性、安全性……就像唐僧取经要经过九九八十一难，经过了无数个不眠之夜，经历了无数次失败的惨痛……功夫不负有心人，当他们亲自设计的滴丸机里吐出一个个黑珍珠般的小颗粒时，夫妻俩动情地举手相庆："成功了！我们成功了！"

在复方丹参滴丸研制初见成效的时候，闫希军的脑海里又冒出了一个念头，他要把这项成果转化成为产品，把这个产品推向市场。复方丹参滴丸的新药证书还在申报的过程中，他就想"没有胎儿，先谋产房"，筹划建设一座5000平方米、主体建筑耗资就达800多万元的现代化制药大楼。

很多人都说闫希军"疯"了。当时254医院和上级主管部门按军队医院的编制规定，只能给制剂室投资140万元，可剩下的那700万元，再加上设备投资，资金缺口近千万元，需要闫希军自筹。不仅巨额的资金缺口是个难题，更难的是由于资金不足，筹建制剂大楼的规划就不能立项，不能上马。

闫希军本能地觉得这是他人生的又一次重大挑战。他坚信复方丹参滴丸具有巨大的发展前景。因为他知道，全球约有4亿人患有冠心病，每年因此而死亡的人数超过1200万！冠心病已经成为人类的"第一杀手"，古老的中医药一定会大有作为；国家开始酝酿启动的中药现代化工程一定会加快推进，古老的中医药一定会有美好的未来。如果这时候再不抓住机遇，大干快上，就是贻误战机，就是对事业的不负责啊！

爱人吴迺峰总是在关键时刻坚定地支持他。夫妻俩为了寻找资金，每天奔走在京津各大药厂之间，邀请他们参股入股。天道酬勤，他们的诚意得到了可喜的回报，最终找到了投资伙伴——天津中央制药厂，解决了部分资金。

他的执着，也得到了当时北京军区后勤部营房处董明祥处长（现任北京军区联勤部部长）的大力支持，他提出的"总体设计，分步实施"的方案，合理地解开了一时资金不足的"死结"，加上闫希军的积极争取，制剂大楼终于被批准立项。

筹建制剂大楼，让军人闫希军展示了另一个方面的才能。只要不出差，他几乎每天都"长"在工地上，从设计到施工，从采购到进料，逐项把关。就算是一根钢筋、一袋水泥，他都要精打细算。他的战友们笑着说他："你老闫对自己的儿子也没这么精心过！"看着漂亮的现代化的制药大楼在他眼前一天天长高，闫希军感到无比的振奋。

1993年底，大楼盖起来了，经过几番的试制、报审、验证和临床，复方丹参滴丸也顺利地获得了国家新药证书和生产文号，与此同时，技术性能、工艺流程先进的滴丸制剂生产线也建成了。天士力集团的前身——天使力（后更名为"天士力"）联合制药公司于1994年5月诞生了。

新药上市，这只是万里长征走完了第一步，要想把它变成商品，这中间还要"爬雪山""过草地""抢渡大渡河"……但"苦"和"难"对闫希军都算不了什么，多年的军旅生涯早已造就了他吃苦耐劳、敢打硬仗的性格。为了跑市场，他磨薄了嘴皮子也磨厚了脚板子，带领战友们打起了"攻坚战"，一个城市一个城市、一家医院一家医院地做宣传，尝遍了千辛万苦，经历了千难万险，走遍了大江南北。

经过半年多的努力，市场终于向闫希军露出了笑脸，医院、药店开始八盒、十盒、三箱、五箱地进他们的药了。复方丹参滴丸的生产、销售进入了快速上升阶段。

"复方丹参滴丸及其系列研究"先后荣获军队科技进步二等奖、国家科技进步三等奖，被列入国家"九五"重大科技成果推广项目、国家973基础科学研究项目。

二

1998年，闫希军经历了一段刻骨铭心、难以忘怀的时期。年初，北京军区以天士力为核心企业，成立了北京军区医药集团（师级编制），闫希军担任集团总经理。正当闫希军踌躇满志，准备在军队医药行业大干一场的时候，军区传达了党中央和军委的决定，要求部队停止一切生产经营活动，企业与部队脱钩。

"何去何从？是脱下军装，去走一条艰难的经商之路，还是继续留在部队，与自己苦心经营的'天士力'告别？"

部队和天士力都是闫希军的"命"，闫希军遭遇了他人生第一个两难选择！

军区领导对他说："部队减员，但不减人才，你是部队的优秀人才，完全可以留下来，去留问题你自己决定吧。"言外之意，充满挽留之情。

闫希军做出了一个果敢的决定：不跟部队要官职，不跟部队讲条件，脱下军装，勇赴商海！

在他的带动下，47名和他一起开创天士力的干部和志愿兵没有向组织提任何要求，集体脱下军装"下海"了。

原来的军办企业，虽然没有在税收等方面享受什么优惠政策，但干部、志愿兵的工资由部队保障，不论企业经营成败，工资都可以保底。而下了海，要自主经营，自负盈亏，自己养活自己。闫希军深知，闯荡市场所面临的巨大风险，都要由还显稚嫩的天士力独自承担；只有把大家的思想从"旱涝保收"的传统观念中转变过来，把每个人的利益和企业的命运牢牢地绑在一起，才能最大限度地调动大家的聪明才智和工作热情，才能使"天士力"这条船在市场经济的海洋里破浪前进。为此，他提出按照现代企业制度的要求对企业进行股份制改造。

建议一提出，就遭到了强烈反对。有人质问："你让我们投资入股，企业要是赔了，我们不就倾家荡产了吗？"改制大会上，闫希军慷慨陈词："企业不改制，就没有前途；大家不绑在一条战船上，企业就很难发展好。企业要是赔了，我和大家一样倾家荡产！仗还没打就惦着输，企业没办就惦着赔，这不是我们军人的作风！军人的作风是什么？军人的作风就是敢打必胜、坚韧不拔、吃苦耐劳、勇往直前，只有具备了这种作风，我们的企业才能生存下去，才能发展壮大！"他还郑重地要求大家："企业的股权改制，是给大家一个机遇，也是给大家一个挑战。我们一定要严格遵守国家的政策法规，既不能从我们的企业里借钱，也不能向事业单位借钱，我们就是要实实在在地自己担负起这笔债务，自我加压，负重前进。"

天士力的股份制改造得到了天津市委、市政府的大力支持，同意天士力按照现代企业制度进行彻底改制。闫希军和妻子吴迺峰带头，把家里全部的积蓄都拿出来买了企业的股份，他的战友和大部分骨干也都购买了股份。正是依靠天津市委、市政府的扶持、闫希军的积极带动，以及这批创业者敢冒风险的精神，天士力驶入了发展的快车道。

长期的军旅生涯造就了闫希军高超的组织管理艺术和指挥家的战略胆识，这些才智在企业经营管理实践中得到了淋漓尽致的发挥。

从1996年起，国家大力推动中药现代化、国际化战略的实施，闫希军敏锐地意识到这个机遇给中药企业带来的巨大发展潜力和对中药行业形成的强大冲击力。

闫希军清楚地记得，当年随国家中药管理局组织的企业代表团访问美国的深刻经历。中国药业的长期落后状况，使国人对国外的医药市场所知甚少。他想，美国是心脏病发病率较高的国家，复方丹参滴丸在那里一定会有市场。可到了美国才发现，在这个高度发展的经济强国，中药要想以药品的身份进入主流市场何其艰难！当时国内还没有一家中药企业的产品能够拿到美国食品药品管理局（FDA）的认证，为数不多的几个大企业的中药产品都是作为保健品或食品放在华人区杂货店的货柜上卖。闫希军随身带去的复方丹参滴丸，更是很少有人问津。

这是深藏在闫希军心底里的一段刻骨铭心的记忆！

中医药是我们的优秀传统文化，日本、韩国都能拿着"洋中药"在全世界赚钱，我们中国人为什么不行？一种强烈的民族自尊心和军人使命感激励着他，也鞭策着他：振兴中医药的神圣使命已经历史地落在了我们这一代人的肩上，我们如果不能把中药推向世界，既愧对祖先，也愧对后人！

背负这种沉甸甸的使命，闫希军在积极地寻觅着进军国际市场的良机。也在蓄积着进军国际市场的实力。

1996年下半年，国家在全国范围内挑选优良的中药品种，冲击国际市场。复方丹参滴丸在众多的竞争产品中，脱颖而出。闫希军立即着手准备科研报告，向美国FDA递交了复方丹参滴丸以药品身份进入美国市场的申请。

他又为自己选择了一条沟壑重重、荆棘丛生的路！

中医药为什么难以走上国际市场，道理其实很简单。首先，东西方的文化传统不同，中医学的基础理论，外国人很难接受，什么"阴阳五行"，什么"四气五味"，在他们看来，肝就是肝，肾就是肾，阴在哪儿？阳在哪儿？看不见的东西一律不承认。其次，中医药的"表达"方式落后，除了汤药就是大药丸，外国人不敢吃。第三，西药是化学的，成分一清二楚；而中医药是经验医学，是我们老祖宗根据经验一点一滴摸索出来的。至于怎么治的病，药的哪种成分起作用，没有说清。第四，药材主要是在自然条件下生长的植物，即使是同一种草药，由于地域不同，气候不同，水文条件不同，种植管理不同，药效成分也会有很大差异，用这样的药材生产的中药制剂，质量则很难掌控。

怎么办？闫希军说，路要一步一步地走，堡垒要一个一个地攻克。

闫希军是一个悟性极高的人。他敏锐地意识到，得益于国家的大力推动，中药现代化必将出现一个多元化发展的局面。他以开阔的视野、活跃的思维，系统地思考着中药业的发展方向。传统中药生产工艺的现代化已经成为业界的共识。他立足于对传统中药的创新，提出了"现代中药"的新概念。现代中药依据中医药的理论指导，应用现代先进的种植、提取、分离、酶解和制剂技术，去除药材毒性成分，以多元活性成分或多元单体组成的有效物质群配方制剂，运用多元指纹图谱和色谱技术定性、定量，达到了国际植物药标准。

三

根据这个理论，闫希军提出了"三个创新"。一是工艺创新，研制性能先进的滴丸设备，工艺流程全部自动化，采用先进的萃取技术，最大限度地提取中药材的有效成分，实现现代制药技术和传统中医药理论的结合；二是剂型创新，必须改变中药落后的大汤药、大药丸的传统剂型，利用先进的分子分散技术，使中药实现"三小"（体积小、剂量小、毒副作用小）、"三效"（高效、速效、长效）和"五方便"(生产方便、储存方便、运输方便、携带方便、服用方便）的目标；三是标准创新，采用高效液相色谱法和红外光谱等先进技术监测产品质量，实现对中药复方制剂定性定量分析，使中药的质量、药效、安全性与世界接轨，为中医药进入国际市场扫清障碍。

在研发现代中药的过程中，闫希军强烈地意识到，中药国际化必须打造出一条符合国际标准的一体化现代中药产业链。经过严格考察和系统研究，天士力在陕西商洛建起了第一个符合中药材种植生产质量管理规范（GAP）的药源基地；率先倡导并建立了现代中药和植物药提取生产质量管理规范（GEP）；应用国际领先的多元指纹图谱质控技术，进行药品质量全程监控，实现了现代中药数字化与世界植物药质量标准的双项接轨。

把传统的中药产业推进到现代工业文明时代，推上现代制造技术先进平台，是闫希军一个坚定不移的信念。他在国内率先提出"打造现代中药先进制造数字化平台"，成功研制出运用IT技术、智能化控制的国内最大的滴丸制剂和外包装生产线。一个符合现代中药生产质量管理规范（GMP）的现代化中药生产示范基地由此诞生。

一手在扎扎实实地打造现代中药的基础工程，另一手紧紧地抓住国际市场。美国的市场门槛固然很高，但绝不是不可逾越。几年的辗转跋涉、考察交流，闫希军渐渐摸准了进入美国医药市场的门径。

在随后的几年里，闫希军多次往返美国。在美国FDA大楼宽敞的会议室里，面对着20多位挑剔的美国药学专家、学者，闫希军和他带领的专家团队成竹在胸，侃侃而谈："中医药作为世界医学宝库的文化瑰宝，在过去的历史中为人类的健康做出过伟大的贡献。随着中药现代化进程的不断推进，我们愿意将最优秀的中药产品与美国人民共享……"在接下来的答辩中，闫希军就复方丹参滴丸的疗效、工艺、质量检测方法回答了美国专家的所有疑问。

美国FDA的审批人员在进行了一系列审核后，郑重宣布：准许复方丹参滴丸通过美国FDA-IND申请，进入Ⅱ期、Ⅲ期临床研究！闫希军认真地听着翻译的复述，他还没有听完，就被一阵热烈的掌声淹没了……此情此景，深深地定格在闫希军的脑海中，他为此而振奋，他为此而自豪，他仿佛冲破了严冬的坚冰，看到了中医药春天的曙光！

1998年1月12日，国家18个部委组成的国家新药研究与开发协调领导小组在北京举行工作会议，正式宣告天士力的复方丹参滴丸成为中国第一例通过美国FDA-IND心血管新药临床试验申请的复方中成药，实现了国药"零的突破"。

闫希军在美国的首战告捷，更加坚定了他开拓国际市场、把中医药推向世界的决心。他把中国的两句古话写进了自己的座右铭："路漫漫其修远兮，吾将上下而求索"，"有志者，事竟成"。

从此，闫希军像一个百折不挠的行者，开始了他驰骋世界医药市场的旅程，他的足迹遍及五大洲。一边是复方丹参滴丸进军 FDA 的工作要坚定不移地推进，除了技术标准与国际接轨，更重要的是人文环境、语言方式的接轨，这是一项艰苦卓绝的工作。另一边是普药的国际市场开拓要紧锣密鼓地开展。在法国、荷兰、澳大利亚、南非、中非、俄罗斯、越南、韩国、阿联酋等十几个国家先后建立了天士力分公司和办事处。以复方丹参滴丸为代表的天士力现代中药也分别以处方药或保健药的身份顺利打入俄罗斯、韩国、新加坡等 34 个国家的医药市场。2004 年 4 月，闫希军在天士力的发展史上又写下了精彩的一笔：天士力在荷兰成功抢注了 400 多个中药颗粒批号，一举打入欧盟 25 个国家的医药市场！

天士力从风雨中一路走来，资产总额从当初的 1200 万元发展到 100 多亿元，从一味中药的产业经济向大健康产业扩展，产品涵盖了现代中药、化学药、生物药、保健品等，形成了"大病种、大品种、大市场、系列化"的产品群。复方丹参滴丸更是连创佳绩，创下了中药单一品种连续四年销售额超过 10 亿元的奇迹。2005 年，"天士力"被国家工商总局认定为"中国驰名商标"。

天士力不但注重自主创新，还注重建立健全知识产权保护体系，建立了"核心专利、外围专利、防御专利"等一整套保护措施。同时，天士力在茶叶、白酒、红酒等诸多领域进行拓展，与医药产业一样，取得巨大的成功，全面构建了大健康的格局。

天士力在取得显著经济效益的同时，还非常热心社会公益事业。积极支持国家西部大开发战略，闫希军提出了"公司+基地+科研+农户"模式，在陕西商洛等地建立药材种植基地，带动当地 6000 多户农民致富。以产业发展促进就业，为社会提供了 5000 多个直接就业岗位。他捐建希望小学，为三江源科考活动、内蒙古"殷玉珍生态建设区"、西藏和平解放 50 周年、青藏高原驻守官兵、青藏铁路建设者、天津市劳动模范等捐款赠药，2000 年至今捐赠近 1 亿元。他为老家甘肃镇原县投资近两亿元，修建学校、新农村，捐赠医疗设备。因为历年来为公益事业做出突出贡献，闫希军荣获中华光彩事业奖章和"爱心中国"首届中华百名慈善人物称号。

返乡创业凤归巢

畅　恒

> 凤凰，雄鸣曰唧唧，雌鸣曰足足。飞翔五百年后，负香木飞入太阳神庙中，于神坛上自焚，翌日雏生，已着毛羽，第三日羽翼已丰满，辞庙主而飞去。
>
> ——《广雅》

引　子

3000多年前，周祖不窋"教民稼穑"，率先民"务耕种，行地宜"，开创了中华农耕文明。

1800多年前，东汉思想家、哲学家王符力举农桑为"治国之本"，以其震撼朝野的《潜夫论》，奠立了"农本"思想。

但往昔的灿烂人文，始终未曾圆镇原人民求富图强的愿景。

而今，张华创办的中盛农牧集团落户镇原，犹如春风激荡，涤除了守旧、自封的思想旧观念；犹如春雨润物，催生了科学、和谐的发展新理念；犹如春雷阵阵，擂响了跨越发展的时代最强音。

中盛农牧如一块巨大的磁场，其所产生的辐射带动和集聚效应，使得镇原乃至庆阳犹如浴火的凤凰，展翅翱翔，再造昔日的灿烂辉煌。

中华兴盛，天地大有。中盛农牧落户发展，已成为改写镇原乃至庆阳历史的如椽巨笔。

回归创业，商界精英反哺故乡的决然之举

在陕北的延安、榆林，张华这个名字，几乎是家喻户晓——他是一个成功的企业家。他执掌的延安中盛矿业有限公司旗下拥有十余家大型企业，身家数十亿。

在陇东的镇原、环县，张华这个名字更是广为人知——他是"庆阳高原精准扶贫的领跑者"。他创办的甘肃中盛农牧集团所属的养鸡场、养羊场，遍布庆阳市四县一区，全市三分之一的贫困户与中盛农牧建立了扶贫产销关系，带动约24万人摆脱了贫困。

从一个地地道道的农民，变身为一个身家数十亿的实业家，这华丽转身的背后却掺和着太多的泪水和汗水。

张华的创业之路艰难而曲折。

1966年10月，张华出生在黄土高原腹地的庆阳市镇原县马渠乡一个叫赵渠的小山村。这是一个沟壑纵横、交通不便、连吃水都困难的村子。由于家庭兄弟姐妹众多，一家人仅靠种地维持生计，常常是"吃了上顿无下顿"。张华自小就饱受着饥饿的折磨，这让他对贫困始终有着刻骨铭心的记忆。

为了维持生计，张华初中没上完就辍学返乡，开启了放羊、挖药、修庄等劳动之旅，稚嫩的肩头扛起了生活的重担。

在农村，挖窑是出力最大的活，只有日子实在过不下去的人才接这个活。17岁那年，迫于生计的张华就独自给人修过一处庄。丈二崖面，三孔窑洞，百十方土，张华连挖带拉，整整干了7个月。凭着坚强的毅力，那么小的年龄，一人独修一处庄，有多少人的一生有过这样

的经历？张华的狠劲、拼劲在青年时代就淋漓尽致地体现出来了。

艰辛的生活让张华变得越来越坚强，吃苦受累对他来说是微不足道的事情。几年后，张华来到宁夏石咀山煤矿当矿工。那是一段异常艰辛的岁月，每天都要在井下工作14个小时，很多体格强壮的工人也受不了这个苦，干一段时间就离开了，但身单力薄的张华硬是坚持了下来。这一坚持就是十几年，从挖煤工到技术员，再到煤业老总，张华一步步实现着自己的人生理想。

长期的重体力劳动练就了张华非凡的毅力，各个行业的摸爬滚打也练就了他过人的胆识。1996年，不甘屈居人下的张华在陕西神木承包了一家煤矿，赢利70多万元，二次创业小获成功。

有这样的毅力与胆识，哪愁闯不出大事业。有了第一桶金，张华的事业滚雪球般发展壮大起来，先后承包了榆林市榆阳区榆卜界煤矿，建成了西安海花大酒店、宁夏中宁电石厂、两处千万吨级大型煤矿……

如今，张华已拥有十多家大型企业，每年为国家上缴利税十多亿元。

"苍黄的天底下，远近横着几个萧索的荒村。"鲁迅《故乡》中的文字，就是张华18岁那年走出家门时镇原农村的真实写照。

在外闯荡的二十多年里，儿时故乡那萧条的场景，那饥饿的滋味，无时无刻不在张华脑海中浮现。

这种浓酽的恋乡情结，创业成功后，就化为张华反哺家乡的热忱和义举。多年来，他一直默默地为家乡和社会奉献着自己的满腔热情和爱心。

现代化的校舍、国标式的操场、完备的配套设施、宽阔美丽的校园，地处镇原县马渠乡的赵渠小学，成为这个干旱山区最美的建筑。

这只是张华捐资为家乡兴办实事的其中一例。

自 2004 年以来，张华先后捐资 35 万元，为镇原县马渠乡政府修建了一栋三层综合服务楼。捐资 100 多万元，为马渠初中购置了电脑，建起了微机室，扩建了校舍。捐资 480 万元，为马渠乡赵渠村修建了村部、五保家园、小学、幼儿园和文化广场等；为镇原县庙渠、三岔、殷家城和太平等乡镇捐资修建了柏油路、办公楼和文化广场，为 13 个乡镇配发工作车，为 3 所学校修建水冲式厕所。捐资 2500 万元，为庆阳市 134 所中小学安装了 214 台饮水机，解决了 21 万名在校学生、1.2 万名教职员工的安全饮水问题。资助贫困大学生 15 名，帮扶困难群众 30 多人，资助资金达 140 多万元……

就这样，截至 2010 年，张华累计为社会慈善和公益事业捐资 1.1476 亿元，仅镇原县捐资就达 3000 多万元。

从缺吃少穿年月里走过来，对贫穷有着刻骨铭心记忆的张华，最见不得父老乡亲受穷受苦。每次回到家乡，看到依然有一部分人挣扎在贫困的边缘，生于斯长于斯的家乡还没有完全摆脱贫穷的面貌，张华就有一种揪心的痛。特别是看到当年受资助的那些贫困户依然没有因为他的资助而摆脱贫穷，甚至连一些日子过得挺红火的人家也因病、因灾陷入贫困的境况后，张华忧心忡忡。

张华深切认识到，要让家乡彻底改变面貌、贫困户真正脱贫，仅仅依靠资助钱物并不能彻底拔除"穷根"，家乡脱贫需要一条新路子。

这条路在哪里？又该如何走？张华陷入思考。

镇原耕地资源丰富，绿色农产品产量大，但由于工业基础薄弱，农产品加工增值滞后。农产品长期低价运行，农民收入、财政收入低位徘徊。

商海弄潮，张华有着过人的经营头脑和敏锐的市场意识。经过一系列的考察、论证，张华认为黄土高原上有良好的气候条件，天然的黄土沟壑地形，造就了优越的通风隔离条件，成就了低药物残留、高蛋白的产品品质。在镇原建办大型畜牧加工企业有着得天独厚的优势。

彼时的甘肃省,扶贫攻坚行动刚刚启动,镇原县委、县政府也在积极寻找带领群众脱贫致富的突破口,千方百计联系镇原籍在外企业家回乡创业。张华的想法和镇原县委、县政府工作思路不谋而合。经沟通、磋商,张华决定在镇原县发展肉鸡养殖产业,以产业带动父老乡亲脱贫致富奔小康。

为了确保定位准确,张华带上考察组,先后去了福建、山东等省区,还远赴吉尔吉斯斯坦、哈萨克斯坦、巴基斯坦、沙特、也门等国家考察。一路走下来,张华欣喜地看到优质品牌鸡、羊肉市场供不应求,一些国际知名企业也在中国到处寻找优质货源。

回到镇原,张华迅速行动,与镇原县人民政府对接洽谈。

2011年4月,在镇原县委、县政府强农富民的决心、诚心和信心的感召之下,张华带着回报家乡的拳拳深情,投入巨资创立的甘肃中盛农牧发展有限公司在镇原县金龙工业集中区破土动工。规划总投资22亿元,一期3600万只高原肉鸡全产业链项目、二期300万只肉羊产业化项目正式启动。

正处在农业大县向草畜大县转变中的镇原,由此迎来了一个新的发展机遇。

中盛农牧所引领的产业扶贫,在陇东大地上迅速落地生根。张华誓要让家乡换新貌的美好愿景开始在这块贫瘠的土地上淋漓尽致抒写着。

举县之力,各方各界支持中盛的襄助之措

"为官一任,造福一方"是镇原县委、县政府历届领导班子的执着追求。多年来,他们积极求索,多方谋求富民强县。但奈何镇原既无区位优势，又无资源禀赋，受自然条件所限，难有突破。当听到张华准备回乡投资创业的消息后，县委、县政府主要领导立即亲赴延安对接洽谈。在富民强县共同目标支撑下，双方一拍即合。诚如所愿，不以赢利为目标的合作协议洽谈协商自然非常顺畅。

张华投资 12 亿元在镇原建设西北地区单体投资规模最大的农业产业化龙头企业的消息传开后，全县人民欢欣鼓舞，群情振奋。在县委、县政府的动员号召下，广大干部群众形成了"支持中盛发展，就是支持镇原发展"的普遍共识，思想高度统一，行动高度一致，自觉投入到配合、支持中盛公司建设发展中。

"镇原是一个传统农业大县，有着深厚的养殖基础，没有食品深加工龙头企业的带动，就无法实现向草畜大县的转变。中盛公司进驻镇原，必将进一步延伸相关产业链条，提升农产品的附加值，是一个真正富民、惠民的大项目。"镇原县委副书记、县长侯志强对此有着深刻的认知。

在物力、财力支持上更是不遗余力。实行"以奖代补"政策，县财政对养殖基地建设按每平方米 50 元的标准予以补助。挂牌出让金龙工业园区中盛产业园建设用地 560 亩，协调流转租赁养殖基地建设用地 2007 亩。县财政累计投入基础设施配套资金 1.8 亿元，完成中盛产业园区及 45 个养殖基地"三通一平"工程、集中区二期外围排水工程、中盛产业园生产路工程、门前道路衔接工程及停车场建设等基础配套工程。争取市财政"一区四园"建设专项资金 1000 万元，完成企业污水处理工程及其他配套工程。实施镇北公路升级改造工程，全面提升企业在境内道路的运输能力。协调银行为企业落实贷款 5600 万元，达成贷款意向 2.5 亿元。协调市人社部门为镇原特招畜牧专业普通高校毕业生 70 名。协调市农牧局农民培训专项资金 50 万元，举办农村创业和技能带头示范性项目中盛培训会，为中盛公司培训生产一线技术人员 280 名。组织县乡干部、养殖大户等 250 多人赴陕西、山东等地区考察学习养殖屠宰技术和先进管理经验。

为了进一步做大做强镇原的肉鸡产业，经多方考察，张华决定引入亚洲最大、世界第六的国家重点农业产业化龙头企业福建圣农集团。为了促进两家大型龙头企业"强强联合，大户联姻"，进而推动肉鸡产业扩产延链、改造升级、做大做强，镇原县委、县政府积极实施"以商招商"战略，全力推动中盛农牧发展有限公司与圣农控股集团对接合作。

在多方共同努力下，终于促成了中盛农牧公司和福建圣农集团的合作。2018 年 10 月 12 日，福建圣农集团正式入驻镇原，全面托管中盛农牧白羽肉鸡全产业链项目。

福建圣农集团落地镇原后，镇原县委、县政府举全县之力，积极推进项目实施，先后组织住建、自然资源、生态环境、水务、林草、消防等职能部门，配合圣农集团对中盛公司进行了清产核资、财务审计和相关手续办理工作。2019 年 7 月 23 日，中盛农牧和圣农集团签订了股权转让协议。县委书记毛鸿博到镇原工作不到一个月就三次到新中盛调研、协调，并专程赴福建圣农集团汇报、衔接。

从建设白羽肉鸡全产业链项目到引入国家重点农业产业化龙头企业，并促成顺利落地，张华在实现了他的"引强入镇"战略目标后，将主要精力、财力转移到建设庆阳市 1000 万只肉羊产业上。

对镇原县的肉鸡和庆阳市的肉羊全产业链项目，省市领导也给予了高度重视和大力支持。甘肃省委、省政府将镇原县白羽肉鸡全产业链项目列为甘肃省重大项目，确定了一名省级领导包抓。省委、省政府领导人，相关部门、各大银行负责人陆续赴镇原县考察调研，研究解决白羽肉鸡全产业链项目推进过程中存在的困难和问题。

圣越农牧 1.2 亿羽白羽肉鸡生产线

  庆阳市委、市政府专门下发了《关于大力推广中盛模式 加快现代肉羊产业发展的意见》，对全市支持中盛农牧，为其提供发展条件提出了 28 条具体措施。市委、市政府主要领导多次召开办公会，听取汇报，协调解决问题部门。

  在省市县各级部门积极配合和大力支持下，肉鸡、肉羊全产业链项目推进有力。

  中盛农牧 3600 万羽白羽肉鸡项目"一年启动基建，两年建成投产，三年打开市场"，创造了"中盛速度"，打造了"中盛模式"；1000 万只肉羊产业化项目自 2016 年启动以来，仅三年时间，从零开始，在庆阳市"托"起了一个肉羊产业链，肉羊制种体系、品质检测能力、羊肉统一标准供给能力处于国内领先水平。

中盛模式，"三全"链式化的耦合样板

截至 2014 年底，中盛农牧公司已完成投资 12 亿元，相继建成了 30 万吨饲料厂、30 万套种鸡养殖场、4800 万羽鸡苗孵化厂、3600 万只商品肉鸡养殖场、7.2 万吨肉鸡屠宰食品加工厂、1 万吨熟食品加工厂、10 万吨有机肥加工厂、4000 吨羽毛粉加工厂，形成了年 30 万吨的饲料加工板块，以 8 万套种鸡和 4800 万鸡苗孵化为主的良种繁育板块，涉及 15 个乡镇 31 个村 40 多个养殖小区，年可养殖 3600 万只的肉鸡养殖板块，日屠宰 12 万只、年加工万吨熟食品的食品生产加工板块，年生产 11 万吨鸡粪有机肥和鸡毛、鸡血、内脏等废弃物无害化处理的循环再生利用板块和冷链物流等"六大产业板块"。打造了西北地区单体投资规模最大、科技含量最高、产业链条最完整的农业产业化示范项目。

在建设之初，中盛农牧就秉承以工带农、转型发展、循环推动的现代农业发展模式，按照"科技引领、种养结合、转化延伸、集约发展"的思路，着力构建"良种繁育、规模养殖、饲料加工、屠宰分割、转化利用、市场销售"全产业链的耦合样板。目前，已形成了"种植养殖横向一体化、生产加工销售纵向一体化"的产业发展途径，实现了从种养基地到产品加工、仓储智能管理、市场营销体系打造，品牌建设、行业集聚等一、二、三产业融合的一体化企业经营模式和"种、养、加、饲、肥"一体化的全产业链、全循环链、全价值链的产业发展模式。

2013 年 5 月，中盛农牧被确定为甘肃省循环经济示范企业和农业产业化重点龙头企业。

——高科技"全产业链"

中盛农牧公司选用世界级优良种鸡，采用国内最先进的饲料加工和自动饮水喂料系统，购置了以色列自动环控系统、日本智能化孵化机组，引进具有国际先进水平的德国艾斯克自动化屠宰生产线。

高科技"全产业链"经营模式，保证了每个生产环节的无缝对接，建立了可控可追溯的食品安全保障体系。

——高标准"全循环链"

在循环链上游，带动玉米、草畜、果蔬等产业发展，促进了农业结构调整，实现了玉米就地销售和加工升值；在循环链中游，全价值、全营养开发肉鸡系列产品，最大限度挖掘各个环节经济效益，"吃干榨净"肉鸡所有主副产品价值；在循环链下游，对粪便、血液、鸡毛及养殖屠宰废弃物全部回收利用，年加工动物性饲料30万吨、有机肥10万吨，实现了资源的多级循环利用。

——高品质"全价值链"

镇原地处陇东黄土高原，海拔高，光照充足，空气洁净，水质良好。独特的高原山川地形地貌，为养殖业发展提供了天然防疫屏障，极大地降低了防疫成本。同时，中盛农牧始终把质量和安全放在第一位，"中华兴盛，天地大有"，是中盛农牧核心理念。按照张华董事长提出的"阳光下的农业，阳光下的食品，阳光下的美味"口号，坚持配方饲养，严格检疫检验，推行严格的标准化生产，保证了中盛产品的高营养、无公害、高品质。建立统一科学的品牌化质量管理体系，将产前、产中、产后多个环节纳入标准化管理，打造品牌，提高竞争力。

目前，"中盛中有"品牌产品已通过了ISO9001和HACCP体系认证、农业部无公害产品认证、中国绿色食品发展中心绿色食品认证、取得了清真食品认证证书、清真食品经营许可证和进出口食品生产企业备案证书，产品热销全国各地及亚洲部分国家和地区，成为麦当劳、肯德基、必胜客、德克士等国际知名快餐企业的地区指定供货商，产销两旺。

星罗棋布的养殖基地、整齐划一的环保鸡舍、整洁先进的饲养设备……笔者所到之处，无不透露着中盛农牧这个年轻的企业所具有的独特魅力和勃勃生机。

中盛效应，助推经济发展的强力引擎

秉承"鸡产业起步，羊产业做大"的发展思路，在实施镇原县3600万羽白羽肉鸡项目的同时，2016年，张华又投入巨资启动实施了庆阳市1000万只肉羊项目。

目前，中盛农牧已在西峰、镇原、庆城、华池和环县5个县区建成万只肉羊繁育场13个；羊舍280栋，占地23万平方米；存栏基础母羊13.3万只，年供应优质种羊15万只，出栏肉羊24万只，带动合作社和养殖户年出栏20万只；建成百万只屠宰线1条，日屠宰能力3000只，羊肉分割产品85种。在庆阳高原上，出现了国内养殖量最大、羊源自主供应能力最强的现代化肉羊企业，形成了带动能力强、辐射范围广的扶贫产业。

"办好一个企业，做大一个产业，助推一方经济，富裕一方百姓。"这是张华的初心，也是中盛农牧的终极目标。基于这个初衷，中盛农牧从一创立就把帮助当地贫困户脱贫致富作为主要的任务和目标，张华也把中盛农牧的肉鸡、肉羊定名为"扶贫鸡""扶贫羊"。他要用肉鸡、肉羊这"六条腿"，让庆阳没有一家贫困户，让所有乡亲走上小康路。

首先，为了实现"六条腿"带动农民脱贫致富的目的，在庆阳市委、市政府的指导、支持下，中盛农牧建立起了与贫困农户的利益联结机制，让贫困群众做产业的主人，成为产业的经营者和参与者，进而成为产业利润的受益者。

中盛农牧引导农户以乡镇为单元成立了近千个养殖专业合作社，建立"企业+合作社+农户"合作机制。在肉羊产业上，中盛作为龙头企业，主要提供资金、人才、管理、技术、品牌、销售等方面的指导和服务。企业为各合作社和农户提供种羊和羔羊，由合作社和农户饲养，育肥羊均由中盛以保护价收购销售，合作社和贫困户只负责按合同和标准养好羊，没有任何风险。每个合作社就是一个小的养羊场，农民在合作社参与养殖，共享收益。对有经验、有能力的贫困户，与他们直接签订合同，建立独立的家庭养殖场。合作社或养殖户养殖一只繁育母羊，就能从中盛农牧那里得到 1000 元纯收入。对有意愿但缺劳动力的贫困户，将肉羊交养殖大户(合作社)托养。每托养 1 只基础母羊，向贫困户分红 1 只羔羊，实现效益分红。

在此模式下，庆阳重点养羊县环县已形成了 3 个"70%"，即农民自有土地 70% 种草，农村劳动力 70% 养羊，农民收入 70% 来自中盛。

其次，中盛农牧以特有的全产业链模式不断拉长产业链，做强链上的每一个环节，让更多的贫困户在这个产业链上脱贫致富。饲草种植、饲料加工、种鸡（羊）繁殖、肉鸡（羊）养殖、屠宰加工、冷链物流、市场销售等，每个环节都让贫困户参与其中，每个环节都让贫困户分享红利。

随着养鸡、养羊规模的扩大，中盛对玉米、苜蓿等饲料的需求量猛增。过去农民种玉米，除去种子、化肥、农药等，每亩实际收入不足 500 元。现在改种青贮玉米，中盛连秆带棒一起收，而且每吨高出市场价 150 元，农民种玉米每亩收入达到 1200 多元。苜蓿一年收三茬，农民种一亩苜蓿收入约 1300 元。环县山高沟深，不宜种粮食，中盛农牧引导农民种植苜蓿 2.1 万亩，仅此一项年增加农民收入 2730 多万元。据庆阳市农牧局统计，全市玉米、苜蓿的种植面积已从 2012 年的 557 万亩扩大到 2018 年的 838 万亩。随着种植结构的调整，种植玉米、苜蓿给农民带来了意想不到的收入，每户农民的年收入比过去增加了 2~3 倍。

鸡羊养殖是个劳动密集型行业，特别是肉食加工需要大批的工人参加。中盛农牧优先吸收贫困群众，组织他们学习养殖种植和加工技术，然后把他们分配到各个岗位当工人，变"输血"为"造血"。这些人进入企业后，人均月工资 3000 元以上，年收入约 4 万元。企业还免费提供食宿，报销逢年过节回家的差旅费。进厂务工的贫困户全部实现了当年进厂当年脱贫。

镇原县贫困户王俊再动情地说："往年一年下来，全家的收入才3000 元左右。到中盛农牧当工人后，一年的收入就有三四万，一年就完全脱了贫。"目前，仅镇原就有 1800 名普通农民实现了华丽转身，成为了中盛农牧的产业工人，年增加工资收入 7200 万元。中盛农牧实现 1000 万只肉羊产量，将需要 17.6 万农民参与饲草种植，7000 人进厂务工，在社会养殖、草料、收购、运输、冷链物流等环节可间接带动10 万人就业。

中盛农牧将运输任务全部交给当地农民，由农民成立运输车队，负责饲料和鸡羊运输。目前，参与中盛冷链物流的有 280 多台车，从业人员 580 人。仅 2016 年就增加收入 4000 万元，人均 10 万元以上。随着中盛养鸡养羊规模的扩大，冷链物流所需人员将持续增加。

鸡羊粪是最好的有机肥。庆阳的苹果是当地的拳头产品，但随着品种的退化和土壤肥力缺失，苹果口感变差，产量不高，市场销售不畅。中盛将每年产生的约 20 万吨鸡羊肥料，无偿提供给当地 1000 余户果农，不仅使每户减少化肥支出 1800 元，还改善了苹果品质，提高了产量，每亩增加收入 3000 元。

另外，中盛农牧养鸡、养羊的场站，多数选址在荒山荒坡。贫困户守着这些荒山荒坡一年挣不到几个钱。目前，中盛农牧已从 1500 户贫困户手中以每亩年租金 500 元流转荒山荒坡 4300 亩，年通过土地流转增加收入 215 万元。2012 年至 2018 年，6 年农民共增加收入 1290 万元。

2013 年，庆阳有 537 个贫困村 60.62 万贫困人口。到 2018 年底，贫困人口降到 12.78 万人。实现脱贫的近 48 万人中，通过中盛养鸡养羊带动的人数接近一半，撑起了庆阳精准扶贫的半边天。

数字是枯燥的，但同时又是生动的。这一组组数字不正展示了中盛农牧入驻庆阳所创造的辉煌成果，不正是张华社会责任的生动诠释？

在笔者采访中，无论是干部、农民还是企业家，一谈起中盛农牧这个话题，喜悦之情溢于言表。农民说它是富民之路，企业家说它是兴企之宝，干部说它是开启农民致富之门的"金钥匙"。

是的，中盛农牧所打造的肉鸡、肉羊"六条腿"产业扶贫模式，已成功开启了庆阳农民增收致富之门。肉鸡、肉羊产业的解困、带富效应和产业集聚效应等所彰显的"中盛效应"，在庆阳市的扶贫攻坚战中无限放大。

正如庆阳市委书记贠建民所言："中盛肉鸡、肉羊产业化项目不仅仅是一个单体建设项目，而是再造了一个新兴富民产业。这个项目的建成，必将带动种植业、畜牧业、服务加工等相关产业全面发展，促进产业结构调整和农民增收。"

中盛农牧在庆阳的落地生根，不仅使越来越多的贫困户摘掉了贫困的"帽子"，也彻底补齐了庆阳在农业领域缺乏大型龙头企业的短板，形成了"中盛模式"这一对庆阳农业转型发展具有重大现实意义的发展方式，为整个地方经济发展注入了一剂强心剂。

中盛农牧肉鸡、肉羊产业的发展壮大，迅速带动了农业产业结构调整，既让农民分享了全产业链带来的红利，又最大限度地融入和带动了地方经济发展，成为助推镇原及庆阳经济发展的强力引擎。

以中盛农牧为龙头，对上下游产业的强大辐射带动作用已经开始显现。中盛农牧已形成从饲草种植、精饲料加工、鸡羊养殖、定点屠宰、精深加工、冷链物流、商业贸易终端销售到网络交易的全产业链，形成了一个围绕鸡羊、肥草齐转的循环经济产业集群。仅中盛农牧落地镇原后，就通过饲料、运输、商贸一、二、三产业结合，带动全县农民年增收1.56亿元。"种、养、加、销"一体化生态循环模式的建立，将带动一大批农民和诸多行业围绕中盛农牧发展，实现一个龙头企业派生出众多小型产业，从而实现一、二、三产业融合发展的局面。

庆阳市农牧局原局长赵自元介绍说，"中盛模式"对我市发展畜牧产业提供了很好的借鉴。依照中盛公司的多元产业链式开发和多种产品"吃干榨尽"的模式，全市正在着力建设肉羊、肉牛、生猪、肉鸡四大重点产业的全产业链。

中盛农牧的迅速壮大发展，为庆阳市畜牧业龙头企业注入了活力。目前，庆阳市已建成庆阳福润、甘肃天兆、庆阳沃得利、兴旺牧业、镇原解语花等省、市重点龙头企业30家。中盛肉鸡及系列产品生产加工产业集群奠定了坚实基础，形成畜牧产业集群发展的良好态势。

中盛农牧的引领、带动，不仅开辟了庆阳转型跨越新途径，也打造了庆阳区域经济名片。

庆阳的做法和张华的扶贫事迹已经在全国引起了极大反响。2019年9月17日，中宣部城乡统筹发展研究中心、中国扶贫开发协会、中国农产品市场协会在庆阳市联合召开了"中盛集团产业扶贫座谈会"。来自中央国家机关和全国各地的农业专家、学者、农业企业代表一致认为，中盛农牧集团公司通过产业扶贫带动贫困户脱贫致富，既是精准扶贫政策的生动实践和有力注脚，也为其他地区提供了可资借鉴的有益经验。

尾　声

中盛农牧集团已完成1000万只肉羊全产业链布局规划，基础设施配套完善，2021年即可实现1000万只产能目标。

由张华牵线搭桥、引进的国家重点农业产业化龙头企业福建圣农集团，在实现资产重组后，已完成3000万羽白羽肉鸡产能提升改造工程，正向1.2亿羽产能目标迈进。

新更名成立的甘肃圣越农牧发展有限公司，作为亚洲最大、世界第六的集种鸡养殖、种蛋孵化、饲料加工、肉鸡饲养、肉鸡加工、食品深加工、产品销售、快餐连锁于一体的全封闭白羽肉鸡全产业链企业福建圣农集团的子公司，将依托圣农集团已形成的先进理念、高端技术、广阔市场，在镇原43万人民的倾力支持下，带领其国际化团队，以"成为世界级的食品企业"为愿景，努力打造市场国际化、品牌国际化、管理国际化、资本国际化的上市企业。

中盛农牧1000万只肉羊全产业链建成后，可实现产值62亿元，将需要17.6万农民参与饲草种植，7000人进厂务工，在社会养殖、草料、收购、运输、冷链物流等环节间接带动10万人以上就业。

圣越农牧1.2亿羽肉鸡全产业链项目建成后，可实现产值35亿元，直接解决用工1万人，也间接带动10万人以上就业。

1000万只肉羊、1.2亿羽肉鸡全产业链项目建设，是镇原县和庆阳市农业发展史上的一次革命，一次重大突破。项目全面建成后，在解决就业的同时，将带动种植养殖、冷链包装、商贸物流、交通运输等一、二、三产业全面发展，带动效应将呈几何倍数增长。

未来的圣越、中盛将以鸡羊产业为中心，推行"草业—养殖—加工—肥料"的循环发展，形成"上下游融会贯通、农工商无缝对接、鸡羊肉高附加值"的现代农业产业体系，助推镇原、庆阳农业全环节升级、全循环发展、全链条增值，推动经济社会又好又快发展。

　　以中盛农牧3600万羽肉鸡项目为肇启，所引发的农业革命，唤醒了沉寂的土地，沿袭千百年的传统农牧业开始向现代农业进发。

脱贫致富女支书

秦　铭

引　子

在镇原县临泾镇席沟圈村采访，总是能听见群众随口讲述的一些平淡的故事，他们不会描述，不会夸夸其谈，甚至他们有些羞涩、胆怯，但他们那些发自内心的鲜活的语言却令人感动，他们的话题似乎总是绕不开这个风风火火的女支书马银萍。

（一）

马银萍同许多青年一样，都曾有过自己的梦想。20 世纪 90 年代初她读中学时，400 米、800 米短跑就很出色，比她年龄大的同学一般都不是她的对手。16 岁那年，她被西峰市体校破格录取，入校后教练看她个子小，却有股子力气，便将她的田径专业调整为柔道，她曾在西峰市八运会上获得了全市 44 公斤级柔道第一名。1996 年体校毕业后，阴差阳错，她没有像其他人那样顺利地走进机关，分配到乡镇工作。1998 年，她孑然一身去北京打工，在大街上摆过地摊，干过宾馆服务员，也干过抄抄写写的事。打工虽然让她饱尝了风餐露宿、寄人篱下之苦，但经过多年风雨洗礼，丰富了她的阅历，磨练了她的意志。这时，她发现自己的梦不在他乡，"别人的屋檐再大，也不如自己有把伞。"几年后她毅然回到了故乡，回到了养育她的黄土高原。在外的打工生活使她深深地感到知识的贫乏比物质的贫乏更可怕，她毅然报名参加了中央广播电视大学大专班的学习。毕业以后，她又报考了甘肃农业大学本科班学习。学习期间，马银萍总是认认真真地听讲，扎扎实实地做笔记。几年下来，她的笔记本摞了一沓子。学习归学习，但怎么把不宽裕的日子过得好起来，是马银萍结婚以后一直揪心的事。

2006年一个数九寒天的早晨，寒风呼啸着刮过临泾镇席沟圈这个小村庄，马银萍被一股冷风吹醒，她望了望屋顶漏风的破洞，看了看蜷睡在炕上的儿子，她翻身下床，准备往热水袋里灌点热水，给熟睡的儿子取取暖。当她提了一下放在桌子上的电壶（热水瓶）时，却没提起来，原来是冰将壶底与桌面牢牢地冻得粘在了一起。这时她不仅流泪了，也把她那股不服输的倔强脾气激发了。马银萍暗下决心，一定要改变家里的穷困面貌。她反复考察之后，便产生了养猪的想法，她说服丈夫之后，又与公公婆婆商议。谁知刚刚说到养猪就遭到他们的极力反对，公公婆婆都是老实巴交的农民，他们过惯了自给自足的贫困生活，一听这个不安分的儿媳要贷他们见都没有见过的那么多的款，还要借这个亲戚、那个亲戚的钱，害怕给这个原本困难的家背上巨债，走入绝境，他们死活都不同意。这时，一心支持她的丈夫被夹在父母与妻子中间，一看父母和妻子的态度都那么坚决，偏向哪一方都很为难，便只身去外地打工去了。马银萍虽然一时说服不了公婆，可更不想放弃自己的梦想，思来想去，为了债务上不连累公婆，一咬牙便与公婆分了家，她对公婆说："爸，妈，就是我有天大的孝心，可是我连起码的日子都过不了，还能拿什么来孝敬你们？只好等我的梦想实现了，再孝敬你们二老了。"

养猪这个活，无论从市场预测还是饲养过程，风险都很大，而且还又脏又累。人们常说"家有万贯，长毛的不算"。面对重重困难，她这个"犟媳妇"就不信这个邪。她坚信一分付出，就一定会有一分收获。她找娘家哥哥弟弟借了3万元，作为自己修简易猪棚和30头仔猪的启动资金，开始了她的养猪生涯。可是"万事开头难"，刚起步，一个困难接着一个困难压得她喘不过气来。没有水，不通动力电，也没有钱购买粉料机，而且门前的道路连三轮车也过不去。但是"开弓没有回头箭"，她又东拼西凑，借钱买了一辆农用三轮车，并从她自己的自留地里新开了一条道路，从此，她披星戴月地开着三轮车拉水、粉饲料、收购玉米，来来回回，东奔西跑。"莫嫌天涯海角远，但肯摇鞭有到时。"马银萍的付出终于有了回报，第一次出栏28头猪，一下子挣了14000元。饱尝过生活之苦的她，终于也通过努力感受到了生活的甜。这无疑给刚刚起步的她极大的鼓励，马银萍对生活充满了希望和信心。小规模试养让马银萍积累了一定的经验，她又连借带凑弄了20万元，引进兰州正大有限公司养殖技术，建成镇原首家出栏300头的标准化养猪大棚2栋400平方米，并高薪聘请兰州正大有限公司技术员和县畜牧中心人员指导。猪舍内设火道和水帘，保暖防暑，电动风机定时换气，自供料设备、鸭嘴式饮水器可供自由采食饮水，入口处安装了紫外线消毒灯。现代化的养殖方式使她的养殖场有了大的飞跃，当年，就出栏生猪300头，获利20余万元。她养猪致富的消息一下子在镇原县炸开了锅，引来了县内中原、平泉、南川、城关、临泾等乡镇70多户养殖户前来参观取经。她也成了当地有名的养殖大户和致富能手。

(二)

千百年来黄土高原艰苦的生产、生活条件下，人们靠的是蛮力，因而传统观念是男人的天下，尤其在镇原农村，至今还流传着"女人当家驴犁地；娃娃干活淘死气"的顺口溜。意思就是"女人当家"无论从力气还是胆略都不及男人，驴犁地缺乏耐力，娃娃干活也是凭一时的兴趣，不踏实，潦潦草草。

马银萍是一个倔强又坚强的人，不仅在学习上不向命运低头，自己抗争，同时在劳动致富中体现了一个农村女人的泼辣大胆，敢说敢做，她很快在同龄人中展显出了出众的才能，因此她被村里边选为后备干部重点培养。2007年4月，马银萍被群众推选为席沟圈村委会副主任、妇代会主任，成了带领群众脱贫致富的排头兵。2016年，马银萍又当选为席沟圈村党支部书记。

马银萍所在的临泾镇席沟圈村坐落在县城北的麦子原上。这个全镇人口最多的村子，虽距县城只有6公里，但贫困面较大。2016年马银萍上任时，有些村民望着这个普普通通的女人，心里直犯嘀咕："这么大一个村子，她一个女人能弄出个啥名堂！"马银萍明白群众的心理，更清楚村里的现状。面对怀疑的目光，马银萍眼前闪过党支部换届时，她的名字下，快速增多的一个个"正"字，这是村里党员和群众的期望。马银萍当选村支书后，她就停办了自家的养殖场，每年二十几万元的收入就这么付诸东流，花了几十万购置的设备也闲置了。但在她看来，一个人的价值并不是自己有多少钱，而是去帮助多少需要帮助的人。更重要的是能为大伙服务，把村子这个大"家"的日子过好，这远比自己挣钱更有意义。她说："村民的信任就是自己的责任，即使自己遭多大的罪、受多少委屈都值了。"

当满腔热血的马银萍准备在村里大干一番时，现实却给了她当头一棒。她刚上任，遇到的就是相当一部分群众要低保，要救济，这也是她难以招架的事情。席沟圈村白塬自然村贾等学，家里6口人，父母年龄大，妻子智力也有点问题，两个女儿还在读书，因而，他对生活也缺乏信心，不是靠低保，就是等救济，一家人住着3孔破破烂烂的窑洞靠天度日。马银萍看在眼里，急在心上，一次次地上门做他的思想工作，甚至有几次她也急了，与他吵了起来，她不怕走破脚皮，磨破嘴皮，一次、二次、三次……十几次风里来、雨里去，最终贾等学被她的耐心和爱心及执着的精神所感动，在村上的帮助下家里建了6间砖木结构的新房，他精神面貌变了，人也变得勤快了。为了方便照顾家人，他在附近打起了零工。如今他们一家搬进了新房，他75岁的母亲贺秀兰高兴地说："自从我嫁过来就住在那几辈子的3孔破窑洞里，现在我也住上了新房，心甘了。"

是啊，在马银萍心里，她把席沟圈村当家，席沟圈村就是她的全部。她就是这个936户4030人的"掌柜子"，她柔弱的肩膀上担着席沟圈村的兴衰，她心里装着席沟圈村的父老乡亲。她不仅当起了席沟圈村这个大家庭的家，而且当得让男人们刮目相看。她说："一个掌柜，谁不想让家里的每个人都过得好？""自己富了不算富，大家富了才算富"，这是马银萍的口头禅，她是这么说的，也是这么做的。她用自己的实际行动践行着一个最基层支部书记的使命。村里的群众看着马银萍靠养殖富起来了，好多人也想搞养殖，但他们不是缺少资金，就是没有技术。马银萍对待群众毫不吝啬，她不仅给群众赊仔猪、赊饲料、跑贷款，还用她养猪积累的技术和经验，又家家户户搞指导、抓防疫、联系销售，养猪产业很快发展起来了。在她的带领和帮助下，像席桂平、席宁宁这样的贫困户如今也成了村里的养殖大户。提起马银萍，席宁宁激动地说："这些年，马书记光给我们家赊猪苗、搞防疫，为我们省下了十多万块钱，她可是我们家的大恩人，老百姓选她做支书可真是选对人了。"在席沟圈街道的肉摊上，只见他一边熟练地给人们割着猪肉，一边对我们说："我家里8口人，原来人口多，家里穷，是马支书帮我成为养猪大户的。今年我养了120多头猪，现在已经卖了60

多头，保守地说纯收入也有6万多元。"几年来，马银萍帮扶困难户7户，为他们提供低于市场价仔猪500多头，为养殖户免费提供技术指导和猪病防治300多次，为群众节约资金20多万元。

马银萍是个热心肠，做村干部前，就喜欢帮助别人。当了村支部书记，她更是把群众的事当作自己的事来做，哪家哪户有难题都找她，马银萍几乎是有求必应。为了让乡亲们能像自己一样过上好日子，马银萍不仅带动当地百姓搞养殖，还给大家当起了"婆婆"，谁家有难题，打个电话，马银萍都会尽全力帮助，有时甚至到村民家里去手把手传授养殖技术和经验。于是，她的手机里存满了电话号码，很多不曾见面的人也会打电话咨询她。马银萍说："我的手机号14年没有换过，就是怕需要帮助的老乡联系不到我。"

俗话说："喊破嗓子，不如做出样子。"就是她的这个样子，使全村有4家办起了养猪专业合作社，有2家办起了养鸡专业合作社，1家办起了养牛专业合作社。在这些合作社的引领下，如今养殖业已经成了席沟圈村的特色产业、扶贫产业和致富产业。全村已经建成养殖暖棚100多座，发展20头以上养猪大户31户，5头以上养牛大户13户，猪存栏1700头、牛存栏350头，鸡存栏12000余只，年养殖业收入600多万元。

（三）

她就是这么一个人，只要老百姓能过上好日子，让她咋干都行。不管谁家有大事小情，她都惦记。村里有个贫困户成永乐，家里4口人。1975年他从部队上复员回家，还不到30岁时老婆因病去世了，儿子患有精神分裂症，儿媳撇下两个孙子也走了，当时，大的只有5岁，小的不足2岁。去年患病的儿子又将74岁成永乐的锁骨打断，家庭十分困难。马银萍看着他祖辈三代住的几孔破窑洞，便首先安排危房改造资金 2 万多元，可谁知成永乐却不同意建新房，因为贫困的家境使他的精神垮了，他也不想在亲朋跟前张口，怕他们不愿意给他借钱。马银萍三番五次地给成永乐和他的大孙子做工作。在亲戚和大伙的帮助下，成永乐建起了 5 间砖木结构的大瓦房。新房建成后，成永乐的新家又没有接上电，马银萍顾不上吃饭，一直守在施工现场，直到从邻居家给成永乐家把电接通才离开。成永乐见人就说："没有马书记，我这个家早就散了。"

马银萍虽然搬到县城居住了，但只要不出外开会，她几乎每天都往村里跑。无论刮风下雨，只要村民有事，她一定会出现。这可能就是当初村民推选她当村支书的原因。拿群众的话来说："只要在席沟圈村，谁家的灶火门朝哪开，她都知道。"席沟圈村 62 岁的王廷录，儿子从小被诊断为智力残疾，妻子也在一次手术后丧失了劳动力，生活的重担全部压在了王廷录的肩上。2016 年，马银萍几次给他做工作让其养牛，王廷录拿到了 3 万元的扶贫贷款，买了 4 头牛。由于他牛养得好，2018 年又拿到了 2 万元的奖励，他又用这 2 万元买了 2 头母牛，日子越过越好，一家人也很快脱了贫。可是老两口年纪越来越大，儿子王有峰的下半辈子的着落，总是让王廷录和妻子放心不下。正因为王廷录有这样的思想波动，马银萍也总是放心不下，害怕他对生活失去信心，放弃养殖，使刚刚过好的日子又返贫。因而她过几天就跑过来看看王廷录，给他打打气。

与其说"村官"是个"官"，倒不如说是为群众跑"脚不拉"的。

但要干好这个跑"脚不拉"的事就得接地气，这个地气就是婆婆妈妈，没完没了的小事。但就是群众的这些小事，在马银萍这个有责任心的人眼里永远不小。村民段福林得了精神病，病发作时，不是摔东西，就是打人，人们都躲得远远的。可马银萍不会躲，反而经常抽空去段福林家看看，给他打扫卫生，给他做鸡肉吃，还亲自经手给他家修建了房子。有一次，段福林精神病发作，还差点砍了她一菜刀。马银萍看到段福林的病时好时坏，她也十分着急，便千方百计地为他联系医院。当她把医院联系好以后，段福林却怎么都不去看病，她又连劝带哄地把他送去治疗。

（四）

群众心里是有数的，马银萍一心为民的魄力把人们折服了，也赢得了群众的信赖。马银萍当上这个"女掌柜"以来，一次次从家里拿钱贴补村里和村民。谁家养殖缺猪苗，缺饲料，她就给赊欠。上县里、市里、省上出差，要项目，费用一律自己负责。村里来了客人赶上饭时，她就自己掏钱招待。她每年为全村大大小小的事东奔西跑，到头来还把自己的3万元工资报酬全部搭进去。有的人不理解地问她究竟图个啥，她说："只要你们日子过好了，我累点、苦点，心里也舒坦。"

人人都夸马银萍是个女强人，但是却不知道她也是一个有血有肉的人，而且还是一个有家的女人。在生活中她扮演着为人女、为人媳、为人母、为人妻的角色，如花绽放；在工作中，作为一名最基层的女支书，马银萍没有气壮山河的豪情壮语，也没有惊天感人的丰功伟绩，但是在村民和熟悉的人眼里，她却是一个有胆识、有担当的女支书。可是自从她当上村干部，对家里马银萍常常感到亏欠得太多了。她成天起早贪黑，东奔西跑，用儿子的话来说，晚上他睡着了她才回来，早晨他还睡着时她已走了，几乎见不上妈妈的面。是啊，十三年来马银萍给儿子就买过一个笔盒子。当时，匆匆忙忙地都没有来得及细想，就随手拿了一个笔盒子，结果给儿子买了个粉红色的笔盒子，为这还让同学们把儿子戏弄了好几天。说起照顾老人她更是愧疚。有一次，她的老人突然感到不适，给她打电话时，因为她正在开会，手机设置成了静音，会议开完以后，才看到老人打过电话，结果导致老人脑梗发作，耽误了治疗，至今右手不能自理。

（五）

马银萍担任村支书后，压在肩头的担子更重了。上任伊始，她首先做的就是改善席沟圈村的基础设施。席沟圈村地域广、面积大，是一个山塬兼有的村。为了解决群众生产生活实际困难，马银萍想方设法跑项目，千方百计争资金。十多年来，她为村上争取了上千万元的民生资金。破烂的席沟圈村部维修了；席沟圈村文化广场建起来了；席沟圈村十字街道的交通岛问题解决了；席沟圈村街道排洪工程建成了；临泾镇大什字明德小学旧房改造工程竣工了；还新修了通村水泥路 2.5 公里、村组砂石路21.8 公里、油路 10 公里，困扰村子发展的瓶颈问题都解决了。2019 年又对席沟圈街道进行维修整治，街道拓宽 15 米，街道两旁铺上了渗水砖，新建了两座公厕，栽上了国槐树。同时以创建文明村、美丽庭院为载体，开展村容村貌整治活动，整治农村公共环境卫生，组织公益性岗位人员定期清运垃圾，改变长期以来随意堆放垃圾等脏乱差问题，使村容村貌发生了翻天覆地的变化。

这几年，为了打赢脱贫攻坚战，国家出台了很多惠民政策。为了落实好这些好政策，马银萍高度重视发挥好党支部在脱贫攻坚中的重要作用，紧紧围绕"六个精准"，强化党员带头引领。她带领席沟圈村两委班子将村里的每一项扶贫工作、每一户贫困户情况都记录在本子上，装在心里面，详细制订一户一策"脱贫菜单"。经过几年的辛勤工作，席沟圈村一跃成为全县民风淳朴、生活富裕的先进村，实现了电、广播、电视、通讯、网络和街道硬化、医疗保险、安全饮水、危房改造、高标准文化室等项目的全覆盖，面貌有了根本性改变。2020 年，全村 176 户贫困户 676 人全部脱了贫，有 259 户进行了危房改造，易地扶贫搬迁 13 户，全村安全饮水率达到 100%，学龄儿童入学率达到 100%，医疗保险参合率 100%。人均可支配收入超过 8000 元，落实产业奖补资金 27 万元，动员 137 户 524 人入股中盛华美和黄土窑合作社，入股资金 157 万元，年分红 15.7 万元。如今，走进临泾镇席沟圈村，映入眼帘的是整洁的街道、干净平整的柏油路和水泥小道，整个村落焕然一新。

一个农村妇女，靠什么赢得一方百姓的信任，让村民竖起大拇指为其称好？从 2007 年她担任村副主任到 2016 年任村党支部书记，10 多年时间，马银萍这个不让须眉的女书记用她那坚实的脚步，在席沟圈村的山山峁峁、原畔沟坬都留下了她朴实的足迹。马银萍一心扑在工作上，她在村部里挑灯夜战；她在田间地头冒雨穿梭；她为了百姓疾苦彻夜难眠思良策，她牺牲自己的时间，去做群众的"贴心人"，用实实在在的行动赢得了群众的信任、百姓的肯定。

马银萍先后被评为"庆阳市首届创业明星""庆阳市第五届劳动模范""庆阳市道德模范""甘肃省成功女性""甘肃省人大代表在行动先进个人""甘肃省三八红旗手""甘肃省劳动模范"等。2013 年 1 月，她当选为甘肃省第十二届人大代表；2018 年 1 月又当选为甘肃省第十三届人大代表，同年当选全国第十三届人大代表。她的事迹多次被新华社、《人民日报》、中央电视台、《经济日报》、甘肃卫视、《甘肃日报》、宁夏电视台、庆阳电视台等主流媒体报道。

乡邮路上"活雷锋"

——记全国劳模、方山乡邮政所投递员赵清龙

田晓博

方山乡内有两座方形的山，大者为大方山，小者为小方山，以此取名为方山。方山乡政府驻地在蒲河岸边，依山傍水。邮政所坐落在街道中段。从邮电所到邮政所，从土坯房到砖瓦房，哥哥赵清义和弟弟赵清龙在这里足足服务了半个世纪。

25年里，赵清龙一人、一车、一邮包，在大山深处崎岖的山路上走了50多万公里。变了的是白发染鬓，不变的是绿衣情怀；一生的乡邮路相伴，一辈子的初心坚守。

（一）

1968年，赵清龙出生在镇原县三岔镇大塬村，高中毕业后回乡当了村文书，1987年加入中国共产党。那时候，大哥赵清义是方山邮电所的一名邮递员。无数个夜晚，院外"滴铃铃"几声清脆的自行车铃响过，赵清龙就知道是大哥回来了，他急忙跑出院子迎进大哥、扶过车子，兴奋地推着车子在院里转上好几个圈，完了总不忘一遍又一遍擦拭个不停。看着哥哥穿着邮政绿衣、骑上自行车，他觉得很神奇，

心里特别羡慕，心想着哪一天自己也能干上邮政工作就好了。

1996年初冬的一个早晨，薄雾缠绕在蒲河两岸的大山上，小乡的街道还在清晨的寂静中。乡邮所的小院里，兄弟俩红着眼圈，良久都没有说话。大哥将要离开陪伴他大半生的邮政事业退休回家，弟弟将要满腔激情接过这条邮路实现自己的梦想。

"清龙，多余的话就不说了，给乡亲们服好务，不能丢咱邮政人的脸。"大哥的话虽然使他感觉肩上担子沉甸甸的，但赵清龙还是很坚定地点了一下头。

山的那边还是山，路的尽头还有路。"方山乡在焦璇湾，一条蒲河分两边，公路横穿高中山，十八岘紧连庄岔湾，金岔对面是贾山，走过王湾是关山，方庄上去张大湾。"当地群众口里的这首打油诗，包含了全乡10个村名，基本就是"山、湾、梁"组成，这也是真实的地貌写照。赵清龙在这里服务全乡10个行政村76个自然村，服务面积189平方公里、1.4万人。

尽管大山深、山路长，但赵清龙却始终坚守着那份初心和承诺，用青春和年华谱写着乡邮路上那一个个动人的故事。赵清龙参加工作时，只有乡政府、邮电所等不多的几个单位有电话，山里人遇到急事都要跑几十里路来打电话。那是一个大雪纷飞、伸手不见五指的夜里，贾山村一位在外打工的农民突发重病，打回电话到邮电所要请赵清龙给他家里捎个口信。赵清龙没有丝毫犹豫，拿起根棍子急忙向贾山村赶去，4个小时深一脚浅一脚地一路跋涉，夜里10点，他终于找到了那家人，把情况及时告知他们，他们拉着赵清龙的手感激得流泪，连声说道："谢谢！谢谢！好人，好人啊！"

从那以后，赵清龙多了一个心眼，送邮件时，常和乡亲们拉家常，看家里是否有外出打工、做生意的，名字叫啥等，他都默默记下。他特意准备了一个记录本，把需要捎带的口信和需要办的事情记录下来，在投递邮件时顺便上门告知。

一桶泡面常常从早晨泡到晚上忘了吃，几片药在包里放了几个月一片未动，无数个风雪交加的日子，他挽着裤管将邮件连同捎买的生活用品送进山里，老百姓激动得热泪盈眶；无数个酷暑当头的中午，他汗流浃背来到村里，村头树下乘凉的大娘心疼地说："小伙子，歇歇吧！"但大多时候，山里的群众都能碰见他饿了吃干粮，渴了喝山泉。

方山乡与环县天池乡、庆城县太白梁乡接壤，群众经常把信件寄到方山乡邮政所，注明"方山乡转天池乡（或太白梁乡）×收"字样。对于这些信件，赵清龙完全可以按操作规程退回去，但是他从不轻易将地址、收件人姓名不详的邮件退回，总是四处打听、不厌其烦地将信件一一送至收件人的手中。因为赵清龙深知一封家书、一张汇款单对收件人及家人的重要性。"赵清龙是镇原县方山乡的邮递员，却还要为环县、庆城县的群众投递邮件，看似'送过界畔了'，却为群众带来了极大的方便。"方山乡关山村党支部书记白生银感慨地说。

2006年11月19日，赵清龙看到一张寄往"方山乡刘大岔村"的汇款单，他对方山乡了如指掌，知道当地并没有这个村名。那么，这个汇款单是寄给谁的呢？忽然，他想起和方山乡接壤的三岔镇有个刘大湾村，是不是误写了呢？所以，在当天投递完邮件后，他赶紧骑上自行车到三岔镇去核实，可是一打听刘大湾村也没有这个人。为了不延误汇款单，他连夜四处打听，终于知道相邻的新集乡有一个村子叫"刘大岔"。当时，有人很不理解地说："只要方山乡没有刘大岔村，你的责任已尽到，退回去不就完了吗？何必费那么大的功夫。"赵清龙说："如果将汇款单退回去，不知道会耽误他们多少事情，只有及时地送到他们手里，这样才对得起这身'邮政绿'呀！"

赵清龙说，每一次出发都是因为在心里装着群众，想尽快让他们看到、听到党和政府的声音，传递好党的方针政策。这样辛苦而又机械的工作，他一干就是 25 年。25 年里，赵清龙骑坏了 6 辆自行车，4 辆摩托车，平均每天往返 60 多公里，投送邮件 100 多公斤，累计总行程 50 多万公里，投递报刊、邮件 500 余万件；从没延误过一个班期，没丢失过一封邮件，投递准确率 100%。

（二）

乡邮路上，赵清龙为群众做好事已成习惯，乡亲们遇到难事，他是逢人便帮。乡亲们大事小事都总能或多或少看到他的影子，25 载乡情和温情的交织，勾勒出一幅温馨动人的乡邮路画卷。

在投递工作中，赵清龙碰到行走不方便的老人，就主动送到家中，每天的车里除了包裹邮件，就是塞满为群众代购的生活生产用品，每天的邮路上，他平均做好事有三四件。大家都说道：赵清龙不但是个好乡邮员，也是个"活雷锋"。25 年里，赵清龙先后给村民代缴话费、电费 35 多万元，代购生活及农资用品 150 万元，为乡亲们义务维修电话、照明线路、安装调试电视接收机 1000 多台件。援助过 31 个贫困家庭，帮助和照顾过 116 位孤寡老人和残疾人，救助过 18 名失学儿童，资助过 11 名特困大学生，累计为群众做好事 4000 多件。也许是时间长了，有些人忘记了曾经让赵清龙代缴电话费的事，至今，赵清龙陈旧的办公桌上，除了十几本鲜红的荣誉证书格外醒目外，还保存着厚达 6 厘米、超过 2 万元的缴费欠账单。

金黄的树叶伴着一阵秋风摇曳飘落，远山层林尽染，庄稼已经收割上场，放羊人一声声乱吼惊飞了觅食的鸟雀。在 2008 年的那年深秋，山里已经寒意浓浓。赵清龙像往常一样骑着摩托车往张大湾村送邮件。途经曹湾组时，他发现一个十三四岁的小女孩边放羊边看书。按理说，像她这个年龄的孩子应该在学校里读书，怎么会在这里放羊？

经询问，那个女孩叫李晶，因患有鼻窦炎等几种疾病，睡不得凉床，只好辍学在家。赵清龙回家和妻子商量，腾出自己的一间房子准备让李晶住。听说让李晶再去学校读书，李晶的爷爷起初死活不同意："还念啥书啊，只要不犯病就行了。"一次思想工作做不通，两次、三次……功夫不负有心人，赵清龙的热心终于打动了李晶的爷爷，李晶重返了校园。李晶在赵清龙家一住就是两年半。这期间，李晶曾犯过几次病，赵清龙都及时带她到医院诊治，先后垫资 3000 多元医药费。

赵清龙让一个和自己不相干的孩子住到自己家中，并且为她跑前跑后，而自己的女儿在高中上了 3 年学，他只开过一两次家长会，更别说看望和送吃的了。说起这些，这个坚强的汉子眼眶湿润了："为了工作，我欠两个孩子的太多了！"在他眼里，他所做的一切都是工作，都是自己的职责所在。

一次次倾情帮扶、乡亲们看在眼里，记在心里。作为一名中国共产党党员，一名投递员，赵清龙最大的心愿就是在投递中把党的方针政策宣传给基层党员群众，不断凝聚群众脱贫致富的信心。2017 年 10 月 18 日，中国共产党第十九次全国代表大会在北京隆重开幕。赵清龙比平时忙了很多：带着党报党刊下乡，边投递边和党员干部一起学习精神，对于不识字的群众，他边读边解释，义务为群众调试电视接收机，确保群众收看收听。老党员田国孝今年 80 多岁高龄，平时爱看报，赵清龙便挑选一些党报党刊，亲自送到老人家里，供老人阅读。80 高龄的金岔村村民马登孔看到村里没有老年活动室，卖掉自家的牛，筹资 2 万元建起了老年活动室，看到这一感人场景，赵清龙又自费为活动室征订了党报和科技报刊，购置了桌椅、火炉等用具。

2013 年，赵清龙加入了庆阳市阳光志愿者协会，每到送邮件的时候，他留心将贫困户的生活记录下来，然后自费雇车，拉着衣服、学习用品，送进大山、送进学校，送到孩子们的手里，送到贫困户的家里。7年来，他先后为 600 多户贫困家庭送衣物 5000 多件，为 500 多名贫困学生送书包等学习用具 2000 件。

2008 年 "5·12" 汶川特大地震发生后，方山乡曹湾村特困户申志学家中仅有的两孔窑洞坍塌，全家 5 口人无处安身。年逾古稀的申志学是个残疾人，儿子、儿媳均为智障患者，两个孙女中的一个也是智障患者，生活处境非常艰难，盖房既缺资金又缺人力。赵清龙看在眼里，急在心上。于是，他拿出自己当时仅有的 5000 元积蓄来资助这个家庭建房，在此后的 12 年里，他坚持帮助申志学家解决生产生活困难，并多次呼吁社会各界帮助申志学孙子申珍读书，使其在 2018 年顺利考入甘肃中医药大学。

方庄村村民赵生科高位截瘫 20 多年，一家人生活很艰辛。赵清龙从参加工作那年起，就利用进山送邮件的机会为他家里代买生活用品、药物、农资。24 年里，赵清龙除了帮助他在生产生活上渡过难关外，还常常和他谈心，鼓励他树立生活的勇气和信心。在他的帮助鼓励下，赵生科自强不息，和妻子一起做的收购小生意也做得红红火火，每年赵生科也去帮助一些贫困家庭和学生。

（三）

崎岖的山路上，零散的村舍，赵清龙熟练地驾驶着农用车一车车将农资送上门。有时，车不能到的地方，他一袋袋扛着送进家门，常常压得肩膀上一个又一个血泡。

近年来，为了助推脱贫攻坚，赵清龙把农资配送业务作为一项新的业务增长点去做。为发展本所的农资配送业务，尽快打开农资配送业务的局面，他每天带着邮件和农资产品走村串户，和农民朋友一起上田地，跟他们拉家常，宣传农资产品的特点性能等，增强他们对邮政农资配送业务的认可。金岔村村民路志林是一位 60 多岁的残疾人，每年赵清龙总是把农资送到他地头，帮助他种玉米，还讲技术。这三年，路志林家玉米每年收入 2 万多元，很快摆脱了贫困。同时，赵清龙利用邮政电商邮乐网等平台，为农产品进城、工产品下乡提供便捷的绿色通道，想尽办法把群众的土特产卖出去，把群众需要的工业产品购回来。每天在送信和包裹的间隙，收购群众家里的土鸡蛋、小米、蜂蜜、荞面等，每月帮助农民增加收入 5000 元以上。对于一些行动不便的老年人，他每月定时上门收购，对一些急需用钱的家庭和学生，他会提前支付现金再拿鸡蛋。

赵清龙在努力做好本职工作的同时，积极开展公益事业。他经常为街道三位环卫工人赠送大米、毛巾、香皂等日常必备品，建立了"方山是我家、卫生靠大家"微信群，倡议大家勤扫卫生，自觉维护环卫工人工作成果；在扫黑除恶中，他边投递边拿着宣传单递到群众手上，碰到不识字的老年人，总是不厌其烦给其讲解，遇到群众聚集较多的地方，他便多停留一点时间，让每一份宣传资料都发到群众手上。

夜，出奇的黑，冷寂的街道星星点灯般透着一丝丝光亮，这个时候人们都是足不出户。这是 2021 年的正月，一个注定刻骨铭心的时期——新冠肺炎疫情防控中。每天晚上 10 点多，送完邮件，整理好第二天的邮件，赵清龙手握手电，背着大麻袋，一家一家敲着店铺的门。疫情防控期间，针对群众居家不能外出，他在微信朋友圈发消息，让遇到困难的群众给他发信息、他帮忙解决。所以这个时候他都能接到上百名群众的短信，有要求带菜的，带生活用品的。他按照单子上记的逐一进行采购，常常忙完这些已到凌晨一二点。休息一会，四五点起床出发去乡下，一边送邮件，一边逐户送生活用品。这期间，赵清龙不但是乡邮员，也变身疫情知识宣传员、采购员、配送员、劝导员，他发起"同心援战、暖心行动"爱心倡议，把平时省吃俭用的钱拿出来，买成食品，冒着严寒，利用送邮件间隙和晚上分别向 15 个疫情监测点捐赠方便面、水果等生活物资，疫情防控期间，他利用送邮件累计为 1200 多户群众义务捎蔬菜、生活用品。他在车顶装了一个喇叭，每天积极宣传防控知识，劝导群众提高自我防护意识。同时，他交特殊党费 5000 元，为抗疫尽了绵薄之力。

梅花香自苦寒来。多年来，赵清龙分别当选中国共产党庆阳市第四次党代会代表，中国共产党甘肃省第十三次党代会代表。先后荣获"感动庆阳十佳人物"、甘肃省创先争优"优秀共产党员"、庆阳市创先争优"优秀共产党员"；入围甘肃省敬业奉献道德模范候选人评比，第十四次"甘肃省职业道德十佳标兵"，"甘肃省五一劳动奖章"，"全国五一劳动奖章"，甘肃省"陇原先锋岗"，全国"最美邮递员"提名奖。2020 年 11 月荣获"全国劳动模范"称号。

美丽的青春挥洒在邮政岗位，无限的热情闪耀在乡邮路上，赵清龙，用青春年华坚守忠诚，把党的声音和群众的需求及时送进大山深处；全身心投入邮政事业，用自己的行动树起了一面为人民服务的旗帜，成为百姓信赖的"绿衣天使"；邮路上他从点滴做起，帮助了一个又一个群众渡过难关，被乡亲们亲切地称为乡邮路上的"活雷锋"。

为了天路为了你

——"全国武警部队十佳最美军嫂"朱红红

刘志洲

　　这些年的不容易，我怎能告诉你，有过多少叹息，也有多少挺立，长夜的那串泪滴，我怎能留给你，有过多少憔悴，也有多少美丽，真正的男儿，你选择了军旅，痴心的女儿，我才苦苦相依，世上有那样多的人，离不开你，我骄傲，我是军人的妻……

　　　　　　　　　　　　　　　　——歌曲《妻子》歌词，代题记

　　当我和好友驱车前往位于镇原县方山乡的烈士袁耀武家时，庚子年三九的天气，以严峻奇异的冷调子涂抹着陇东黄土高原沟壑深处这个叫王湾的村子。大地是灰色的，天空是灰色的，太阳也似乎变灰了。对着烈士遗像，我缓缓地举起右手，以一个崇高的军礼来表达对烈士的敬仰之情。

　　袁耀武，1978年10月出生，1996年10月入伍，2002年7月从西安公路交通大学毕业后，主动申请去了川藏线。时间的指针回拨到2008年3月1日上午10点，时任武警交通一总队二支队二中队政治指导员的袁耀武，在2146公里的川藏线上脚巴山路段抢通道路时因头部遭受重创，不幸壮烈牺牲。从此，与丈夫阴阳两隔的军嫂朱红红，为了一家人的生活，强忍丧夫之痛，用柔弱的双肩挑起了照顾公公、婆婆和不满六岁的儿子生活的重担，十三年如一日，替夫孝老爱亲，不离不弃，无怨无悔，用自己勤劳的双手和实际行动，诠释了一名军嫂的人格和情怀，书写了人间的深情大爱。

"你安息吧，我会替你照顾好他们！"

对像朱红红这样的军嫂们来说，在婚后的日子里，和丈夫聚少离多，生活的道路，很多时候不是靠双脚着地去走，而是要连同两手着地地爬行、挣扎、搏斗，只有这样，才能撑起一片蔚蓝的天空。生活需要这种奋斗精神，生命也只有在这样的奋争中才能留下轨迹。

丈夫牺牲的噩耗传来，让还未从失去父亲的伤心悲恸阴影中走出的朱红红更加感到悲伤和心痛。这样的打击，对她来说，无疑又是雪上加霜。朱红红的父亲朱银瑞于 2007 年 12 月 28 日因病去世。在这两个月的时间里，朱红红就先后失去了两位亲人，这样的滋味，无论搁在谁身上，都跟天塌了一样，都要被折磨得死去活来。

丈夫袁耀武牺牲的打击，让朱红红整天都打不起精神，这不仅对她，对全家人的打击都很大，公公一夜白了头，婆婆整日以泪洗面。

"耀武媳妇肯定走（改嫁）呀，留下这一家老小可咋办！""这个家怕是要散了！""耀武他爹呀，你要做好思想准备，万一耀武媳妇……"邻里亲戚们有真心来看望的，有说闲话看这一家笑话的，也有"劝"朱红红的公公袁仲兴、婆婆罗水花，还有来"劝"朱红红的……

悲痛是难忍的，生活是艰辛的。那段时间，朱红红最怕见家里来人，也最怕外出。

可以说，那是她生命里，特别特别黑暗，最不堪回首的一段时光。

那段时间，她甚至想到了死！

但，对一个人来说，无论你经历怎样的苦难和不幸，生活还得继续，生活从来不会同情任何人。

看着疾病缠身的公公强掩失去儿子的苦痛，拼命在庄稼地里劳作；看着患上了心脏病和脑梗、瘫痪在床的婆婆罗水花，时不时地翻出儿子生前穿过的军装偷偷流泪，为了节省家庭开支，她将原本每天要服用三次的药量减少为两次；看着活蹦乱跳、不满 6 岁的儿子袁斌……朱红红终于鼓起了生活勇气。

那天，满怀一肚子委屈的她，一个人偷偷跑到离家不远处的那个嵝岘里，对着冷漠的黄土高原，伤心地放声大哭，边哭边诉："耀武，你安息吧，我会替你照顾好他们的！""耀武，你做了这么伟大的事，我一定会替你尽孝！""耀武，不管别人怎么说，我都不会离开这个家！"……

为了公公婆婆医疗费用和家用支出，2009 年年初，朱红红把尚年幼的儿子寄养在母亲家，安顿好公公婆婆，跟着亲戚到上海一家电子厂打工挣钱。为了得到更多的收入，她经常熬夜加班，除了上班还是上班，就连周末也从未休息过，在上海的一年多时间里，她未曾欣赏上海的美丽风景。当儿子在电话里问她上海是什么样子，上海有哪些地方好玩时，她竟一时语塞，不知道东方明珠广播电视塔，不知道外滩、豫园、世博园，甚至连糊弄儿子的勇气都没有。

一年半后，正在上班的朱红红，突然接到亲戚打来的电话，说母亲突然摔倒在地，腰部严重骨折，躺在医院救治。朱红红闻讯，都没来得及辞工，就立即买票赶回家中。看着病床上的母亲，抱着担惊受怕的儿子，朱红红选择了坚强，每天细心照顾母亲，用心陪伴孩子，后来在电子厂的一部分工资也不了了之。

半年后，母亲的身体康复了，但是家里的经济负担一天比一天重，回家过年的亲戚看到朱红红家里的窘境，又帮忙介绍朱红红到北京的医院当护工。

在医院护工的岗位上，朱红红细心加耐心的照顾，换来了很多病人的提前康复，也得到了病人和病人家属们的信任，她也因此获得了比较可观的工资收入。

转眼间，朱红红在北京医院工作了一年，那时的她，又面临着公公婆婆身体一天不如一天的困境，她不得不再次辞掉工作，返回农村老家，照顾公公婆婆和儿子。农忙时节在家种地，稍微闲一点、两个老人身体稳定时，她又四处打临工，补贴家用。

只要是能挣钱的活儿，再苦再累朱红红都会去尝试。这些年，她先后当过机床工，做过保姆、装卸工、啤酒推销员……因为，她的心中只有一个目标：要替丈夫尽孝爱幼，要改变这个家庭的境况！

"你知道吗，我这些年是怎么过来的！"

这些年的路，究竟是怎么走过来的，个中的酸甜苦辣，恐怕只有朱红红自己最清楚。

让她记忆最深刻的，是那次在县城的啤酒厂当推销员。为了挣更多的钱来维持一家人的生活，她经常跟车外出，加班加点地给附近的地方送啤酒。有一次，天不亮就起床的她，接连送了四个乡镇的货，等到第五个乡镇的货送完，返回时已是晚上十一点多，连续跟车近十七个小时，她已经累得不成人样了。由于天黑和路况不好，送啤酒的小货车翻了，朱红红的鼻梁骨折，医生建议住院治疗。但一贯坚强的她到医院做了简单处理后就投入了工作，而且没有告诉公公婆婆及母亲。当啤酒销售员的那段时间，为了挣钱，她的足迹几乎遍布了县里的十几个乡镇，三四十个推销员里，她每个月的业绩都是最好的。

"十年生死两茫茫，不思量，自难忘。千里孤坟，无处话凄凉。纵使相逢应不识，尘满面，鬓如霜。"每当感觉工作太累，快要撑不下去的时候，她的眼前时常都晃动着一个挥之不去的影子。

天堂朦胧，碧辉四射，就在头顶，就在眼前。朱红红拼命向前跑，可追逐的步履是那么艰难，如同在茫茫无际的沙丘上，双脚深深陷了进去，竭尽全力拔出了一脚，另一脚又陷了进去……抬头望去，灿烂的天堂似乎就在面前，似乎又渐渐远去，远去……

这十多年时间里，朱红红不光时时思念着牺牲的丈夫，也一直牵挂着天路。她多次踏上西藏这片土地，感受天路巨变，缅怀自己的丈夫的同时，用自己的实际行动鼓舞官兵扎根西藏高原、建功雪域天路，并教育儿子，长大后要像丈夫一样，做一名有责任心的军人。

2017年，当朱红红带着儿子袁斌，又一次来到芒康县革命烈士陵园，看到这里安葬着丈夫袁耀武的衣冠冢的时候，不禁潸然泪下："耀武，我带着儿子来看你了，你看看我们的儿子都长这么大了，你在底下就放心吧，家里爸妈都好，我会替你照顾好他们的……你知道这些年我是怎么过来的……

"这些年，部队一直没有忘记我们，你的战友们一直在陪伴我们、帮助我们、关心我们，有什么好的政策都会第一时间告诉我们，我每次上西藏时就感觉像回家一样，部队每次都以最欢迎的仪式接待我们！

"这些年，官兵们每次听说家里有困难，都纷纷捐款，帮助我们的生活"……

袁耀武生前工作过的现某部交通第三支队就是朱红红最大的依靠。多年来，该支队干部在交接烈士相关业务时，特意叮嘱一定要用心跟踪帮扶烈士遗属。朱红红每个月都会收到丈夫生前部队发来的抚恤金，她觉得丈夫还活着，还在西藏守护"天路"，她要守护好这个小家。

这里，不光是袁耀武灵魂的安息地，也是朱红红和儿子牵挂的地方。

"你放心吧，我会一如既往地照顾好他们！"

一篇篇颁奖辞刻画出英模的样子，一首首战歌咏颂着忠诚的音符，一段段回忆勾勒着感人的画面。2020年12月，武警部队"致敬忠诚"主题颁奖仪式在北京举行，朱红红被评为2020年度"武警部队十佳军嫂"。当主持人念道："万水千山，是探亲路上的伴；漫天星辰，是朝思暮想的人。你耳畔听风雨，眉眼有山河，你笑容掩岁月，梦里盼凯歌。家国缱绻的心事，由柔肩来寄托；花开花落的故事，有春秋来传说。情深不容'我爱你'，担当只道'你放心'。声声承诺，被日月绣在时光之河；年年奔波，将风霜燃成胜利之火。光阴有幸，同行是你，征途美丽，因为有你！"这样的颁奖辞时，现场响起了热烈的掌声，不少人眼中闪烁着晶莹的泪花，而朱红红却早已泪流满面。正如一位网友看了朱红红的事迹后的留言所说样："孟姜女哭倒秦城墙，朱红红伤思淹川藏。"

朱红红和袁耀武都出生在镇原县相邻的乡镇小山村，缘分让他们初中、高中都是同学。高中毕业后，他们就确定了恋爱关系。相恋不久，他应征入伍到西藏服役，她去上了大学，2000多公里的异地恋并没有影响两人的感情，反而更增强了彼此的思念。后来，袁耀武以优异的成绩考上了军校，毕业后又主动申请到西藏继续服役，朱红红的心也跟着到了西藏。

父母知道女儿的恋爱对象是西藏军人袁耀武后，想到女儿跟他结婚后定会聚少离多，婚后的日子一定会很艰难，坚决不同意两人在一起。

那次，朱红红偷偷瞒着父母去了一次西藏。眼前是一望无际的高原，战士们的脸庞被晒成了高原红，望着和自己恋人一样的年轻人扎根高原，保家卫国，朱红红坚定地亲口对袁耀武说出了自己的决定："你在哪儿我就在哪儿，爸妈的事情我去说！"

每次休假，袁耀武都主动到朱红红家中帮忙干农活，抢着做所有的脏活、累活。在朱红红父亲住院期间，袁耀武更是像对待自己的父亲一样，每天都帮忙做饭喂食、端茶倒水。在她的软磨硬泡和袁耀武的不懈努力下，久而久之，她的父母也默认了这个女婿。

"耀武，我们婚期快到了，你赶紧回来，我在家等你呢。"2002年，袁耀武收到未婚妻朱红红的来信，那段时间正是川藏公路抢险救援任务最为繁重的时期。

眼看婚期逼近，最终袁耀武只向部队请了7天假。

结婚那天，没有迎亲队，没有隆重的仪式，只有两颗真心的交换，两家人的父母和几个亲戚就在镇上喝了他们的喜酒，他们见证了袁耀武和朱红红走进婚姻的幸福殿堂。

婚后第二天，袁耀武欲言又止，不知如何开口向妻子解释即将要回部队抢修道路的事。朱红红理解他的工作，她笑着说："没关系，工作要紧，你要是着急回部队，我就跟你一起去吧！"

第三天，朱红红便跟着丈夫出发上高原。经过川藏公路脚巴山时，汽车穿梭在数百米高的悬崖，她紧紧抓着丈夫的手，出了一身的冷汗，丈夫说他和战士们每天都在这条路上跑，就是负责保证这条路的通车，第一次走的时候都会怕，走多就不怕了。

那段时间，朱红红每天都跟着袁耀武去护路，一起参加清理碎石、泥石流等抢险任务，她目睹丈夫的工作比想象中更艰难，更危险百倍，曾好几次劝丈夫："耀武，我们回家吧！我们回去干什么都行。"

袁耀武每次都坚定耐心地说，他是一个军人，只要祖国和人民需要，他就会坚守在这里。

有一天，塌方严重，道路完全受堵，过路的车辆滞留了3天，袁耀武带领官兵一边抢通道路，一边无偿地把食物提供给受困人员，获助群众握着官兵的手感激得热泪盈眶。

朱红红也被深深感动，明白了丈夫坚守的意义，便全身心、无条件支持丈夫的工作。之后，她的胆子也变大了，为了节省路途的费用，带着年幼的儿子踏上"寻夫"的征程，从成都坐车到西藏芒康，一路颠簸3天，才能与丈夫见面，她都无怨无悔。

春去秋来，朱红红早就把自己也当成了一个"护路兵"，不仅支持丈夫守护天路，她也加入守护天路的行列。

"等有空我就让你穿上婚纱，让你做世界上最美的新娘。"休息间隙，看着在修路中被折腾得满身尘土的朱红红，袁耀武常常把她逗乐。

"你要说话算数哦，等到修好路我们就去拍婚纱照。"朱红红也每次都满怀期待开心地回答。但是由于繁重的任务，他们在一起只有短暂的相聚，朱红红也很理解，因为她觉得他们一起并肩的日子还很长。

又一个清明节来临，朱红红一大早就做好了袁耀武最爱吃的地道的洋芋面，独自一个带着儿子，来到丈夫的墓碑前，诉说着家里的大小事情和儿子的变化："耀武，你看咱们儿子都长这么大了!""耀武，爸妈都挺好的!""耀武，你放心吧，我会一如既往地照顾好他们……"

结　语

最可爱的人是人民子弟兵，最可敬的人是军嫂。因为军嫂，才让军人这个小家更好地与祖国的大家紧密相连，小家盛满大爱——多了艰辛，也添了荣光。2019年8月，朱红红被武警第二机动总队交通第三支队评为"最美军嫂"；2019年12月，被第三届"共筑钢铁长城·寻找最美军嫂"组委会授予"最美军嫂"称号；2020年12月，被中国人民武装警察部队表彰为"武警部队十佳军嫂"，她们一家还被所在的镇原县方山乡政府表彰为"最美家庭"。

十三年弹指一挥间，却是朱红红人生中最美的年华，也是最苦的日子。她果断放弃城里工作，一直未改嫁，回到农村老家，用软弱的肩膀扛起了全家的重担，她一边细心照顾父母，为父母端茶倒水、洗衣做饭，有病时陪在床头，平常里聊天解闷，一边上班维持家人生计，把孩子培养成人。

如今，公公婆婆正在安享晚年，精神也比前些年好多了；儿子也长成一米八的大小伙子，成绩在学校也很优异。每逢八一建军节、结婚纪念日，朱红红都会把丈夫曾经穿过的军装拿出来整理一番。在朱红红的心里，老人孩子健康就是对丈夫在天之灵最好的告慰。闲暇之余，她还经常给孩子讲袁耀武在部队的故事，教育儿子长大后也要像丈夫一样，做一名有责任心的军人。

沧海桑田,斗转星移。伟大的中国共产党在不同的时代对人民都有不同的承诺,在刚刚完成了艰苦卓绝历史性的全民整体脱贫任务后,又高高地举起乡村振兴的旗帜。党在奋力创造着人民心中的理想世界,总能为困在现实中的人们,带来巨大的慰藉和根本性的改变。

——镇原人民在伟大的中国共产党领导下,一举甩掉了数千年以来落后贫困的帽子,书写了惊天地泣鬼神史诗般壮丽的历史华章

敢教日月换新天

何 华

黄土深处涌暖流

——镇原县脱贫攻坚纪实

刘　耀　张占英

这片千年文化濡染的土地，百姓崇德持善，重情尚节，耕读传家，勤俭自强。但由于地域偏僻，交通不便，发展滞后，文化的深厚内涵和传承优势并未能从根本上改变镇原这个农业大县的发展现状，贫困让这个县沦为国扶重点贫困县，也让这里的群众长期以来背负着沉重的经济压力和精神枷锁。

县域经济的振兴离不开农业、农民，农强则民富，民富则县兴。

摆脱贫困，人民希冀；脱贫攻坚，时不待我。党的十八大以来，以习近平同志为核心的党中央把脱贫攻坚摆到治国理政突出位置，打响了一场轰轰烈烈的脱贫攻坚战。镇原县迎来了改革开放以来再一次历史性的跨越和巨变。

镇原县总人口 53.15 万人，2014 年精准识别深度贫困乡镇 1 个、贫困村 120 个，其中深度贫困村 80 个，贫困村占行政村总数的 55.8%。建档立卡贫困人口 17.23 万人，贫困发生率 36.21%。这些数字犹如一座座横亘在镇原干部群众面前的大山，是全面小康路途上的天堑壕沟。

"扶贫开发贵在精准，重在精准，成败之举在于精准。"精准扶贫、精准脱贫的良好政策机遇，让穷怕了、苦怕了的干部群众欢呼雀跃，他们纷纷立下军令状，签订承诺书，认领"穷亲戚"，悬挂"作战图"，扎根扶贫一线，讲政策，谋产业，办实事。春促备耕，夏帮麦收，秋藏硕果，冬送温暖，山川原野，院落炕头，留下了他们忙碌的身影和绵长的话语。随之带来的是群众生活的日新月异。

一纸承诺，七载奋战。庄严的承诺一步步变成了群众期盼的现实。2014—2019年，镇原县稳定脱贫39119户159474人，贫困村退出107个。2020年实现整县脱贫。

一串串数据，一桩桩事实，诠释的是我党伟大事业的又一次胜利及人民群众伟大精神的又一次胜利！

思想"革命"：走向富裕的精神之钙

东汉著名政论家、思想家王符是镇原籍彪炳史册的思想文化巨人，其所著《潜夫论·务本》一文认为，"夫为国者，以富民为本，以正学为基。""夫富民者，以农桑为本，以游业为末。"陇东是古老农耕文明的发祥地，这种文化、文明在镇原及周边县区都得到了传承。在老一辈专业农民的身上，我们可以深切感受到农本、粮本思想的根深蒂固。一个地区农耕文化特征越鲜明，经济发展就越落后。让这样一个县跟上全国步伐，短时间内实现全面小康，何其艰难！

传承与现代既矛盾又统一。它是文化的矛盾，是旧式农业主体与新型农业主体之间的矛盾，是传统农业与现代农业之间的矛盾。几千年来，这种矛盾的此消彼长从未停止过。农业合作化是对传统农业的一次最大冲击，也是一次伟大的探索。单就耕作方式看，农业合作社时期是近现代以来耕作技术相对现代化的时期，各村大中小型机械比较齐全，农业集体化、现代化程度相对较高。现在在一些村史馆甚至村头还可散见几十年前废弃了的履带拖拉机。那是一个时代的记忆。

这种合作化得不到普遍认可和坚持，半途而废，不是农业经营和生产体制的问题，而是管理体制的问题、群众思想未得到根本转变的问题。21世纪的前十年，二驴抬杠式的原始耕作方式在落后地区仍很普遍。老式农民即便用镢头挖地，他们的心里也是踏实乐呵的。

长期以来形成的农民自私狭隘思想让农业现代化、全面小康步履沉重而缓慢。消除贫困首先要消除思想贫困，落后固化了农民的思想，贫困限制了农民的思维。镇原县是农业大县和人口大县，不解决农民的思想、思维问题，全面小康将难以实现。

改变农民的小农思想难，但丰富充实他们的头脑却相对容易。让新知识、新理念在与旧思想的碰撞中，达到取代提升的目的。

镇原县探索实施"扶志扶智"工程，用"精神扶贫"引领精准扶贫。用"扶贫先扶志、扶贫必扶智、扶贫要扶德"的理念，引导群众走出长期以来形成的自我束缚的圈子，激发他们的内生动力。通过开展政策宣传、舆论引导、价值引领、文明创建、文艺润心、文化惠民、科普培训等一系列活动，让贫困群众掌握致富技能，提高自我发展能力，进一步增强脱贫致富信心。

殷家城乡充分发挥新时代文明实践所（站）的重要作用，挖掘提炼本乡李园子村"全国模范教师""全国优秀共产党员"张学成精神，多方宣讲，让张学成精神在脱贫攻坚的关键时期，成为帮扶干部奋勇当先、贫困群众奋力脱贫的精神坐标和强大动力，激励广大党员干部和贫困群众向着幸福美好新生活迈进。

平泉镇探索建立"百姓宣讲团"，选聘农技能人、致富模范、新乡贤为讲解员，为村民分析讲解农村发展机遇、惠农政策，传授养殖种植"土办法"、赚钱致富好经验，达到了承古风、树新风，以"扶人"助推扶贫，以人的"振兴"促进乡村振兴的目的。

农民宣讲团，农民讲农民听，这是农民教育培训的新途径。讲政策不再说教，讲法律不念条文，讲技术不作比画，讲经验不读资料，讲故事体现"原味"，讲实例体现"趣味"，用"土话"讲"土办法"，"用农民的话讲述农民的故事，用身边的故事教育感染身边的人"。不仅固定讲授，而且流动传授，不仅讲技术、政策，而且调解矛盾纠纷，这种喜闻乐见的宣讲形式，让农民群众在家门口就能学到科学文化知识，起到精神上扶志、思路上扶智的效果。

层层选拔出来的农民授课骨干，都是群众眼里的"能人"，要么知识面广，要么日子过得好，农民服气，自然愿意听讲。

白静红就是这样一位让农民服气的"能人"。他是平泉镇湫池村委会主任，平时戴着一副眼镜，看起来文静腼腆，却一肚子学问。从《中华文化史》到《中国精神系列读本》和党的各类政策解读读本，他均有涉猎。

2013年，42岁的白静红自学考上了甘肃农业大学，主攻农林经济学专业，取得了大专学历。他还向镇上的年轻干部请教，学会了制作课件。

因为学识渊博，他不仅是村里的"文化达人"，更是镇里的"文化名人"，加上到处讲课的缘故，平泉镇的干部群众大多认识他。

自从被聘为"百姓宣讲团"成员后，白静红认真学习，精心备课，他主讲的党的十九大精神、乡村振兴战略、理性看待精准扶贫、扫黑除恶四个方面的内容，已成为镇上的经典课目。

"让农民愿意听课、喜欢听课，不是一件容易的事。不仅要切合农民的需求，还要用农民的话讲出来，讲得通俗通透、直白鲜活，这样政策才能真正被群众'消化'。"白静红说。

用农民带动农民，用农民改变农民，这是非常有效的手段，比行政手段更简捷和奏效。

洪河村慕明军夫妇以前一直在深圳等地打工，2015年回到村上后，借助精准扶贫贷款，搞起了设施蔬菜，养起了肉牛。特别是在养牛上，慕明军有着独到的见解："我养牛的绝招是配油渣，油渣要前一天晚上泡好，第二天一早，把泡好的'油渣糊糊'和秸秆一起搅拌，然后撒上饲料和麸子，牛吃得香，也容易上膘。"

慕明军用他的"科学"和"土办法"，把牛从最初的5头养到了现在的15头，头头毛色鲜亮、膘肥体壮，加上他经营的4座蔬菜大棚，每年收入至少七八万元。回家不到两年，慕明军不仅脱了贫，还成了村里的脱贫致富创业先锋，被镇上聘任为宣讲团成员。现在一有时间他就随镇上的宣讲团到各个村传授自己的养殖经验。群众乐意听，也愿意学，周围的养牛户逐渐多了起来。

农村曾经是精神文化最贫瘠、最荒芜的地方。到过最贫困村庄的人都忘不掉那些留守老人、留守儿童眼神中流露的空洞和孤寂。

"精神需要文化滋养。"读者出版集团党委书记、董事长刘永升说，以前贫困群众之所以脱贫内生动力不足，根本原因是缺乏精神文化的浸润与影响。

"没有文化的滋养，精神的土地终究是贫瘠的。治贫先治愚，扶贫先扶志。扶贫不仅需要扶物质，更需要扶精神、扶志气、扶文化，读者出版集团要为人民群众提供更多优秀精神文化产品，彻底斩断贫困群众精神上的'穷根'，从精神思想上帮助他们'站起来'，变'要我脱贫'为'我要脱贫'。"刘永升说。

读者集团在镇原县庙渠镇开展结对帮扶以来，充分发挥其出版、印刷、发行、宣传、文化策划、阅读活动等方面的资源优势，实施读者乡村文化驿站、"读者光明行动"、书画展览、名师进校园、教育培训等扶志扶智一系列文化扶贫工程，进行舆论引导、思想疏导、典型引路、真情帮扶，为贫困群众送去精神食粮，拔掉"思想穷根"，激发脱贫勇气，增强自我造血能力。

"以前干啥都没有劲儿，帮扶干部经常来我家，帮我找致富门路，让我对生活有了信心，现在我养了牛，盖了新房，日子越来越好了。"庙渠镇四合村村民罗志成高兴地说。

贫穷并不可怕，怕的是知识匮乏，精神委顿。

走进六十坪村孙小军家，14岁的聋哑少女孙雅盈正在妈妈的陪伴下学习，看到驻村干部又来了，她那美丽的大眼睛里露出了喜悦。"孩子在庆阳市特殊教育学校读书，因为家里困难，辍学两年，帮扶干部知道情况后，联系集团捐助3000元，让孩子重返校园。"孙雅盈的妈妈说。一旁的孙雅盈用手语表达着她对读者出版集团的感激和对读书学习的热爱。

在庙渠镇六十坪、店王、四合3个村部，"读者乡村文化驿站"的牌子格外醒目。一本本图书、杂志、典籍，散发着油墨清香；一张张旧照片、一件件老物件，再现了原汁原味的陇东历史；古拙鲜艳的庆阳剪纸、绚丽多彩的庆阳香包、刻法古老的庆阳皮影，让浓郁的陇东民俗扑面而来……村里的孩子们在此看看书，老人们摸摸老物件、下下象棋，青年们学习最新的科技致富知识，其乐融融。

"娃娃们很喜欢到村里的读者乡村文化驿站，也喜欢在家看读者出版集团捐赠的读物，每天都要看一会儿，我们这一代人就是吃了没文化的亏。娃娃们有了文化知识，才能彻底改变贫穷落后的命运。"店王村村民常钧贵由于受条件限制未能念成书，心里一直感觉很遗憾。

"读者乡村文化驿站"陈列了读者出版集团出版的图书杂志等读物，同时收藏民俗，守望民间。驿站摆放了从村民中征集收购的书画作品、香包、老物件、图片、奖状、证书等，让广大群众共享文化发展成果的同时，让人们望得见山、看得见水、记得住乡愁。"读者乡村文化驿站"已成为文化传播、思想教育、村史陈列的新型阵地。

店王村驻村第一书记朱黎明经常把村里的孩子们聚集在一起，指导他们读书，引导他们用笔去表达内心，描绘世界，孩子们总是期待着去参加朱叔叔的"读书沙龙"。

"文化的力量似乎并不足以立竿见影，但没有群众自身的觉醒，扶贫的效果恐怕也有限。帮助孩子们进行文化教育和精神塑造，树立积极向上的人生观，帮扶才能起到源远流长的效果。"朱黎明说。

要想富口袋，必先富脑袋。解决了群众思想观念落后守旧的问题，才能真正激发群众的内生动力。

来到开边镇张庄村老年人文娱活动中心图书室，只见前来查阅农技知识的农民络绎不绝。村民张万存说，这几天不知道啥原因，家里大棚油菜叶子发黄，村上的技术人员忙不过来，今天赶紧来到村上的图书室查查资料，结果是土地钾肥没跟上。

张庄自然村老年人文娱活动中心是全市唯一一家村民自发组办的文化娱乐中心，村民通过自发捐款，争取客商捐资，共筹资 9.7 万元，修建了活动室 4 间，帮扶单位市文广局送来政策辅导读本、种植养殖系列丛书，社交类、书画工艺类报刊等 700 多本，为村民增添了精神食粮。

在方山乡金岔村，帮扶单位镇原县文化馆邀请本县书画艺术名家在村部现场挥毫泼墨，书写名言警句和励志书画作品，免费赠送村民，增强群众的致富信心。村民吴正伦说："县文化馆不但帮助我们制定了脱贫计划，还请人给我们写字画画，我们农民喜欢得很。"

文化是镇原的底蕴，也是脱贫攻坚的无形助手和力量。像"读者乡村文化驿站"这样的村史馆，在镇原的各个村基本都有，各有特色，各有侧重。文化正以无可替代的滋养力量，让镇原县焕发着蓬勃生机与崭新活力。

方案"优化"：拔根摘帽的顶层设计

精准扶贫，贵在精，贵在准。镇原县委县政府深刻地认识到，创新完善和落实到户精准脱贫计划，是精准扶贫、精准脱贫最重要的基础工作，是确保贫困人口如期脱贫的重要抓手，也是推进工作方式实现由"大水漫灌"向"精准滴灌"转变的重要载体。

前几年，在脱贫攻坚工作中，镇原县在贫困村和贫困户实施了"挂图作业"。但在实践过程中，一些地方在贫困户家里挂的图表只是几张图表而已，制定的到户脱贫计划和帮扶措施过于原则、笼统，与贫困户家庭实际结合不紧密，影响脱贫和帮扶成效。

镇原县扶贫办主任杨俊杰曾在武沟乡担任了4年乡党委书记。他对此感触颇深："以前，许多贫困户家里墙上贴的表格，只能反映贫困户的基本信息，致贫原因、扶持举措等内容填得非常简单，没有任何精细化的帮扶内容和算账式的增收计划，变成了一些干部应付检查的资料。"

如何从根本上解决"扶持谁、怎么扶"的问题，帮助每一户贫困户念好家家那本难念的"经"？

"一户一策"，切合贫困户实际和精准扶贫要求、能够推动帮扶措施真正落实见效的黄金方案。

"一户一策"，听起来只有简单的四个字，可做起来，意味着每一个贫困百姓身后，都有精准细密的工作。必须坚持以户为单元，建立健全乡村主体，各级脱贫攻坚领导小组综合协调、行业部门全程指导服务、各类帮扶力量共同参与的责任体系。要按照属地管理原则，及时组织各级帮扶单位、帮扶责任人进村入户，逐户全面了解情况。要与贫困户坐在一起讨论协商，仔细算账，有针对性地完善制定"一户一策"精准脱贫计划。干部签字负责，群众签字认账。乡镇包村干部、村党组书记、村主任、驻村帮扶工作队队长和帮扶责任人，都必须承担起对"一户一策"脱贫计划真实性的签字背书责任。

"一户一策"这种全新的方案一经推出，就受到省市领导的认同和贫困户的一致认可。

2018年2月5日至7日，甘肃省委书记、省人大常委会主任林铎在庆阳、平凉调研脱贫攻坚工作。不打招呼，随机入户，林铎深入镇原县南川乡桃园村、新城镇东庄村，检查精准扶贫方案落实情况，与贫困户亲切交谈，一对一谋划脱贫之计。当林铎书记看到贫困户内的"一户一策"方案时，眼前一亮，这正是他心目中设想的、也是省委省政府正在苦苦探索的具有可行性的脱贫计划。

林铎强调，要继续完善抓实"一户一策"脱贫措施，真正下足"绣花"功夫，细之又细、实之又实地抓好到户到人帮扶，以敢死拼命的精神坚决打好精准脱贫攻坚战，确保贫困群众同全国人民一道进入全面小康社会。

自此，创始于镇原县的"一户一策"脱贫方案迅速走向了全市、全省。

在镇原县南川镇桃园村贫困户张德厚家中，可以看到一张特殊的帮扶表格——

不仅是名称"精准脱贫一户一策方案"与常见的帮扶表格不同，更为关键的是，张德厚家的基本户情、致贫原因、弱项短板、脱贫措施等情况不再是简单地填上一小格、写上几个字，而是具体详尽地一一加以描述。

仅一个帮扶措施，就被镇原县扶贫办干部杨小斐分别以2018年、2019年、2020年为时间节点，按产业培育、政策落实、帮办实事三大类，密密麻麻填了两大页。

产业培育、政策落实、帮办实事各类里面，也不再是简单地写上养2头牛、种2亩黄芪等名目即可，而是充分考虑了成本、市场、劳动力、产业扶持政策补贴等诸多因素。家里种了几亩草？牛够不够吃？卖一头牛能挣多少钱？……每一笔账都算得一清二楚。

在桃园村另一个贫困户张士德家，表格填写同样细致，内容却大不相同。譬如2019年帮扶措施中，没有了产业培育这一项，因为80岁的张士德家中缺少劳动力，于是针对性地动员他的孙子到兰州打工。在帮办实事这一项下，则详细地叙述了他一家5人享受低保，以及他和儿媳领取养老金的收入。

一户一本账，各家不一样。如今，在镇原县还未脱贫的3195户贫困户及已脱贫的39119户贫困户家中，都能看到像这样"对症下药"、具体详细的"精准脱贫一户一策方案"表格及"精准脱贫一户一策巩固提高方案"表格。

看起来设计简单的表格，出炉却殊为不易。2018年1月中旬以来，镇原县脱贫攻坚领导小组先后召开6次会议，研究推动精准脱贫"一户一策"方案编制工作。

表格不是坐在办公室里就能制定出来的。作为"一线指挥部"的总指挥，镇原县委主要负责人带头蹲点调研、解剖麻雀，研究设置样表，明确了操作流程，构建了责任体系。

产业培育、易地搬迁、安居工程、健康扶贫、教育扶贫、低保兜底……精准扶贫、精准脱贫的惠民政策到底有哪些？很多干部都说不清楚。针对这一现象，镇原县召开专题集中学习培训会议，编制印发了政策资料汇编和样表。同时，现场提问，当堂考评，确保每一位帮扶干部吃透政策、掌握方法、精准操作。

县里还由联乡县级领导主持，各乡镇书记镇长、扶贫专干、驻村队长、帮扶单位负责人参加，集中解剖1~2个自然村贫困户，针对不

硕果挂满枝

同户情，现场填写"一户一策"方案，县级领导进行分析点评，提升干部和群众精准对接水平。

按照缺什么补什么的"问需式"原则，"一户一策"根据贫困户存在的致富意愿、能力等方面的差异，量身定制"致富套餐"，实现了因户施策、精准扶持。

64岁的徐振习是镇原县平泉镇"海升模式"矮化密植有机苹果示范基地的一名员工，也是2018年脱贫户。他的家中有6口人，一直靠卖粮食为生。早年家人重病，一下子榨干了家中的所有积蓄。当时一家6口全部挤在山上沟边的狭小窑洞中，水电不通，条件艰苦。

"一户一策"精准脱贫计划落实后，帮扶干部根据徐振习的实际情况制定了详细的脱贫方案。徐振习流转土地10.2亩，留了1亩地种植万寿菊，而种植万寿菊也是被当地贫困户认可的好产业，每年都有商户主动上门收购鲜花，每亩地净产值2000~3000元。

在政策的扶持下，徐振习还拥有了现在的稳定工作，他在果园主要负责抽水工作，闲杂时间也会打扫卫生，每月固定收入1500元，公司包吃包住，还提供电瓶车方便老人上下班。此外，徐振习还享受养老保险及每年1000多元的惠农补贴。

2018年11月，徐振习一家搬到了镇上新盖的房子里。如今，徐振习每天按时上下班，儿子和儿媳在外打工，老伴儿在家照看孙子。日子越过越好，一家人其乐融融。

除了细化、落实"一户一策"方案外，镇原县对全县贫困户按照"四类四分法"进行分类，统筹整合财政扶贫专项资金和财政涉农资金，用于发展产业，最大限度发挥好产业扶贫奖补资金带动效应，提升贫困户脱贫能力。

对有劳动力且有一定技术的5471户贫困户，落实产业奖补、龙头企业带动等措施，每户给予2万元奖补资金。1万元直接奖补到户，1万元入股龙头企业或合作社分红增收；产业规模达到标准2倍及以上的，2万元直接奖补到户，发展特色种养产业，实施"产业提升"脱贫。

对有剩余劳动力且可输转的4231户贫困户，落实就业技能培训和跟踪服务措施，每户奖补资金2万元，凭技能培训证书或务工协议享受不超过1万元、其余用于入股分红或产业奖补的扶持措施，实施"就业增收+产业托底"脱贫。

对有一定劳动力、在本地打零工的4604户贫困户，每户以2万元产业奖补资金入股产业互助合作社分红，实施"互助合作"脱贫。

对无劳动力的4580户贫困户、特困供养户落实兜底政策；一、二类低保户在享受兜底政策时，再通过公益性岗位就业增收或以1万元奖补到户或入股分红，实施"互助合作+兜底保障"脱贫。

目前，共落实贫困户到户产业扶持资金6.87亿元，累计带动贫困群众 3.92 万户 15.88 万人，真正做到了脱贫政策"不漏一户，不落一人"。

镇原县开边镇城子村的田海平是 2019 年脱贫户，他搞小型家庭养殖多年，但由于规模小、技术短缺，养殖效益一直不明显。

针对田海平的家庭实际，开边镇帮扶干部牛永龙在和他商讨"一户一策"脱贫方案时，为他建立了县乡养殖技术培训档案，利用精准扶贫贷款帮他购买了 5 只基础母羊，扩大了养殖规模，加上养猪收益，他的年净收入达到了 2.2 万元，比过去好了很多。

"以前，干部帮扶真像走亲戚，来转一趟，简单问个情况、填个表就走了。现在，填个表都跑这么多趟，问得这么细，真是'蹲'在我们家里出点子、想办法，解决我们的实际困难和问题。"镇原县太平镇慕坪村贫困户张雪柏感慨地说。

经过多次面对面交流，如今，帮扶干部冯娜给张雪柏"量身定做"了一套脱贫方案。

"没钱盖新房不要紧，今年可以利用两万元危房改造补助资金，将 6 间危房都维修加固。"

"养两头牛太少了，搞养殖得壮大规模，现在养一头牛，政府扶持5000 元奖补资金。"

"鸡蛋不能放在同一个篮子里。光靠养殖也不行，得调整种植结构，试着种点万寿菊，一亩政府还补 200 元左右的种苗、保险扶持资金呢。"

……

有了"量身定做"的"一户一策"脱贫方案，张雪柏脱贫致富的信心足了。他花 8000 元买了一头母牛，同时又在中盛公司托养了 4 只湖羊，还种植了万寿菊，加上媳妇和大儿子在外务工的收入，他算了一下，脱贫没有一点问题。

"很多干部都说，以前是为了扶贫而填写表格、以表格落实帮扶，现在通过'一户一策'方案的编制，进一步锤炼了干部作风，在解决每一个家庭的困难中，增强了与群众的感情，掌握了村情民意，提高了做好群众工作的能力。"镇原县扶贫办主任杨俊杰深有感触地说。

一户一个方案，一户一个策略。这不仅是思路的开阔和创新，更是工作流程、工作方法、工作作风的优化和转变。在全县形成了领导干部以上率下，各级干部勇担重责、齐心协力啃"硬骨头"的鲜明导向，真正以脱贫攻坚倒逼干部作风转变，以干部作风转变激发催生贫困群众内生动力。

民生"托底"：摆脱羁绊的幸福基石

盛夏时节，走进殷家城乡，一路上空气格外清新宜人。一条条平整的柏油路和砂石路，一座座新修的房子，一块块平整的梯田，一处处愉快的生产场景，引人注目，全新美丽的新农村展现在眼前。

殷家城乡是镇原县唯一的深度贫困乡。山大沟深、交通不便、人畜饮水困难、基础设施条件落后，是这个乡由来已久的标签。

精准扶贫就是要解决这些最贫困地区、最困难群众的生活困难，让他们真正实现"两不愁、三保障"。柴米油盐，吃穿住行，上学医疗，这些群众牵肠挂肚的问题，看似是鸡毛蒜皮的小事，却是关乎民生的大事。

殷家城等北部乡镇基础设施落后，群众住房大多以窑洞为主，土质疏松，极不安全。住房问题是户内脱贫的一项至关重要的因素，也是广大帮扶干部的心病。

"我申报了易地搬迁项目，已经住进了新房子。我以前住的是土窑洞，出行条件也不好，新房子建成后，我们一家就高兴地搬过去住了，各方面条件都很好。"殷家城村贫困户白天真指着新房子激动地说。

对于基础条件差的乡村来说，基础建设脱贫了，群众就脱贫了。殷家城乡这个曾经被认为不适合人类居住的地方，近年来已是另一番景象。新铺柏油路 14 条 56 公里，建成砂石路 52 条 240 公里，几乎是前些年该县修建路程的总和。建成李园子村易地扶贫搬迁工程 1 处 50户，实施危窑危房改造 1226 户，彻底解决了群众的住房安全问题。

方山乡关山村村民刘生荣患有先天性肢体残疾，家庭生活非常困难，一直居住在 20 世纪五六十年代修建的窑洞里。2016 年危改指标下来后，乡村两级优先为他安排。乡村干部多次入户协调解决建房过程中的实际困难，帮他统筹资金、统一组织备料、统一组织建造，修了三间新房子，他几乎没操什么心。

"原来的窑洞塌得不行了，多亏乡上和村上给我帮忙，备料、给钱，很快就把房子盖成了，现在都搬进去了。国家的政策就是好，干部就像亲人一样。"刘生荣激动地说。

据悉，关山村像刘生荣这样的贫困残疾户一共有 13 户，针对他们缺劳力、缺技术、缺资金这一现实，乡村组干部多次进村入户，为他们统一选址、统一备制砖料、统一找工队，彻底解决了贫困户、特困户、残疾户的后顾之忧。

在危房改造中，镇原县还摒弃了过去"一改了之、一补了之"的简单做法，将危房改造同解决独居老人生活结合在一起。对子女或者老人一方有安全住房的家庭整合户口，这样既解决了双方的住房安全，又让独居老人能安度晚年。将精准危改工作与村庄规划和美丽乡村建设、小城镇建设相结合，采取集中联建、分户自建、维修加固窑洞和购买商品房等方式，全力推进农村危房危窑改造工作。组织培训工匠500 多人次，使农村危房危窑由"粗放改造"向"精准改造"转变。

临泾镇良韩村村民段克俭老两口都 60 多岁了，所居住的几间土坯箍窑建成快四十年了，年久失修，已经破烂不堪。乡村干部多次动员他修新房，老人嫌要花钱，缺少劳力，迟迟不愿动工。后来政府给他划拨了新的宅基地，帮助他修建了三间砖木结构房子，让他们在新居里安度晚年。

南川乡村民慕小娟的母亲84岁了，独居在老家的旧窑洞里，乡村干部担心她的生活和安全，希望她能搬过去和女儿一起生活。她的女儿也是多次请老人和自己一起生活，但老人总是不情愿。村干部一次次地跑，一次次地劝，才终于做通老人的思想工作。看到母女相聚的幸福画面，连村干部也受到了感染。

辛苦坚强了一辈子的农村老人，他们渴望与子女团聚，又害怕给子女添麻烦，宁愿忍受生活的困难和精神的孤独。他们需要的不是一座新房子，而是来自亲人的温暖。

只有从实际出发，切实保障和改善不同家庭、不同群众的生存生活条件，才能更加符合群众期盼，才能让小康梦变得更加现实。

对于"一方水土养不起一方人"的深度贫困自然村，要想从根本上改变面貌，一般常规的扶贫措施见效慢、成本大、效果差，最有效最直接的办法就是移民搬迁。镇原县采取行政村就近安置、新建小区和集中供养安置、分散安置等方式，宜迁则迁、宜散则散、宜并则并，多渠道开展易地扶贫搬迁。

马渠镇景塬行政村赵山自然村的贫困户张建业因病致贫，家庭三口人，母亲患有高血压、心脏病，他自己2003年也得了心脏病，就剩妻子一个劳力。沉重的压力让这个纯山区家庭陷入困境，改变居住条件有心无力。

在征求张建业个人意愿后，马渠镇政府给他申报了易地扶贫搬迁项目，让他在县城惠达家园拥有了一套宽敞舒适的房子，装修得很好，甚至置办了部分生活用品，可直接入住。

方山乡关山村53岁的杨光春2017年搬迁到孟坝镇移民搬迁安置点，不仅住上了新楼房，还在帮扶干部的帮助下，在离家不到200米的商业街谋到了一份保安的工作。

易地扶贫搬迁工程，让居住在山区的群众告别了破窑洞、土坯房，住进了环保抗震、舒适安全的砖混结构新房，有效解决了行路、吃水、入学等问题，并通过增收致富产业，引导农民就业创业，搬迁群众的幸福感明显增强。

2018年以来，镇原县累计筛查农村住房11.82万户，核发鉴定报告、达标认定书、安全标识牌9.52万户，改造危房（窑）37215户；实施易地扶贫搬迁7168户2.65万人，实现了"住有所居"的目标。

"住院不交钱？我还真的享受了这种待遇。"前几天，方山乡方庄村80多岁的李奶奶因多年高血压，在方山乡卫生院办理入院手续时，医生只收了新农合发票、身份证等证件后，就顺利"通关"了，揣在身上的红票子一张也没动。她打趣地说："以后生病再也不用愁了。"

镇原县全面落实控辍保学、保教费补助和"先诊疗、后付费""一站式"结算等教育和健康扶贫政策，建立了"一人一策"帮扶、签约家庭医生送医上门机制，贫困户医疗报销、大病保险报销、民政兜底救助落实率达到100%。

屯字镇贫困家庭13岁学生田妹患有严重的软骨病，不能下地行走，再加上幼时家庭出现变故，她小学上到四年级以后就没再去过校园，从此读书对她来说是一种奢望。

周末或节假日时，兴华初级中学老师李莉便组织同事一起到田妹家送教。

"接触较多后，我发现田妹智力没有问题，只因长期卧床导致有些自卑，所以怕与人接触交流。"李莉说，"自此，我会带着学校的艺术生来给田妹表演舞蹈以及唱歌。并通过数字卡片形式教其认字。"现在她已经可以完成我给她布置的作业了。"

为了不让像田妹这样的折翼孩子失去享受教育的权利，镇原县聚焦"义务教育有保障、适龄儿童有学上"的目标任务，为全县66名中重度残疾少年儿童提供每月两次送教上门服务，全面保障残疾少年儿童也能接受义务教育。

如今，像田妹这样长期窝在家里的残疾儿童都享受到了老师"特别的爱"。

对于生活在山区的群众来说，有一条平坦的油路或水泥路是几代人的期盼。以前有些村组只有一条窄小陡峭的通村路，路面坑坑洼洼，不要说发展产业，就是群众的基本出行也没有保障。

按照优先建设"扶贫路"、提升"产业路"的思路，镇原县将交通建设与精准扶贫有机结合起来，凝聚专项扶贫、行业扶贫和社会扶贫三大力量，着力破解群众出行难题。

"过去这路是稀泥路，娃娃上学、出行都不方便。现在修好了，出行很方便，我们感到非常满意。"南川乡桃园村村民祁玉琢说。

三岔镇大原村贾志勇说起这几年的好日子，感叹道："都是托了修路的福啊！我们这以前路不好，信息不灵通，粮食、牲畜都卖不上好价钱，现在路终于通了，群众过日子都有信心了。今年我养了11头牛、20只羊，还种了35亩全膜玉米，每月都有商贩上门来收购牛羊呢。"

一条条通畅乡村的硬化道路，让农民实实在在得到了实惠。路通了，改变了偏远山区群众的出行方式，让群众享受到了安全、快捷的交通服务，成了群众出行的"便民路"；路通了，进村拉运农产品的车辆更多了，村域经济更有活力了，路也成为农民发展生产的"致富路"。

镇原县积极打通"主动脉"，联通"毛细血管"，大力建设等级路、打通断头路、开发产业路、硬化村组路，近年来累计投资19.34亿元，修建农村公路 1923.76 公里、村组砂石道路 2798 公里。道路建设方便了群众出行，带活了一方经济。

太平镇彭阳村脱贫户刘怀杰说，原来他们村贫困的主要原因是基础条件差，农民守着大片土地没有出路，出行不便，吃水困难，村里的年轻人大多外出打工，留下来的都是孤寡老人。"心情不好，日子怎么能过好？"

脱贫攻坚工作开展以来，镇原县坚持以住房、饮水、教育、医疗等保障为重点，全面实施冲刺清零、固强补弱，找差距、补短板、促达标，"大排查、大起底、大整治""三项行动"，聚力打好民生基础攻坚战。

随着各项措施的落实，刘怀杰所在的村子发生了翻天覆地的变化：群众走上了硬化路，吃上了自来水，通上了动力电，"滚牛洼"变成了"宽展田"，家门口都有了致富产业，条件好了，村里也有人气了。

刘怀杰养了 4 头牛，2018 年自来水通到家门前，人、牛饮水都不成问题。家里通上动力电后，给牛铡草再也不愁了。现在的刘怀杰，笑容总是挂在脸上。"不用再去沟里挑水，农民看病能报销，孩子上学不用交学费，生活条件好了，心情都变好了，还有啥事干不成？"

文明优美的环境，是群众日益增长的迫切需要。环境不仅是面子问题，更是脱贫攻坚和乡村振兴的重要内容。

走进镇原县南川乡，房屋整齐划一，树木苍翠挺拔，广场干净靓丽，所到之处清新整洁，目及之处心旷神怡，到处充满生机与活力。这是镇原县用实际行动诠释"绿水青山就是金山银山"的真实写照。

为了把精准扶贫与美化人居环境同步推进，镇原县以建设美丽宜居乡村为导向，大力开展农村人居环境整治，彻底清理房前屋后、村内主干道垃圾，重点整治柴草乱码、粪土乱堆、垃圾乱倒、污水乱泼、畜禽乱跑等"五乱"现象，拆除村内主干道沿线乱搭乱建，清理修整有碍观瞻的坍塌破房、残墙断壁，帮助消除视觉贫困。

开边镇针对特困供养等兜底保障对象"住处长期无人收拾，杂物乱堆乱放，被褥衣服破旧脏乱"的问题，在逐户走访查看的基础上，调动镇村组干部，采取清扫环境卫生、配置生活用品、完善基础设施等方式帮办实事，解决户内视觉贫困问题，特别是对于户内没有劳动能力、甚至生活无法自理的对象，通过动员户内购买生活用品、监护人帮助改善基础设施等办法，解决实际困难。

除了激发群众内生动力，公益性岗位也成为环境整治的"好帮手"。"以前看见村内环境脏乱差，感觉与自己没关系。自从今年在公益性岗位工作，见到垃圾我不仅会及时清理，还会引导乡亲们爱护村内卫生，养成良好的生活习惯。"新集镇段掌村公益性岗位人员杨岁娥说。

结合精准脱贫，镇原县在全县设立公益性岗位 2010 个，用于各村组在贫困户中选聘卫生保洁人员，确保垃圾日产日清，及时转运，实现带贫与保洁双重效益；按照户分类、组收集、村运转、县（乡）处理的模式，做到组有垃圾箱、村有垃圾暂存点、乡镇有垃圾填埋场，解决了垃圾暂存、收集和处理的问题。

悠悠万事，民生为大。镇原县坚持以人民为中心，扎实做好民生保障工作，持续改善人民生活，交出了一份温暖的民生答卷，进一步提升了人民群众获得感、幸福感和安全感。

产业"突围"：打破贫困的源头活水

镇原县贫困，到底"贫"在哪里，"困"在哪里？缺劳力？农业人口 49 万多；缺土地？169 万亩耕地，人均 3.5 亩。

多年来，镇原县委、县政府一直在苦苦探索，因为缺少适合本地条件的产业，缺乏农业合作化、农业现代化的发展模式。

产业兴，万业兴。脱贫攻坚最终要靠产业攻坚。让群众从产业中获取收益是最直接、最有效的帮扶。

镇原县立足县域经济发展实际，积极引导贫困群众调结构、转方式、增效益，大力培育肉兔、肉羊、肉牛养殖，万寿菊、瓜菜、药材种植等特色富民产业，从而形成贫困群众"户户有增收项目、人人有脱贫门路"的产业扶贫发展新格局。

方山乡贾山村，一个被深山围困的小村。全村 302 户、1324 人，贫困发生率曾经高达 53.25%。在脱贫攻坚关键之年，由国务院挂牌督战。

"贾山村脱贫难，一个重要的原因就是村里没有主导产业，形成不了带动。"方山乡党委书记高亚丽说。

"肉兔养殖是个短平快、无人畜共患病、成本投入低的产业，一只母兔一年可以繁殖 50 只肉兔，一只肉兔纯利 10 元，一年一只母兔就可以带来 500 元收入。"天津市静海区在镇原县挂职干部张俊荣说。经过多方考察，静海区把肉兔养殖作为重点帮扶产业，筹资 80 万元建起了万只肉兔养殖合作社及饲料加工车间，并购进基础母兔 1000 只。

有了合作社这个龙头带动，多年贫困的贾山村开始有了新的希望。

贫困户杨明世懂养殖技术，被聘为合作社的肉兔饲养员。他饲养兔子很精心，干得很起劲儿。"没有天津人民的支持，就没有我现在的生活，每月到手的 2500 元固定工资中，有 1500 元是天津企业提供的公益岗位补贴，今年脱贫没有问题了!"杨明世心里面踏实了。

同村的贫困户贾文章也不再外出打零工，和杨明世一起，成了合作社的一名饲养员。他第一次见兔子还能这么养：在宽敞整洁的兔舍里，标准化的欧式笼舍整齐划一，伴着轻柔的音乐，兔子们悠闲地玩耍，渴了到 U 型龙头边喝水，连清粪都是按下按钮自动完成。

"心里有底了，跟着合作社走，准没错儿。"贾文章有 4 个孩子，家庭开支较大，他又在家里养了 30 只母兔，还加入合作社成为社员。"笼具是由合作社免费提供的，对于我们贫困户还有 1000 元启动资金补贴。"

为带动更多农民发展肉兔养殖，合作社建立了"331+"的养殖模式，即三方联动（企业、合作社和贫困户）、三变改革（资源变资产、资金变股金、农民变股民）和一个肉兔品牌。

杨光耀家 3 个孩子都在上学，每年因学支出就高达 3 万元。对于脱贫摘帽，他有着强烈的渴望。"再苦再难，也要供娃娃们读完大学！"他家里种了 60 亩地、养了 60 只羊和 30 只兔子，还有 6 箱蜜蜂。

老杨直言，现在啥也不愁，甩开膀子干就行了。"天津的金仓公司与我们签订了合同，粮食、肉兔、羊都不用担心销路，金仓说有多少收多少，而且绝不会低于市场价，人家还上门收购。"老杨现在干劲儿十足，他成了金仓公司的收购联络员，最大限度地把乡亲们滞销的农产品收上来。今年前半年，乡亲们就有 100 吨小麦是被金仓公司收走的。

肉兔产业的建立，让乡亲们增收信心更足了。现在，合作社的母兔已经陆续产下几百只小兔，预计到明年，就可以实现年累计出笼 5 万只的规模，届时社员们就能真正享受到发展分红。

同一个山村，因肉兔产业的崛起，讲述着与几年前完全不同的故事。山虽然还是那座山，但人早已不是那些人，依靠产业致富激发的内生动力，早已在他们的心里扎根生长。

作为农业大县，要发展还得围绕种植和养殖做文章。地域的优势在哪里，产业的选择就应该在哪里；群众的传统基础在哪里，发展的重点就应该在哪里。

过去，茹河沿川是出了名的穷川，一无矿产资源、二无工业项目，群众只种小麦、露地玉米、洋芋等低附加值作物，忙碌一年，一亩地纯收入不足 600 元。现在发展大棚瓜菜，一亩地一年纯收入可达七八千元。开边镇兰沟、陈坪、解放等村大部分群众依靠大棚瓜菜发了家致了富，村上还成立专业合作社，带动周边群众一起发展种植，现在基地内的瓜菜已远销西安、银川等地。

走进开边镇兰沟村设施瓜菜基地，株株辣椒欣欣向荣，颗颗西红柿饱满红润，处处散发着生机勃勃的气息。基地负责人李振龙每天穿梭于 200 多个温室大棚之间，悉心侍弄这些蔬菜。李振龙说："这些菜都是去年9月前后栽植的，一个棚一茬产值大约在 1 万元，春秋两茬可以收入 2 万多元。"

"去年，我把自家的 2 亩土地流转给众合兴种植养殖专业合作社，还入股了一万元产业扶持资金。今年，我在合作社里边打工边学技术，每天能挣 100 多元，加上入股分红和土地流转金，收入不少呢。"开边镇解放村贫困户朱九奎说起自己现在的经济收入，脸上露出灿烂的笑容。

开边镇采取"企业+合作社+农户"的带贫模式，大力发展设施瓜菜产业，把特色瓜菜种植作为带动全镇产业发展、助农增收的重要举措。鼓励农户将自家的土地集中连片转租或入股龙头企业和种植养殖专业合作社，让农民成为"产业工人"和合作社股东，农民们一手拿租金，一手领分红，还可以在合作社打工，实现了多元化增收。

从浙江引进的庆阳农兴盛农业发展有限公司建成了千亩礼品西瓜基地。在开边镇解放、兰沟、开边三个行政村流转土地 3000 亩，建设钢架拱棚 7500 座，年产西瓜 1.5 万吨，销售收入 6000 万元，带动群众增收 630 万元，户均达到 1 万元。基地还带动指导周边 300 多个农户以多种形式发展瓜菜生产 2000 多亩，增加农户收入。

数据显示，截至目前，镇原县已建成 2 个万亩设施瓜菜示范片带，带动全县种植瓜菜 22.8 万亩，产业扶贫成效显著。

单一、粗放的产业带来的必定是单一、短期的收入。镇原县多元发展，重点探索，多方延伸产业链条。把产业培育与环境美化同步推进，让荒山变美景，坚定他们改变贫困落后面貌的决心，养成爱干净、讲卫生的良好习惯，在生活习惯上先"脱贫"。集观赏、药用、食用、环保等经济价值于一身的万寿菊被确定为这种产业。

万寿菊对生长环境要求低，相对劳动强度较小，经过考察、试种，适合在镇原县种植。镇原县引进立达尔万寿菊加工企业，建设万寿菊种植基地，大力推广，全县万寿菊种植面积达到了 7.4 万亩。

"按照'政府引导、农户自愿、科学规划、全员参与'的原则，对有劳动力的农户，鼓励每户栽植万寿菊 3~5 亩，对劳动力不足或地块面积较大的农户，引导农户将土地流转给合作社统一栽植经营。"临泾镇新堡村村支书段建平说，村上新建了千亩万寿菊示范点，栽植万寿菊 1260 亩，其中 67 户贫困户栽植万寿菊 218 亩，亩均纯收入 2200 元。

依托万寿菊产业，镇原县在武沟乡、孟坝镇各打造万亩万寿菊旅游观光园 1 处，同时新建婚纱摄影、休闲木屋、亭阁台榭等景观，通过举办集体婚礼、万寿菊采摘比赛、书画艺术交流、"万寿菊"杯广场舞选拔比赛为主题的"万寿菊"文化旅游艺术节，借助"旅游+"理念延伸产业发展链条。

"山沟沟找不到赚钱门路，可把人愁坏了。"长期以来，"穷"字像块大石头一样压在南川乡东王村老赵的心头。2017 年，甘肃天欣堂医药有限公司成立了，老赵会开拖拉机，就去报名找工作，被录用了。"每天开拖拉机拉中药材、耕地，一个月 3000 元，还管吃，离家近，家里有活了就回家干活，日子有了希望。"老赵说。

了解了天欣堂"公司+合作社+基地+贫困户"的生产经营模式后，

老赵种了8亩柴胡、4亩丹参。"公司提供柴胡籽、化肥、技术指导，还按保护价保证收购。去年10月份，丹参卖了一万多，于是今年放心大胆地种了24亩丹参、22亩柴胡，今年开拖拉机的工作工资也涨到了3400元，还管住。"老赵脸上的皱纹快乐地游动着。

目前，天欣堂主要种植柴胡、丹参、黄芪、黄芩四种中药材，在镇原县建成南川、孟坝、临泾三个育苗示范基地，让广大老百姓全程参与其中，获得收入。3年来带动镇原县中药材种植160000亩，目前保有量91000亩，有效带动16000名农民，其中4000多户贫困户参与中药材种植，已初步打造成了镇原县中药材产业园，并线上线下发力，形成了以镇原县为中心，辐射陕甘宁周边地区的一个局部的中药材交易市场。

发展一个产业，带动一方经济，富裕一方百姓。

走进南川乡沟卢村老党员段明贤家时，段明贤正在羊棚里喂羊，看着一只只膘肥体壮的羊儿，段明贤脸上洋溢着幸福的笑容。"我一直在养羊，前几年养了十几只，这几年合作社养羊前景很好，我就扩大了养羊规模。2019年又购买了二十几只，都是育肥羊，到腊月卖出去一些，应该可以卖15000元左右。"段明贤算着收入账。

在沟卢村，像段明贤这样发展养殖业的家庭还有很多，养殖加上务工，一年下来家庭收入能达到三四万元，日子过得其乐融融。

"能有这样的好日子，主要还是村里合作社的功劳。"沟卢村党支部书记苟等文告诉记者。2018年，由市扶贫办牵头，村民入股在沟卢村建办了鸿运通养殖专业合作社，采用新型养殖方式养羊，一年下来，合作社运营得很不错，村民看到了规模养殖的效益，积极性很高。

据了解，鸿运通养殖专业合作社现有社员91户，入股资金100万元，养羊规模1000只。2019年6月完成第一次分红，分红资金10万元。合作社还与贫困户签订饲草种植协议，户均种植饲草3亩，收益

2000 元左右。带动 42 户贫困户发展养殖，实现了贫困户稳定增收。

围绕肉羊产业发展，镇原县大力推进饲草保障、种羊繁育，肉羊育肥、产品加工、技术服务、市场营销六大板块建设，全力构建"公司+合作社+农户"的"金字塔"式肉羊养殖体系。至 2020 年 7 月，镇原县肉羊存栏量达 82.6 万只。

乡乡有带贫产业，行行有龙头企业，村村有合作组织，户户有发展依托，业业有农业保险，这是镇原县产业发展的产业思路和目标。

为推进肉羊产业发展，镇原县通过招商引资引进中盛华美羊产业发展有限公司、镇原县久鼎养殖专业合作社联合社、中天羊业等 5 家龙头企业，建成城关镇七里河种羊繁育场、方山乡王湾村万只黑山羊保种繁育基地等 11 处良种繁育基地。新建孟坝镇万只奶山羊养殖基地及奶粉生产线，30 万只肉羊、3 万头肉牛屠宰线，建成西部青、华德、天润禾等大型饲草加工企业 7 家，进一步健全了饲草加工和肉牛、肉羊屠宰加工产业链条。全县新型经营主体流转经营土地 40.12 万亩，辐射带动贫困户 5.6 万户，认定各类示范合作社累计 184 家，初步构建起了新型经营主体引领农业发展的新格局。

横看产业连成片，纵观链条成一线。产业对路子、成规模、可持续让过去贫瘠的山川梁峁成了花的海洋、药材的宝库、饲草的天地。曾经破旧的老庄旧院在兔、牛、羊等家畜的入住中焕发出新的活力。

乡村振兴，产业先行。在镇原县委十六届十二次全会上，新任县委书记毛鸿博提出，要拉开架势构建产业体系，突出发展鸡、牛、果、劳四大主导产业，让养鸡成为财政稳定来源、养牛成为群众收入来源、苹果成为农村兴旺通道、劳务成为农民增收渠道。

新思路开辟新格局。只有产业振兴才有乡村振兴。镇原县委、县政府创新思路谋产业、抓产业、兴产业，带领广大党员干部听民意、汇民智、聚民力，做主角，当主力，为乡村振兴再奋发，再突破！

干群 "结亲"：传递温度的坚强纽带

盛夏七月，山川秀美。平展干净的油路直通乡镇、村组，沿路万寿菊金黄鲜艳，中草药茎粗叶茂，玉米墨绿葱茏，天蓝色的彩钢顶养殖小区点缀于山间，像大山的眼睛，鲜亮而充满生气。

广大帮扶干部用热血和汗水浇灌出了一个个崭新而活力四射的新农村。

脱贫攻坚，彰显的是党群、干群一家亲的强大凝聚力，体现的是帮扶单位、帮扶干部的精神合力、经济动力和情感魅力。精准扶贫以来，中央和省市县乡五级7029名帮扶干部与4.24万户贫困户结成帮扶对子，下派贫困村第一书记、驻村工作队长120人，驻村干部360人。这些新鲜的血液带着城市的温度注入农村、贫困户，滋养了这里的草木和人心。

心的温度改变了这里的贫困度。

郭原乡毛庄村位于镇原县西部，为黄土高原丘陵沟壑区，山塬兼有，贫困发生率58%，是全县80个深度贫困村之一。而张卓然是中央党史和文献研究院干部，生活在繁华的首都。

张卓然和毛庄村的交集始于2017年8月。

当时，张卓然主动向组织提出了到基层 "墩墩苗" 的想法。他是一名党史工作者，而脱贫攻坚是党的历史上浓墨重彩的一笔，能投身到打赢脱贫攻坚战的重要历史进程中，让他无比激动和兴奋。

"我想亲身感受一下广阔的西部，想体验体验贫困地区农业及农村发展情况、农民生活状况，想尽力为贫困群众脱贫尽一份力。" 张卓然说。

怀着这颗朴素的初心，张卓然来到毛庄村担任第一书记。

过去，毛庄村党支部是一个典型的软弱涣散党组织，支部班子工作不得力，村集体经济基础薄弱，群众增收缓慢。

上任之初，这是摆在张卓然面前的第一道难关，也是最为关键的一关。

在张卓然看来，基层组织不能发挥战斗堡垒作用，就等于丧失了组织群众、带领群众、服务群众的能力，也将失去群众对党和政府的信任。

党的十九大胜利召开后，张卓然意识到这是一个整顿组织、改变现状的绝佳机会。他当机立断，积极组织全村党员和群众代表学习十九大报告和新修订的党章。

张卓然编印了一本简洁易懂的《十九大报告学习手册》，发给党员和群众，用接地气的话语耐心细致地讲解。

为进一步增强学习宣传效果，张卓然又在乡党委支持下，组织开展十九大精神"进农家、进校园、进网络"活动，装制宣传车1辆，把《人民日报》等权威媒体微信公众号二维码印到车上，方便群众扫码学习。另外，还印制300份纸质宣传单，并录制了学习广播随车播放。

坚强的领导成就坚强的战斗堡垒。如今的毛庄村，"两委"班子成员干事创业的信心和决心不断增强。支部委员张永升、老党员贾铎、党员杏世权等带头建起了种植养殖合作社，吸收贫困户入股，带领大家抱团致富。

担任第一书记以来，张卓然人住毛庄、心驻毛庄、情注毛庄，经常深入田间地头，深入贫困群众家中，了解生产生活情况，虚心征求群众对帮扶工作的意见建议。把培育增收产业作为脱贫攻坚的第一目标，根据地域实际，确定了"山区花椒、塬面药材、全村养牛"的产业思路，大力发展中药材、养殖、草畜三大产业，不断拓宽贫困群众增收渠道。

近年来，中央定点帮扶协调投入各类帮扶资金839.5万元，用于在毛庄村发展药材、辣椒、肉牛等产业，共种植中药材800亩，栽植花椒925亩；羊、牛、猪分别存栏1000只、900头、1000头。2019年，毛庄村实现了整村脱贫。

"殷家城乡是镇原县唯一的深度贫困乡，李园子村是殷家城乡唯一的深度贫困村，贫困面最广、贫困人口最多、贫困程度最深，距离镇原县城110公里，距离乡政府10余公里，为纯丘陵沟壑地区，自然条件恶劣，农业生产靠天吃饭，缺少技术、缺少像样的党支部阵地……"李园子村，静静的夜晚，审计署兰州特派办驻殷家城乡李园子村帮扶工作队队长、第一书记马仲生在他的扶贫日记中写道。死气沉沉的党支部、泥泞的道路、贫困的农家、脏乱的环境成为他心上日日的牵挂。

要做村里事，先做村里人。从驻村的第二天起，马仲生就挨家挨户摸底子。他白天学习脱贫攻坚、乡村振兴政策要求，中午和晚上利用贫困户可能在家的时间，与驻村工作队员一起逐户走访，在话家常中了解贫困户生产生活基本情况，了解群众的真实想法，并在听实话、摸实情的过程中掌握了村党建工作、班子建设、扶贫救助、集体经济、发展规划等第一手资料。

就这样，一个在城里生活了三十几年的人，心甘情愿地驻扎在了偏远的山村，和这里的老百姓手拉手，挥洒汗水，在贫困的樊篱里努力拼搏。驻村一年来，马仲生很少回家。他牵挂着家人，但年迈的父亲半夜冠心病突发，他不在身边，三岁的儿子肺炎住院，他不在身边。看着为家庭操劳而日渐消瘦的妻子，他满是愧疚，但他更放不下扶贫重任，放不下李园子村这个"大家"。

他说："我们每一个驻村干部都要牢记使命，扎根农村，成为贫困户的贴心人，只有这样，才能带领大家同心同德脱贫奔小康!"

省税务局工作人员王梓丞曾是一名军人，转业后从事税务工作。脱贫攻坚战打响后，火热的战斗场面让他热血沸腾。他主动请缨，毅然离开舒适的工作环境，从办公室下到贫困落后的乡村，从省会城市走进群山环抱的深山。

他经常带着驻村队员进村入户，了解贫困户家庭变化，向农户宣讲产业发展、扫黑除恶、惠农富农等政策知识。殷家城村每一条蜿蜒崎岖的山路上都留下了他坚实的脚印。他以自己的真抓实干精神和为民爱民情怀真正融入群众当中，让群众看到扶贫不是走过场，不是走秀，增强了他们脱贫致富的决心和信心。

2019年栽植中药材、万寿菊时，王梓丞连续多天在地里指导栽植，和群众同吃同干，打成一片，让群众另眼相看。

对于大多数贫困户来说，能帮什么、帮多少，都不重要，重要的是帮扶干部能与他们打成一片，给他们精神上以支撑，让他们真正感受到党和政府的温暖。王梓丞仆下身子，访贫问苦，同甘共苦，与群众建立了血肉联系，营造了和谐的党群、干群关系，让单方扶贫变成了并肩作战。

中国石油勘探开发研究院西北分院按照"一乡一业、一村一品、整村推进、连片开发"的产业发展思路，在新集镇吴塬村建办众富黄花菜种植专业合作社，栽植核桃250亩，栽种黄花菜1000亩，农户每栽种一亩黄花菜奖补300元。

目前，众富黄花菜种植专业合作社栽种面积达到2300亩。甘肃养汇鲜生态农业有限公司与该合作社建立黄花菜后期加工、销售业务关系，与农户签订种植、加工、销售合同。"龙头企业+合作社+农户"的良性产、销发展模式，提高了村民种植黄花菜积极性，示范带动效应显著。

"以前村民的黄花菜，要么自己拉到乡镇或者县城卖，非常不方便而且价格低，有的甚至坏在了家里。现在都卖给养汇鲜公司加工，价格比市场价还高一些，村民的积极性非常高，而且辐射带动了周边的村庄。"新集乡吴塬村支书牛鸿弟高兴地说。

为了给贫困村民找到一把脱贫致富的"金钥匙"，庆阳市文广局帮扶干部们以"解剖麻雀"的方式，深入贫困群众中间了解贫困成因，因地制宜探索脱贫之计，精心谋划帮扶规划、措施。

2015年，根据该村实际确定的第一个扶贫项目在这里实施，80只小尾寒羊被投放到20户贫困家里。洞子沟自然村的惠付荣就是领到羊的贫困户。如今，当初的4只羊已繁育到24只。依靠养殖，惠付荣不仅自己脱了贫，还在市文广局的指导下成立了洞子沟种养殖专业合作社，带动同村5户群众发展养殖。同时，根据种植传统，市文广局继续扶持群众种植全膜玉米，每年投放地膜23000元。

看到群众产业单一，市文广局干部又多方考察，引进种植白瓜子，拓宽了群众增收渠道。金岔自然村的秦宏春是白瓜子种植大户，收益也是最好的。2016年，秦宏春在30亩玉米地里套种了白瓜子，仅白瓜子一项就收入7000多元。秦宏春高兴地说："这些帮扶干部都是实心帮我们呢，我种植的白瓜子种子都是他们免费提供的，价值600多元呢！"看到村里的30多户群众种植白瓜子有了收益，更多的群众正在谋划种植，这项产业正在这里悄然兴起。为了方便群众取籽，市文广局出资1.2万元为村上购置白瓜子打瓜取籽机械2台。

读者集团帮扶庙渠乡四合村、六十坪村、店王村投入帮扶资金10万元维修村部；中石油勘探西北分院帮扶新集乡吴塬村投入帮扶资金49.8万元发展产业、资助大学生；省农科院帮扶方山乡王湾村、张大湾村、关山村和贾山村投入帮扶资金160万元落实科技成果转化项目，新建蔬菜塑料大棚……

这些都是近年以来，省市单位帮扶镇原全力打赢脱贫攻坚战的一个缩影。

在中央定点扶贫、东西部对接扶贫、省市级包村联户扶贫中，每个单位、每个帮扶干部用真情、献真心，真扶贫、扶真贫，为镇原县贫困村全部退出、全县整体"摘帽"奠定了坚实可靠的基础。

东西部扶贫协作是打赢脱贫攻坚战、实现先富帮后富、最终实现共同富裕目标的大举措。怀着对老区群众的深厚感情，天津市静海区多次组织人员到镇原县开展互访交流、结对帮扶活动。

两地党委、政府主要负责同志累计开展高层互访 11 次，县级以上领导进行调研对接 51 次，共同协商编制了《东西部扶贫协作三年行动规划（2018—2020 年）》和年度工作计划、资金使用计划。四年来，天津静海落实帮扶资金 18495.483 万元，实施设施蔬菜基地、瓜菜综合市场、舍饲棚圈养殖、到户产业奖补、"331+"合作社奖补、劳务培训、文化教育卫生等项目七大类，辐射带动全县 19 个乡镇 101 个村集体经济发展壮大、3681 户 14660 名贫困人口增收致富。

先后举办"春风行动"等大型专场招聘会 9 场，组织转移贫困劳动力到静海就业 643 人，到其他地区就业 2562 人，就近就地就业 609 人，累计转移贫困劳动力 3592 人就业，带动 12572 名贫困人口增收。按照"龙头带动、订单生产，政府扶持、保险托底，草畜平衡、农牧互补"的发展思路，天津市静海区投资 3.275 亿元，在镇原县建办龙头企业 6 家，实施产业扶贫项目 4 个，大力发展肉牛、肉羊、肉兔、中药材等富民增收产业，通过利益联结机制使贫困户 27922 人受益。

在这片红色的热土上，各级帮扶干部用有力的双足踩出了坚实的小康之路，用辛勤和汗水浇灌出了遍地的产业之花，用真诚与热心与农民结下了深厚纯朴的友谊。脱贫路上，他们用精神和意志兑现了"小康路上不落一人"的庄严承诺，交出了满意的答卷。

镇原，这个曾经被贫困扼住咽喉的贫困县，如今每天都上演着温情的脱贫故事。

　　这是镌刻进黄土深处的暖流，它会解冻亘古未涉的冷寒，会让种子发芽，让大地吐绿，让百花绽放，让硕果累累，让最孱弱最卑微最无助的人心铿锵地站起来。

敢教日月换新天

——记时代愚公柳得安

申万仓

诗书镇原，耕读传家，周秦故地，斯文在兹。源远流长的文化底蕴，奋斗不息的革命精神，薪火传承，代有才俊，无论城乡，不分贫穷，有史可循者，东汉王符，《潜夫论》著，上涉朝政，下论民情，国防农耕，句句实务之策，君臣父子，字字肺腑之言，经家治国，光照千秋，文明之风，因因相袭，盛行不衰，迁延至今。

文化翰墨滋润思想，农耕文明养育生命。在土里刨食、靠天吃饭的时期，朴实无华的黄土地，憨厚实诚的镇原人，积极响应党的号召，整修农田，改天换地，早出晚归，戴月披星，以血肉之躯，排除万难，齐心协力，改变食不饱腹、衣不被寒的苦难岁月。

"江山代有才人出，各领风骚数百年。"这个时期，柳得安脱颖而出，成为一个时代的先锋模范。经层层推举，组织选拔，于 1969 年 10 月，以甘肃省镇原县三岔公社石咀大队党支部书记的身份，代表基层党员群众，赴北京参加庆祝中华人民共和国成立 20 周年观礼活动和国庆招待会，受到毛泽东主席的接见和周恩来总理的宴请。

农业学大寨，桃李走在前。1963 年毛泽东发出"农业学大寨"的指示后，大寨经验在中国广大农村迅速推展开来。镇原县积极响应号召，克服困难，艰苦创业，掀起平田整地、治理沟壑、兴修水利，改变农业基本生产条件的高潮。

镇原县广大干部群众积极仿效大寨人闸河垒堰、把山地淤成平地、把坡地修成梯田的做法，抓点带面，热火朝天大搞农田基本建设。

柳得安带领群众走在前，干在先，把流域内"跑水、跑土、跑肥"的"三跑田"变成"保水、保土、保肥"的"三保田"。治理坡洼的小块山地，修成水平梯田。对全队的山地连片治理，修成高标准的大块山地梯田，田好了，地肥了，桃李生产队连年人均产粮超千斤。对桃李生产队农业学大寨，进行梯田建设的做法，镇原县进行了深入调查。

为了进一步学习大寨经验，1967年9月22日，镇原县第一线指挥部决定，由副县长李应虎带队组织各社、队干部，学大寨标兵71人赴大寨参观学习。柳得安等认真学习大寨人的石帮堰山地水平梯田、狼窝掌综合治理、军民盘山渠以及康家岭蓄水池等工程经验。10月5日他返回县上，向全县干部群众作了全面系统的传达。全县干部群众精神振奋，意气风发，再度掀起了农业学大寨的高潮。

以柳得安等为代表的社队干部发动群众，组织群众，带领群众战天斗地，先后做出了高标准、高质量的橡帮堰、草皮堰、石帮堰、水平梯田以及平田整地、渠系配套样板。地、县领导多次组织参观学习，点面结合，全面推广。

1968年4月，庆阳地区革委会转发关于镇原县三岔公社桃李生产队学大寨的调查报告，要求各地坚持调查研究，用心寻找当地学大寨的典型，并加以总结，使之推广。

全县20个公社所有大队、生产队都组织精壮劳力，用橡帮堰打埂兴修水平梯田和条田，要求"九路锤子三声响，锤窝紧密不露梁"，活土让路、死土搬家，最后达到活土还原，争取做到下年粮食不减产。这样做确实取得了明显效果，极大地改善了镇原县农业生产条件，促进了农田基本建设和农业生产，推动了经济社会发展。

精神放光芒，春草有力量。柳得安在 67 岁接受白生金采访时说："我是个农民，一生当中经历的事情很多，但有两件事最值得回忆和自豪。第一件是我任石咀大队党支部书记几十年里，没有辜负群众的希望，带领大家为改变落后面貌做出了一定贡献；第二件事，那就是我见到了毛主席，这是我终生难忘也是最光荣的事。"

柳得安出身农家，深知土能生金，田地是农民的安身之本，地好能产粮，粮多心不慌。1955 年任互助组组长，刚满 16 岁的他就暗下决心，要务好庄稼用好地。1956 年任农业生产合作社会计，1958 年任桃李生产队队长，这期间，带领全队群众治理坡洼的小块山地，到 1964 年修成水平梯田 100 亩，接着对全队的山地连片治理，经过 3 年艰苦奋战，修成高标准的大块山地梯田 600 多亩。农业基本条件的改变促进了粮食产量的增长。1966 年以后，桃李生产队连年人均产粮超千斤。1969 年被推举担任石咀大队党支部书记，同时荣任公社党委、县委、地委委员。

人在做，天在看。柳得安的努力获得各方关注，1969 年离国庆还有二十天的一天下午，正在队里劳动的柳得安接到公社指派专人通知，做好准备去北京参加国庆 20 周年观礼活动。没去过北京的柳得安听到这消息后非常高兴。第二天下午县革委会派车把他接到县上，因是地委委员，又是县委委员，县上全体领导同柳得安见了面，表示祝贺。从县上、地区、省城一级级送达北京，路途虽远，思接万仞。

北京安排的 15 天参观、游览，给柳得安留下了深刻的记忆。毛主席接见，周总理宴请，精神的鼓励，光芒的照拂，对柳得安的震动很大。国庆观礼活动结束，他盘算着，回去要将见到毛主席的幸福情景，一一传达到地区、县上、公社、大队、生产队，以至于每一个热切期望的群众中去。返回路上，到处都是敲锣打鼓，夹道欢迎，县城欢迎的队伍一直排到西门桥头。回三岔，沿途的孟坝、庙渠、马渠、三岔都组织队伍欢迎。在当时，谁能见到毛主席，确实是件光荣得不得了的事。在回来的那半个月里，柳得安每天被人们围着、问着。他向他们诉说着，并被接去到处作报告，传达宣讲上级的精神。

1970年9月23日，《人民日报》发表《农业学大寨》的社论，强调指出："大寨是伟大领袖毛主席提倡的一面旗帜。农业学大寨是毛主席向全国人民发出的伟大号召。大寨的路，就是毛泽东思想指引下建设社会主义的道路。"10月初结束的中央"北方地区农业工作会议"，提出了"坚持党的基本路线，加快农业学大寨步伐"的要求。紧接着，庆阳地区革委会于同月16日至25日，在三岔公社召开全区"农业学大寨"四级干部现场会，传达了全国北方地区农业会议精神，1800多人参加了会议。会议采取讲用、批判、展览、现场参观等方式交流学大寨经验，参观学习了三岔公社桃李生产队兴修的石帮堰、橡帮堰水平梯田以及粮食、油料生产等农业学大寨的经验。会上提出了"远学大寨赶昔阳，近学桃李快上纲"的口号。

整修好粮田，家家有吃穿。深受鼓舞的柳得安信心更足，决心更大，更加积极，全心全意带领石咀大队人民自力更生、艰苦创业，不仅把滚牛洼、驴脊梁变成平坦坦的农田，摘掉吃了上顿没下顿无余粮的帽子，更是在各项事业发展中走在前列。

1970年10月，庆阳地委、庆阳地区革委会在三岔公社召开全区四级干部会议，现场参观桃李生产队治山改土经验，推动全区农田基本建设全面开展，提出口号"远学大寨，近学桃李"。会议后，柳得安带领石咀大队党支部一班人，对全大队5个生产队的山、川、台和河滩地进行实地勘测，制定全面治理规划，成立大队农田基本建设专业队。首先治理河滩地，按等高线确定地块，再用石头垒起地边埂，然后填上土。到1971年底，新增土地1000亩，建成提灌12处，昔日的荒河滩变成水浇田。石咀全大队粮食连年获得丰收，人均每年给国家贡献粮食1000斤，集体储备粮100万斤，并给马渠、孟坝、庙渠、殷家城等困难公社调剂口粮16万斤。持续实干加苦干，毫不松懈，坚持专业队长年治理和农闲群众性集中治理相结合，到1976年，累计治理山、川、台和河滩地2900亩，石咀大队农业基本条件得到根本改善。

石咀大队各项工作取得显著成效，柳得安做出成绩，组织给了他荣誉，推举他担任三岔公社不脱产党委副书记，中共镇原县委委员、庆阳地委委员、省党代表；荣获省、地、县表彰奖励达20多次。

学帮追又赶，山川换新颜。1970年12月，镇原县革委会派杜时春、刘怀义、邱培元等同志组织在三岔中学举办了两期全县大队党支部书记和部分生产队长参加的"远学大寨、近学桃李培训班"，每期三天，共有600多人参加了培训。1971年2月8日，镇原县革委会召开全县"农业学大寨"会议，会议讨论提出了"举旗抓纲不转向，学习大寨赶昔阳，三年粮食翻一番，五年产量上纲要"的全县"农业学大寨"战斗口号。全县进一步掀起了治理农田、兴修水利、改变农业基本条件的新高潮。"半夜出工鸡未鸣，车轮滚滚脚步急，天公惊问何所去？神农笑指大寨旗。"

此后每年秋播后，全县要求上7万劳力，大干60天，完成水平梯田、条田6万亩。各地坚持工程措施与生态措施相结合，水土保持与治水改土相结合，专业队与群众运动相结合，大中小结合，蓄引提并举的方法，采取以大队为单位集中治理，以生产队为单位分散治理等方法，组织专业队常年战斗在田间，实行指挥台、评比台、大字报、黑板报、红旗、语录牌、毛主席画像到工地。山区沿等高线打埂、大湾就势、小湾取直兴修阶梯式农田，川塬区打埂填堰取直整平成长方形条田，实行田、林、路、渠四配套，在全县范围内涌现出一批样板典型。

孟坝公社王湾大队以大队为单位组织基建专业队，采取"农忙专业干，农闲总动员，一年四季不断线"，大规模地、集中连片地进行治山治水改土斗争，经过三年零四个月的艰苦奋斗，修成水平梯田2800多亩，原面条田560多亩，增加水地12亩，把过去的"坡陡、沟深、山地多、遇旱枯死苗、遇涝冲成壑"的旧面貌变成"条条梯田平展展，层层地埂连山转"，保土、保肥、保水、保产的稳产田；城关公社祁川大队经过两年多的艰苦奋战，移动160多万立方土，把两沟三梁连成一片，把500多块小地连成270多块大片地，修成山地水平梯田2400多亩，平整川地235亩，1972年夺得了好收成，一举结束了吃回销粮的历史；开边公社解放大队两年平整土地2405亩，扩大灌溉面积677亩，1971年粮食产量亩产达到335斤，两个生产队上了《纲要》，一个生产队过了"黄河"。1972年在特大旱、冻灾害袭击下，粮食亩产仍然超过了1970年水平，仅两年就给国家贡献粮食70多万斤；殷家城公社也组织了250人的农田水利专业队，配备75马力链轨推土机两台，由副书记曹良田同志任队长，坚持常年干，一年四季不断线，持续六年共兴修高标准水平梯田4600亩，沿川修建提灌站13处，发展有效灌溉面积1150亩。坚持因地制宜、因害设防的原则，采取大湾就势、小湾取直的方法，所修的水平梯田面积最大的有53亩，最小的也不下2亩。像太平王宝塬、新集红武沟、三岔周家庄及榆杨湾、临泾包庄沟、城关祁家川、新城团结沟等都是一批集中治理、综合治理、防治并重、治管结合的好典型。到1973年时，全县共兴修水平梯田、条田33万亩，水地达到55062亩，造林242800亩，育苗51420亩，4个公社实现了万亩林，11个大队实现了千亩林，120多个生产队实现了百亩林。

奋力做贡献，日月换新天。 典型示范，榜样引领，在柳得安等劳动模范的带动下，百姓激发出的力量无疑是巨大的。

1977年1月，庆阳地区召开会议，传达贯彻全国第二次"农业学大寨"会议精神，重新讨论制定农业发展规划，提出"奋战三五年，普及大寨县"的口号，规划3年内7县全部建成大寨县。同时，地、县分别抽调大批干部蹲点包队大办农业。1月14日，镇原县贯彻第二次全国"农业学大寨"会议精神四级干部会议在县城召开，参加会议的有3668人。会议总结交流"农业学大寨"经验，在全县掀起"学大寨、赶昔阳，建设大寨县"的高潮。全县各公社、大队、生产队采取连片规划，集中突击和长期农田建设相结合，坚持工程措施与生物措施相结合，水土保持与治水改土相结合，专业队与群众运动相结合的原则，采取公社统一规划，以大队为单位集中治理、分片治理，以生产队为单位分散治理及组织专业队常年治理等四种组织形式，在山区兴修水平梯田，在原区兴修水平条田，田、林、水、路综合治理。截至1978年底，全县共兴修水平梯田和条田483000亩，占粮田总面积的35%，人均一亩三分。

在"农业学大寨"平田整地大搞农田建设的同时，中共镇原县委、县革委会坚持"水利是农业的命脉"的思想，认真贯彻"小型为主、配套为主、社队自办为主、加强管理、狠抓实效"的方针，加快了水利水电建设步伐。

在渠道建设方面，先后维修补建延伸了解放、东风、星光、川口、御史五条自流渠道，兴修洪惠、和平、沟芦、岱马四条渠道工程，恢复和新增有效灌溉面积20360亩。还成立了开边、南川两个万亩灌区水管所和洪惠、西杨、川口、岱马、太阳五个千亩灌区水管所。

提灌工程方面，1974年3月动工建设白马池电力提灌站，次年5月建成上水，提水扬程122米，可灌塬地400亩。麻王截潜流提灌工程于1976年8月动工，次年3月正式上水，发展有效灌溉面积900亩。柳咀高扬程提灌站于1975年2月动工兴建，次年8月建成二级提灌站，总扬程221米，可灌大庄、新庄、地庄等四个村塬地1500亩，后由于电源不能保证，设备封存。太阳池电力提灌工程于1976年12月1日筹建动工，1978年11月建成三级提灌站，总扬程127米，有效灌溉面积2400亩。另外，还修建了临泾梁韩、包庄沟，平泉北徐沟、王储沟、麻王，中原姜白沟，屯字大咀，上肖翟池、坷佬沟等提灌工程。

电力建设方面，镇原县于1969年投资75万元（其中国家投资65万元，地方自筹10万元），在彭阳乡楼底村修建了寺沟水电站，安装120千瓦立式水轮发电机组两台，75千瓦立式水轮发电机组一台，总装机容量315千瓦。1971年10月，国家投资72万元，在寺沟水电站下游的砚瓦台，修建了马头坡水电站，安装75千瓦立式水轮发电机组三台，总装机容量225千瓦。后将寺沟、马头坡水电站合并，成立了寺马水电站，总装机容量达到了540千瓦，架设10千伏输电线路四条，长77.9公里，供上肖、彭阳、肖金、董志4个公社20个大队，79个生产队的农业和地区水泥制品厂的工业用电。1972年至1974年，在平泉、三岔公社各建修一处柴油机发电厂，厂内均安装了三台50千瓦和两台75千瓦柴油发电机组，总装机容量600千瓦，并安装180千伏安变压器各一台，架设高压输电线路5条，总长69公里，低压输电线路38公里，供平泉、中原、新城、三岔、方山、殷家城六个公社24个大队128个生产队的抽水、灌溉、加工及机关照明用电。同时全县有20个公社安装了10~20千瓦柴油发电机组，基本解决了公社机关的照明用电。1975年10月1日，经过半年多的艰苦施工，西峰至镇原35千伏输变电工程胜利建成通电，使刘家峡大电输入镇原，结束了镇原没有大电的历史。1976年底又建成了平凉草峰35千伏变电站至平泉电厂10千伏输电线路，供给平泉、中原、新城、湫池4个公社，41个大队181个生产队的井、站提灌、磨面及机关和部分农户照明。另外，1966年和1976年，县上分别在东风渠中游的鸡头山、解放渠的三十里铺，利用渠水兴建两处装机100千瓦的小水电站，后因灌溉与发电争水，设备拆除，未能长期发挥效益。截至农业学大寨结束，镇原县20个公社、111个大队通了电。

水库工程方面，1974年春，对西杨水库进行了改建和加固。加固后坝高28.2米，顶宽6米，长220米，国家投资28万元。水库由土坝、泄洪洞、输水管、启闭塔四部分组成，库容320万立方米，可灌溉6个生产队川台地1000亩。1978年至1981年，动工修建吴家沟水库，该库坝高34米，顶宽7米，坝长280米，总库容480万立方米，控制流域面积31平方公里，可灌面积达到6620亩。

在机井建设中，1971年2月，成立了镇原县打井基建队，当时购回三台冲击式机组，日夜奋战在平泉、屯字、孟坝三条塬面上，后又购进上海150钻机两台，沿茹、洪、蒲、交口河川道主要打灌溉井，加之长庆石油钻井队、省水文地质大队，先后共打机井366眼，当时配套320眼，发展有效灌溉面积41233亩，同时也解决了当地人畜饮水困难。

与此同时，镇原县积极对流经镇原的河流进行综合规划治理。特别是1974年春，镇原县委决定对洪河进行综合规划治理，进一步落实田、林、路、渠四配套，曙光、南川、平泉、新城、郭塬五个公社分别组织了200至300人的农田基建专业营，由公社主要负责同志带领，大搞平田整地、渠系配套、治河增地以及沿川的道路桥涵建设。3月下旬，县委书记赵连升带领县水电局有关同志，从小岘公社惠沟大队稍头生产队开始，徒步7天，经过对沿川6个公社22个大队的实地勘察规划，进一步掀起了洪河川区治理高潮。到1977年底，完成了洪河流域改河工程。

以柳得安为代表的农业战线先进典型，在生产建设上做出了巨大成绩和重大贡献。

曾任中学校长的乡贤萧宗圣充满深情地写道：柳公得安，出生书香门第，耕耘课读，传为家风。少年质朴，气宇轩昂，率性而为，不失规矩，吃苦耐劳，模范方圆。十七岁任生产队会计、队长。担当公任，恪尽职守，科学生产，合理安排，带领家乡人民立志改造自然环境，搬砾石、垒堤坝，运土压砂与河争地，平土堆、填沟壑，修造大农田，三战麻地湾，拦洪淤地修水站，架渡槽灌溉粮田，一部电影纪录片《桃李在前进》在全国随机放映。十数年来，桃李生产队在全县实现了农业半机械化和水利化，村民率先用上了照明电，粮食产量在后山区率先上了纲要，先后被省地县乡评为农业生产先进单位。1968 年加入中国共产党，1969 年 10 月 1 日进京观礼，受到党和国家领导人接见。1970 年 10 月，国家北方地区农业现场会议在桃李召开，被树为农业战线标兵。如斯殊荣，不负家乡人民之厚望。历任大队党支部书记，公社党委副书记，县委、地委委员、省党代表，曾两次出席甘肃省党代表会议，被选为全国劳模，第九次党代会代表。革命时期，意气风发，辨析事理，有条不紊，处理事务，合规合理，严于律己，厚以待人，廉洁奉公，守规遵纪。

　　"为有牺牲多壮志，敢教日月换新天。"柳得安以一个真正共产党人的形象永远铭记于家乡人民心中。

　　（此文写作，获得何等强的《农业学大寨运动在镇原》、柳得安和白生金的《我见到了毛主席》等珍贵历史资料的支持。）

搬离贫困奔小康

惠维玺

2018 年 9 月 26 日，镇原县马渠镇路洼易地扶贫搬迁安置区群众入住仪式隆重举行，304 套崭新的房屋迎接着来自大山里的新主人。沉寂了多年的黄土地，终于热闹起来了，到处洋溢着节日的气氛，所有人的脸上绽放出灿烂的笑容，眼里散发着激动的光芒……

金色的阳光，正以一种谦和的姿态俯瞰着黄土高原上的点点绿意；站在苍茫的群山之巅，尽收眼底的是一片片生机盎然的冬小麦，渐渐变绿的麦苗为秋日的黄土地增添了新的活力。

在汪庄村最后一户搬迁户张随仕住进安置区的当晚，时任马渠镇副镇长、镇易地搬迁工作负责人许恒，在日记本上留下了这样一页："黄土地里总是蕴藏着无限的生机，在古老的过去，住在大山里的人们靠山吃山，靠水吃水，从土里刨生活；现在他们走出大山，给自己一个方便，也还山林一片绿色；大风可以吹起一张白纸，却无法吹走一只蝴蝶，因为生命的力量在于不顺从……走出大山，给自己一次重新书写人生篇章的机会，然而，如何描摹出精彩的人生，时间会给每个人一个满意的答案。"

期　盼

马渠镇位于镇原县西北部，距县城 65 公里，辖 11 个村民委员会，81 个村民小组，3334 户，1.4 万人。这里山大沟深，自然灾害频繁，人居环境差，纯窑洞住户偏多。地理条件的差异导致的交通不便，严重制约着当地经济的发展。生活在这里的人们，绝大多数依山而居，无可争议地选择了窑洞这一便于修建、冬暖夏凉的居住形式。但随着时代的变迁，人们对美好生活日益渴望，这种历史上别具一格的特色民居，所处的独特的地理环境，也不断暴露出它的诸多缺陷和弊端。

1998 年 2 月，两岁的陈玉斗突发高烧，陷入昏迷，红光村山路崎岖不平，车辆无法通行，错失最佳治疗时机而落下了终身残疾，一生只能与床为伴。

路途的崎岖带来不可估量的损失，而受地域限制，这里的人们所受的困扰还远远不只这些……

三十年前，汪庄小学五年级学生王继斌在作文《我的爷爷》中这样写道："驴是我们家的宝贝，是最主要的运输工具。为了一家人的生计，农闲时节，天还没亮，爷爷就套上驴车，拉上洋芋到集市上去卖，然后摸黑回家……有一天，一场意外突如其来，就在那条熟悉的山路上，驴的一声惨叫，不但葬送了自己，还摔碎了一辆架子车。任凭可怜的爷爷趴在沟边怎么呼唤，也唤不回他那两样最值钱的宝贝……"这篇小作文，让我们再一次重温了山里人的痛苦经历。

汪庄村位于马渠镇西南 7 公里，2013 年建档立卡贫困户 219 户 1017 人，贫困发生率 81.56%。山底仅有的一汪泛水泉曾是全村人赖以生存的命根子。村民王林斌坦言，从山腰到山底是多少步，要拐多少个弯，挑一担水，要花费多少时间，他都清楚地记得。因为在这条陡峭的山路上，王林斌艰难地走了三十多年。

而这种"不方便"，往往也会转化为"不安全"。

2013年3月的一天，对于村民杨平一家人来说，无疑是平地起风雷。厚重的黄土层还是没有抵挡住风雨一次又一次的侵蚀，住了几辈子的土窑洞突然坍塌了，杨平唯一的儿子不幸遇难。

如果山区的种种不方便和不安全都可以通过"勤劳"与"谨慎"来克服的话，或许这里的平静还会持续下去。但大山曾经带给村民根深蒂固的阴霾始终挥之不去，这个阴霾的名字就叫"贫穷"。

村民吴诚，一家五口住在低矮的土窑洞里。2015年，妻子张琴患肺癌，先后到县、市人民医院和西安交大附属第一人民医院治疗，前后花了二十多万元。这场病，对举步维艰的贫困家庭来说，无疑是雪上加霜。

2016年8月的一天，村民何靖搭乘村里的一辆农用三轮车回家，下坡途中，车翻了，何靖腰部严重受伤。一场突如其来的车祸，给一个原本就不幸福的8口之家，带来了巨大的痛苦。何靖经常绝望地大哭，却又无可奈何。

在这片贫瘠的土地上，还有许多这样的家庭。他们有着各种各样的困窘。资料显示，镇原县有70%的人口居住在沟、湾、梁、峁、掌等自然条件差、基础设施滞后、产业基础薄弱的地区，这些人就地脱贫难以实现。

他们，是乡村的苦楚，更是国家的忧戚。

2014年，中国开始全面实施精准扶贫战略，数以千万计的贫困家庭被纳入国家档案，感受到了国家关怀的温暖。

马渠镇11个贫困村和全国成千上万的贫困村一样，也将迎来脱贫致富的曙光……

2016年春节刚过，马渠镇党委、政府就早早收假，连日召开会议研究部署易地扶贫搬迁工作，下定决心为贫困群众改变艰苦的生活条件。

作为易地搬迁工作负责人的许恒，义不容辞地挑起了这个重担。为了安置区建设，他一天工作时间多达十八九个小时，工作计划一直都排得满满的，常常因为工作，连饭都顾不上吃。从安置区的选址、征地拆迁、基础设施建设、道路交通、光伏发电到绿化亮化、房屋分配等，他都一一做了详细谋划。

2018年2月27日，28岁的中国石油庆阳石化公司团委组织委员张鹏宇从城市来到农村，担任汪庄村第一书记和驻村帮扶工作队队长。他和许恒一起，在爬山上坬"心对心、面对面"了解情况后，他坚定了带领群众走出大山的决心。

抉　择

人类从古至今，都在竭力突破"距离对人的限制"，把一个又一个不可能变成了可能。

对于习惯了住窑洞、吃洋芋、啃苞谷的庄稼人来说，再好的政策，只要看不见摸不着，不能有效地落到实处，就还是张废纸，还是在瞎折腾。要说真正告别老屋，走出大山，村民总不免还是有些留恋。

等待许恒和张鹏宇的将是一段未知的旅程，充满着希望和温暖，也饱含着痛楚和艰辛。

"政策好是好，好来好去还不是要咱们自个掏腰包。"村东头的四五户人家在张宏子的带领下，一大早就吵吵嚷嚷进了村部。

村民说的话是过激了点，可是搬到安置区需要自筹一万元钱，也确确实实成了每家每户的一大难题。

许恒把大伙儿招呼了进去，颇为动情地说："政策是死的，人是活的。就这一万元钱，咱们说啥也得凑出来……"

然而送走了村民，许恒心里却犯起了嘀咕，这一万元钱无论如何都得凑出来，可是怎么个凑法，他心里也没有着落。

为了落实搬迁工作，并为各家各户筹集一万元搬迁款出点子，想办法，许恒、张鹏宇和村两委班子奔波在大小山头，一家一家劝说，一遍一遍讲政策。

2018年9月17日，许恒第13次来到张泽明家，这次许恒干脆二话不说，就直接坐在门槛上，张泽明在窑里，很不友好地瞥了他一眼，低着头继续做自己手头的活。许恒前几次来，要么吃个闭门羹，要么就是被怼了出来。

"为这事，你就不要再来烦我了好吗？我住得好好的，为啥要搬？我不搬！"张泽明见许恒坐在门口不走，不耐烦地对他说。

"大叔，这事不是你一个人的事，是一家人的事，搬到塬上，吃水、出行、娃娃上学啥都方便。"

"你不要再说那些光堂话了，这话你都说了上百遍了，我都听烦了，不愿意听。"

……

可就是在那晚，许恒和张泽明坐在炕上，你一言我一语，他们从编背篼、抱磨担聊到发射人造卫星，从新中国成立、改革开放聊到实现中国梦……

不是所有的坚持都有结果，但总有一种坚持，能从冰封的土地里，孕育出无数颗希望的种子。

初秋的凉风总是带着一点点愁思，而在这个多雨的季节，张泽明还是艰难地做出了一个决定："搬！"

事后，村里有人问他：张大爷，许镇长到你家都来了好几十回了，把鞋底都磨破了好几双，好话都给你说了几大麻袋，你犟得就是不搬么，最后为啥变卦了？

张泽明笑着说：人家一个外乡人，为咱村里的事，真的把心都操碎了，我最后一想，其实，人家都是为咱好……

每一个人都有自己的星星，但其中的含义却因人而异。在马渠镇，不舍故土的不只是张泽明一家。

"搬到新家，人生地不熟，我们肯定住不习惯。"

"离老家太远了，搬了以后，我们的地还种不种？我们的牛还养不养？"

……

2018年9月23日，天不亮，张鹏宇又去了谢登银家，这家人有着令人费解的举动，一会儿说愿意搬，一会儿又不愿意搬，究竟搬还是不搬？张鹏宇问了好几回了，这次来就是再问问谢登银。可这计划赶不上变化，来到他家，连个人影都没有。

这里山大沟深，手机没有信号，来一趟不容易，只好等着。

他蹲在门前的大槐树下，快等到中午一点了，肚子饿得咕咕直叫，才看见谢登银骑着摩托车回来了。

和谢登银谈了几个小时，才弄明白，原来他担心搬到安置区，老窑洞就会被政府没收，所以迟迟拿不定主意。

张鹏宇哈哈一笑："这也叫个事儿，老宅子复垦后，你还可以继续耕种。"

离开谢登银家，张鹏宇也露出了久违的笑容。

埃德蒙·阿罗古说："分离就是轻微的死亡。"对于马渠村民来说，这场分离的威慑力不亚于他们人生中所经受的任何苦痛。他们放不下山坡上的祖坟，舍不得村头的老树。让听惯了狗吠鸡鸣、牛叫羊咩的人，去一个不熟悉的地方，他们难免会不知所措。

建　设

　　路洼村易地扶贫搬迁安置区位于马渠镇街道，交通便利，地理位置优越。安置区建设工程启动后，许恒非常高兴，高兴之余又让他紧张起来了，怎样才能把工程质量监督好，让群众真正住上安全、舒适的房子，又要协调好各种矛盾，让工程顺利进行，确保在规定时间内让群众搬迁入住，这些都是摆在桌面上实实在在的事情。

　　"我是个外行，对项目设计、招投标都一概不知，我深知要修建质量有保障的房子，必须有人像房子的主人一样亲自监督、亲自管理。为此，我白天在施工现场学，晚上在书本上学，对房屋圈梁、立柱等建筑常识都一一做了详细了解。"直到现在，许恒对当初建房时的情景还记忆犹新。

　　那段时间，他扎起帐篷驻守在工地，事无巨细地操心跑腿。

　　就这样，从一堵墙，到一栋房，再到一片房，许恒心中有一种说不出的喜悦。

　　在安置区加快建设的同时，绿化、道路和引水工程的建设也没有停止。2018 年 4 月 11 日，第一批云杉树苗栽上了，它们努力地生长着，准备迎接新主人。1432 名新主人，也在期待与激动的心情中，迎来了抽签分房的日子。

　　2018 年 5 月 16 日，村民们排好队，小心翼翼地走到抽签箱前。

　　"042 号在哪里？"

　　"这个位置好，就在广场前面！"

　　"118 号呢？"

　　"这个位置稍微有点偏，但也不错。"

　　……

终有一天，这里的每一位村民都会跨过蜿蜒曲折的交口河，离开大山，来到开阔的平原上；他们也许会走更长的路，而这条路会永远向前……

搬　迁

房子盖起来了，路修好了，电通了，水来了……

很多人笑了，他们向往着外面的世界，有更值得付出的地方等着他们；也有人哭了，他们虽有期待，但故土总是难以割舍。

55 岁的陈粉琴，三年前丈夫张继军就去世了，儿媳外出务工，她一个人带着两个孙子，生活的苦难可想而知。

2018 年 8 月 25 日，搬家的当天，天没亮，陈粉琴就跑去给丈夫上坟，给塌陷的地方培了土。点上纸钱和香烛，看着眼前飞扬起的纸灰，一种离别的忧伤和对亲人的思念涌上心头，她鼻子一酸，泪水无声地淌了下来，这泪水中有不舍，也有告慰，更多的是对未来的向往。

经过几天的安顿，整个安置区开始欢腾起来了。

曾让山里人揪心的出行、吃水、看病、上学等难事，现在都迎刃而解了。

月光下，陈粉琴和两个孙子正依偎在一起看电视，不时传来阵阵笑声。

何靖坐在轮椅上，看着漂亮的新家，心里有一种说不出的舒坦。

10 年前，为了改善居住条件，村民张宗敏请泥瓦匠路等录帮家里修窑洞。眼看窑就要挖成了，不料窑塌了，路等录被压成重伤。为了给路等录治病，张宗敏一家背上了巨额外债，儿子儿媳一气之下离家出走，留下两个嗷嗷待哺的孩子，从此，张宗敏一个人苦苦支撑着整个家，日子过得十分憋屈。搬到新家后，他逢人便说："是党的好政策和帮扶干部救了我，救了我们全家。"

搬迁后，越来越多的人走出家门走进工厂，门面房成了"香饽饽"；村里做生意的人多了，说闲话聊天的人少了，打牌的人消失了。50 岁的李会儒再也坐不住了，重新拾起了家传的黄酒酿造手艺，办起了酿酒作坊；儿子刚订婚不久的李明儒，掰着手指头算了一下，搬出山后，村里就已经娶进了 3 个新媳妇。

"现在镇上建起了黄花菜基地，还有手套厂，鼓励养殖兔、牛，还有技术员来给我们上课。我也打算养上几头牛，把日子过得更好些。"张泽明笑起来，满脸的沟沟壑壑，像极了村里那条弯弯曲曲的羊肠小路。

73 岁的李宏儒搬迁到县城惠达家园 5 号楼 2 单元 104 室，家里电器应有尽有。老人精神矍铄、耳聪目明，乐观健谈，他动情地说："国家富裕了，没有忘记我们贫困户。我们几乎没花钱就住上这样好的楼，好，真的好啊！"

"十三五"期间，马渠镇共建成路洼、油坊沟、粮所、刘渠、沟畔、大庄塬等 6 个搬迁点，搬迁建档立卡贫困户 601 户 2913 人，自筹资金人均不超过 2500 元。同时根据群众自愿申请，搬往孟坝镇中心搬迁点 3 户 11 人，搬往镇原县惠达家园搬迁点 56 户 259 人。

敞亮的小院、红瓦白墙的大房子，让王安清总是乐得合不拢嘴。王安清的新家在开边村易地扶贫搬迁刘山安置点，是开边镇为解决自然条件恶劣、基础设施落后的刘山、杨下沟、周湾等 5 个村民小组 30 户 113 人生产生活困难实施的易地扶贫搬迁工程。此前，王安清夫妻俩、儿子女儿及 80 岁的老母亲，居住在自然条件极为恶劣的周湾村民小组 3 孔窑洞里。那里土地贫瘠，种的庄稼仅够一家人填饱肚子。2013 年，他家被列为建档立卡贫困户。回想起以前的日子，最让王安清感到艰难的是："住在半山上，路不好，孩子上学、老人看病、种庄稼，都不方便，生活真的很苦!"

2009 年至今，镇原县累计实施农村危房改造、农村住房安全保障、易地扶贫搬迁项目农户 58606 户，受益农户 23 万余人，累计兑付各级补助资金 25.57 亿元。2018 年至 2020 年，实施农村住房安全保障农户 10265 户，受益 3.73 万人，累计兑付补助资金 1.94 亿元；实施易地扶贫搬迁农户 7168 户，受益 2.65 万人，兑付补助资金 18.17 亿元。

从"穷守深山"的破窑洞，到"拎包入住"的漂亮新居；从"饥寒无人知"的深山老林，到"冷暖有人管"的优美空间，走出大山的人们，终于实现了"一步跨千年"的梦想。

在易地扶贫搬迁安置小区，一张张快乐而幸福的笑脸，传递了一个非常明确的信息，就是他们每个人的获得感、幸福感和满意度是真实而令人信服的，如此灿烂的笑，是勉强不来的。这样的眼见为实，这样的笑容，怎能不震撼人心、感人肺腑呢？

新　生

2020 年 11 月 21 日，镇原县终于脱贫摘帽，全县 17.23 万人摆脱了贫困，2.65 万贫困户搬出了"穷窝窝"。大家都很开心，无论是帮扶干部还是村组群众。8 年来，他们风里来，雨里去，多少辛苦、汗水、沮丧、委屈都在这一刻化为幸福。

走出大山是好事，但最大的担忧仍然来自生存。"搬出去吃什么?"这几乎是每一个面对面动员群众搬迁的帮扶干部需要解答的首要问题。

脱贫摘帽不是终点，而是新生活的起点。摆在许恒、张鹏宇面前的是新的更加艰巨的任务。

从脱贫攻坚到乡村振兴，从贫困与艰辛到发展的阵痛与涅槃，再到可复制与可推广，这种改变，正在原州大地上悄然发生。

围绕"搬得出、稳得住、可发展、能致富"的目标，镇原县委、县政府在全面总结易地扶贫搬迁工作经验基础上，突出发展"鸡、牛、果、药"四大指导产业，各乡镇因地制宜，精准施策。

平泉镇依托洪河川区得天独厚的地理优势和瓜菜种植传统，先后在洪河川区建成设施瓜菜大棚892座，种植露地瓜菜5000亩，辐射带动贫困户1000多户，实现瓜菜产业规模化、效益化发展。马渠镇通过"三变改革"，推进黄花菜、万寿菊、中药材等特色产业发展，积极开发提供就业岗位、公益性岗位，有针对性地开展职业技能培训，提高搬迁户就业创业能力，确保贫困群众搬迁一户，脱贫一户。

搬到新家后，路等录在村子周围打零工，妻子甄麦娥当上了村"爱心发屋"理发员，一年下来，他两个人的收入少说也有两万元。他们一边打工，一边照顾孙子，日子过得很舒心。路等录激动地说："我们能有今天的幸福生活，要感谢党的扶贫好政策。"

为进一步巩固脱贫攻坚成果，镇原县与福建圣农公司深度合作，发展肉鸡全产业链项目。该项目计划投资60亿元，1.2亿羽达产后，可为当地实现税金收入3亿元，直接解决用工1万人，间接带动5万户10万人就业。

庙渠镇孙寨村村民刘晓梅家中有4口人，86岁的爷爷和两个上初中的孩子全靠她一人供养，以前全家的生活就靠种地维持。搬到县城新家后，孩子上学很方便，她在圣越公司找到了一份工作，月收入4000元左右。有了稳定的工资，刘晓梅家的生活比以前好多了。

在惠达家园小区碧华服装厂生产车间，几十名工人在车间小组长段春芳细心叮嘱下，紧张有序地忙碌着……

2019年，段春芳家通过易地搬迁搬至惠达家园小区，可是进了城，生活开销也增加了，正在她一筹莫展的时候，服装厂办进了小区，心灵手巧的她成为有薪一族，每月能拿到 3000 多元。

连续戴了六年贫困户帽子的屯字镇闫沟村村民董小琴，从窑洞到小平房，从日子渐好到因大病而一贫如洗，她经历了人生的巨大起伏，最终不但住进了别墅，而且还有了一份稳定的收入。

为了改变贫穷面貌，镇原县与天士力集团合作，以闫沟村闫沟组为中心，联手打造集生态居住、特色产业、乡村旅游于一体的美丽乡村示范工程——聚德小镇，为 31 户群众建造了一栋栋白墙青瓦的二层庭院式洋房。按照"企业+合作社+农户"模式，流转土地 637.5 亩，大力发展中药材种植、湖羊养殖、林下养殖和乡村旅游产业，通过打造"苹果丰收节""万寿菊采摘体验区"等模块，吸引游客观光体验。目前占地 200 亩的湖羊养殖场已投入使用，吸纳了村内贫困户参与养殖或在园区内务工；利用沟壑区沟深树密的天然条件，养殖珍珠鸡、贵妃鸡逾万羽；中药材种植、休闲养生、观光旅游等产业已初具规模。

走出大山的人们，不再为山洪而提心吊胆，不再为与世隔绝而寂寞无助。把大山还给山林，把小溪还给河流，尊重自然，保护生态，一切都慢慢恢复到最为原始的状态。

土地流转了，资源利用了，收入增加了，告别窑洞、搬入新居的人们，笑容更灿烂了。

"行者易趋，做者善成。"这一张张无比鲜活又充满热情的面孔让我们看到：走出大山的人们，眉宇间流露出的是一种从未有过的安稳和踏实，他们有着更多值得期待的未来……

文化扶贫新视角

——镇原县文化事业发展纪实

畅　恒

　　走进镇原农村，村文化广场上，美妙的乐曲、悠扬的歌声、翩跹
的舞姿汇成一片欢乐的海洋；农家院落里，群众自发组织的文艺自乐
班吹拉弹唱、悠然自得、惬意自在；农家书屋里书籍报刊琳琅满目，
读书爱好者络绎不绝。文化与生活的关系就这样真实地呈现。

　　镇原，古属雍州，秦置彭阳、朝那，汉筑临泾、安定，战国长城

镇原北石窟驿风景区

烽燧相望，秦汉古道商旅不绝，乃周祖农耕立业之土，皇甫、胡氏贵显立望之地，节信、士安著书立名之乡，古来就有"陇右文化大县"之誉。新中国成立后，镇原县大力推进文化事业建设，文化设施日臻完善，文化活动日益活跃。特别是十八大以来，积极实施"文化强县"战略，将文化和旅游产业发展有机结合在一起，文化旅游设施体系不断完善，群众文化生活多姿多彩，非遗传承力度加大，文化旅游精品好戏连台，扶志扶智的文化扶贫工作扎实进行。在原州大地，文化这种无形的力量，已经化为人民群众看得见、摸得着的幸福感。

文化的种子，扎根在城乡大地

昔日，文化设施短缺、文化生活贫乏，相当多的人一年到头读不到几本书，看不上几场电影。人们渴望文化知识，增长眼界；人们期盼文化娱乐，丰富生活。如今，唾手可得的文化服务和文化产品，在全县遍地开花。

文化事业的发展，离不开基础设施建设的投入。近年来，在县城先后新建了东区文化广场、文化大楼、青少年宫和西区文化广场。特别是文化大楼的修建，为以"三馆"为主体的公共文化服务提供了保障。

1986 年 2 月，原镇原县文化馆一分为三，成立镇原县文化馆、图书馆、博物馆。从此，镇原文化事业，伴随改革开放的不断深入日益发展繁荣。2009 年 12 月，文化"三馆"整体搬入新修建的文化大楼，服务设施、服务功能更加完善。文化馆设立了庆阳剪纸和高粱秆灯笼制作技术传习所，开办了文学、音乐、舞蹈、戏剧曲艺、美术、书法、摄影、民间艺术 8 个辅导室，建办了书画、非遗、民俗、剪纸、近代书画 5 个展厅。图书馆成立了全国文化共享工程镇原分中心，开设了电子阅览室。特别是2012年以来，千方百计争取资金购置新书，广泛征集地方文献，馆藏资源愈加丰富，总藏书达10万多册。设立了成人阅览室、少儿阅览室、地方文献室、镇原籍作者图书展室、中国近现代史图片展室等10个阅览室、展室。同时，还成立了镇原县读书会、朗诵协会，馆藏特色化、服务品牌化被全国图书馆界所认可。尤其是《潜夫论》刊本、研究论著和慕寿祺书稿收藏居全国之最，吸引了全国各地的专家、学者。2018年被文化部评定为一级图书馆。博物馆展厅面积800平方米，馆藏文物3912件，有陶器、瓷器、铜器、雕塑造像、石刻、砖瓦、铁器、货币、玉石器、牙骨器、漆木器、书画、文具、印信符牌等16个门类。其中，珍贵文物771件、一般文物3141件。不可移动文物853处，分古文化遗址、古墓葬、古建筑、石窟寺及石刻、近现代史迹及代表性建筑五类。其中，全国重点文物保护单位2处，省级文物保护单位10处，市级文物保护单位17处，县级文物保护单位52处。

文化是一座城市的灵魂。钢筋水泥间、车水马龙中，正是因为文化的存在，才使一座城市拥有了独特的气质与风骨。

相对于城市公共文化设施的完善健全，镇原县农村公共文化设施建设也相当给力。

镇原县始终坚持文化的公益性、基本性、均等性、便利性原则，把文化重心倾向基层，不断推进城乡公共文化服务均等化。近年来，以乡镇综合文化站、广播电视"村村通"、"农家书屋"、文化信息资源共享、农村数字电影放映等为代表的一系列文化惠民工程顺利推进。随着公共文化基础设施在农村基层迅速铺开，越来越多的农民开阔了眼界，掌握了技能，走上了致富路。

基层文化站虽早在1984年就相继成立，但因机构撤并、专干"不专"等因素，撤撤并并，办办停停，一路坎坷。2008年以来，随着国家支持文化事业力度的加大，基层文化站迎来了红红火火的春天。全县 19 个乡镇综合文化站全部新建或改建，新建文化站建筑面积均在 300 平方米以上，设有图书阅览室、文化信息资源共享工程服务室、多功能活动室、文体活动室。省文化厅先后为 19 个乡镇综合文化站配备了音响设备、办公设备和文化信息资源共享设备。县上通过招考，于 2011 年、2012 年、2013 年三次为乡镇综合文化站配置专职工作人员 106 人。自此，乡镇综合文化站实现了活动场地、设施设备、工作人员"三到位"，全面免费开放。

2015 年 2 月，完成户户通、村村通接收工作，在县城、屯字、孟坝、三岔、平泉设立户户通服务点开展运营维护工作，现有系统用户 161000 户。2015 年实施"宽带乡村"县乡通工程，新建标杆路 320 公里，在全县 19 个乡镇建立数据机房并开通信号；2016 年实施"宽带乡村"乡村通工程，新建标杆路 1200 公里，在城关、屯字、孟坝、太平四个乡镇的 13 个行政村实施了广播电视节目全覆盖工程，覆盖群众 1600 户，实际接入有线电视 1100 户，宽带 580 户；2017 年实施甘肃省智慧党员教育电视云平台安装工程，为全县 400 余个党支部安装党教终端。至此，广播电视节目实现了全覆盖，全县村村户户都可以收看到各级卫视节目和地方电视节目。

2008 年，农家书屋建设全面拉开。至 2013 年，全县建成农家书屋 215 个，村级示范书库 7 个，藏书 5.4 万册。结合村级组织建设，分批建设村文化广场。目前，全县大部分村建成了文化广场，舞台、音响、体育设施也一并配置到位。

县乡村三级文化阵地建设，满足了人民群众有书可读、有报可阅、有电影可观赏、有文化活动可参与的文化生活需求。

冬日午后，大雪初霁，太阳暖暖地照着，农民李大爷拿起心爱的二胡走出家门，到村文化广场，和几个老戏迷一起又拉又唱"吼"起了秦腔。

在临泾镇席沟圈村，镇原县图书馆王符碑廊分馆拥有政经、科普、生活、少儿等7个类别2000多册书籍，早已成为附近群众的精神乐园……村民段文浩感慨地说："基层群众看书难、看电影难、收听收看广播电视难的问题已基本解决，日子越过越有意思。"

日臻完善的文化设施，日渐丰富的文化生活，让村民们由衷感到高兴。文化的血液在加速流动，文化的营养从城市流向农村，滋养每一个有需要的人。

文化的"鲜花"，绽放在群众之中

改善"文化民生"，实现"文化惠民"，让人民群众共享文化发展成果。

晚上7点，屯字镇综合文化站已是熙熙攘攘。院落里，舞蹈队队员已经翩翩起舞；书画室里，沉浸其中的书画爱好者正心无旁骛地泼墨挥毫；图书室里，刚打完太极拳的王大爷则精神焕发地走到书架前翻阅起书籍……

"农家书屋已经成为我的第二个家，没事就往这儿跑，漫画、童话和少年励志名人传记是我的最爱。"平泉镇上刘小学学生张颖放学后总是迫不及待地奔向农家书屋，她说，"学校距离书屋很近，在这里和小朋友们一起看书，写读书笔记，不但能丰富课外知识，还提高了写作水平。我和小伙伴们都很喜欢这里。"

如果说公共文化服务设施是一张张文化的餐桌，一项项精彩的文化活动则是一盘盘可心爽口的文化佳肴。

"同享读书之乐·共建书香镇原"全民阅读主题活动，"文化三下乡""非遗进校园""校园文学大奖赛""千台大戏进乡村""百姓大舞台"

"文化艺术节""阅读朗诵沙龙"等亲民惠民的文化活动、文化工程在镇原遍地开花。

给农民一块土地，他们就能种出一片绿油油的庄稼；给农民一个展示才艺的平台，他们就能创造出精彩纷呈的文化。"扶犁的粗手会弹琴，种地的腰板能跳舞"，是镇原县农民文化生活的生动写照。

随着"千台大戏送农村""文化科技卫生三下乡""广场舞大赛"和教、学、帮、带等各种便民服务活动的开展，实现了"送文化"向"种文化"的转变。具有地方特色的群众文化活动和文艺展演，成为农民朋友展示自我的平台。

2019年5月24日，开边镇文化广场，锣鼓喧天，热闹非凡，这里正在举办"献礼七十华诞，决胜全面小康"——开边镇第三届"农民文化艺术月"开幕式活动。由该镇自编自导自创、代表本地特色产业的"金猪喜瓜""胡养撷花""玉兔品香""神牛采药""梅花献寿""雄鸡催耕"六大吉祥物，随着欢快的锣鼓，依此进入文化广场。萌萌的造型设计，富有浓厚的乡土气息和时代韵味的展示，赢得了现场观众的一片赞叹和欢呼声。随后，《喜事盈门》《在希望的田野上》《庆丰收》《中国大舞台》，一个个原生态、接地气的节目轮番上演，令人大饱眼福。"在自己家门口看熟人表演节目，比看演员表演有意思、过瘾。"村民贾斌高兴地说。

"现在一走出家门就有舞台，身边人个个多才多艺。"戏友周大爷也感慨地说。他们的感慨反映出了这样一个事实——镇原县的群众文化正步入常态化。

作为"乡村舞台"的延伸和更高级形式的《百姓大舞台》，一经举办，便受到了广大市民的青睐，被百姓亲切地称为"咱家门口的'星光大道'"。《百姓大舞台》采用政府扶持、市场运作、服务百姓的运作模式，致力于打造群众文化活动品牌，旨在挖掘群众文化活动潜质，以独特的本土文化魅力服务群众，充分展示业余文艺团体和个人才艺。活动实行零门槛、零费用、零距离参与。

"小型、多样、分散"，镇原县的群众性文化活动常办不辍，经过长期的锤炼，已经形成了富有镇原地方特色的文化活动品牌群。"网络春晚""书法大赛""广场舞大赛""镇原诗文"等日常活动和节庆文化相结合，文化活动多点开花，群众广泛参与。用老百姓喜闻乐见的方式，弘扬主旋律，传播正能量，讲好镇原故事，传递镇原好声音，展现镇原新形象，彰显了镇原人的精神风貌。

弦歌处处，城乡共飨。

在村镇文化广场或县城文化广场，清晨，韵律操韵味十足，唢呐声此起彼伏；傍晚，广场舞舞姿蹁跹，鬼步舞铿锵奔放。人民群众徜徉在幸福美好的生活之中。

镇原，是《诗经》的故乡。商周时期，勤劳的先祖在垦荒或渔猎的劳作中踏歌而行，创作了《诗经》中历史年代最久、篇幅最长的我国第一首农业史诗《豳风·七月》。受先祖前贤的影响，镇原著书立说蔚成风气，鸿儒硕篇代不乏人。在文化活动中，县委、县政府因势利导，充分利用人才优势，挖掘地方特色文化，创作地方文化精品，打造镇原文化品牌。

广大文化工作者自觉承担起兴文化、展形象、讲好镇原故事的使命任务。他们立足镇原，创作出了一大批思想精深、艺术精湛、制作精良的文学、戏曲、书画、民俗文化等作品。

近10年来，镇原人每年发表各类文学作品均达100多篇（首）。目前，有省作协会员46人，国家作协会员7人，出版专著100多部，尤以《我的黄土高原》《这儿的天空蓝莹莹》《社火》《心上地》《时空回眸》乡土气息浓郁，凸显镇原元素。

在繁荣文学创作的同时，镇原的文艺工作者对优秀传统文化进行深入挖掘、抢救和传承。

镇原民间文学丰富多彩，有故事、传说、歌谣、谚语、歇后语、谜语、顺口溜等，长期以口述方式代代传承。20世纪80年代，县文化馆组织文化工作者30多人，走村串户，走访民间艺人670多名，采集民间故事、歌谣、谚语，整理文稿289万字，结集出版《镇原民间文化集成》《镇原民间文艺》丛书，收录民间故事465篇，歌谣2255条，眉户、秦腔、社火、小戏43部。2001—2006年，镇原民歌专辑《看妹子》和《采花》，在中央电视台音乐频道《民歌盛典》栏目播出。县内民间流传的各种原生态音乐种类较多，包括歌曲、器乐曲、舞蹈音乐3大类，贯穿于社火、民间仪仗乐队和戏曲之中。也在20世纪80年代，文化工作者采访民间小戏、歌曲、器乐曲传承人，聆听演唱吹奏，记录歌曲、曲谱1000多首，精选油印成册。1986年，镇原县音乐协会成立，组织音乐爱好者开展宣传创作活动，朱安平创作并演奏的笛子独奏曲《山里行》获甘肃省民间音乐舞蹈比赛铜奖。同年，县文化馆组

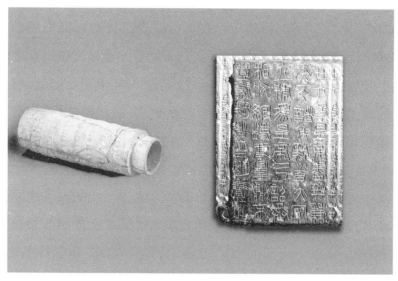

镇原出土的国家一级文物秦诏版和红陶水管

织"茹河之春"音乐会。1987 年县剧团组织"潜山之春"音乐会。1989 年后，县剧团每逢外出或下乡演出秦腔，必办音乐会，深得群众欢迎。2010 年，县地方志办公室与文化馆联合整理编写《镇原民间文艺》丛书，收录器乐曲 276 首，民歌词曲 309 首，戏曲简谱 43 首。2012 年 9 月，县图书馆通过四处查访，八方搜集，搜旧简，辑志乘，采口述，拓碑刻，并博采慎择，精心遴选，考证校勘，纠错辨疑，历时 6 年，搜集、挖掘、整理镇原先秦至民国时期的珍贵文献 40 多万字，编撰出版了《镇原地方文献概略》。

县秦剧团在开展送戏下乡的同时，编好剧，排好戏，出精品，创排成果丰硕，好戏连台。2006 年，大型现代陇剧《绿叶红花》荣获第八届中国映山红民间戏剧节优秀剧目金奖、甘肃第五届敦煌文艺特别贡献奖等 10 多个奖项，进京成功汇报演出。2010 年，大型历史陇剧《古月承华》在省、市、县成功上演，甘肃卫视频道《大戏台》栏目将该剧作为国庆特别节目播出。随后，该剧下乡巡回展演 130 多场。《古月承华》的推出，被省、市、县 10 多家新闻媒体报道，它是继陇剧《绿叶红花》之后又一部精品力作，也是省委、省政府提出关于建设戏剧大省意见出台后的第一个剧目。2011 年 5 月 14 日，该剧在太原市参加第二十五届中国戏剧梅花奖大赛（北片），同年 5 月 23 日，参加在上海举行的第 13 届中国上海国际艺术节暨第 22 届戏剧"白玉兰"奖大赛。县秦腔剧团是这两项大赛中唯一的县级团体，也是中国戏剧最高奖——"梅花奖""白玉兰"大奖史上第一个入围的县级艺术团体，为争取参加中国第 12 届戏剧节打下了基础。这一时期的现代陇剧《绿叶红花》、历史陇剧《古月承华》开创了甘肃省县级文艺团体荣获国家级大奖的先例，刷新了庆阳的戏剧史册。另外，2007 年创排的《女儿如花》作为全省计划生育工作会唯一献演剧目，成功演出。

在精准扶贫过程中，镇原县坚持把文化引领作为激发内生动力的有力抓手，充分发挥文化在脱贫攻坚工作中的"扶志"和"扶智"作用，围绕脱贫攻坚主题，策划创作节目，进行文化惠民演出，让百姓看得见、摸得着、有温暖。下乡巡演的节目既有反映扶贫攻坚工作的小品《情感扶贫》和音乐快板《产业养羊富庆阳》，还有宣传扫黑除恶和农村移风易俗的音乐快板《扫黑除恶保平安》《抵制天价彩礼》，也有群众喜欢的歌舞、秦腔等，用老百姓身边的故事倡导、引领、帮助广大干部群众坚定脱贫攻坚的信心，激发贫困群众脱贫致富的内生动力，为镇原打赢脱贫攻坚战营造了良好的文化舆论氛围。

文化的"果实"，挂在产业的"枝头"

说起文化，老百姓并不陌生，因为它已经融入百姓生活中。但是说起文化能生钱，不少老百姓就要皱眉头了。

那么，文化如何"落地生根"，创造出财富呢？

镇原县是"中国民间文化艺术之乡""中国书法之乡"，有着得天独厚的文化资源和特色文化。

镇原民间艺术灿烂多姿，博大精深，剪纸、刺绣、雕塑、编织、纸扎、脸谱、工艺制作等，遍及城乡，各具特色。1985年，临泾乡祁秀梅应邀在中央美术学院开展讲学活动，轰动美术界。目前，"庆阳剪纸"被列为第二批国家级非物质文化遗产保护项目，"高粱秆灯笼制作技艺"被列为第三批省级非物质文化遗产保护项目。"镇原唢呐艺术"、"镇原民歌"等11项被列为庆阳市非物质文化遗产保护项目，惠富君等6人被列为庆阳市第一批非物质文化遗产保护项目代表性传承人。

非物质文化遗产，是一种"无形文化"和宝贵的文化财富。近年来，县上坚持"发现一项、整理一项、公布一项、保护一项"的"非遗"工作机制，对全县非物质文化遗产进行两次全面普查，建起"非遗"传习馆 1 个、传习所 6 个。2009 年，文化馆圆满完成全省非物质文化遗产普查，编印《镇原县非遗普查成果报告》25 本。同时，整理编纂了 60 多万字的《镇原县"三民"集成》（民谣、民间故事、民间谚语）和"庆阳市非物质文化遗产保护系列丛书"《庆阳剪纸》。

镇原书家辈出，书风延绵。从王符等大学者著书立说到皇甫镛等士子科举仕进，从东晋十六国胡方回的《蛇祠碑》到后周显德时王献可的彭阳西禅院碑，无不见证着镇原书画艺术的传承与流播，繁荣与辉煌。可以说，镇原书画家代有奇才，各领风骚。唐贞元年进士、太子少保皇甫镛曾常与张仲方、白居易、李绅雅聚品茗吟诗、挥毫题联，时称"洛阳四老"。明进士许理，南京、四川道检察史张凯皆博文善书，名噪一方。清嘉庆进士翰林院庶吉士刘之蔼才华横溢，《明史》评价其"书法超妙"。清末民初，镇原"书法八大张"和画家刘福庵、张清儒名闻西北。特别是张孝友的书法，遒劲有力，入木三分，著名书法大师于右任先生曾评论说"今海内尚吾书者众，唯庆阳张氏独得。"

丹青书华章，墨香飘原州。一代代书画大家的影响、带动，书画艺术在镇原文化百花园中一枝独秀，大放异彩，使镇原这方古老的文化热土愈加厚重。

镇原人民历来爱好书画，代代传承，书画艺术源远流长。且书画装裱考究，大小、颜色、样式均有一定规矩，品位高雅。无论城镇乡村、大家小户，贴字挂画蔚然成风。改革开放以后，书法艺术蓬勃发展，书画创作百花竞艳，涌现出一批书法名人。1980 年，邓博五、谢登第书法同获鲁南之光国际书画大赛优秀奖。1981 年 5 月，县文化馆举办书画展，展出古今名人郑板桥、左宗棠等墨宝 100 多幅，并到西峰巡展；1983 年，成立镇原书画学会，吸收会员 118 人。1985 年，县政协举办全县书画展，邀请省城书画名家现场点评，挥毫交流，促进镇原书法创作发展。1986 年，成立兰州飞天书画学会镇原分会，接收会员 22 人；1991 年，成立省硬笔书法家协会镇原分会，吸收会员 52 人；2004 年 10 月，成立镇原县老年书画协会，参加会员 120 多人；2006 年 4 月，成立镇原书法家协会、美术家协会，分别有会员 450 人和 61 人；2007 年，苟益谦在西峰创办庆阳书画研究院；2008 年，景维新在兰州创办甘肃当代画院，朱安平创办甘肃九鼎书画艺术研究院。2018 年底，全县拥有国家级书协会员 35 人、省级书协会员 120 人、市县级书协会员 2000 多人，书画爱好者 8 万人以上。

如今，书画艺术这一中华传统文化"瑰宝"已经深深植入镇原人的文化血脉之中，爱书画、学书画、藏书画，蔚然成风。"家家挂字画，户户书丹青"的传统在不断发扬光大，书画爱好者群体在不断壮大，镇原人亦常以"柜中金银终有尽，书画足可雅家风"为荣为乐。

目前，镇原县有书画爱好者 8 万多人，书画从业人员 3000 多人，以张明华、张廷柱、赵宝玺、张锋、贾岩、段建华、樊根信等为代表的书法家和以祁恩富、朱安平、王鹏、贾麟、张惠荣、朱晓昀等为代表的美术家影响力愈来愈大，形成了一个有实力、有活力的书画群体。可谓，群星灿烂，成就斐然。

将文化与产业进行深度融合与再造，一手厚植文化底蕴，一手发展文化产业。镇原县委、县政府充分发挥资源优势，把文旅融合作为重要增长点，不断推进文化与旅游、生态、农业等产业深度融合，形成多点支撑的发展大格局，紧扣资源转化，丰富拓展文化产品，打造旅游景区。

对剪纸、刺绣、香包等民俗文化产业，重点加强培训指导。从 2009 年开始，与县职专联合办学，分批次培训文化产业从业人员。累计培训文化产业厂长（经理）、下岗职工、产业骨干等 2800 人（次），指派专业人员巡回乡镇培训生产制作人员 6500 多名，设计香包、刺绣、剪纸等新图案 645 幅，制作《四季常青》《五福同庆》《长命金锁》

《奥运福娃》《一个世界一个梦》《千古盛世》《富贵繁荣》《蝙蝠五子戏莲》等新产品30类150种31万件，使作品数量、设计水平和作品质量都有了新的提高和突破。

动员、支持非遗传承人创办企业，传技授艺，扶志带富，抱团发展。以开边巧媳妇工艺编制公司、镇原淑婷香包刺绣艺术品有限公司等民俗文化开发公司为引领，开发了以香包、剪纸、手工编制等为主的民俗工艺产品，带动全县300多人专门从事民俗艺术品开发工作，累计年销售额达650万元。组织参加庆阳市香包节、文化产业博览会、农耕文化节等民俗文化展会，展出精品85万件，普品228万件，累计销售收入1570多万元。每年开展省外文化产业交流3次以上，先后推介重点企业9家，《五子夺莲》《福虎之神》等20余幅作品在展销会中获奖。通过参办节会和对外交流，涌现出了惠富君剪纸、赵筱华刺绣等一批成绩突出、影响力强的民俗文化企业，极大地提升了镇原文化产品知名度，拓展了市场，促进了全县文化产业的稳步发展。

对书画产业重点加强宣传推介。近年来，县上先后在北京、天津、海南、青海等地成功举办了新闻发布会和展览活动，让书法这一镇原名片、庆阳符号、甘肃亮点知名度更大、影响力更远，促使镇原书画走向全国，走向海外。2014年，通过招商引资，建成集创作、装裱、展览、鉴赏、销售为一体的书画产业基地1处，有步行街200米、展厅1500平方米、商铺3000平方米，入住商户41家。该基地年均举办各类书画交流展览活动60多场(次)，年书画交易额达1000多万元。

文化事业与文化产业，就好比一对孪生兄弟，两者相辅相成、缺一不可。文化产业欣欣向荣，便可为文化事业添砖加瓦；文化事业蒸蒸日上，便为文化产业发展筑牢根基。这一点，在镇原文化发展的实践中得到了印证。

目前，全县现有文化产业经营户132家、民俗文化产品生产企业

太阳池

24家，固定资产达3.5亿多元，生产经营者达到1.2万人，年创收5000万元以上。

旅游产业是一项"朝阳"产业，更是经济社会跨越发展的"助力器"。

1992年，开发建设了潜夫山森林公园，修建潜夫亭、杏花亭、通明宫、佑德观、三皇殿、圣母宫、怡园、王符纪念馆、王符石雕像、潜夫广场、镇原历代名人碑廊等景点。2001年，通过招商引资，建成上肖翟池避暑山庄、屯字太阳池生态旅游区、白马池景区，开展划船、垂钓等娱乐活动。至2010年，逐步完善潜夫山森林公园、上肖翟池自然风景区、屯字太阳池生态旅游区、白马池景区功能，建起三岔红军长征纪念馆、三岔天主教堂毛泽东驻地、三岔革命烈士纪念馆、屯字烈士陵园等红色旅游景点，开放县城文庙大成殿、金龙石空寺、太平玉山寺、彭阳古城、武沟战国秦长城遗址，初步形成了以县城为中心，以潜夫山和屯字源"三池"为重点，其他名胜古迹点缀其中，东与北石窟寺相接，西与平凉崆峒山毗邻的旅游圈。

花开芳菲满原州，文旅融合开新景。

2015年，抢抓国家"一带一路"建设和甘肃省华夏文明传承创新区建设战略机遇，县委、县政府实施文旅融合发展战略，以文促旅、以旅彰文，为文化产业发展提供新引擎、新动力。

首先，利用优势资源，坚持"土气、老气、生气、朝气"结合，统筹谋划美丽乡村、田园综合体、特色小镇、景区和城市建设，围绕"一驿一城一廊道""三山三寺三池"和"两馆两园"（"一驿"：北石窟寺驿；"一城"：彭阳古城；"一廊道"：茹河川区乡村旅游生态廊道；"三山"：潜夫山、鸡头山、原峰山；"三寺"：北石窟寺、玉山寺、石空寺；"三池"：太阳池、翟池、白马池；"两馆两园"：三岔红军长征纪念馆、援西军纪念馆、屯字烈士陵园、潜夫山烈士陵园）等16处精品景点的开发建设和晋等升级工作，科学谋划景区发展方向。编制完成了《庆阳北石窟寺文化生态旅游区镇原片区龙山凤山修建性详规》《镇原县茹河川区乡村旅游生态廊道建设规划》《镇原县潜夫山AAA级景区提升规划》《镇原县"三池"景区修建性详细规划》等4部规划，进一步优化旅游业态布局，促进旅游业全景化、全配套、全业态、全民化发展，着力构建"一条生态廊道、三大田园综合体、四个旅游专业村、五大精品景区、十大乡村旅游基地"的旅游格局，积极融入关中环线、庆平环线等旅游重点线路和黄金旅游圈。

思想的高度，决定落实的力度。按照这一总体构想和规划，2015年，总投资5.1亿元，占地1.17平方公里的北石窟驿景区建设项目启动。该景区以打造"望得见山、看得见水"的乡愁型4A级景区为目标，按照"一心、两轴、九大功能区"的"129"旅游发展空间格局，主要建设镇原旅游文化展示板块、生态窑院休闲板块、庆阳"乡愁"印象板块、生态庭院度假板块、北石窟驿体验板块、"上善若水"体验板块、欢乐农场参与体验板块等七大板块 26 个重点旅游项目，着力打造集生态度假、亲水娱乐、古迹观光和乡村休闲为一体的休闲旅游胜地。2017 年底，景区的核心项目镇原旅游文化展示板块、北石窟驿体验板块和"上善若水"体验板块的建设项目和政府投资建设的水电路网、绿化、居民安置区及镇原旅游文化展示板块等基础配套工程全部完成，并于 2019 年 6 月正式运营。一周多时间接待游客达 30 万人次，实现旅游收入 1500 万元，创同期接待游客量和旅游收入新高。

各乡镇依托资源优势，抢抓实施乡村振兴战略和农村"三变"改革大好机遇，加快旅游产业发展。上肖镇建成了杨城油用牡丹示范园，屯字镇建成了天润阳光花海旅游基地，武沟乡着力打造 5000 亩万寿菊休闲观光景区等八个乡村旅游示范点。屯字镇闫沟村、太平镇柳咀村旅游扶贫试点村，太平镇上城村、屯字镇太阳村专业旅游村也相继启动，探索建立了大景区带动、观光采摘休闲养生、特色餐饮体验、特色旅游农产品开发等四种旅游扶贫工作模式，有效带动周边群众增收致富，取得了实实在在的效果。

突出旅游与文化、体育、中医药养生等产业融合发展，打造了书画产业文化旅游基地，举办了"民歌大赛""旅游文化周""美丽镇原"诗歌朗诵大赛、"富豪家具杯"迎国庆自行车骑行大赛等形式多样的大型活动。依托全县已建成的 1 个县级电商公共服务中心、13 个乡级服务站、100 多个村级服务点、60 多家电商网购网销企业和 25 家物流配送企业或团队，包装推介了以杏脯、黄花菜、胡麻油、小杂粮、苹果、核桃等为主的地方优质土特产品，在全国各地进行销售。目前，通过电商平台和实体店，销售特色农产品，年销售额达 500 万元以上。

回眸镇原文化旅游产品宣传推介活动，亮点频现，可圈可点。2017 年 10 月，在北石窟驿景区现场录制的相亲节目，在中央电视台农业少儿频道《乡约》栏目播出；2018 年 7 月、10 月，在《魅力中国城》

竞演现场，镇原剪纸、面塑等作品，两次亮相央视屏幕；2019 年 9 月 15 日，中央电视台《新闻联播》《新闻直播间》和《中国新闻》栏目分别报道了镇原万寿菊种植基地；同年 11 月 2 日《大美镇原》在中央电视台综合频道《大美中国》栏目播出，"书画之乡、丝路通衢、王符故里、人文镇原"的旅游名片持续提升热度。

百舸争流千帆竞，乘风破浪正远航。踏着转型跨越发展的时代节拍，在推进"文化强县"的嘹亮号角声中，镇原县文化旅游事业正迎来又一个大发展、大繁荣的崭新春天。

职教扶贫强技能

刘永军

　　2016 年 8 月，伴着阵阵悠扬的蝉鸣声，冲天的热浪一波接一波向人们涌来。新学期如期到来，不同以往，镇原职专的校园更加热闹，彩旗招展，欢声笑语，师生们个个精神抖擞，校园里处处荡漾着一股股张扬奋进的激情。这一天，是新学期的开学日，更是镇原职专新校区搬迁的大喜日子。

　　镇原县委县政府高瞻远瞩，大力发展职业教育，全力以赴，历时三年，投资 2.3 亿，新建了镇原县职业中等专业学校。这所占地 153 亩的新校园，气势恢宏，在我县脱贫攻坚战中发挥了积极的作用。

　　"我很感谢学校老师给予我的一切，因为他们的培养，让我能够有一技之长在社会上立足。"毕业于镇原职专幼儿保育专业的王红霞，说起在职校的学习生活，感激之情溢于言表。

　　在脱贫攻坚中，教育扶贫无疑是阻断贫困代际传递的根本措施，"职教一人，就业一人，脱贫一家"。得到了更好的教育，贫困家庭的孩子就有了更多施展才华的机会，就能打开更广阔的天地，从而托起贫困家庭脱贫致富的希望。

　　"我很快就要毕业了，毕业后，我一定要用学到的技术，创造美好生活！"镇原职专海事专业订单班学生魏小宝开心地说。魏小宝家境贫困，他初中毕业后就辍学了。后来得知有国家中职免费就读的政策，他又回到了学校，成为镇原职专订单班学生。

为切实做好精准扶贫工作，阻断贫困代际传递，镇原职专采取多种措施，多角度全方位开展教育精准扶贫，针对教育扶贫对象中的初中学生成绩差、毕业难、上学难等问题，学校开设职普融合班，积极落实国家中职免费就读等政策，实施好精准招生、精准资助、精准培养、精准就业、精准培训。

镇原职专能在教育扶贫中发挥这样的积极作用，除了主管部门的正确领导，还得益于教育部及其他大专院校的帮扶指导。

北方的仲夏，如果有一场透雨，便预示着田地里有好的收获。

2020年7月，教育部职教所副所长刘宝民带队，兰石化、兰资环、庆阳职院领导一行13人冒雨来校调研，一进校园，豆大的雨滴突然倾盆而下，雨水从领导们的脸颊流下，这是雨水，更是他们为这所学校建设付出的辛勤的汗水。

晓看红湿处，生气正蓬勃。

2020年初，疫情肆虐，久违的春天如期而至，给人们带来了缕缕生机和希望，更带来了教育部职教所帮扶镇原职专的好消息。

教育部职教所组织召开镇原职专专业建设视频会，就镇原职专的汽修、电工、数控专业建设进行诊断。刘宝民副所长亲自给党员讲党课，协调兰州资源环境职业技术学院、兰州石化职业技术学院和庆阳职业技术学院对口帮扶镇原职专。兰资环党委书记、院长郑绍忠亲自部署工作，派出专家来镇原职专指导专业建设，培训电子技术等3个重点专业教师27人，镇原职专派出10名教师在资环学院接受专业培训。兰石化党委委员、宣传部长何华教授多次到校指导示范校建设工作，并给全体教师做专题报告，他常说，每来一次学校，都感觉有新的变化，这缘于他对职业教育的挚爱，校园的一草一木更倾注着他浓浓的乡情。庆阳职业技术学院张武德院长利用地缘优势多次到校交流指导工作，三所院校在专业共建、师资培养、学生升学、就业资助上给予了极大支持。

在了解到学校实训设备紧缺的情况后，刘宝民副所长联系中教畅享科技有限公司、浙江天煌科技有限公司为镇原职专捐赠电子、汽修、电商专业实训设备，总值达 320 万元。建成了电子商务专业领域领先的专业实训室，2020 年 11 月，庆阳市职业技术学院电子商务扶贫工作研讨会暨电子商务技能培训班在镇原职专如期举行。

天津静海区成人与职业教育中心、甘肃建筑职业技术学院、甘肃建筑职教集团与镇原职专实行"3+1"帮扶，共研人才培养方案，制定课程体系，推进教学改革。

2020 年 8 月 8 日，夏雨初霁，满眼滴翠，朝霞熔金，光芒四射。当天上午 9 时 10 分，教育部副部长孙尧乘坐的车辆驶进了镇原职专的校门。

孙尧副部长一行首先来到学校院中电子屏前，杜银社校长介绍了学校办学历史和基本情况。孙尧副部长听完后说："作为全国最后脱贫的 52 个贫困县，能举力修建这么一所中职学校，实属不易。"县长侯志强说："我们把职业教育作为民生工程来抓。"孙尧副部长听后会心地点了点头。

进入示范校成果展室，孙尧副部长饶有兴趣地听着杜银社校长的介绍，并不时插话询问学校近年来的发展。"潜夫已潜兮成往事，镇原振兴兮谱新诗。"一幅题词引起了孙尧副部长的关注。杜银社校长连忙说："这是陈宝生部长在镇原首届香包节上参观了镇原职专展厅时的题词，我们学校也大力弘扬民俗文化，成立了学生社团。"听后，孙尧副部长健步向民俗文化展室走去。在民俗文化展室，他极有兴趣地观看了学生剪纸，惠老师介绍了镇原剪纸、香包，并将示范学生的一幅剪纸赠予孙尧副部长。

在实训楼，孙尧副部长看到学生正在实训，他满面微笑地问一位学生："你会操作吗?"学生答:"会。"他很满意，并说:"只有练好技能，才会受社会欢迎。"

孙尧副部长的心情很好，越看越高兴，不知不觉，超过了预定视察的时间，在实训楼四楼，随行人员提醒他，他随和地说:"来了，就多看看。"就这样，他坚持视察完了所有实训室。

国家开放大学党委书记荆德刚，教育部职教所所长王扬南、副所长刘宝民同行，省政府副秘书长王晓阳，省教育厅副厅长时宁国，省教育厅职成处处长李常峰，兰州资环学院党委书记郑绍忠，兰州石化学院纪委书记蒲卫晖、宣传部长何华教授，庆阳职院院长张武德等领导陪同视察。

时间不知不觉延长了30分钟，孙尧副部长对省市县领导说:这个学校办学很有特色，只要你们立足地方经济发展，形成自己鲜明的特色，这样的学校一定能取得长足发展。面向未来，我们要持续增强职业教育吸引力，为劳动者成长成才创造更好条件、提供更多机会，学校在巩固脱贫攻坚成果、助力乡村振兴中要注入更持久的动力。

花儿在聆听，白云在颔首。

将近两个小时的视察就这么快乐地结束了，但教育部领导留在镇原职专校园里的关怀、叮咛和笑声，必将长久地定格在全校师生的心头，也必将激励着镇原职专向省级优质校的目标迈进。

因为肩负使命，所以勇往直前。

在职业教育助推脱贫攻坚中，镇原职专大力开展贫困劳动力培训，助推脱贫攻坚培训就业全覆盖，催生贫困人员决胜脱贫攻坚的内生动力。在培训中，学校结合地方经济和产业发展，紧跟市场需求，优化专业设置，运用多种教育培训手段，大力普及农村、农业适用技术，把先进的生产理念、技术、经营模式和做法传授给新型职业农民，培养了一批用得着、留得住、输得出的农村实用人才。

"如果猪患上繁殖性呼吸道综合征，可以采用耳尖、尾根放血，赢得救治时间……"前段时间，在南川乡党员活动室里，为期10天的劳动力培训班课堂上，镇原职专的老师为当地群众带来生动实用的家禽饲养理论课程。

"这已经是我第二次参加培训了。这种培训方式特别好，老师不仅跟我们讲解理论课程，还实地操作示范，真真正正让我们掌握了技术，为以后发展生产提供了技术保障。"贫困户张志忠高兴地说。

2013年至今，镇原职专对在职职工、下岗职工、农民工等进行业务培训、技能培训和学历提升，开展了养老护理、电子产品维修、保育员、家畜饲养员、电子商务等项目培训，培训7000多人次。

乘着国家利好职教的东风，镇原职专近年来的发展突飞猛进，尤其是自2017年以来，全体职教人凝心聚力、真抓实干，2020年12月学校被授予"甘肃省中职改革发展示范校"荣誉称号，学校办学实力明显提升，办学效益日益凸显，为镇原经济的发展做出了积极的贡献。

轻舟扬帆，遨游于千顷烟波之上。在职业教育发展的大潮中，镇原职专仍然昂扬奋发地践行着教育扶贫、乡村振兴的理念。

职业教育前景广阔，大有可为。未来，镇原职专必将为全县社会经济的发展提供不竭动力。

源头活水入梦来

——镇原县安全饮水工程建设纪实

陈鸿梧

太平镇彭阳村年届古稀的陈进龙老汉连日来高兴得合不拢嘴,逢人便说他家通上自来水的事。按他的话说,从记事起,家里最愁人的就是吃水。一下雨,全家老小都忙开了,盆盆罐罐摆了一院。他是全家年龄最小的,也是全家跑得最快的一个。多少回他梦到自己窑掌流出了筷子粗的一股清水,他高兴得蹦呀跳呀,赶紧提桶去接,每次都在睡梦中高兴地笑醒了。

没有想到,这好梦竟然成真。三年前,政府投资给他家打了小电井,2020 年,政府帮扶又给他家修了一处三合院,接上了卫生干净的自来水。

终于可以睡个囫囵觉,不用黑地半夜下沟担水驮水了。半辈子来最苦最累最煎熬他全家的是吃水。由于居住在半山腰,祖祖辈辈吃水要到五里开外的陈家沟底的老井里去取,长到七八岁,每天下午放学,他就和小自己两岁的堂弟到沟里去抬水。其实,不只他家,居住在塬边及半山腰的五个村子的小伙伴们上学时都带着扁担和水桶,放学后,捎带一桶水回家。由于年龄小,每次只能抬半桶,等他们长到十来岁,就可以一个人担两半桶水了。最初水担搁到肩膀上,走几步,肩膀上的皮肉就像被人拧住撕扯一样火辣辣地疼，由于压磨得难受，他们不是走，而是小跑，往往跑几步就搁到地上缓一下。一年以后，跟父辈们一样，稚嫩的肩膀先是由红肿到结痂，形成一层死皮，水担搁到上面再也没有那么疼了。他们也学会了"惜力气"，担上两半桶水，晃晃悠悠地信步行走。这一担，就是半辈子。

生产队那会，每天要赶在上工前给家里挑回一担水。那时候还是请木匠箍的一对柳木桶，木桶底部要经常保持湿润，太干，底缝就会漏水。如果深秋或者冬季放在屋外被北风吹一夜，底缝就都裂开了，要用砸黏的苜蓿根去塞。所以，仅空桶就有二十多斤重，如果装满水，一担水就有七八十斤，日久天长，肩膀上就磨出了厚厚一层老茧。夏天倒好说，尤其是冬天，往往半夜一两点就得从热炕上爬起，迎着凛冽的寒风去担水，挑一担水回来，身上汗津津的冒热气，手指头和鼻子疙瘩却冻得"生疼"。包产到户后，家里有了牲口也有羊，用水量更大了，好在那时候的羊是放养，收圈前已经在河沟里喝足了，加之自家有了牲口，可以驮水吃。人是轻省了，但鸡叫头遍就得起来，吆上圈里的牲口，搁上鞍子，架上驮桶，下到沟底"饮牲口"驮水。

多少岁月在淙淙流水中远去，取水的方式却从未改变。年长日久，从老井通往几个塬头的山路也被人畜踩踏出了一条条深深的胡同。胡同里咣当咣当的牛铃声和清脆悦耳的马铃声从夜幕降临一直响到天明，响了上千年。

其实，这还是镇原吃水相对较好的村庄。

马渠乡马渠村的柳玉娟到现在回忆起当年吃水困难时的情景也是泪花飞溅。她是从三岔的桃李湾嫁到这个村的。当时，为了跟个挣钱的"公家人"，经人介绍嫁给了这个村的一名在外工作的教师。初进家门，她就惊呆了。全家算上公婆两个哥嫂七口人，刷锅洗碗只用一马勺水。就这一勺水刷洗完还舍不得倒掉，要用来喂鸡。这让从小在河边长大的她很不适应。

也难怪，几个村里的人吃水都要到几里路外的马渠深沟里去挑。而且，这个沟里只有两眼泉，泉水苦涩不说，出水还不旺。黑地明夜几个村子的人都去排队抢水，去迟了泉就干了，要挑桶去十里开外的闫庄、高庄、唐原沟里去挑。为此，也衍生出了昼夜排队刮水买水的队伍，一担水五毛钱。虽然跟了个"挣钱"男人，但当时每月也就百十来块，全家人还得搅用，所以，也只是隔三岔五买来一半担水垫补用。好在她娘家哥在西峰建筑工地上经营水罐车，每次来看她，带不带别的东西不重要，但都要给她家捎来一大罐水。她家在马渠小学旁边，就托关系借用学校的胶泥水窖存上，一罐水够全家用多半年。当然，学校也乐意，可以跟着沾光用上"宽展"水。

有钱买水又有亲戚送水，她家算是村里吃水最好的人家。好多人家为了省水，全家洗脸只用一盆水，大家轮流洗，洗完还舍不得倒掉，用来给猪搅食。绝大多数村民都还挣扎在缺水线上。

新集镇现在还在流传"余（驴）立功"的故事。其实，这个故事的发源地就是新集镇政府（原来的新集公社）。20 世纪 80 年代审计工作恢复后，一次县审计局安排对新集乡政府进行财务审计，审计人员发现，工资支出表上有一个叫"余立功"的，从解放初工资领到了现在，而且工资一直没有多大涨幅，就叫来当时的财务人员询问："这个余立功同志是怎么回事？他工作几十年都没有调动过吗？"会计苦笑着叹了口气说："唉！好领导呢，这个余立功是毛驴不是人。因为，乡政府所有的干部生活用水都要到五里之外的深沟里用驴去驮，所以，财政部门专门拨发了一头毛驴的草料钱，这个草料钱为了方便列支，就造了一个'余（驴）立功'的名字，因为在本地方言中余（驴）同音，所以，为了好听，就索性写成了'余立功'。"这虽然是一个真实苦涩的笑话，但从侧面反映出当地乡亲们吃水有多难。

无独有偶，20 世纪 90 年代以前，马渠、庙渠等后山乡镇政府干部职工生活用水面临新集乡政府一样的尴尬，乡政府驻地机关单位都在买水用，一驮桶水一元钱，附近村庄也随之诞生了几个卖水专业户。

有谁想到，作为"陇东粮仓"腹地的镇原大地曾几何时也有着"宁给一个馍，不给半碗水"的无奈。

吃水，就像一个梦魇压在了多少镇原人的心头。

有关资料表明，中华人民共和国建立初，沿川群众生活用水主要以河水、泉水、井水为主，而山区及原区群众主要靠窖水生存。截至 1995 年，全县 48 万人仍有 21.3 万人和 16.4 万头大家畜饮水存在困难。

一部厚重的镇原史，在一定意义上，就是解决人畜饮水的奋斗史。

翻开《镇原县志·灾害录》，缺水是其中最为刺目的字眼。

记录较为详细的 1916 年到 1949 年 5 月，平均每两年就有一次旱灾，五年一次洪灾。

在文献只言片语的记述中，人们能感受到的是缺水的沉痛和无奈。

据地质考察，远古时期，镇原属于鄂尔多斯盆地的一部分，东高西低。春秋战国时期，本县属于天然森林区，《资治通鉴》云："是时（唐朝天宝年间）中国强盛，自安远门西进唐境范万二千里，间阎相望，桑麻翳野，天下称，富庶者无如陇右……"随着人类活动，开荒垦种，植被受到严重破坏。1949 年以后，镇原县被列入全国水土保持重点县之一。

镇原县境内主要有蒲河、茹河、洪河、交口河四条水系，太阳池、白马池、翟池三处天然湫池和 383 条支沟溪水，四条河流年径流量 1.38 亿立方米。三个天然湫池蓄水量总计 474 万立方米，全县地下水层水源丰富，主要分为潜水和深层承压水两大类，地下水静储量 7.8 亿立方米，动储量年 928 万立方米。

中华人民共和国成立后，镇原坚持以资源水利、民生水利、生态水利为中心，天上水、地表水、地下水三水齐抓，形成了以水资源配置工程为龙头，以农村饮水安全、高效节水灌溉、河流治理、山洪灾害防治、雨水集蓄利用、生态建设为重点的水利发展新格局，掀起了一波波兴修水利的热潮。无数村庄发生了天翻地覆的变化，最引人瞩目的当属自来水进村入户。在镇原大地上，几乎每天都上演着缺水村组农民废弃水窖，摆脱水缸，封存扁担，安居乐业的故事。截至2020年底，全县饮水安全普及率100%，集中供水率84%，自来水入户率84%。

从20世纪80年代开始至2020年底，镇原保障农村群众饮水安全的脚步从未停止，实现了从人畜饮水解困、人畜饮水安全、精准扶贫饮水安全三步跨越。

1982年，国家投资156.9万元，解决了23个乡镇干旱区8.56万人和1.35万头大家畜用水困难。

1986年起，采取"国家投资、县乡配套、群众自筹"，多条腿走路，利用世行贷款项目，加快人饮工程建设，改善用水条件。至2005年底，建成人畜饮水工程13处，解决8.51万人生产、生活用水问题。

2006年至2010年，以"饮水安全"为目标，县上投资3906万元，新建孟坝王地庄饮水、马渠泵站扬水等24处工程，解决了6个乡镇30个行政村8.85万人的饮水安全问题。

2011年至2015年底，县上投资近7000万元，相继建成孟坝、屯字、临泾塬3处集中供水工程和平泉、临泾、武沟等13处农村学校饮水工程，解决了新集、庙渠、三岔、郭原、殷家城等9个乡（镇）49个行政村将近17万人的饮水不安全问题。

2016年至2020年的"十三五"期间，随着"脱贫攻坚农村饮水安全巩固提升和冲刺清零项目"的实施，县上累计投入资金2.6亿元，受益群众达11.78万户47.12万人，饮水安全普及率达到100%，自来水入户率达到84%。

每组不断递进的数字背后,是无数农村家庭的梦想成真。从泉水、溪水、河水、窖水时代到自来水时代,从"扁担挑水"到"水龙头一拧",乡村生产、生活方式迎来质变。水,给乡村振兴注入了巨大活力。

"以前,我每天早晨五六点就得起床去三四里外的沟里挑水。那时,全村一百多户人家共用一眼泉,去迟了就没有水了,冬天一下雪,沟里就滑得下不去。现在,自来水进了厨房,不仅吃水方便了,水质也很好。"临泾镇席沟圈村农民杨玉琴说。

高兴的不止杨玉琴一个。2016 年,张菊芹家的饮用水也得到革命性改变——她喝上了经过检测的自来水。这年张菊芹家附近建起了自来水厂,每天可供水 2000 立方米,主要为平泉镇镇中心、马洼等几个周边村的村民供水。

和张菊芹一样,新集乡王寨村李世昌一家人也享受到饮水安全扶贫带来的便利。"有了自来水,今年我喂养了 13 头牛、20 只羊。"李世昌高兴地说。

每一个数字的背后,都蕴藏着许多动人的故事。

人们不会忘记,1995 年 9 月 8 日,庙渠乡文夏村比过庙会还热闹。马渠乡、庙渠乡上万群众,身着节日的盛装,敲锣打鼓,自发聚集到各村集中供水点,庆祝庙马人畜饮水工程正式落成供水。

其实,热闹从三天前的试运行就开始了。现任县水保局局长的段玉珂,当年曾是庙马人畜饮水工程的技术员兼会计。据他回忆:"三天前,当一切工程竣工后,要试运行测量水压等各项技术指标,当时水管出口还在距地面一米五的深坑里,因为是测试,所以还没有接出水龙头。听说要出水了,附近四路八斜的乡亲们骑着自行车架着水桶的,吆喝着毛驴驮着水桶的,拉着架子车拉着水桶的,手里提着水桶的,还有提不动水桶、拿着盆盆罐罐的老人小孩的,潮水般涌来。他们劝说大家不要靠近，等测试完成，各项指标正常了，大家再接水。但群众按捺不住渴望的心情，一个劲地往前涌。好在经过测试，一切指标均符合标准，一次性试水成功。一位年近八旬的老汉，须发皆白，举着一个掉了瓷的搪瓷茶缸，在人们的拥挤中从碗口粗的水管口接水，强大的水压，打飞了手中茶缸，一个小伙捡起来给他接了一杯水，递给老汉，老汉一饮而尽，捋着白胡子上晶莹的水珠，眼里满是泪花。其实，当时周围的地埂边也站满了许多农村小脚老太太，她们一个个戴着黑绒布圆帽，穿着她们那一代人标志性连襟黑罩衫，打着裹腿，一个劲拿着手绢擦眼泪。

这是幸福的泪水。

难怪他们激动，其实，高兴的不只他们。段玉珂说："庙马人畜饮水工程是一个标志性工程，是当时全县最大的人畜饮水解困工程，最初规划解决庙渠、马渠12个行政村、53个自然村、34个机关单位、12所学校、13000多人、3756头大家畜、近万头猪羊的饮水问题，但后来实际解决了近两万人。"

最令人感动的是两个乡镇的乡亲们。工程供水网络安装配水管道总长近30公里，挖填土方200多万立方米，开挖石方近800万立方米，都是两个乡镇的群众义务投工96599个工日完成的。大家的积极性空前高涨，全乡只要能走动路的，一齐上阵，出现了很多家庭公公婆婆、儿子儿媳、未出嫁的姑娘一起上下工、一起挖壕沟的动人情景。离工地最远的群众来回都在近百里路。但不管多远，他们都背着干粮，早晨六点半准时到工地，工地上以村组为单位划片包干。

在庙马人畜饮水工程之前，县上已经于1985年4月14日开建了王寨人饮工程。经过两年零五个月的艰苦奋斗，于1987年9月建成，交付使用，解决了王寨、新集两个乡6个行政村、56个自然村、1680户、8400人和1970头大家畜、2400头（只）猪羊的饮水问题。

在解决人畜饮水中，还有浓墨重彩的一笔，那就是"121雨水集流工程"。

从1995年8月份开始，镇原县被列入全省27个县（市、区）"121工程"建设县之一。当年发生了60年未遇的大旱，全县四条河流除蒲河有间断流水外，其他三条河流、383条沟道全部枯竭。山区乡镇人畜饮水发生困难。但是，上肖北庄、翟池，屯字太阳、开城，孟坝王山等村部分山区群众因为利用家里原有水窖收集雨水，不但解决了全家的生活用水，还浇上了菜园和果园。上肖乡北庄行政村下山村村民马社郎利用头一年打的水泥窖收集的雨水，不但解决了全家的人畜用水，而且用地下固定式滴灌系统浇灌2亩果园，果园当年亩产水果2300公斤，收入5300元，轰动全县。在严酷的干旱和身边的典型事例的激励下，全县上下打窖集雨热情空前高涨。"要想富，家头园舍修水库"成了当时最时髦的流行语，好多家"粜粮卖牛也要打水窖"。

"121"建设需要的大量砂石和水泥，必须从几十公里、几百公里以外的地方运到千家万户。但是镇原县缺水地区都在纯山区，一个个分散的村落遥遥相望，沟壑纵横，道路崎岖不平。建筑材料及运输成为"121"建设的最大难题。另外，"121工程"建设除省上为每户补助400元外，还需群众自己拿出一部分钱。然而，工程实施区大多是贫困乡村，因连续几年遭受旱灾，大部分群众生活困难，拿不出配套资金……

在种种困难面前，社会各界再一次伸出援助之手。一时间，全县各级党政部门、企事业单位，有钱的出钱，有力的出力，有车的出车，有人的出人，都加入到了"121工程"建设的行列中来。当年省上下达资金180万元，县直机关、事业单位职工及个体户捐款40.45万元，组织拉运水泥4512吨，建成水泥窖4513处，集流场40.6万平方米，解决了22565人和13539头大家畜的饮水问题。由于全县上下齐心协力，共同奋战，1995年至1999年五年间，全县累计建成水窖153488眼，缓解了干旱山区21.3万人和16.4万头大家畜的饮水困难。

时间在庄户人日子的急剧变化中悄然而逝。

2018年腊月，屯字镇闫沟村村民刘虎子，带着老婆孩子回到离别了3年之久的家。当推开院门，进到房间，刘虎子简直不敢相信自己的眼睛：灶房安上了明晃晃的水龙头，墙外建起了干净、卫生、明亮的太阳能洗澡间和水冲式厕所，刘虎子又惊又喜。

父母告诉他，都是扶贫工作队帮他们干的。

"农村饮水安全"，下的是一盘大棋。

脱贫攻坚路上不让一个人掉队，农村饮水安全更不能落下一户、一人。从固强补弱冲刺"清零"到"找差距、补短板、促达标"，从"农村饮水安全工程"到"农村饮水安全巩固提升工程"，从"有水喝"再到"苦咸水改水"，镇原保障农村群众饮水安全下的是一盘大棋。

民之所望，政之所向。2016年以来，农村饮水安全问题成为县委、县政府为民办实事的重大课题。县委、人大、政府、政协主要领导以及相关部门主要负责人深入全县各乡镇，进村入户，明察暗访，对全县农村饮水人口逐村逐户逐人进行了"拉网式、全覆盖"摸底核查和安全认定，讨论印发了《镇原县精准扶贫精准脱贫工作责任清单》《关于进一步规范全县农村供水管理的意见》《镇原县农村居民饮水安全认定工作方案》等政策性文件，进一步规范和明确了各职能部门服务保障农村饮水安全的职责及任务，全县上下聚焦聚力，全力扫除农村饮水安全的"盲区死角"。

县水务局局长耿勤学告诉记者："对照农村饮用水安全卫生评价指标，县上按照'聚焦每一个水龙头、倒逼措施落实'的思路，坚持'不漏一户、不落一人'的原则，采取村自查、乡审核、县复查的方式，组织水务部门、乡村干部和帮扶干部四级力量，建立农村饮水安全台账，采取补充水源、延伸管网、新建小电井（水泥窖）、贫困户免费入户等措施，将全县剩下的饮水不安全人口通盘纳入，全面核实核准集中工程、分散工程、管网延伸工程解决的贫困户户数和人数，精心编织了脱贫攻坚饮水安全'一户一策'方案，使工程措施精准到户到人。"

在这个没有硝烟的战场上，水利人和全县人民、各级干部以及帮扶工作队一道，瞄准目标不松劲，咬定青山不放松，坚决攻下最后的"堡垒"，啃下最后的"硬骨头"。

为了确保水质达标和运行正常，2019 年 9 月，县上组建成立了县农村供水有限公司和 14 个分公司，并将县农村饮水安全水质检测中心与疾控中心合并，充分整合人员、技术、设备、资质等，实现了微生物、毒理学、放射性、感官性状和一般化学等 42 项指标县级检测，23 项常规指标乡级检测；全覆盖发放"农村饮水安全明白卡"，普及推广"甘肃农村饮水"公众号，开设"镇原农村供水"微信公众号，建立微信工作群 152 个，及时发布供水常识、停水通知、维修信息，以方便群众联系和监督。

因为水，乡村才更加让人留恋；因为水，乡村才更加灵秀动人；因为水，乡亲们的幸福指数才不断提升。

百年古树依然挺立在闫沟山头，仿佛在静静地诉说着过往。新修的柏油马路蜿蜒曲折，在村子缠绕一个"S"形后伸向远方。一幢幢白墙黛瓦的中式别墅，掩映在浓得化不开的绿意中……得益于自来水入户，屯字镇闫沟村一跃成为"网红"村。

闫沟村的蝶变，就是从解决吃水开始破题的。

村民闫希信说："由于居住在半山上，以前村里人吃水都要到深沟里去挑，以后沟干了，要去河对面的陈家沟里去拉水，村民日子很焦苦，好多人家孩子娶不上媳妇，我们出去见到别村人也自短精神。2016 年村里通上了自来水，日子一下不一样了，这一切都归功于党的精准扶贫政策呀!"的确，是不一样了，现在村里建起了"聚德小镇"，文化广场、影剧院、宾馆拔地而起，医院、图书馆正在修建，养殖场等村办企业已投入运行。每逢假期，前来参观游览的人群络绎不绝。乡亲们就地办起了"农家乐"，沿路卖起了油饼等小吃，仅此一项，全村人均年增加收入1200元以上。

山还是那山，地还是那地。然而，曾经的贫困，早已成为历史，山区人的生产生活境况，不知不觉间发生了沧海桑田般的变化。

"落其实者思其树，饮其流者怀其源。"

2020年春夏之交的一天，当陕西扶风县五十多岁的刘利民再次回到太平镇的老家板刘村的时候，被眼前的景色陶醉了。只见塬面一排排整齐划一的农舍排布在公路两边，家家户户门前菜畦碧绿，鲜花盛开。更让他感动的是，乡亲们都接上了干净卫生的自来水，安装了太阳能淋浴器，用上了水冲式厕所。站到塬畔放眼望去，一条宽阔光洁的水泥路从塬面一直缠绕到河滩，沟底下团团簇拥的刺槐挂满了碧玉般的嫩叶，恣意怒放的桃杏花点缀其间，使春光更加灿烂。山脚下的蒲河碧波荡漾，在阳光照耀下熠熠发光，像一条银练在青山脚下缠绕。

好一幅山清水秀的诗情画卷。

这是记忆中的老家吗? 刘利明惊呆了。

刘利明自小父母双亡，寄养在叔父家，和叔父一家生活。在政府的帮助下，他读到初中毕业，还学习了机动车维修技术。但由于村里吃水困难，三十多岁的刘利明还没有找上媳妇。不光他，这个村自包产到户后就没有娶过一个新媳妇。当地不知从什么朝代就流传着一句歌谣:"罐罐提水杨化家，渴死雀雀的板刘家……"

没有办法，和村里的几位年轻人一样，最后在远方亲戚的介绍下，他到陕西扶风县一户人家做了上门女婿，这一走，就是十多年。

三叔告诉他:"多亏党的精准扶贫政策啊! 为了从根本上解决全村

人的吃水问题，改善生产生活条件，镇上对全村进行了整体移民搬迁，统一免费接了自来水，再不愁没有水吃了，现在家家都有洗衣机、电冰箱，大彩电和新式家具就不用说了。"

有水的日子就是幸福的日子。如今，一股股甘泉源源不断流入万千农户家，滋养了牛羊，滋润了秧苗，更滋润了百姓的心田。

时间的长河奔腾不息，却冲淡不了人们的记忆。

站在岁月的闸口回望，来路激昂，前路浩荡。

教育扶贫拔穷根

——镇原县教育脱贫攻坚的故事

王佐东

> 吾师道也，……道之所存，师之所存也。
>
> ——唐·韩愈

一个奇迹，在国家级贫困县发生。近 7 万适龄少年儿童，在 8 年时间里，义务教育实现了"有学上""都上学""上好学"，无一人漏享国家的教育资助政策，无一人因病因贫辍学。

一个 3500 平方公里、53 万多人口的县，有占总人口 1/5 的教育扶贫人口，做到无一人因病因贫辍学，全部完成九年义务教育，这是教育史上未见的。这个大事件，在极不平凡的 2020 年，发生于镇原。

教育乃国之大计、党之大计。立德树人、教书育人，治贫先治愚，通过教育扶贫隔断贫困的代际传递，才是治本之策，长久大计。轻重缓急间传递着政府的初心、政策的温度。山脚下修缮一新的校舍、家门口就能读书的课堂、能吃饱也能吃好的营养餐，从这些点点滴滴的变化中，才能读懂镇原的教育扶贫。

镇原教育脱贫攻坚的故事，是"就学"的故事，"保学"的故事，"教学"的故事，也是"升学"的故事；是各级党委政府的故事，社会各界的故事，家长的故事，学生的故事，但主要是教育工作者的故事。

情怀："不负教育人的使命担当"

2018 年 8 月 28 日，县教育局六楼会议室。全县教育脱贫攻坚推进会召开，县委常委、宣传部长贾翠艳主持会议并就教育扶贫工作提出明确要求："教育扶贫，是脱贫攻坚的治本之策。学习改变命运，知识改变未来。教育好每一个孩子，让更多贫困家庭的孩子接受教育，可以彻底挖掉一个家庭的穷根。教育系统必须义不容辞地承担起这一历史责任，按照县委、县政府的安排部署，坚定信心，毫不动摇地坚决按期打赢教育脱贫攻坚战。"

"教育扶贫姓'教'，是'三保障'的第一保障，因此是最大最根本的保障。面对这个新的艰巨任务，我们接到了这个'接力棒'，每一个教育人就要不负时代，不负教育人的使命担当，用教育人的情怀，不但要坚定地走好教育扶贫长征路上的每一步，而且要为教育脱贫攻坚修好路、做好铺路石。"这是作为局长，我对自己立下的誓言，也是代表全县教育系统广大教职员工向县委、县政府立下的军令状。

按照甘肃省教育扶贫"六条标准"和"一条底线"要求，全县教育扶贫由此进入最后的攻坚阶段。中央、教育部、省市教育部门的相关文件，一个一个地学习、解读、领会；座谈、讨论、培训活动，一个一个举办；组织谈话、个别谈心、重点约谈，一个一个进行……终于，共识形成了，思想统一了，自觉承担任务的责任感、使命感树立起来了，同时一系列工作思路和机制也建立起来了。

"'五长'责任制"让各级行政首长担起了责。在这项制度中，县教育局长、乡镇长、校长、村长、家长在各负其责的同时，向县教育脱贫攻坚领导小组负责，实行由乡村、局校划片包干的网格化管理和双组长责任制。特别是县教育局股级以上干部包乡联校，各乡校校级负责人包村到户，层层签订军令状，责任到人，主动担责，效果显著。在 2019 年 12 月召开的庆阳市脱贫攻坚冲刺清零现场推进会上，甘肃省政协副主席、庆阳市委书记贠建民就充分肯定了"五长责任制"的创新性、实用性和实效性。

"三本账"让目标和任务见了"底"。围绕"有学上""都上学""上好学"，全县 154 所学校、144 个教学点和 223 所幼儿园都建起了三本台账，实行销号管理。"有学上"主要是解决乡村小规模学校、乡镇寄宿制学校的分布、建设和乡村教师队伍、教学生活设施等硬件配备的问题；"上好学"主要是解决"两免一补"、营养改善计划等国家资助政策的落实，确保贫困家庭义务教育适龄儿童不因政策保障不到位而失学辍学的问题；"都上学"就是做好"控辍保学"的问题。因为算清了账、建好了账，才确保完成了账、交好了账。

"三进三查三对比"让工作落了"地"。落实"作风务实、过程扎实、结果真实"的要求，按照"五长负责制"责任分工，在全县所有学校、教学点集中三个月开展"进校进班核查学籍比对就学状态、进村进户核查政策落实比对上学条件、进系统进台账核查信息比对精准程度"，对乡校和教育部、省教育厅、审计部门通过比对反馈出的 9061 条疑似信息全部进行"销号纠改"，做到了就学状态、政策落实、信息管理"三精准"，在脱贫验收中无一例回退。

"五项清零"让存在和出现的问题改到了"位"。坚持问题导向、过程导向、目标导向，通过政策把握"不清"问题、信息对比"疑似"问题、摸底排查"发现"问题、特异学生"保学"问题、毕业学生"保考"问题"五项清零"，在攻坚最后冲刺阶段，共清理整改各层次、各方面问题 426 个。"所有问题都在掌控之中，所有问题都'动态'清零了！"教师和校长们充满自信地说。

在这些措施的落实过程中，全县 4320 名教师，一个小学包一个村，一个教师包若干户，按照"一户一对策、一生一方案"，承担所有义务教育适龄儿童、留守儿童的就学、保学、扶贫政策宣传落实任务。两年多来，每位教师平均入户 4 次，累计走访近 12 万户。一些老师，上午还在课堂上，下午就进贫困村、入建档立卡户。方山、三岔、殷家城的大山，蒲河、交口河、洪河的河沟，翻山岭，冒风雪，顶烈日，一串串足迹，一个个身影，在镇原的版图上星罗棋布，丈量着从"有学上"到"上好学"的进程，也澎湃着孩子和家长同频脉动的心，照亮了贫困家庭和学困孩子的希望。

在这些措施的落实过程中，各级校长承担"一岗双责"。小到几个人的教学点，再到百八十人的完全小学，大到上千人的寄宿制学校，特别是学区的中心校长，一个一个名字地排查，一个数字一个数字地对比，一个班一个班地查看，一家一户地核实，一个学生一个学生地教导，一个家长一个家长地劝导，展现了"一校之长"的使命担当，也奠定了教育脱贫攻坚战必胜的基石。

天地之大，教育为先。从拉开脱贫攻坚的序幕到今天，几年的时间弹指一挥间，镇原的教育扶贫成效显著。摆脱贫困，历史洪流巨响，蕴藏着"教育大县"教育人的初心本色和情怀担当。

信念："一个都不能少"

完成非凡之事，必有非凡之精神、非凡之行动。

教育扶贫，最难的就是"控辍保学"，绝对的"一个不少"尤其难。"建档立卡贫困家庭学生无一人因贫失学辍学"，"都上学"这是甘肃省"义务教育有保障"的一个底线性要求。"上学路上一个都不能少，学习课堂上一天也不能耽误"，这是镇原县委、县政府为"控辍保学"定下的刚指标、硬任务。

控辍保学，首先要摸清底子、分类施策，做到"一户一对策、一生一方案"。在"三进三查三对比"和"五项清零"过程中，这个工作就完成了：全县义务教育适龄人口数65457人，义务教育建档立卡适龄人口20230人；义务教育适龄人口中残疾儿童619人，经县残疾人教育专家委员会鉴定无接受教育能力105人，需要送教上门187人，普通学校随班就读424人，特教学校就读13人。因为，上学路上一个也不能少，成败系于"精准"，效果在于"就读"。

控辍保学，最要紧的是"找得回、坐得稳"，原甘肃省委副书记、省长唐仁健就是这样要求的。

为了能"找得回、坐得稳""一个都不少"，县上成立镇原县残疾人教育专家委员会，形成了由教育局、残联、卫健、特教学校专业人员共同组成的"听力、视力、语言残疾，肢体（脑瘫）残疾，智力残疾，精神残疾，多重残疾"等五个教育康复专家组，历时三个多月时间，走最难走的路、见最难见的人、办最难办的事，对619名残疾儿童进行逐一鉴定，并分类提出619个施教和康复方案。

为了能"找得回、坐得稳""一个都不少"，县上制定"五保障"工作方案，为187名残疾学生建立学籍并开展"送教上门"，按照"保障工作人员、保障送教时间、保障教学内容、保障教学设备、保障工作经费"要求，累计参与教师2620多人次。按每周一次、一次不少于2课时、每学年不少于60课时计算，三年累计达到三万多课时。新集镇刘大岔村老王山自然村的李飞宏、开边镇贾前庄行政村的贾分分等学生和家长，每次都会拉住送教老师的手，舍不得放开。

为了能"找得回、坐得稳""一个都不少"，对动态劝返的55名学生，在县职专专门建办了"职普融合办"。把职业技能教育与义务教育控辍保学结合起来，让劝返复学的"学困生"同时接受义务教育和职业技能教育，既为将来就业和稳定脱贫打好基础，也探索了控辍保学的有效形式。

为了能"找得回、坐得稳""一个都不少"，在县东街小学和屯字镇兴华初中建办2个特教班，并在每个乡镇初中和中心小学设立"随班就读"学位。残疾学生的身体、智力、心理和精神状况千差万别，但没有一个学校和教师因为这些学生的乱、闹、搅、扰而放弃。

为了能"找得回、坐得稳""一个都不少"，面对8853名留守儿童，908名单亲、离异和重组家庭学生和孤儿，2864名"学困生"，每个学校每月都举行"做家访、献爱心、送温暖"活动。学校靠的是校长、班主任、科任教师对这些"特殊"学生"三盯一"保学措施。在"盯"的过程中，还创造性探索出了控辍六字工作法：摸（摸清底数）、排（排查原因）、建（建立档案）、劝（耐心劝返）、办（办理休学）、送（送教上门）；保学六字工作法：分（分类施策）、联（联合行动）、谈（谈心疏导）、访（家庭访视）、助（帮扶资助）、友（交友送爱）等。这一套行之有效的工作流程和方法，成为脱贫攻坚的制胜法宝。

为了能"找得回、坐得稳""一个都不少"，全县在所有学校都建有"家长学校""留守儿童之家""心理健康咨询室"，并系统培训心理健康咨询老师350多名，下发心理健康教材，开展心理教育辅导1800多节次。组织专家编写家长学校教材，对家长授课1600多节次、18万人次。"不学不知道，一学吓一跳！""我不会为了打工赚钱，而误了孩子的未来！"一些家长发自内心地这样说。

为了能"找得回、坐得稳""一个都不少"，始终突出"教育之本，在于教师"这个重中之重。全县通过特岗、支教、走教、跟岗培训、结对帮扶，重点解决薄弱学校和学科教师紧缺、小规模学校"全科教师"不足问题。积极推进以培带新、扩散提升的"四培六带"工程，累计参加各类培训33275人次，达到历史最高水平；落实乡村教师职称倾斜政策，一级以上人数占比62.4%；安排21名骨干教师开展"三区"支教，33名骨干教师深入教学力量薄弱的学校支教，从乡镇中心校派出102名教师支援偏远山区学校；进行特长教师转岗和全科教师培养350人次；安排14名立志扎根山区的年轻教师到县城优质学校跟岗学习，更新观念、提升技能、学习现代教学手段和技术。

为了能"找得回、坐得稳""一个都不少"，在殷家城、三岔、方山、新集、马渠等边远山区学校，一个月内就建立起寄宿点，创造寄宿条件，提供床铺、被褥，确保距离在半小时以上路程的728名学生能够在校寄宿就读，彻底解决"路途远、路难走、天阴下雨有危险"的问题。

为了能"找得回、坐得稳""一个都不少"，从学前教育到高等教育的各个阶段，2015年以来，落实幼儿免（补）保教费11.8万人次5993.5万元、家庭困难学生生活补助11.9万人次6899万元、营养餐22.2万人次1.67亿元、普通高中免学杂费2.7万人次1110万元、高中助学金3.8万人次3812万元、中职助学金2.28万人次1296万元、中职免学费2.9万人次1786万元、省内高职（专科）建档立卡贫困家庭免除（补助）学费和书本费5422人次2711万元、生源地助学贷款3.57万人次2.15亿元，做到政策落实"一个都不漏"。

也许这些就像一份工作报告，概念多、分类多、数字多、算账多，但从点到面，从基数到进度，回头看、动态管、及时清，这是一份珍贵的镇原县教育脱贫档案，这是一项史无前例的历史性工程。

教育人最讲认真。"只要有一个孩子在，为了孩子的梦想，我都会坚守到底。"《中国教育报》记者采访时，马渠镇杜林小学的老师刘龙这样说。"只要还有一个孩子没有上学、上好学，我们就不能安之若素！"这正是全县教育人共同的认识和信念。

方略："打好'三位一体'攻坚战"

2020 年，是镇原县教育最不平凡、最重要的一年。作为全省八个之一、庆阳市唯一一个未摘帽的县，全省六个之一、庆阳市唯一一个未接受国家义务教育基本均衡验收的县，镇原面临教育脱贫攻坚和义务教育基本均衡国家验收两大任务、两项国家级"大考"。同时，"教育大县"镇原又面对着巨大的、历史的教育质量徘徊不前的压力和困局。

"如何做到大考'过关'，又要破解质量困局?"特别是面对"教育扶贫重在补短板、均衡发展重在提标准，两者一致但又存在规划标准、建设标准、验收标准"矛盾的现实问题，而且能否解决好，这确实是事关全县教育长远发展的大思路、大战略、大布局的根本性问题。

通过广泛调研，县上拟定了"打好教育扶贫补齐短板、均衡发展提质达标、质量安全破局进位'三位一体'攻坚战，实现'教育扶贫、均衡发展、质量安全'一体谋划、一体推进、一体达标"的思路。同时，在作战过程中，按照中央巡视反馈问题整改、均衡验收标准和流程要求，又对"三位一体"进一步细化重点、突出难点、排摸堵点：教育扶贫突出控辍保学、两类学校和农村学校师资队伍建设；均衡发展突出标准化、内涵建设和特色发展；质量安全要突出机制改革、管理创新和基础夯实。按照这个思路，全县上下总动员、齐参与、共作战、攻难关，整体实施了历史上从未有过的"三位一体"攻坚战。事实也证明，这样的决策和部署是正确的，阶段性和决定性成果也是显著的：教育扶贫大获全胜，均衡验收亮点纷呈，迎接"大考"成绩"出彩"。

在"三位一体"攻坚战中，从长远出发，坚持做好教育资源整合、学校布局优化的基础性工作。出台了《镇原县关于推进教育优化布局调整的意见》，坚持"适度集中、扩大规模、优化资源、均衡发展"的思路，采取相对集中办学、适度收缩校点、扩大办学规模等措施，2017年以来，撤销中心小学6所、完中初中部3个，建成九年一贯制学校6所。在城区和孟坝等乡镇建立易地扶贫搬迁安置的贫困户子女入学服务点，就近安置随迁子女入学，使"补弱"和"提标"相得益彰。

在"三位一体"攻坚战中，从补齐短板出发，全面实施"改薄"和加强"两类学校"建设。按照县长侯志强在全县教育大会上"再穷也不能穷教育，再苦也不能苦孩子"的要求，在县财政极度困难的情况下，"全面改薄"和"两类学校"建设，5年共实施校舍建设类项目335个，设备购置类项目851个，累计投资4.73亿元。改造薄弱学校校舍6.9万平方米，新增校舍面积8.4万平方米，改造运动场地4.9万平方米，硬化校园8.4万平方米。高大宽敞的教学楼、设备齐全的教室、整洁卫生的食堂……新建、改扩建学校的硬件设施不但达到了教育扶贫"有学上"的标准，也达到了基本均衡验收的标准。

在"三位一体"攻坚战中，从兼顾当前和长远出发，统筹教育扶贫补短板和均衡发展提标准的要求，推进学校标准化建设。按照《甘肃省义务教育学校办学基本标准督导评估实施细则》40项指标，全县145所接受评估的学校均达到了省定基本标准，综合达标率为100%。入学机会、保障机制、教师队伍、质量与管理等4项A级指标、15项B级指标和29项C级指标均达到省定评估标准。特别是针对"小规模学校"实施的"四品创建"工程，通过"小而美""小而精""小而优""小而特"等系列创建活动，弥补了乡村学校发展短板，提升了"两类学校"特色培育能力，成为教育扶贫和均衡发展的亮点工程，受到了验收组、专家组和媒体的高度评价。

在"三位一体"攻坚战中，从夯实基础出发，坚定不移推进学校内涵均衡发展。"必须改变'只有教室，没有功能室'的局面！"局党组这样提出要求。按照"一室多用、优化重组"的思路，全县累计投入资金 6700 多万元，共配备班班通设备 864 套、计算机 3262 台，建立录播教室 23 个、心理辅导室 145 个、理化生实验室和仪器室 22 个，129 个科学实验室。图书方面，初中生均达到 31 册，小学生均达到 19 册。并推行"互联网+教育"工作模式，实施"省级同享大城市优质教育资源"一拖三和"智慧教育云平台"项目，中小学网络接通率达到 98%，多媒体教室覆盖率达到 95%。"这下好了，彻底改变了只有教室、没有功能室，只有'第一课堂'，没有'第二、第三课堂'的状况。"县督导室主任席生福信心满满地说。

在"三位一体"攻坚战中，从突出"教育大县"实际出发，立足县域文化特色和地域优势，着力推进学校特色发展，深入挖掘"丝路古驿、潜夫故里、书法之乡、人文镇原"内涵，全面提高办学品质。一是突出书法教育。充分利用"中国书法之乡"品牌优势，成立了镇原县教育艺术团、教育系统书画艺术协会和书法教学培训中心，创办了《镇原书画教育》专刊，举办师生书画年展，为各校全部配备了书法教室和专兼职书法教师，常态化开展书法教学。二是普及经典诵读。制定《全县中小学幼儿园开展中华优秀传统文化诵（阅）读活动方案》和《诵（阅）读推荐目录》，将王符《潜夫论》经典篇章作为必读内容，使其"富民为本、正学为基"的思想薪火相传。三是挖掘民俗文化。依托"中国民间文化艺术之乡"，将剪纸、香包、刺绣等传统技艺纳入学校特色课程，聘请县内民间艺术大师，担任地方特色课程兼职教师，每校均建有剪纸、手工制作室，大力推进民俗文化进校园、进课堂。四是传承红色文化。根据红军长征过镇原、援西军和新民主主义革命在镇原和中共中央党史研究院在郭原初中创办的甘肃省首个"周恩来班"等内容，大力传承红色文化。五是创办特色学校。有 30 多所学校被评为文明校园、快乐校园、德育示范学校、语言文字示范学校、足球特色学校等，有力推动了学校的内涵发展。省教育厅均衡验收专家组组长、原天水市教育局局长伏金祥就感慨地说："作为陇东教育大县，镇原很是有自己的一套！"

在"三位一体"攻坚战中，从激发质量安全管理的活力出发，深化教育管理改革。县委书记毛鸿博明确提出要求："必须抓住校长聘任制、教师竞争上岗和绩效管理，从改革要质量，以改革促质量。"按照这一要求，县上制定《关于深化管理改革提升教育质量加快全县教育事业发展的实施意见》和《加强教师队伍建设的意见》《中小学教育教学质量奖励办法》等"1+5"教育改革方案，为解决制约教育发展存在的突出问题下好"先手棋"奠定基础。

溪流汇成江海。"三位一体"攻坚战，是镇原教育扶贫在具体时代背景下的具体实践，也只有这样的谋篇布局，才能使脱贫攻坚的时代任务、均衡发展的历史任务与质量安全管理这个根本任务有机融合起来，放在更大的教育发展实践中获得更清晰的定位，也焕发出更大的活力，体现出应有的意义和价值。

格局：时代选择了我们，我们不负时代的重托

"每个人都了不起！"在辞别 2020 年、开启 2021 年的新年贺词中，习近平总书记由衷地表达敬意。在镇原教育脱贫攻坚战的战场上，"了不起"三个字背后，是无数领路人、奉献者、实干者、创造者修好路、做好铺路石的时代面孔。

从 2018 年开始，在教育扶贫攻坚战、冲刺清零、专项整改、挂牌作战、百日会战过程中，挂牌"作战"的近 7 万"五长"的名字不能忘记。他们是脱贫攻坚战的一线指挥员、作战员、领跑者、带头人。他

们按照教育线上"教育局领导包学校、学校领导包年级、班主任包班、科任教师包学生"的"双线四包"机制，任劳任怨，不负重托。教育局负责扶贫工作的吴登攀，教研室主任景维鹏、资助中心主任陈宏明、扶贫办主任刘海龙、副主任张鸿，其他相关工作人员赵希君、李杰、张向波、孙立本、段来财、赵勇勇、慕志刚、李琼等，都是冲在一线、加班加点、埋头苦干的典型，用他们的话说："年轻人慢慢走，那谁来奔跑呢？"

从 2018 年开始，全县有 2000 多名教师 500 多名校长跋山涉水、走家串户、栉风沐雨，参与了历史上最为壮观、最为艰苦、也最为荣光的送教上门工作。有这样一些学校的名字不能忘记：城关中学，作为面向全县招生，全县在校人数最多、控辍保学任务最艰巨、送教上门任务最艰巨的学校，树立了榜样；三岔中学、孟坝初中、屯字兴华初中、平泉初中、新城初中、太平初中、殷家城九年制、新集中心校、屯字中心校、东街小学、南区小学做出了优异成绩……有这样一些教师的名字不能忘记：孙仰慧、畅筱燕、袁承、李建仁、闫丽萍、李莉、高世承、蔡宏涛、段继锋、何金龙、张平、郑静、李红红……有这样一些校长的名字不能忘记：苏志兴、张国栋、张银财、李世军、罗志军、李来权、王福社、陈泽学……他们都是控辍保学、送教上门工作的先进典型和模范。还有这样一些故事不能忘记：三岔学区主任姚永福，在手术住院前一天，不顾暑假炎热、病痛折磨，还在坚持家访；兴华初中校长路雄，坚持亲自上门为学生送教；上肖初中校长何天金，方山学区主任朱进虎，曙光九年制校长孙有国，亲自填表、算账，精心、精准做实各项工作；县职专校长杜银社、副校长朱玉，亲自和"职普融合班"学生学习、交流、家访，并给予无微不至的帮扶、关怀……还有许多老师的故事、学生的故事、家长的故事，都将在学校、班级、学生、家庭的历史记忆中，永远成为最光彩的一页而被回忆、被传颂……

2020年春，由于疫情实行"错峰开学"，县、乡中心幼儿园的240名幼儿教师深入农村中小学开展为期近三个月的音乐、美术等专业课教学的"走教"活动。她们全部是女同志、孩子的妈妈、小家庭温暖的"顶梁柱"，但没有一个人因为这些困难而回避、退缩。她们冒着风险、克服困难，勇敢而圆满地完成了"走教"任务，成为抗疫和扶贫中的一道靓丽风景。

2020年初春，全县实行优质校、中心校结对帮扶工作，镇原中学率先带头，校长俱长军身先士卒，镇原二中、平泉中学、孟坝中学、屯字中学、镇原职专的校长们、班子成员和老师们，认识高度统一，步伐坚定一致，为他们帮扶的薄弱学校和教学点送老师、送设备、送教学、送温暖、献爱心，成就了许多美好、传奇的佳话。

2020年7、8月间，在上肖镇净口小学"两类学校"建设项目工地上，连续40多天降雨，几乎一天抽一次积水。"按照'两类学校'项目秋季开学前必须交付使用"的省上要求，项目管理人员马琪，中心校长李绪龙，项目经理殷奇，一个多月来冒雨坚守施工现场，夜以继日，废寝忘食，抽调人力，调度物资，垫付资金，确保按期完工……

2017—2020年，在东西部扶贫协作的大事记本子上，天津静海区教育局长孙开祥的名字出现过五次，用他的话说："是党中央脱贫攻坚的政策把我们联结到了一起，这是重大的政治任务，我们一定珍惜机会，履行责任，要把工作做好。"正是有这样的格局和认识，静海区近三年共接纳镇原165名教育管理人员、骨干教师挂职锻炼、支教交流、学习培训；静海区有28名高考专家、教研教学骨干来镇原支教帮扶，有286所学校与镇原全覆盖帮扶；天津市有37家公益组织开展助教助学项目五大类37项，帮扶资金达1500多万元……让镇原的家长、孩子弥久感动、铭记在心。

2017—2020年间，读者出版集团驻县挂职县委副书记张笑阳，以及副社长陈天竺等领导，通过举办"读者•中国阅读行动"走进镇原系列阅读推广活动，以文化人的情怀，借助《读者》品牌，培训教师、资助学生、建办《读者》书屋、开展师生阅读竞赛，彰显"读者人"在全民阅读推广、开展文化帮扶、扶志扶智、助力脱贫攻坚中的社会担当。

在教育扶贫最后、最关键的攻坚阶段，教育部安排所属司局对全国52个未摘帽县实行挂牌督战。一接到这个任务，职教所王扬南所长、刘宝民副所长立即电话联系，并加上私人微信号。"王局长好！按照教育部党组安排，各司局都对你们制定了具体的帮扶计划，他们的资源都很丰富，我们督促，你们对接，争取有理想的效果。""所里决定定点帮扶的河北威县、阜平、青龙三个县和你们以视频形式召开一个交流会，希望对你们有所帮助。""我们马上带两个职业院校和企业来，你们报一个要办实事的帮扶方案。"……在疫情和挂牌督战期间，在周末、在假期，都会接到来自教育部司局级领导、省教育厅领导的微信和电话，这是脱贫攻坚期间的一种常态，也是镇原教育历史上的第一次：教育部孙尧副部长、王扬南所长、刘宝民副所长、吕同舟副社长等十多位司局级领导，职成司、基教司、科技司、人事司、教科院、教育社、考试中心、国家教育行政学院、国家开放大学等十多个司局级单位，以及省教育厅时宁国副厅长、雷江红纪检组长，以及兰州石化职业技术学院、庆阳职业技术学院，他们送资源、送教材、送信息、送人才、送思路……时刻关注镇原的教育扶贫，时刻把镇原的教育扶贫和自己的工作联系在一起，时刻为镇原的教育扶贫做着"雪中送炭"的工作，这必将成为镇原教育史上最精彩的一笔、最壮美的一页。

2017—2020年间，中央、省、市、县各级媒体及其新闻工作者近200人次，他们或亲自驱车，不远千里、不怕遥远，或单枪匹马、不畏艰险，或独自步行、不辞辛劳，赴镇原的数百个中小学校、教学点、学生家中，以媒体人睿智、客观、正义的视角和笔触，采写了报道68篇次，如CCTV17频道报道《甘肃镇原：送教上门"控辍保学"不落一人》，中国教育电视台《聚力教育脱贫攻坚，阻断贫困代际传递》，中国教育频道《职教助推脱贫攻坚盛开致富花》《山顶学校梦想绽放》；人民日报客户端《大山里的坚守》，特别是《中国教育报》的头版头条《乡村教师队伍扩量提质的镇原探索》，《甘肃教育》的《打赢"三位一体攻坚战"》，《中国教育报》先后三次，中国教育新闻网、人民网、新华网、中新网四次，甘肃电视台先后两次，庆阳电视台和《陇东报》多次进行了报道。这些有深度、有力度、有温度的报道，为教育脱贫攻坚战加油助力、言真扬正，奉献了媒体人应有的气魄、胸怀和担当。

习总书记说："每一代人有每一代人的长征路，每一代人都要走好自己的长征路。"教育扶贫是时代重任，过程艰辛但意义非凡。正因为对未来和希望的追求，才会有与贫困不断抗争的动力和支撑。也正是对未来和希望的保持与执着，我们才会更加坚定信念和富有力量。教育人的手中握着无数的金种子，那便是人间大爱，是教育情怀。

脱贫摘帽不是终点，而是新生活、新奋斗的起点。是的，镇原的教育扶贫，通过奋斗，披荆斩棘，走过了万水千山，但还需要继续奋斗，勇往直前，创造更加灿烂的辉煌！

健康扶贫惠民生
——镇原县健康扶贫巡礼

陈鸿梧

"报销九成五，牢记党深恩，病痛已清除，精准扶贫情……"2020年腊月25日，陈勇在两张大红纸上，请人用毛笔代写了1000余字的顺口溜感谢信，贴在了县医保局的大门口。

这封信字里行间充满了对党扶贫政策的感恩之情。感谢信背后有着怎样的故事？

今年58岁的陈勇，是太平镇彭阳村村民，他父母长期患病，家庭生活困难。2017年，他被纳入建档立卡贫困户。

2018年10月，妻子又因膝盖股骨头坏死卧床难起，双腿不能行走，急需住院手术治疗，县上帮扶干部得知这一情况后，第一时间帮他联系到市第一人民医院住院手术治疗。

住院期间，陈勇前后共花医疗费用3.1万元，他个人仅出了1500元，医保为他报销了29450元，报销比例达到了95%，最大限度地解决了他的医疗负担。

时隔一年多，陈勇妻子不但能下地走路，帮家里干一些轻松活，而且能骑自行车赶集了。按照陈勇的话说："原来弯得像牛格头一样的双腿现在挺直挺端了。"陈勇按捺不住内心的感激之情，遂请人写了这份感谢信。

陈勇妻子的康复得益于健康扶贫医疗保障政策的实施。

我县的新型合作医疗起步于 2007 年，当年全县 19 个乡镇共有93365 户 417850 名农民自愿参加了新农合，参合率达到了 85.88%。第一次报销 908.9 万元，第二次又报销 342.89 万元，发放城乡大病医疗救助医药费 348 万元。

据 2010 年底调查，自实施新型合作医疗以来，县乡医疗机构抗生素使用量从原来的 19.5% 下降到 16.2%；自费药品使用量从 9.33% 下降到 8.67%；住院患者人均费用从 1090 元下降到 950 元；门诊患者人均医疗费用从 52 元下降到 39 元；群众满意度由 2009 年同期的 91.3% 上升到95.6%。降价药品达 186 种，降价金额 38.53 万元，建立新农合"一卡通"信息档案 10.98 万份。

"有啥也别有病"，这句流传千古的老话，道出了老百姓对生病的恐惧和无奈。

屯字镇包城村的包月月是个麻利精明的山里女人，可一家子病人让她喘不过气：丈夫有间歇性精神病，于多年前走失杳无音讯。父亲2006 年胃癌去世，母亲冠心病、高血压，女儿营养不良性贫血，家庭生活极度贫困。

其实不只是她家，由于地处深山，2006 年村里贫困户中因病因残致贫的高达 67%，很多家庭"辛辛苦苦奔小康，一场大病全泡汤"。

2007 年，随着新型合作医疗试点工作的开展，加上民政救济，她母亲和女儿当年的住院费用几乎全部报销，女儿的病也彻底治好了，县农合办也为她母亲办理了慢性病用药手续，她们家成为全县新型合作医疗试点开展以来受惠的第一家。

"生活一度像一副百十斤的担子压在身上，让我喘不过气来，有了新型合作医疗的帮助，肩上像是轻松了好多。"包月月说新型合作医疗给她家送来的不光是家人的健康，更多的是精神和对未来的美好生活的希望。没了后顾之忧的包月月从那时候开始去北京庆丰包子店打工，2018年又回来参加了县上的厨师技能培训班，有了技术，有了稳定收入，脱贫基础更牢固。

平泉镇虎泉村的白焕义老汉告诉记者："也是在2007年，儿子心脏病，在上海做手术花了5万多元，两次就报销了3万多，民政上大病救助5000元，我们自己才出了1万元，共产党的政策好得很。儿子两口子这十多年都在上海打工，不但早已还清了家里的烂账，而且修起了一院'九连环'，家里也接上了自来水。"

常胜民是城关镇常山村的一位普通农民，多年来日子过得就不宽松。2014年他被确诊为肺癌，突如其来的疾病让整个家庭愁云密布，但是新农合政策帮助他顺利渡过了难关。据常胜民介绍：治病共花费22万多元，县上报销了11.3万元，大病保险报销了3.2万元，大病救助报销了3.2万元，总共报销了17.7万元。"给我报了这么多，基本上来说没有什么压力，感谢党的好政策！"常胜民激动地说。

截至"十二五"末，新农合累计报销2.54亿元。合作医疗报销比例从"十一五"末的43.5%提高到63.2%。

尽管如此，多年来，因病致贫、因病返贫依然是导致我县农村人口贫困的主要原因之一。有关资料表明，截至2015年年底，因病致贫、因病返贫的贫困人口占整个贫困人口的44.1%，涉及近18万人，其中患有大病和慢性病的近5万人。

《世说新语》有云"生老病死，时至则行"，讲的是受制于医疗条件，百姓面对生老病死只能被动承受。镇原县是国扶贫困县、革命老区县，也是六盘山片区58个脱贫攻坚重点县和全省23个深度贫困县之一。而在医疗卫生体系日益完善的今天，仍面临着类似的困境，疾病成为全县脱贫致富的"拦路虎"，如何拔掉这颗钉子，成了"十三五"

期间健康扶贫的着力点。

放"大招"化解"看病远"

不用翻山越岭，不用长途跋涉，只要打电话一说，"家庭医生"就上门，对家住新集镇永丰村的村民慕维胜来说，是过去连想都不敢想的事，现在却变成了现实。

在慕维胜家，挂在墙上的扶贫资料袋内的家庭医生签约服务卡格外显眼，他看都不看，就能说出上面的电话号码，他说："上面有两个电话，一个是村卫生所的，一个是镇医院李院长的。这两年，我和家里人只要试着咋哒不舒服，打个电话就能成了。如果是小病，村上医生就把药送来了，村上看不好就去镇医院，镇上看不好就去县医院。"

足不出户就能看病，目前在我县已经不是什么新鲜事。2020年春节前夕，屯字镇闫沟村村医夏社平背着药箱，拿着登记簿，翻山越岭，及时更新了26名签约成员的健康档案并作出评估，同时，还为高血压、糖尿病及65岁以上重点人群上门服务。

其实，从2016年开始，县上就组建了由市、县144名医疗专家参与的"一人一策"签约服务团队215个，进村入户，帮助贫困户制定健康帮扶方案，互留电话、微信，搭建长效服务桥梁。19个乡镇配备236名健康专干，形成了县、乡、村三级"上下联通、覆盖到户"的健康扶贫工作落实责任体系。截至2020年底，全县常住人口家庭医生签约服务覆盖率达到40.5%，建档立卡贫困人口、低保户、五保户、老年人、孕产妇、儿童、高血压、糖尿病等重点对象签约覆盖率达到100%，

县医保局局长鱼灵波告诉记者："2016年是十三五的开局年，全县新农合参合率、全部超过脱贫标准；贫困人口住院费用报销提高5个

百分点，大病保险起付线由5000元降至3000元，一、二类低保提高补助标准等惠民利民政策全面落实到位，补助金额2.18亿元，受益群众8.54万人次。当年全县稳定脱贫3万人，贫困面下降到15.4%。"

"现在的好政策实在太多了，不但娃娃念书不要钱，大病有补助，小病不出户，看病不但报销，医生还上门检查、送药。"屯字镇建华村贫困户刘正宝老汉仔细算了算医疗扶贫给自己带来的好处。

"我有风湿性关节炎、糖尿病、高血压，长年得吃药，要花不少钱，前年上门给我办了慢性病手续，年终可以报销，还有医生定期上门做检查，哎，现在党的政策太好了。"太平镇彭阳村大庄组贫困户陈登高是受益者之一，一提到这，他感激不已。更令他感动的是，他家里有一个孙子，是小儿麻痹症，平时就靠他和老伴照顾。扶贫干部入户调查得知这一情况后，汇报有关部门并帮助办理了残疾证，解决了长期护理费。

出实招破解"看病难"

贫困人口住院，免缴住院押金，其基本医疗报销、大病保险报销、医疗救助、补充医疗保险报销实行"四位一体"的"一站式"结算，极大方便了贫困人员就医报销结算。

"住院不交钱？"这让城关镇金龙村村民段麦芽十分惊讶。他是村里的建档立卡贫困户。2018年10月7日，他感觉肚子疼，家里人把他送到了县第一医院，大夫初步检查，可能是胃穿孔，需要住院治疗。在办理住院手续时，工作人员在电脑上一查，说他家是精准扶贫建档立卡户，只看了新农合发票、身份证等证件后，就安排他做各种检查，术后到出院，揣在身上的红票子一张也没动。他激动地逢人就说："党和政府太好了，我做这么大的手术都没花钱，医生们的服务态度也好，我去做胃镜，两个女医生娃娃把我搀出搀进，我回家给老婆说，她还不相信，你说咱们以后还愁啥呢。"

2018年4月28日起，全县21个公立医院全面落实了先看病后付费工作，建档立卡贫困人口住院报销比例提高10%；对2018年1月1日以来的住院患者，实际补偿比低于85%的，按照"10元85%报销政策"进行了追溯补偿。并将"一户一策"中的新型合作医疗作为重要抓手，用"绣花"功夫，聚焦贫困村、贫困户，因户施策、对症下药、精准滴灌、靶向治疗，打通了精准扶贫"最后一公里"。实行"先诊疗、后付费""一站式"结算等健康扶贫政策，建立了"一人一策"帮扶、签约家庭医生送医上门机制，贫困户医疗报销、大病保险报销、民政兜底救助落实率达到100%。先后发放五保、低保、临时救助、参合费用补贴等保障费用6300多万元，涉及特殊困难群体23万人次。

在多项政策红利"兜底"下，贫困群众有了依靠，积极预防"少生病"、提前体检"查出病"、足不出户"能看病"、不多花钱"治好病"，真正感受到了健康扶贫带来的幸福。

2016年腊月，天寒地冻，上肖镇翟池村新建的卫生室里却暖意融融，十多名群众围坐在长条椅上依次等候村医李朱红叫号查病。这里面有老人，有青壮年，也有小孩，虽然来看病，但一个个都笑逐颜开。因为都是乡里乡亲，彼此之间熟悉，所以也无往日在医院里的约束和拘谨，在卫生所就像在自己家一样随便。记者进门的时候，李大夫正在操作健康一体机给村民苟义祥做血糖、血压检测。量完之后，李大夫高兴地告诉苟义祥："表叔，各项指标比两周前检查好多了，趋于正常，我把药给您调整一下，十天后再来复查。"苟义祥边穿鞋边笑着说："谢谢侄娃子。"李大夫告诉记者："健康一体机是县上开年配发的，能做心电图、心率、血糖、血压、血氧饱和度、尿常规、体温、血红蛋白等多项检测，6岁以上儿童就能使用，一般情况下5分钟结果就出来了。利用这个对全村群众身体进行健康评估，疾病筛查，为群众建立了电子信息档案。同时利用终端软件将数据上传给了县域内卫生信息平台，实现健康管理数据的存储、管理和交互。"

为更好地利用健康档案，让居民全面了解自身以及家人的身体健康状况，镇原县创新健康档案"五色分类管理"，实施重大疾病红色标记，慢性病橙色标记，重性精神疾病黄色标记，职业病、传染病、地方病蓝色标记，残疾及其他疾病绿色标记，由乡村两级医务人员根据不同标记提供个性化服务，实现了"一人一卡、一户一档、一村一卷"，确保在家贫困人口建立健康档案率、家庭医生签约率"双100%"。

小小的卫生室让当地群众享受到了优质、方便的医疗服务。

"以前大病小病都得到镇上、县上去看，村卫生室不是缺药就是没有办法检查，认不准病。小病倒好说，急病弄不好跑到镇上就耽搁了。"正在太平镇柳咀村卫生所就诊的村民王社子说，"现在村里有了新的卫生室，增加了医务人员，药物齐全了，基本的医疗设备都有，平时有个头疼脑热的到这里就看了，不用去医院跟人抢红火了，拿个合作医疗卡，门诊医疗费现场就报销了。"

县卫健局局长王继东告诉记者："乡镇卫生院利用配备的 KR、彩超、生化分析仪等设备，全面开展血尿常规、血糖、血脂和心电图、身高、体重、血压等检测项目，仅 2020 年前 10 个月，就开展对贫困人口、残疾人和重症老人等健康体检 14.2 万人次。建立村级慢性病管理微信群、健康扶贫微信群，全天候开展在线咨旬、健康检测等服务，年内为 40646 名高血压、7599 名 2 型糖尿病患者、2080 名严重精神障碍、102 名结核病患者定期督导服药和随访管理服务 15.2 万余次。"

乡镇卫生院、村级卫生所是满足群众基本医疗的主阵地，县委、县政府花大力气推动乡村两级基础医疗建设和服务，县卫健局局长王继东道出了一组组数字："'十三五'以来，县上累计投资 1064.11 万元，新建维修村卫生室 130 个。为全县 147 个村卫生室配备了健康一体机，全县19 个乡镇卫生院 DR、彩超、动态心电图、除颤仪等医疗设备实现全覆盖；选拔配备合格村医 307 名。安排 12 名专科定向医学生到村卫生室服务，争取三支一扶人员 10 名，特岗全科医生 2 名，青年见习岗位 42 名'乡聘村用'，2020 年新分配的 8 名医学本科生由县级医院聘用，乡镇医院使用。县卫健局与 22 个县乡定点医疗机构签订了《镇原县定点医疗机构分级诊疗服务协议》，通过落实基层首诊、双向转诊，县、乡分级诊疗病种分别增加到 255 种、52 种，县域外就诊率从 2015 年的 42.21%下降到目前的 17.5%。"

马渠乡卫生院院长刘新智深有感触地说："我 2013 年刚到马渠卫生院的时候，基础设施、医疗设备都比较落后，职工居住和患者就医条件差，卫生院年门诊只有 3000 多人次，年住院病人不到 100 人次。2016 年以来，随着职工宿舍楼的兴建、门诊和住院楼的改造，尤其是全自动生化分析仪、三分类血液分析仪、动态心电图、牵引床、熏蒸床、电子阴道镜、彩超、DR 等 50 余台（件）大型医疗设备的添置，中医馆、标准化预防接种门诊的建成并投入使用，卫生院年门诊量达 9000 多人次、年住院病人达900 多人次，至 2020 年底，卫生院已组建 11 个家庭医生服务团队，入户签约 1734 户，帮扶体检贫困人口 7197 人，纳入国家健康扶贫动态患病管理系统 669 人。"

2021 年 3 月 10 日，殷家城乡白家川山弯里的小麦正在返青。村民白海龙精神饱满，正在吆喝着牲口，乘墒给小麦耧施化肥。但在 6 年前，白海龙还是一个饱受糖尿病摧残甚至一度想轻生的贫困病人。

白海龙因车祸落下残疾，后又因糖尿病求药无门，他对生活丧失了希望。2017 年，他被确认为建档立卡贫困户，享受到了慢性病补助政策，乡卫生院副主治医师秦占虎成了他的签约"家庭医生"。

"家庭医生"经常提醒白海龙按时用药，叮嘱他确保健康生活。白海龙在医生影响下戒了烟酒，如今可以微跛着行走，做一些轻松些的庄稼活。因为健康有了保障，白海龙和其他村民一样加入了村里的合作社，养了30多只羊。在政府和帮扶干部的帮助下，一年的收入接近三万元。这个曾经因为伤残和疾病一贫如洗的家庭，如今也走在了致富奔小康的道路上。

2018年9月，临泾镇石羊村村民段智生打核桃时不慎从树上掉下，腰部一、三椎体压缩性骨折，右腿髌骨裂缝。按照以往得长途跋涉到西安大医院治疗，费用在5万元以上，这次在县中医院，天津静海区医院帮扶我县的副主任医师徐学禄，为他采用微创手术治疗，术后短时间就能下地行走，不仅实现了手术出血少、创伤小、恢复快，而且费用降低了不少。

"作为一名医生，治病救人是一回事，但如果能够深入基层，将先进的技术普及推广，提高当地诊疗技术，解决实际技术难题，那么实现的社会效应会更大。"天津市静海区中医院骨伤科副主任尚先宝说。

2017年以来，天津静海区医院在东西部扶贫协作对口中支援镇原县卫生健康工作，累计派驻镇原县44名医疗专家帮扶带教，镇原县派出52名医务人员赴静海区进修学习。县第一人民医院、中医院分别与静海区人民医院、中医院签署了结对帮扶协议，确定了协作机制、重点任务和保障措施。截至2020年10月底，支援专家累计门急诊诊疗7094人次，开展手术62例，会诊及疑难病例讨论207例，义诊3215人次，远程医疗8人次，学术讲座118场次，业务培训1557人次，教学查房210人次，手术示教41例。

事实上，外出求医以及由此产生的额外花费，让许多家庭"吃不消"，成为"看病难"的主要因素之一。为此，县级医院建设成了健康扶贫的首要"龙头"。"十三五"期间，县上累计投资及争取设备总值达2.1亿元，在县中医院建成了庆阳市首家互联网医院，开通了微医云系统。在县一院建成了检验诊断等五个"医学中心"、危重儿童及新生儿救治五个"救治中心"和"远程会诊中心"，19个乡镇卫生院与县域医学中心实现了互联互通和信息共享，心电中心连接上县一院全部科室和县内所有急救车辆，至2020年底，累计上传数据1.75万余次。

通过远程会诊、门诊、病理诊断、医学影像诊断和心电诊断，搭建慢性病管理智慧平台，使全县4万多名慢性病患者实现了"早发现，早管理，早服务"。

2019年6月26日，镇原县第一人民医院利用远程会诊中心，顺利完成了首例腹腔镜卵巢囊肿剥除术，填补了县医院又一院妇科微创技术的空白。至2020年底，镇原县第一人民医院妇产科已经能开展腹腔镜探查、腹腔镜卵巢囊肿剥除、腹腔镜宫外孕、腹腔镜附件切除、腹腔镜子宫全切等腹腔镜微创手术。

2019年12月19日中午，镇原县第一人民医院急诊科接到一名7个月大的重度呼吸困难宝宝。当日医生张丽霞、科主任安文莉等经过会诊，立即进行CPAP辅助呼吸通气，并给予镇静剂缓解呼吸困难状态，减少氧耗。考虑宝宝有急性呼吸衰竭的可能，前期面罩吸氧饱和度治疗难以维持，她们紧急连线甘肃省妇幼保健院主任医师王卫凯网上远程会诊，结合会诊意见继续综合治疗。经过医护人员的抢救，宝宝化险为夷，于2020年1月27日上午治愈出院。

镇原县中医医院康复科以中医传统疗法结合现代康复治疗技术，建设省级重点专科。近3年，该康复科开发应用了10余种新的特色疗法，目前共有20余种特色疗法应用于临床实践。现代康复治疗技术于2017年使用，临床疗效确切，同时，还依托医联体、医共体和医师多点执业，家庭医生签约服务等优势，解决了广大基层患者看病难问题。尤其是2020年8月互联网医院建成开通后，至年底已关注人数达2.4万余人，线上就诊300余人次，远程影像诊断900余人次，线上健康咨询 2.3 万多条。

病要看得起，更要看得好。"心脏病是很花钱的病，这次治疗花了 6.5 万元，医疗保险报销了 4.8 万元，民政补助 1.7 万元，我只花了住院时的个人生活费用。"近日，太平镇河湾村碾张组村民张万里说。两年前，在新疆打工的张万里被查出患有心脏病，得益于健康扶贫政策，张万里可以安心治病。

张万里是建档立卡贫困户，他可以享受到城乡居民基本医疗保险、大病保险、医疗救助的多重医疗保障政策，叠加报销比例达 95% 以上。

张万里的经历只是我县成千上万个受益于健康扶贫工程的例子之一。我县构造的四重医疗保障网，堵住了因病致贫、因病返贫的贫困户钱袋里的"窟窿"。

其实健康扶贫不但党委、政府在行动，一个又一个温暖的故事和生命奇迹背后，始终闪现着一个个医务工作者的身影……

"前段时间省上来了专家，帮我看了病，老伴和我还享受了免费全身体检，党的政策太好了！"年过六旬的临泾镇路壕村村民张明权因常年患慢支炎、腰椎间盘突出，受了不少折腾，由于家里贫困，一直就这么拖着。

精准扶贫工作开展以来，帮扶单位省红十字会和县直机关工委联系省第三人民医院和天津医科大附属医院多次来到该村为全村村民做免费体检。家门口的服务，让很多像张明权老人一样的贫困群众享受到了卫生扶贫带来的福祉。其实，他们行动的背后，还有服务态度的改变。

2018 年冬天，县医院内科有一位上消化道出血、重症肝硬化肝昏迷患者，全身重度黄染，呕吐不止，极度烦躁，家属要求派特护班。护士长孙毅第一个站出来上特护班，整整十多天，特护班的护士们不分白天黑夜，冒着被传染的危险，为患者不时地清除呕吐物和大小便。

一次,孙毅刚弯下腰为患者取盆接呕吐物时,被极度烦躁的患者吐了一头。可她一点也没有表示出不耐烦,而是平静地安慰患者,只希望患者早日康复。患者妻子感动地说:"把病人交给她们,放心!虽然自己心里担心丈夫的病,但面对她们,自己也踏实了好多。"

筑起健康保护墙"少生病"

早治病是解决因病致贫、返贫的治本之策。2016 年 9 月起,县上启动全民健康体检工程,城乡居民每年可享受免费体检一次。广大群众通过健康体检,实现了疾病早发现、早诊断、早治疗。

2018 年省政府将农村妇女"两癌"检查列为省为民办实事项目,要求以三年为一个周期,对全省 35~64 岁农村妇女进行一次"两癌"免费检查。

正在为农村妇女进行宫颈癌筛查的县妇幼保健站站长、妇科医生陈华告诉记者:"进行'两癌'筛查,让广大妇女受益,解决了妇女同胞的疾病隐患,减轻了她们的经济负担,保障了农村妇女的健康,真正使广大妇女对女性疾病做到早发现、早治疗。"

镇原县作为"两癌"检查工作的项目实施县,2018—2020 年,全县共有 51871 名 35~64 岁已婚农村妇女和 2206 名城镇低收入适龄妇女进行了免费宫颈癌和乳腺癌检查,其中建档立卡户 10380 人,贫困残疾人检查 80 人,共确诊乳腺癌 18 例、宫颈癌 50 例,查出各种妇科疾病 11328 人,筛查宫颈癌前病变 1208 例(低级别癌前病变 813 人,高度癌前病变 395 人)。对查出患病的妇女,各项目医疗单位均按要求落实建档、追踪治疗、随访、转诊等服务,群众满意度得到持续提升。

同时,县上还全面实施了孕产妇产前筛查、新生儿疾病筛查和听力筛查等妇幼健康重大公共卫生项目和出生缺陷综合防治项目,努力提高贫困人口素质和健康水平。

至 2020 年底，累计开展孕前优生健康检查 5434 对；开展"两癌"筛查 51873 人；组织实施光明扶贫工程，免费为我县贫困白内障患者实施复明手术 302 例。

资料统计表明，自党的十八大以来，我县实施健康扶贫工程，贫困人口基本医疗有保障全面实现，累计帮助近 6 万因病致贫、返贫户摆脱贫困，在全县整体脱贫史上写下了浓墨重彩的一笔。

筚路蓝缕来时路，逐梦前行新征程！

如春风化雨般滋润镇原大地的健康扶贫必将助力镇原人民奔向全面小康的新生活！

满眼翠绿一山香

包焕新

山村的夜晚

当夕阳在西山头还露着半个笑脸的时候，忙碌了一天的席应贤老人拖着疲惫的身子回到了屋里，刚在饭桌前坐下，老婆已将四菜一汤，还有雪白的馒头端放在眼前。他正要打开胃口，手机突然响了起来，一看是隔沟邻居、养蜂大户杨光耀的电话，他赶紧接通。

"喂，老席，在家吗？"

"在呢，正准备吃饭呢！"

"那就赶紧吃，吃了到我家来，有个重要事商量！"

"什么事……"没等到回答，对方已经挂断了电话。

随后，接到杨光耀电话的还有 70 岁的老人范登科，82 岁的老人罗凤山。

大约 1 个小时后，范登科、罗凤山陆续坐到了杨光耀家里柔软的沙发上。席应贤住得稍远一些，还未到，现在是标准的"三缺一"了。

这是 2020 年 6 月 6 日傍晚，发生在镇原县方山乡贾山村的一幕。

什么事使他们几位老人连夜相聚呢？

好奇的人们，以为他们绝对有一桌带刺激的麻将等待着，连范登科、罗凤山也都是这样认为的。

是的，这个村里以前曾有这样的陋习。每到农闲时节，尤其是夜幕降临，村里的男人闲得无聊，尤其是那些单身汉，更是闷得心慌，于是三个一群，五个一堆，打扑克，掀"牛九"，或搓个小麻将，玩个通宵。为了带点刺激，搞个一块两块的，一夜输赢一二十元都不在话下，权当是家常便饭，习以为常了。杨光耀、席应贤、范登科、罗凤山他们四人也不例外。

可是这样的例外早在前些年就销声匿迹了，尤其是自精准扶贫开始，帮扶工作队驻村后，全村6个自然村再也没有一个闲人，甭说打麻将，连个说闲话聊天的都没有，况且现在正是农忙时节。

那他们今晚相约，到底有什么重要事情呢？

随着一阵急促的脚步声，席应贤老人进了院子，人还没进屋，洪钟般的声音敲响了：

"老杨，啥事啊？是不是老毛病又犯了，想倒几个铜？"

"谁想倒铜，哪有时间，想得美，先进来再说！"

席应贤三步并两步，进了屋，一看屋里还真的支了一张麻将桌，却不见麻将，看样子当饭桌用着。

席应贤屁股还没坐稳，杨光耀开口了。

"老席，我仨就等你呢，我们琢磨着给省农科院的领导写一封信呢，咱们商量一下看咋写。现在就写！"

没有人反驳，因为这封信，他们早就想写了。

于是，他们分别坐在麻将桌东南西北四个方位，你一言，我一语，由杨光耀执笔，写成了一封感谢信。

这时候，时针已指向晚上11点，被夜幕完全笼罩着的山村一片沉寂，劳累了一天的人们早已进入了梦乡，天上已经布满了星星，月亮也早已躲到山梁背后去了，唯有水泥路旁的太阳能路灯还使劲地亮着。

可他们四人毫无睡意，掩饰不住自己内心的激动，又敲响了村支书杨明金的大门。

"杨支书，门开一下，我们有事商量！"

"啥事猴急的？明天再说吧，我都睡哈了！"

"不行，明天我们忙，没时间！"

一会儿，随着院里路灯一亮，吱呀一声门开了，杨支书披着衣服走出来训道："你们几个疯了吗？半夜三更的，是不是打麻将输精光了来借钱，看我不叫派出所抓你们关几天！"

"不是的，我们几个撮合了一下，给省农科院领导写了一封感谢信，想请你给把个关，如果没啥意见，还劳烦你开车送我们去方山街道！"

远山的呼唤

2020 年 11 月 21 日，甘肃省召开新闻发布会，经过对甘肃尚未摘帽退出的 8 个县，进行了省级行业部门单项验收核查、第三方评估检查等程序后，宣布甘肃全省 75 个贫困县已全部摘帽退出，镇原县作为甘肃尚未摘帽退出的 8 个县之一，今天宣布摘帽退出！

新闻的后面配有一幅彩色画面，画面上又是 42 个醒目黑体字：

"镇原县下足'绣花'功夫，补齐短板弱项，做好精准文章，坚持尽锐出战，全力决战脱贫攻坚，脱贫梦如愿以偿。"

一纸承诺，七载奋战。

这掷地有声的承诺终于变成了现实！

2014—2019 年，镇原县稳定脱贫 39119 户 159474 人，贫困村退出 107 个。但在 2020 年，镇原县还是被国务院列为挂牌督战的全国 52 个深度贫困县之一，其中包括国务院挂牌督战的贾山村和 12 个省级挂牌督战村、8570 名建档立卡贫困人口。

这一夜，我彻夜无眠，于是索性起来打开电脑，浏览了好多网页，怀着崇敬和探究的心情，搜寻一切与家乡脱贫摘帽有关的人和事，而我最关心的是被国务院挂牌督战的贾山村究竟是如何脱贫的。

从县城出发去贾山，公路旁，不时有"吃水不忘挖井人，致富不忘党的恩""听党话、感党恩、跟党走""耕读传家，勤劳致富""幸福是奋斗出来的"等大红字标语。

贾山村有 302 户 1324 口人，2013 年建档立卡贫困人口 165 户 705 人，这 165 户人家分散在大山的各个角落里挖窑而居，贫困发生率 53.25%。脱贫攻坚以来，扶贫惠民政策迭加而至，全村贫困发生率下降到 2019 年底的 11.93%。2020 年收官交账，国务院挂牌督战，政策支持力度更是空前之大，干部群众斗志昂扬，帮扶单位倾力相助，经国家、省、市、县层层考核验收，贾山村就摘掉了穷帽子。

羊倌与村官

在中国乡村当一名基层干部，你的头脑要装满各种政策法规；你的手要触摸大地，要知道种一亩谷子该施多少农家肥，要知道母羊生产的时候蹄子先出来时该怎么办，要知道一棵山杏树能打下多少杏仁……你的心胸要像草原一样开阔，容得下万马奔腾；你还要善解人意——老实巴交的庄稼汉子，精明的牲畜贩子，还有那些躺在病床上叫天天不应、叫地地不灵的贫困户，好吃懒做的单身汉，他们为人做事的方法你都要懂……

你的所有工作对上要通得过考核检查，对下要赢得百姓的口碑，还要做好挨上级批评、受百姓唾骂的准备。

谁能意想到，一个放羊人竟然当上了村干部。

当选入新一届领导班子的杨明金，更加坚定地带领贾山群众走养殖致富的路子，在继续扩大合作社规模的同时，进一步帮扶周边的规模养殖户，扩大帮扶对象，使更多的分散养殖户受益。在他的带领和帮助下，贾山行政村新增养殖户86户，全村养羊农户达到147户，规模养殖户达30多户。同时，他还着力于把镇原县万兴养殖专业合作社打造成一流的群众学习课堂和党员教育基地。积极扩大党员队伍，着力加强群众、党员教育培训，提高农民的思想认识水平，通过示范户带动、提供生产技术信息、结对帮扶等多种方式，服务人民群众，带领人民群众真正走上发家致富之路。

今年贾山村作为国家挂牌督战贫困村，杨明金以身作则，深感群众的期盼，他多次调研，养兔作为群众增收的"短小快"产业，在东西部协作政策的帮助下，建立了镇原县养殖专业合作社，购进基础母兔1000只，年出栏10000只，增加村集体收入5万元，带动群众养兔31户。贾山村也如期脱贫，群众的钱袋子也鼓起来了。

进入党群服务中心，一眼就能看到"听党话、感党恩、跟党走"几个大字高高地耸立在党群服务中心上方。杨支书说："我们村的党群服务中心是2020年6月13日落成并启用的。建筑风格和功能规划是乡上高亚丽书记带我们从天津静海区学来的。"

"以前，我们村信息闭塞，大家办事先要用电话联系村干部，往往要拖很长时间才能把事情办好。村上去年新建成党群服务中心，不论是信息传达还是去村上办事，都方便多了。"在村卫生所，乡村医生王新智高兴地对我说。

"我今年58岁，是一名退休教师，退休后就在家闲着，平常最大的爱好就是下棋、看书。村上的党群服务中心建成后，一有空我就来这里看书，除了家里，就数待在这里的时间最多了。"在爱心书屋翻阅书籍的杨光雅告诉我。

"过去办事是'电话找人',现在是一站办理,太方便啦!"

"弱势群体有需求,干部帮忙代办,服务真贴心。"

"免费理发,道德银行积分还可以换取日用品,真是暖心!"

党群服务中心建成投入使用前,村上的办公点集中在旧村部,杨支书指着那一排旧窑洞说:"以前交通不便,基础设施落后,办事效率低。从去年起,方山乡以贾山村为试点,开始推行党群服务中心发展模式,组织村干部到服务中心集中办公,开展'一站式'服务,以党群服务中心为纽带,从此搭建起了党员干部与村民群众的'连心桥'。"

坐上杨支书的汽车,顺着盘山油路一路下去,就是蒲河川里,今年冬季的蒲河水并没有冰封,仍然唱着欢快的歌向前奔流着。贾山村蒲河缘果蔬专业合作社的 15 个塑料大棚就坐落在河边,因与蒲河结缘,故以"蒲河缘"命名。

现在已不是蔬菜瓜果生长的季节,但从起菜摘果留下的痕迹来看,这里曾经收获过希望,收获过丰收。

又沿原路返回,参观了杨支书家门前存栏有 200 多只的羊舍后,径直来到了杨支书家里。

没想到羊舍旁边的一排简易彩钢房,就是他的家。

这是一个七口之家,两个老人已年逾古稀,父亲因患脑梗瘫痪在床已两年有余,母亲在形影不离地照顾,老人还住在老庄的窑洞里。

妻子张丽,是 25 年前他收羊贩羊时认识的,戴着一副近视镜,文质彬彬,穿着入时。

一年四季,妻子在家放羊喂羊,他常年在外收羊贩羊,他的"羊财"事业终于有了志同道合、夫唱妇随的好搭档。

2000 年,随着国家西部大开发步伐的加快,各地退耕还林(草),到处封山禁牧,那时候,习惯了散养的山里人还接受不了舍饲圈养的科学性,他的"羊财"断了出路,羊价大幅度下跌,贱卖都没人要,他不但贴了本，还欠了一屁股债，一夜回到了解放前。用他妻子的话说："要钱人都快要把门槛踏断了！"

为了还债，在妻子的鼓励下，他背上行李，步入了外出打工的队伍。

这一去就是十年。

这十年，他浪迹天涯，流离失所，风餐露宿，节衣缩食，转过十几个城市，在砖厂烧过砖，在建筑工地当过小工，在养殖场喂过牛羊，凡是工价高的苦活累活他都干过。

也许，钢铁就是这样炼成的。打工十年，他不但还清了欠账，攒下了20万元存款，还练就了钢铁一般的意志，那就是不服输，从哪里跌倒，从哪里爬起。

2010年腊月，他开着一辆小货车回到了村里，这可是全村的第一辆车，惹得大人小孩都来看。

驾着这辆车，他结束了打工，开启了"羊财"新模式，也开始了他人生又一新的征程。

妻子在家搞舍饲圈养，他则驾车长途跋涉，把本地的羊贩到陕西，或者把宁夏的羊贩到山西，这一切，都得益于打工期间结识的朋友圈。

2014年，他被推选为村委会副主任，羊倌升为村干部，他的羊产业也走上了养殖专业合作社的路子。

"当村官这些年，感觉怎么样？"

"当副主任的时候，精准扶贫已经开始了。那时候，我认为贾山村要实现全村脱贫，是不可能的事，一是全年干旱少雨，靠天吃饭；二是没有像样的路走，出村的路仅有一条砂石土路，自然村之间都是羊肠小道，村里的山货运不出去，想要的东西拉不回来，吃水要去深沟里肩挑驴驮；三是年轻人都走光了，村里就剩一些孤寡老人、孩子和老弱病残，加之村里光棍太多，村民思想僵化，已经形成了恶性循环，所以我也没有信心。好的一点是村里的工作还有支书和主任罩着，我多数时间在合作社忙，同时重点发动有养羊意愿的村民养羊，帮他们选种，在养殖及饲料上指导，联系销路，虽然发展了十几户，但还是太少了。

"总之一句话，就是累！昨天给客户过羊，在羊秤上试了一下，光去年一年体重就少了 20 斤。"

陈文杰哭了

陈文杰，我是从庆阳广播电视台《一个也不能少》的纪录片里看到的，片子里的他哽咽了好几次。

有人问他，第一书记两年任期已到，现在脱贫还没通过验收，换人的可能性应该不大。如果时间延长，你是想继续待在这里还是回兰州？

"贾山村的老百姓很热情，我挺留恋这个地方的。但我也有家，有孩子，我也想让她有个美好的未来……"陈文杰张了张嘴，话没说完，眼圈却红了。

全市唯一贫困发生率在 10% 以上的未脱贫村，就是贾山。

贾山，到处都是山旱地，农业机械化实现不了，只能人背马驮驴驮，并且产业结构单一，基础非常薄弱。"这是村子致贫的一个突出原因。"陈文杰说。

2019 年六七月份，镇原的雨水特别多，连着下五六天，大棚里的辣椒长得非常旺盛。

"当时超市着急要辣椒，天天给我们打电话：'快把你们的辣椒送来！'而我们的辣椒长在大棚里，因为都是 60 度倾角的烂泥路，一时间运不出去。等天晴了再往出送，价钱已经降半了。"

驻村工作队和村委会积极向县乡政府汇报，申请政策支持，加快补齐基础设施短板。在 2020 年前半年，实施危房改造 11 户，更换老旧自来水供水管线 10.1 公里，新建配电变压器 5 台，综合整治农村环境……最让乡亲们犯愁的路，也得到了彻底整治：硬化村主干道 13.8 公里、砂化 3.5 公里，6 个自然村 264 户群众今年告别"出行难"。

　　陈文杰和农科院另两名扶贫队员吕军峰、刘明军牢记初心。这两年，他们主要发挥自身科技优势，帮助贾山村发展产业。

　　首先是围绕"铁杆庄稼"，解决吃的问题。

　　陈文杰和其他的队友们来到贾山村后，做的第一件事就是帮村民们引进了抗寒抗旱的冬小麦新品种陇鉴 108 和胡麻新品种陇亚 10 号。陈文杰他们的想法很明确，就是通过种庄稼让农民不愁吃、不愁穿。三年来，他们通过省农科院支持，共投资 16.047 万元，引进冬小麦良种 1600 亩 22500 公斤、胡麻良种 415 亩 1690 公斤，使贾山村的良种率达到 95% 以上。通过他们的技术指导，冬小麦平均亩产量由 176 公斤提高到了 239.5 公斤，最高亩产量达到 255 公斤。

　　"冬小麦产量的提高，不但增加了农民收益，而且为减少小麦种植面积、推动粮改饲、促进产业结构调整提供了条件。"陈文杰介绍道。

　　贾山村素有养羊的传统，但一直处于低水平粗放养殖阶段，经济效益没有完全释放出来。尤其是封山禁牧后，饲草料匮乏、饲草品质不高成了难题。背靠农科院这棵"大树"，陈文杰给老乡引进了粮饲兼用玉米、饲用甜高粱、小黑麦等饲草品种，改变过去单纯种植粮食作物的传统，提高饲草品质，从而提高羊的品质，以种促养，以养带种，把种植养殖结合起来，提高综合效益。

　　2018 年，省农科院送了 100 亩地的玉米良种——粮饲兼用玉米陇单 339 号 400 公斤、200 亩地的饲用甜高粱 225 公斤，2019 年又为全村送来 500 亩地的粮饲兼用玉米陇单 339 号 1000 公斤、500 亩地的饲用甜高粱750公斤和10亩地的小黑麦良种。

看着地里一人多高的玉米，老百姓甭提有多高兴了。还没到收获期，在蜡熟期就有150亩地的玉米被邻村金岔羊厂整穗承包了，对种植户来说，既提高了收入，还节省了收获时的劳力。有老百姓指着玉米棒子说："你们的玉米棒子有胳膊那么粗，来年给我也给点种子，行吗?"还有村民说："有省农科院的帮扶，我们沾光了，种的饲用甜高粱喂羊好得很。"

看着长在地里绿油油的小黑麦，杨光耀说："这长得和小麦一模一样，羊肯定爱吃。"眼下，正是收割小黑麦的时期，他收割了一半留了一半，他说："我要留下一半来收种子，明年继续种。"驻村工作队员告诉他，小黑麦收了之后还能复种饲用甜高粱，杨光耀听了嘿嘿地笑着说："这东西真好。"

杨光耀是村里第一批种植新品种小麦和粮饲兼用玉米、饲用甜高粱的村民之一，对于渴望改变生活现状的杨光耀而言，他认准了这是改变自己家境的好路子。

"老品种的玉米亩产也就八九百斤，新品种玉米亩产1300斤到1400斤左右，2018第一年种玉米我就收入2万多元，甜玉米秸秆还是非常好的饲料!"第一年种植，杨光耀就尝到了甜头。

2020年，在总结前两年的帮扶成效的基础上，陈文杰带领驻村工作队积极谋划，向省农科院争取帮扶资金60万元，不仅为全村提供了1000亩地的粮饲兼用玉米新品种陇单339和300亩地的饲用甜高粱，还购置了一套颗粒饲料加工设备和4000个青贮塑料袋，示范推广了颗粒饲料加工技术和秸秆青贮技术。

"通过颗粒饲料的加工和秸秆青贮技术的推广，我们把种植业和养殖业有机地衔接起来了，以种促养，以养带种。产业链一延长，农业综合效益就提高了。同时，提高了饲料的品质和适口性，还将以前乱堆乱放的秸秆有效利用起来，变废为宝，提高了资源的利用率，增加了收益，减少了对环境的污染。"镜头里的陈文杰说。

解决了饲料的问题后，陈书记他们又争取到省农科院 10 万元的资金支持，帮助 10 户贫困户建起了标准化圈舍，向他们推广清洁养殖技术，提高养殖水平，发展养殖业。

这时候，正是全乡各村工程建设最忙时期，工程队很难找。几经打听，他们找到邻村的一个包工头。包工头嫌钱少，起初不想接这个活，经不住他们的软磨硬泡，就看在他们也是在帮扶贫困户的分上，他答应了下来。

姜虎林的羊圈已经修好后，陈文杰他们三人及时联系，帮助他选择品种，一下养了 20 多只羊，望着每隔一两天就来指导的工作队员，不大说话的姜虎林眼里发出的尽是感激的目光。他的继父杨延星说："现在共产党好，过去祖祖辈辈要缴皇粮国税，现在啥都不用缴，还要给我们修房盖羊棚，再要好，就差个喂饭机了！"

"以前家里用钱，就靠地里种的那点粮食换钱，有吃的就没有卖的，有卖的就没有吃的。现在不一样了，我家现在搞起了养殖，啥时需要用钱，随便拉出个羊卖了就是钱！"镜头里的杨光耀说。

"记得刚来的时候，老百姓对我感情没这么深。但现在，一入户，他们就拉着我，喊着让吃点喝点。"陈文杰又有些哽咽，"接下来我会继续按照党的要求，把扶贫工作干好。"

年　味

"鼠报平安归洞去，牛唱凯歌踏春来。"50 岁的建档立卡贫困户祁淑娟，专门给牛棚门上贴了一副大红春联。我数了一下，棚里有 4 头膘肥体壮的大黄牛，她乐呵呵地说："今年是我脱贫后的第一年，给牛也过个年，它可是我们全家人的财神爷，价值 6 万多元呢!"

"这些是为年夜饭准备的鸡、鱼、猪肉、羊肉，还有油饼，鱼肉是在集市上买的，油饼是用自家的蜂糖兑的，用自家的胡麻油炸的，鸡肉、猪肉、羊肉都是自己喂来宰杀的。"48 岁的杨光耀高兴地告诉我，以前过年都是简单准备一下，今年不同了。

他门前养了 18 箱土蜜蜂，圈里有 60 只黑山羊，笼里有十几只兔，还有 30 多只鸡。他说开春还打算建个新羊棚，把养殖规模扩大到 200 只。再流转 30 亩地，陈书记将指导他发展家庭农场，怪不得他把年夜饭准备得这么丰盛。

杨光耀给我算了一笔账，去年他家种了 25 亩玉米，5 亩甜高粱，29 亩小麦。一年种 25 亩玉米，卖掉 15 亩地的籽粒，收入 1.2 万元。10 亩地的籽粒用来做精饲料，一年能养 60 只羊，收入 3.2 万元，多余的草料还能卖个四五千元，仅种草、养羊这两项收入就近 5 万元，这还不算他家种植小麦、高粱、养蜂、养兔子等的收入。

"现在村里电的问题解决了，以前只能走架子车的土路都硬化了，拓宽到了 6 米多，再也不愁田里的东西拉不出去了。"

老杨一家已经成了贾山村反映产业发展、反映脱贫攻坚成效的一面镜子，省市县各级领导到贾山村调研脱贫攻坚都必定要到他的家里去看看。他的帮扶责任人、省农科院副院长宗瑞谦来到他家开展帮扶工作的时候，曾经拉着他的手开玩笑道:"你现在可是明星了。"

杨支书介绍说，杨大杰是贾山村的一名党员，他经常开着自家的农用三轮车，为全村人居环境整治、造林绿化义务拉运，还主动帮助村民清扫门前卫生。

"过去农村条件太差了，现在国家政策好了，条件改善了，日子也有奔头了!"杨光善夫妇发自内心地说。

曾是特困供养户的范登科，去年养羊收入 2 万元，蜂蜜收入 1 万元，一家人更是沉浸在新年的喜庆之中。还有两天是除夕，他就提前给各个房间都贴上了对联，院外的两根杆子上也挂上了红灯笼，到处弥漫着喜庆的气氛。

浓浓的年味浓浓的情，贾山村今年的年味确实太浓了！

自脱贫攻坚以来，贾山村为174户农户修建了安全住房，为181户接通了自来水，为121户打了小电井，安装动力电变压器19台，6个自然村全部通上了动力电，解决了302户的生产用电问题。同时，硬化村主干道13.8公里，砂化其他道路3.5公里，解决了6个自然村村民出行难的问题。在硬件基础设施得到改善的基础上，贾山村还广泛开展了环境卫生整治活动，村民精神面貌焕然一新。

当我沿着盘山公路离开贾山的时候，天朗气清，惠风和畅，虽然山沟梁峁万籁俱寂，但我知道这里的每一个生命都没有沉睡，他们在春天里无声地成长，孕育着青山绿水，继续打造着金山银山。

放眼翠绿的山坡，我美美地吸了一口，一股草香味扑鼻而来。

后　记

　　这是一本反映镇原人精神风貌的书，书中展现了原州大地源远流长、博大精深的历史文化，反映了镇原人顽强拼搏、迎难而上的意志品质，为建党百年留下独特的镇原记录。

　　镇原，一个令人血脉贲张的地方，每当看到或听到这稔熟的名字，我们就必然要联想到这里的山山水水和这里的风土人情，还有无数挥之难去林林总总的初味与唠叨，因为这里是我们共同的故乡。

　　我们相遇在镇原，这里是我们的原乡，我们由此而成为老乡。为了家乡长久的福祉，为了孩子们幸福地成长，我们需要胼手胝足，我们需要拥抱日出，我们也需要致敬理想，然后，再去欣赏每个生命个体绽放的光彩。

　　一卷开合之间，尽览百年镇原变迁，一望祖国美丽河山。多少代镇原人沐浴百年中国共产党的恩泽，在这片贫瘠而坚硬的土地上，辛苦耕作，守望相助，赓续传承。山河日月刻初心，八载春秋书华章。数千名扶贫干部夙兴夜寐住村住户，数十万农户百姓鏖战田间地头，一场脱贫攻坚的人民战争，在伟大的中国共产党领导下，荡气回肠，精准开战。革命老区镇原一举甩掉困扰了数千年的贫困帽子，书写了惊天地泣鬼神史诗般壮丽的历史华章，千年奇迹，举世无双。

如今的镇原，峦壑滴翠，塬峁生辉，一捧捧甘泉入农户，一条条玉带绕山川，古朴的大地飘荡着泥土的芳香，文化大县焕发了秦汉重镇的浩荡紫气。

镇原，脱贫啦！镇原人的脱贫是全方位的，既涵盖物质层面，又涉及精神状态，尤其是县委、县政府创造性提出"视角脱贫"，这给我以极大的震撼与感动。要知道，我们的先人甚至都不知道洗澡是怎么一回事，记忆中的他们一年难得洗几次衣服啊……

塬峁铮铮，山沟绿荫。县城背靠的潜夫山是镇原文化祖脉。登顶，背后是东汉大儒王符，再背后是沟壑纵横连接着的塬峁。放眼望去，对面是山，再望去，还是山连着山，眼光被折回。倏忽间，从这里甩出了一幅千年文化长卷，胸含万里，气蕴八方，涵育着镇原的十里八乡，造就了底蕴浑厚的古老文明。这里的每条沟，每道岔，都记录着祖上远去的跫音和奋斗的印痕……

镇原是我们共同的家乡，家乡是一个永恒的写题。悠思千百回，笔骋万里行，纵然天涯路，最忆家乡情。走近家乡，闻不够的是记忆深处的绵绵初味，品不尽的是儿女对母亲深深的眷恋。在党领导下，我们的家乡正走在由脱贫致富迈向乡村振兴的幸福道路上，我们可爱的家乡将变得更加山青水秀、壮美多彩……我们是喝着家乡水长大，我们是吃着家乡饭成人，我们怎能不拿起手中的笔来纵情讴歌家乡波澜壮阔的动人史诗？我们不写，谁来写?！令人欣慰地看到中共镇原县委宣传部组织本土作家们舒展其最真的情怀，鞠一捧家乡的泥土，出平原，爬大山，过沟坎，入农户，采访，写作，他们用最真切的情感记录下了镇原的历史与文化。这些镇原本土作家们通过把握和聆听时代脉搏，捕捉创新灵感；通过独特的语言和语境，构建镇原的地理空间和文化空间。他们从多元的镇原文化空间里钻进去，再用火一样的激情拎出来，向着"一本书热一座城"的目标而努力；他们把横亘在成绩之前的一切困难作为文学表达的着眼点，把各级党委政府带领人民群众去寻找解决困难的方法作为文学创作切入的着力点。通过大家的智慧和努力，《走近镇原》一定会呈现镇原千百年来的精彩纷呈与波澜壮阔……

撰写这本书的初衷很简单，其一，适逢伟大的中国共产党百年华诞，这是多少先贤抛头颅洒热血梦寐祈盼而没有盼到的时刻，却被我们这一代人赶上了，我们何其有幸，我们何其荣光！"一寸山河一寸血，一杯热土一杯魂！"数千年镇原发生根本性巨变的也正是在中国共产党领导下的这一百年。在这样伟大的时刻，作为镇原儿女我们怎能无动于衷？其二，2020年8月，在教育部副部长孙尧来镇原职中调研之际，好友卢小亨市长当着时任镇原县县长侯志强先生的面向我叮嘱："作为镇原人，你要给家乡写一本书。"我当即应诺。随后，我建议要借此机会调动本土作家广泛参与，锻炼本土写作人才队伍，提升本土作家能见度。县委、县政府给予了高度关注，县委常委、宣传部部长贾翠艳亲自负责实施。其三，人们对镇原的认知仍停留在过往的概念，抑或一些坊间桥段，基于此，我们希冀用纪实性手法把千百年来镇原的方方面面加以梳理、甄别，出版一本书，来告诉人们真实的镇原和真实的镇原人。也就是说，撰写一本镇原人看的书和一本看镇原人的书。

百年镇原，与党和国家的命运息息相关，在伟大的中国共产党领导下，镇原经历了血与火的洗礼，积淀了丰厚而独特的文明，镇原的文化与思想丰沛绵密，百年镇原的奋进历程，是党领导全体中国人不断奋进、不断繁荣的缩影。我们就是要把这一伟大历史性突破的进程和为此而奋斗的感人事迹记录下来，进一步梳理千百年镇原的文化与思想，为镇原赓续发展提供充足而丰富的文化思想之能量，凝聚起镇原人的共识，激发起镇原人的干劲，为把我们共同的家乡镇原建设得更美好更幸福而贡献自己的力量！

镇原文化是人类文明史上最有温情的一种文化，这种文化，是镇原人以最柔软的毛笔和情怀凝练书写的。这种文化自带一种温暖的强度，从汉唐高峰一路穿越而来，我是从一代一代镇原先人和镇原文化前辈们的精神火焰里寻觅到的这种温暖和强度，我是从50多万镇原人的人间烟火里找到的这种温暖和强度。这既是一种人生态度对一种文化样式的哺育，也是一种文化样式对一方水土生灵的临摹。镇原文化，是镇原人共同的文化姓氏和精神表情，它流动在镇原儿女的生命里，它是镇原人彼此的人间烟火。镇原文化所散发出来的智慧是一种生活态度，是一种精神境界和心血燃烧，是一种带着生命体温的可触可感的文字。

沉淀光阴，绽放尊贵。挂一副字画，那是品质的体现；吃一口老席，那是时光的味道……遇见你的时候，所有星星都落在我头上。

这件事如果不做，会有无数个理由；而铁定了要做，则只有一个道理，那就是一种最基本的情感使然。这是作为镇原人的责任和良知！从这个角度讲，本书的意义远远大于它所叙述的本身。尽管如此，我们深知，这本书在表达上仍显稚嫩，在陈述上仍挂一漏万。敬请各位方家见谅，并不吝赐教。

感谢原中共庆阳市委副书记、市长卢小亨及甘肃省文旅厅副厅长杨建仁、读者出版集团总编辑马永强、读者出版集团副总王卫平、临夏州副州长毛鸿博、庆阳市政协副主席侯志强、镇原县委书记陈磊、镇原县长罗睿、镇原县委副书记张笑阳（读者集团挂职）、镇原县委常委兼宣传部长贾翠艳、镇原县委宣传部副部长张浩业等领导的鼎力支持，感谢申万仓、王佐东、杨佩彰、畅恒、鱼舟、张占英、秦铭、刘万祥、陈鸿梧、虎仪宏等镇原本土作家的艰辛付出。因为大家共同的努力，镇原人终于有了属于自己的书。

兰州石化职业技术大学党委委员兼融媒体学院院长、
文化研究所所长，中国作家协会会员何华教授